Der Mediziner Hartmut Vulpius kommt bei einem Autounfall beinahe ums Leben. Doch war es wirklich nur ein Unfall oder womöglich ein kaltblütiger Anschlag?

Jahrelang hat Vulpius im Amt für Arzneimittel-Zulassung darum gekämpft, dass Medikamente, die statt Heilung Krankheit und Tod bringen können, vom Markt genommen werden. Bei seinen Recherchen kommt er nun den brisanten Verbindungen zwischen dem Amt und dem Hamburger Konzern «Park Pharma» auf die Spur: gefälschte wissenschaftliche Studien, Bestechungsgelder, Geschäfte mit Scheinfirmen und private Verwicklungen. Vulpius gerät ins Fadenkreuz der Pharma-Manager und ihrer kriminellen Komplizen in der Behörde. Schließlich setzt er im Kampf gegen die illegalen Machenschaften alles aufs Spiel …

Michael Seufert, geboren 1943, lernte sein journalistisches Handwerk bei den «Bremer Nachrichten». Von 1970 bis 1997 arbeitete er beim «Stern», zuletzt in der Chefredaktion. Seither schreibt er Romane und Sachbücher und ist als freier Journalist tätig. Er ist u. a. Mitautor der Biographie «Georg Kreisler gibt es gar nicht» (Fischer Taschenbuch Bd. 16893).

Unsere Adresse im Internet: www.fischerverlage.de

Michael Seufert

Die Pillendreher

Thriller

Fischer Taschenbuch Verlag

Veröffentlicht im Fischer Taschenbuch Verlag,
einem Unternehmen der S. Fischer Verlag GmbH,
Frankfurt am Main, März 2008

Die Erstausgabe ist erschienen
im Wunderlich Verlag

Druck und Bindung: Clausen & Bosse, Leck
Printed in Germany
ISBN 978-3-596-17673-1

Die Pillendreher

Prolog

Die Sonne ließ die ersten gelben und roten Blätter der Bäume leuchten. Nur wenige Autos fuhren an diesem Nachmittag auf der Avus in Richtung Zehlendorfer Kreuz. Die orangefarbene Kehrmaschine der Berliner Straßenreinigung zuckelte den Seitenstreifen entlang. Viel Laub gab es jetzt noch nicht aufzukehren. Im Fahrerhaus dudelte das Radio.

Der dicke Mann am Steuer sah im Rückspiegel, wie ein silbergrauer Audi mit hohem Tempo immer näher kam. Plötzlich schoss das Auto vom Überholstreifen her genau auf ihn zu. Er umklammerte das Lenkrad und zog die Kehrmaschine nach rechts.

Der Krach war ohrenbetäubend. Ein Geräusch wie das Kreischen bei einer Vollbremsung der Eisenbahn. Das Auto schrammte an der linken Außenseite der Kehrmaschine entlang, machte einen Satz zur Seite. Dreißig Meter weiter fuhr der Audi gegen die Leitplanke. Die Splitter der Frontscheibe stiegen wie eine Fontäne in die Höhe, für einen Augenblick schienen sie in der Luft zu stehen, dann klatschten sie auf das zertrümmerte Auto.

Der Mann war hinter dem Steuerrad eingeklemmt. Er blutete aus einer großen Platzwunde an der Stirn. Er regte sich nicht.

Wenig später war die Avus gesperrt. Der beginnende Feierabendverkehr staute sich zu langen Schlangen. Rund um das Unglücksauto blinkten die blauen Lichter des Rettungswagens und der Feuerwehr. Der Notarzt hatte dem bewusstlosen Fahrer einen Tropf gelegt, ein Medikamentencocktail gegen den Unfallschock. Feuerwehrleute schnitten mit einer Flex die Holme der Fahrertür durch. Die Funken sprühten. Kurz darauf zogen der Notarzt und ein Sanitäter den Schwerverletzten hinter dem Steuer hervor, legten ihn auf eine Trage und schoben ihn in den Rettungswagen. Das Martinshorn wurde eingeschaltet.

Der Fahrer der Kehrmaschine fragte den Arzt: «Meinen Sie, dass der durchkommt?» Der Arzt zuckte mit den Schultern. «Bin ich Hellseher? Der kann von Glück sagen, wenn er den morgigen Tag noch erlebt.»

Als der Fahrer zurück zu seinem Kehrwagen ging, bemerkte er, dass der Audi nicht den Hauch einer Bremsspur auf dem Beton der Avus hinterlassen hatte.

Die schwarzen Ledersessel waren weich und bequem. Andreas Drostenberg, Vorstandsmitglied des Hamburger Arzneimittelkonzerns «Park Pharma AG», hatte viele Kataloge gewälzt und sich die verschiedensten Modelle zum Probesitzen kommen lassen, ehe er sich für die Möbel aus Italien entschied. Die Einrichtung seines Vorgängers hatte er lange genug ertragen. Er war überzeugt, dass man auch bei so äußerlichen Dingen zeigen musste: Hier hat es einen Wechsel gegeben. Die Sekretärin hatte er ja schließlich auch nicht übernommen. Entweder man hat eine, die perfekt und vertrauenswürdig ist, dann bringt man sie mit, oder man engagiert eine neue, ohne Konzernvergangenheit und unkalkulierbare Kontakte.

Drostenberg hatte sich für Variante zwei entschieden. Und Doro Flügger erwies sich als Glücksgriff, ein Organisationsprofi, perfekt in Englisch und Französisch, stets gut gelaunt, ohne besonders kontaktfreudig zu Kolleginnen zu sein. Sie konnte sogar Steno, das fand er zwar ein bisschen altmodisch, aber er diktierte ihr vieles in den Block, weil er sie einfach gern um sich hatte. Sie war nämlich zu allen Vorzügen auch noch ausgesprochen hübsch. Jedes Mal, wenn er ihre langen Beine sah, malte er sich aus, wie sie wohl im Bett wäre. Er amüsierte sich darüber. Irgendwo hatte er gelesen, dass Männer jeden Tag ein paar hundert Mal an Sex denken. Irgendwas musste an dieser Erkenntnis dran sein.

Wie umsichtig Doro Flügger war, hatte sie gerade wieder bewiesen. Während er zu einem Kurzbesuch in Japan war, hatte sie nicht nur sein Büro mit den neuen Möbeln eingerichtet, sondern auch seine Akten und Unterlagen genau so verstaut, wie er es auch getan hätte. Sogar für den Humidor hatte sie im schwarzen Lackregal einen idealen Platz gefunden. Wenn er in seinem Sessel saß, konnte er mit einem kurzen Schwung bequem seine geliebten Havannas erreichen. Und an Blumen hatte sie selbstverständlich auch gedacht, Freilandrosen, ein bisschen morbide, so wie er sie liebte. Das Leben war schön. Er musste Doro nachher einmal kräftig loben.

Drostenberg strich voller Wohlbehagen mit beiden Handflächen über die glatte, glänzende Schreibtischplatte. Die kleine silberne Uhr zeigte zehn Minuten vor zehn an. Ein Blick auf den maschinengeschriebenen Zettel, den Doro Flügger ihm jeden Tag zusätzlich als Kurzfassung zu seinem Terminkalender hinlegte, und er wusste, dass gleich Sebastian Lund aufkreuzen würde. Der neue Hoffnungsträger, der für Park Pharma einen millionenschweren Markt erschließen sollte. Drostenberg war gespannt, wie der sich in der Praxis entwickeln würde.

Was seinen Lebenslauf betraf, konnte er sich keinen besseren Kandidaten vorstellen. Glänzende Examina, Stipendiat der berühmten Johns Hopkins University in Baltimore. Seine Forschungen über die Erkrankungen des Magens hatten in der Fachwelt für Aufsehen gesorgt. Die Universität Heidelberg hatte ihm eine Professur angeboten. Drostenberg war stolz auf sich, weil er diesen Hochkaräter an Land gezogen hatte.

Konzernchef Dr. Tobias Herbst hatte ihn damals während der Vorstandssitzung ausdrücklich zu dieser Wahl beglückwünscht. Die Kollegen hatten etwas säuerlich gelächelt. Aber er wusste, wie schnell sich die Sonne über seinem Haupt auch wieder verfinstern könnte. Er hatte Lund ausgeguckt und hochgepuscht. Nun musste der beweisen, dass er sein Geld wert war. Er nahm die dünne weiße Porzellantasse und trank. Dein Tee ist auch perfekt, liebste Doro. Drostenberg lächelte.

Die Konzernzentrale von Park Pharma war ein schnörkelloser Zweckbau aus den siebziger Jahren. Die Glasfassade schimmerte je nach Jahreszeit und Wetterlage golden, blau oder grau. Heute, an seinem ersten Arbeitstag, war der Himmel grau und es nieselte leicht. Dr. Sebastian Lund, Facharzt für innere Medizin und Gastroenterologie, sah an dem achtzehnstöckigen Gebäude hoch. Hinter irgendeinem dieser zahllosen Fenster würde er seine nächsten Jahre verbringen.

Die Gegend um die Weidestraße im Stadtteil Barmbek-Süd war nicht die schönste. Aber wenn er Glück hätte, bekäme er einen Blick auf den Stadtpark oder die Alster. So weit hatte er sich auf dem Stadtplan orientiert. Ansonsten kannte er Hamburg kaum. Vor Jahren war er einmal zu einem Tennisturnier hier gewesen. Seine Spiele hatte er damals gewonnen, die Mannschaft der Universität München war allerdings auf den hinteren Plätzen gelandet. Immerhin waren sie mit der Erkenntnis nach Hause gefahren, dass ihre Gastgeber nicht so zugeknöpft waren, wie es den Hanseaten üblicherweise nachgesagt wird. Er hatte mit

Katja aus Blankenese lange Briefe gewechselt, sie hatte ihn in München besucht. Aber als er dann nach Amerika ging, war die Verbindung abgebrochen.

Vor dem großen Eingang des Hochhauses mit fünf Drehtüren wehten weiß-grüne Fahnen mit dem schwarzen Firmenlogo von Park Pharma, dem Schattenriss einer mächtigen Buche. In der hell gestrichenen Eingangshalle umrahmten mehrere Feigenbäume den Empfangstresen aus Buchenholz und Aluminium. «Wir haben Sie schon erwartet, Herr Doktor Lund, kommen Sie bitte mit.»

Der freundliche ältere Portier führte ihn zum «Vorstands-Fahrstuhl» und benutzte eine elektronische Chipkarte, mit der man ohne Halt in den 18. Stock fahren konnte. «Alles nur Vorsichtsmaßnahmen», erklärte der Portier, als er Lund die Lifttür aufhielt. «Früher mal wegen der Terroristen, heute eher wegen der militanten Tierversuchsgegner.»

Lund fand das reichlich übertrieben. Die Türen schlossen sich und der Aufzug setzte sich fast unmerklich in Bewegung. Alle Wände des Lifts waren vom Boden bis zur Decke verspiegelt. Wer zu den Chefs fuhr, konnte sich vorher noch einmal inspizieren. Oder wollten die Konzernlenker sich in voller Schönheit sehen?

Der Fahrstuhl stoppte, die Türen öffneten sich, der Portier nickte ihm zu. Lund trat in einen Flur, der mit einem dicken Teppichboden ausgelegt war. Völlig geräuschlos ging er auf die mächtige Wand aus Panzerglas zu, die den Flur teilte.

Hinter der Scheibe saß an einem schönen alten englischen Schreibtisch eine junge Frau. Sie nahm den Hörer ihres Telefons ab, als Lund die Klingel neben der Glastür gedrückt hatte. Mit einer überraschend tiefen Stimme sagte sie: «Willkommen, Herr Dr. Lund.» Dann hörte er ein Summen und zog die Tür auf.

«Sie hatten hoffentlich einen angenehmen Flug von München in den stürmischen Norden», sagte die dunkelhaarige Schöne mit dem Bubikopf, als sie ihm den Mantel abnahm. Lund bedankte sich artig. Die Sache wurde ihm ein wenig unbehaglich. Wussten denn hier alle haarklein über ihn Bescheid?

«Kommen Sie bitte.» Die Empfangsdame ging zielstrebig den Flur hinunter, dessen Wände halbhoch mit weiß gestrichenen Holzkassetten verkleidet waren. Antike Mahagoni-Spieltische mit frischen Blumensträußen standen an den Wänden. Sie stoppte, drückte eine Klinke hinunter und hielt ihm die Tür auf. «Herr Dr. Lund, darf ich Ihnen Frau Doro Flügger vorstellen, die Mitarbeiterin unseres Vorstandsmitgliedes Drostenberg.» Die Tür wurde energisch geschlossen, und Lund war irritiert, als ihm bewusst wurde, dass er die blonde Frau fasziniert anstarrte. Er beeilte sich, ihr die Hand zu geben. Sein Benehmen schien sie nicht zu stören, eher wirkte sie ein wenig amüsiert, als sei sie daran gewöhnt, dass ihr Anblick Männern den Atem verschlägt.

«Herr Drostenberg erwartet Sie. Sie können durchgehen. Möchten Sie Kaffee oder Tee?»

«Tee, wenn Sie ihn … wenn es Ihnen keine Mühe macht», haspelte Lund. Du bist wie ein Primaner beim ersten Rendezvous, sagte er sich und war erleichtert, als er die Bürotür hinter sich zuziehen konnte.

Es roch angenehm nach frischem Leder. Drostenberg thronte hinter einem stattlichen schwarzen Lacktisch. Er glich einem gut trainierten Bullen, mächtig, ohne fett zu sein. Sein großer Kopf war kantig. Die dunkelbraunen

Haare wurden von ein paar fast weißen Strähnen durchzogen. Der dunkelgraue Flanellanzug saß exzellent und die Krawatte war gut ausgesucht – sie zeigte schwarze Panther auf dem Sprung.

«Mein lieber Dr. Lund», sagte er und kam aus seinem Sessel hoch, «es ist eine große Freude, Sie hier zu sehen.» Dabei packte er Lunds rechte Hand und schüttelte sie. Der fühlte seine Finger wie in einen Schraubstock gespannt. Dieser Prankengriff war ihm äußerst unangenehm.

«Willkommen an Bord, wie wir Hamburger sagen. Setzen Sie sich doch. Gefällt Ihnen mein Büro? Sie sind mein erster Besucher nach der Umgestaltung – wenn das kein gutes Omen ist. Es ist hier alles funkelnagelneu. Mir gefällt es.»

Lund nickte aus Überzeugung. Drostenberg musste ein Faible für Japan haben. Der Tisch, die Regale, der Schrank, alles in schwarzem Glanzlack. Die Sprossentüren des Schrankes waren von innen mit Pergament beklebt. An den Wänden hingen in schlichten schwarzen Rahmen alte japanische Aquarelle und Federzeichnungen. Lund hätte es nicht gewundert, wenn er in einer Ecke zwei Samurai-Schwerter entdeckt hätte.

Doro Flügger servierte den Tee. Lund registrierte, wie Drostenberg jede ihrer Bewegungen genau beobachtete. Der ist ein alter geiler Bock, dachte er.

«Erzählen Sie von Amerika. Sind Sie mit Ihrem Forschungsprojekt fertig geworden? Sie sollten die Ergebnisse auch in Deutschland publizieren. Es macht sich gut, wenn Sie als Park-Pharma-Forscher in der Fachpresse schreiben. Das schmückt Sie und uns gleichermaßen.»

Als Lund begann, begeistert über die unterschiedlichen Behandlungserfolge mit Antazida, H2-Antagonisten, Säuresekretionshemmern und Protonenpumpenhemmern im Kampf gegen Magengeschwüre zu dozieren, unterbrach Drostenberg ihn unvermittelt. «Alles hochinteressant, mein lieber Lund, schreiben Sie das auf. Schreiben Sie, wann immer Ihnen danach ist, aber vergessen Sie nie, dass wir ganz auf die Protonenpumpenhemmer setzen. Das ist die Zukunft, ein neues Konzept. Dafür haben wir die Patente angemeldet. Dieser Markt gehört uns. Und da ist Musik drin, das können Sie mir glauben.» Bei diesem Fanfarenstoß blitzten seine Augen und er trommelte mit den Daumen auf der Tischplatte. Lund sah ihm die Vorfreude auf die kommenden Umsätze in dreistelliger Millionenhöhe förmlich an.

Drostenberg richtete sich in seinem Sessel auf und fixierte Lund. «Sie bekommen einen Rohdiamanten in die Hand. Wenn Sie den an die Spitze der Hitliste führen, dann setzen Sie sich damit ein Denkmal. Park Pharma will und muss expandieren. Packen wir es an.»

«Deshalb bin ich hier», sagte Lund trocken. Die Selbstanfeuerung war ihm zu dick aufgetragen. Er wusste auch, welches Potential in dem Mittel steckte, aber es war längst noch nicht marktreif. Da könnte es noch viele Klippen geben. Er kannte die Fälle, in denen Präparate, die mit Vorschusslorbeeren überschüttet worden waren, plötzlich aus irgendeinem Grund abstürzten. Anzeichen dafür gab es bei dem neuen Mittel keine, aber Lund war lieber auf der sicheren Seite. Und wenn sich hier einer ein Denkmal setzen wollte, dann war es Drostenberg.

«Genau richtig», sagte Drostenberg, «man muss sportlich an die Sachen herangehen. Mit Spaß und Siegeswillen, verkniffene Typen schaffen es nie. Treiben Sie Sport?»

«Viel Laufen, und Tennis geht ganz gut.»

«Wie gut ist ganz gut?», fragte Drostenberg und saugte an seiner Zigarre.

«Na ziemlich. Früher in München habe ich in der Bundesligamannschaft mitgespielt und in Amerika habe ich im vergangenen Jahr den Universitätspokal gewonnen.»

Drostenberg strahlte. «Ich habe es ja gewusst. Sie sind der ideale Mann. Ich bringe Sie bei Blau-Weiß unter. Unser Club braucht dringend ein paar Topspieler. Und Sie lernen da die richtigen Leute kennen. Beziehungen sind alles. Und bei Blau-Weiß treffen Sie die Leute, die in der Stadt wirklich was zu sagen haben.»

Ein paar Premierenbesuche in der Staatsoper und ein Aufnahmeantrag bei den Rotariern könnten auch nicht schaden. Er nehme das gern in Angriff, sagte Drostenberg, natürlich nur, wenn Lund einverstanden sei. «Sind Sie eigentlich in festen Händen?»

«Meinen Sie privat?», fragte Lund. Drostenberg nickte. Lund dachte mit gemischten Gefühlen daran, dass Drostenberg womöglich neben Prominentenclubs auch noch eine Tochter im heiratsfähigen Alter zu bieten hätte. «Nein, da bin ich völlig frei und ungebunden.»

«Dann passen Sie auf, dass Sie sich nicht zu früh festlegen. Der Markt ist günstig. Sie können Ihr Glück machen, wenn Sie ein bisschen Geduld haben.» Drostenberg lachte dröhnend. «Aber ok, jetzt zeige ich Ihnen noch Ihr Reich, lernen Sie die Mannschaft kennen und legen Sie los.»

Drostenberg stand auf und marschierte aus seinem Büro. Lund folgte ihm. Das Vorzimmer war leer. Auf dem Flur wurde er von der Bubikopf-Frau mit einem spöttischen Lächeln verabschiedet, als er gemeinsam mit Drostenberg in den Fahrstuhl stieg. Sie fuhren ins Parterre, wechselten den Lift. Drostenberg drückte die Sieben.

«Das Zimmer wird Ihnen gefallen, Panoramablick auf den Stadtpark. Wenn Sie überhaupt Zeit haben, da rauszugucken.» Drostenberg lachte, als sie den Korridor entlanggingen. Alle Türen waren geschlossen.

Es herrschte eine eigenartige, fast gespenstische Stille. Hier wird schwer gebrütet, dachte Lund. Trotzdem wirkte der Flur nicht unangenehm. Die großen alten Werbeplakate von Park Pharma an den hellen Wänden, die von Halogenspots angestrahlt wurden, gefielen ihm. Die Blondine mit dem niedlichen Baby im Arm erinnerte ihn an Katja. «Erst die Pille – dann das Wunschkind», stand auf dem Plakat.

Drostenberg öffnete eine Tür. «Frau Engel, hier bringe ich Ihnen Ihren neuen Chef. Also nochmal, guten Anfang, Herr Dr. Lund.» Diesmal packte Lund kräftig zu, als Drostenberg ihm zum Abschied erneut die Hand schüttelte.

Katrin Engel war knapp fünfzig Jahre alt, zierlich und drahtig zugleich. Sie trug ein schwarzes Kostüm, einen hellgrauen Pullover und eine Perlenkette, war kaum geschminkt, aber sehr gepflegt. Ihr dunkles Haar war schulterlang. Sie sah ihn über den Rand ihrer halben Lesebrille direkt an.

«Ich freue mich auf eine gute Zusammenarbeit, Frau Engel.» Lund streckte ihr die Hand hin.

«Sie dürfen sich darauf verlassen, dass ich alles dafür tun werde», sagte sie und verzog keine Miene.

«Sie sind schon länger bei Park Pharma?»

«Im vergangenen April waren es fünfzehn Jahre.» Sie sagte das mit einer Art trotzigen Stolzes.

«Na wunderbar, dann habe ich ja einen Bärenführer im Konzernlabyrinth.»

Frau Engel schien eine Spur zu lächeln. «Den werden Sie kaum brauchen. Ich bin sicher, dass Sie schnell merken, wie die Dinge hier im Hause laufen.»

Auch gut, dachte Lund. Auf jeden Fall war sie nicht unsympathisch. Er sah auf ihrem Schreibtisch das Foto eines älteren Mannes in schwarzem Rahmen stehen. Einen Ehering trug sie nicht. Aber das ging ihn alles nichts an.

Der Ausblick aus seinem Zimmer war wirklich schön. Er sah über Häuserzeilen hinweg auf den großen Stadtparksee, die Wiesen und Sportplätze, die großen Eichen und Buchen. Und auf der linken Seite auf das Planetarium aus dunkelrotem Backstein mit runder Kuppel. Auf seinem Schreibtisch lagen drei Stapel aus sorgfältig geordneten Papieren. Die ersten Studien zum neuen Magenmittel, Untersuchungsergebnisse von Tierversuchen und eine Marketinguntersuchung für das neue Mittel, das Contra heißen sollte.

Lund setzte sich und klappte die schwarze Briefmappe auf, die Katrin Engel ihm hingelegt hatte. Sein Hausausweis, die Kreditkarte für die Kantine und die Chipkarte für die Bürotür. Lund blätterte weiter. Es folgten das interne Telefonbuch, ein Organigramm des Konzerns und eins seiner Abteilung, ein Auszug aus der Spesenordnung. Zum Schluss vier Briefentwürfe in unterschiedlichen Schrifttypen und Anordnungen der Textblöcke. Lund sollte ankreuzen, wie er seine Post geschrieben haben wollte. Er schraubte erwartungsvoll die runde Thermoskanne auf, die zusammen mit einer Tasse auf dem Tisch stand. Er schenkte sich ein. Katrin Engel hatte ihm Tee gekocht.

Als Andreas Drostenberg wieder in sein Büro gehen wollte, traf er im Sekretariat auf Rupprecht Jork, den Chef der Rechtsabteilung von Park Pharma. Unwillkürlich zog er seinen Termin-Spickzettel aus der Hosentasche. Kein Jork. Der Mann ohne Anmeldung, das verhieß wenig Gutes.

«Was macht die Rechtspflege, verehrter Herr Justitiar? Sie sehen etwas bewölkt aus.» Drostenberg schob ihn in sein Büro und schloss die dicke Tür. «Oder wollen Sie meine neue Büroeinrichtung besichtigen? Das lohnt sich, finden Sie nicht?» Er sah Jork voller Besitzerstolz an, ließ sich in seinen Sessel fallen und holte sich eine neue Havanna aus der Zigarrenbox. Als er sie unter seiner Nase durchzog und genüsslich daran schnüffelte, sagte Jork mit seiner leisen, leicht schnarrenden Stimme: «Ich will Ihnen Ihre gute Laune nicht verderben, aber ich glaube, wir bekommen ein Problem.»

Drostenberg schnitt mit seinem Zigarrenmesser eine Kerbe in die Spitze der Havanna und zündete sie an. «Das ist immer zu befürchten, wenn Sie unangemeldet kommen.» Leicht nervös rieb er ein zweites Zündholz an, die Zigarre brannte noch nicht richtig. Wenn ihn bei dieser heiligen Handlung jemand störte, konnte Drostenberg wütend werden.

«Es gibt offensichtlich Ärger mit der neuen Pille», sagte Jork.

«Mit der neuen Verhütungspille? Unserem Umsatzrenner, den alle Frauen lieben? Das ist lächerlich, Herr Jork, absolut lächerlich. Wo haben Sie denn diese Latrinenparolen her?»

Jork blieb ganz gelassen. «Ich habe einen Anruf aus dem Amt bekommen. Es ist Ihnen ja bekannt, dass ich dort einen guten Informanten habe. Und der sagt mir, dass wir Ärger bekommen.»

Drostenberg schüttelte unwirsch den Kopf. «Hört der die Flöhe husten?»

Jork war nicht zu beeindrucken. «Es gibt offensichtlich vermehrt Meldungen über höchst unangenehme Nebenwirkungen.»

«Die spinnen, die Berliner.» Drostenberg blies voller Empörung eine dicke Rauchwolke an die Decke.

«Welche Informationen liegen uns denn vor und was haben wir von uns aus nach Berlin weitergegeben?»

Jetzt reichte es Drostenberg. «Ich sage Ihnen doch, dass ich keine Ahnung von Alarmmeldungen habe. Wenn es etwas Ernsthaftes gäbe, wüsste ich davon. Also vergessen Sie den Quatsch.»

Jork war mittelgroß, hatte schütteres mittelblondes Haar, war ein gut trainierter Sportler und leidenschaftlicher Segler. Er trug stets englische Tweedjacketts und galt nicht zuletzt deswegen im Konzern als «Unser Gentleman». Sein rostroter Schnauzbart gab ihm etwas leicht Verwegenes. Gegen Drostenberg wirkte er fast schmächtig.

«Sie können die Augen gern fest schließen und abwarten. Dass das der Firma und Ihnen gut tut, wage ich zu bezweifeln. Ich halte schonungslose Offenheit nach innen für angebracht. Wir müssen das Problem unter den Deckel bekommen, ehe es sich zu einem Skandal auswächst. Sammeln Sie die Fakten und dann bilden wir einen Krisenstab. Wie Sie wissen, haben wir damit im Fall Japan die besten Erfahrungen gemacht.» Jork sah seinem Gegenüber herausfordernd in die Augen.

Drostenbergs Stimmung verfinsterte sich weiter. Es war bekannt, dass er sich ungern in jemandes Schuld wusste. Aber es war unbestreitbar, dass Jork für Japan die richtige Strategie entwickelt hatte. Die Sache hatte ihn selbst eine unglaubliche Geduld gekostet und Geduld war weiß Gott nicht seine Stärke. Aber letztlich hatten sie das Problem gelöst. Mit lächerlichen Beträgen angesichts des gewaltigen Risikos. Die Sache war vor einem Vierteljahr verglichen worden. Jork hatte die Kuh vom Eis gezogen und ihn gleich mit. Jetzt ließ ihn der Kerl das spüren. Das würde er ihm bestimmt nicht vergessen.

«Wenn Sie meinen, dass die Sache so ernst ist, dann bilden wir den Krisenstab. Vorbeugen kann ja nicht schaden, Herr Jork. Ich sage Bescheid, sobald ich die Informationen habe. Und Sie können Ihr großes Ohr ja nochmal anrufen, wo der doch das Gras wachsen hört.»

Jork lächelte und ging.

Drostenberg rief nach Doro. «Frau Flügger, ich will Ihnen ein paar Hausmitteilungen diktieren, die müssen dann sofort raus.»

Es war kurz vor neun, als Hartmut Vulpius sein Auto auf einem Besucherparkplatz des Amtes abstellte. Er hatte für die Strecke von zu Hause weniger Zeit gebraucht als erwartet. Die Sonne schien. Er hatte noch ein paar Minuten. Vulpius drehte die Seitenscheibe hinunter und genoss die Wärme.

Er dachte an Sabine, seine Frau. Wie immer hatte sie natürlich Recht gehabt, auch wenn er sich das nicht gern eingestand. Es war ein Segen, dass er die Praxis los war. 300000 Mark Schulden auf einen Schlag weg. Ihn hatte das nicht so sehr beunruhigt, aber Sabine war fast verrückt geworden bei dem Gedanken daran. Sie hatte vor Glück geweint, als er einen Käufer gefunden hatte, einen, der den Preis akzeptierte und dann auch schnell das Geld überwies. An dem Tag hatte sie sein Lieblingsessen gekocht – Entenbrust mit Wirsing und Kartoffelpüree.

Aber schon beim Essen hatte sie mit einem ihrer Vorträge angefangen, die er so herzlich hasste. Sie hätte eben Lehrerin werden sollen. «Mach einmal in deinem Leben was Sicheres und nimm den Job im Amt. Denk einmal an mich und den Jungen. Eine Behörde ist doch kein Gefängnis. Das ist die Chance für dich. Bewirb dich wenigstens.»

Je länger er sich dann mit der Idee beschäftigt hatte, umso mehr hatte ihm der Gedanke gefallen. Er war wirklich der richtige Mann dafür mit all seiner Erfahrung. Und schließlich hatte er früher, direkt nach dem Studium, sogar mal in der Pharmabranche gearbeitet. Gut zwanzig Jahre war das jetzt her, das war damals in Hamburg. Park Pharma hatte die Klitsche geheißen, heute war daraus ein weltweit operierender Konzern geworden.

Er hatte sich also im Amt beworben und das Wunder war geschehen: Er war ausgewählt worden, obwohl er als Fünfzigjähriger schon hart an der Altersgrenze war. Der Präsident des Amtes, Professor Raimund Bosch, hatte lange mit ihm geredet, über seine berufliche Laufbahn und seine Vorstellungen von Gesundheitspolitik und über das Selbstverständnis der Behörde. Vulpius hatte nicht mit seiner Ansicht hinter dem Berg gehalten, dass er das Amt als eine Art Medikamenten-TÜV ansehe, dazu da, Schaden von Patienten abzuwehren. Der jüngste Skandal um die mit Aidsviren verseuchten Blutpräparate war für ihn ein abschreckendes Beispiel dafür, wie es nicht laufen dürfe. Weil die Behörde den Fall verschlampt und nicht öffentlich gemacht hatte, waren Hunderte von Patienten mit dem verseuchten Blutplasma behandelt worden. Die Zahl der HIV-Erkrankten war erschreckend. Inzwischen waren sechzehn Menschen an Aids gestorben, darunter zwei Kinder. Die hatten während einer Operation die verseuchten Präparate verabreicht bekommen.

Bosch, der neu auf den Chefposten berufen worden war, nachdem die Affäre Schlagzeilen gemacht hatte, gab Vulpius in allen Punkten Recht. Ja, die Behörde müsse die gewohnten, ausgetretenen Pfade verlassen, es müsse mehr Kontrolle her, mehr Eigeninitiative der Beamten, ein frischer Wind.

Vulpius war begeistert gewesen. Er hatte den Anstellungsvertrag unterschrieben und Sabine hatte ihn stürmisch geküsst dafür. Er war jetzt «Wissenschaftlicher Angestellter», Amtskürzel WA, wohlbestallt nach Bundesangestelltentarif (BAT). Ein wenig gruselte er sich davor. Heute sollte sein erster Arbeitstag sein.

Es war fünf vor neun. Vulpius drehte die Scheibe hoch und schloss sein Auto ab. Die Aktentasche in der Hand, ging er auf das Eingangsportal des lang gestreckten vierstöckigen Baus zu. Es wehte ein kräftiger warmer Wind. Vulpius' leicht schäbiger Staubmantel blähte sich wie ein Segel.

Auf dem Weg zu dem kleinen Konferenzsaal, in dem sich die Kollegen der Abteilung zu seiner Begrüßung versammelt hatten, stoppte Vulpius vor einem Spiegel, der zwischen den Toilettentüren auf dem Flur hing, und betrachtete sich. Das groß karierte Jackett schlotterte um seine Schultern, die hellgraue Cordhose wurde von einem stramm gezogenen Gürtel in Falten auf der Hüfte gehalten. Es war nicht zu übersehen, dass er in letzter Zeit kräftig Pfunde verloren hatte. Er entdeckte, dass die Kragenenden seines weißen Hemdes nach oben standen. Die schmale, blau-rot-grün gestreifte Krawatte hatte er sich mehr umgewürgt als umgebunden. Besonders attraktiv sehe ich weiß Gott nicht aus, sagte er sich.

Er betrat den Raum. Sechs Männer und eine Frau erwarteten ihn. Es fiel ihm auf, dass die Frau ausnehmend hübsch war. Sie musterte ihn, beugte sich zu ihrem Nebenmann, flüsterte dem etwas zu, dann kicherten beide.

Hinter ihm war inzwischen Dr. Markus Schwindt in den Konferenzraum gekommen, der Chef der Abteilung. Vulpius musste zugeben, dass Schwindt ein gut aussehender Mann von Ende dreißig war, energiegeladen, positiv gestimmt, karrierebewusst. Später erfuhr er, dass über Schwindt spöttisch gesagt wurde, er habe Rasierklingen an den Ellenbogen. Schwindt war immer gepflegt und trug mit Vorliebe italienische Designertextilien. Er war der Schwarm der Frauen im Amt.

«Liebe Kolleginnen und Kollegen», Schwindt räusperte sich, «ich möchte Sie mit Herrn Vulpius bekannt machen, der ab heute unsere Abteilung verstärken wird. Die Stelle war viel zu lange verwaist und ich freue mich deshalb umso mehr, dass wir sie jetzt mit einem so kompetenten Kandidaten besetzen können. Herr Vulpius hat sowohl in der Pharmaforschung gearbeitet als auch lange Jahre als Internist in der Praxis Erfahrungen gesammelt. Beides kann uns bei der Bewältigung der vielfältigen Aufgaben des Amtes nur helfen. Ich wünsche Ihnen viel Erfolg bei der Arbeit.» Freundliches Kopfnicken in Richtung Vulpius.

Der Beifall war verhalten. Hartmut Vulpius merkte, dass sich die Begeisterung über sein Auftauchen in Grenzen hielt. Und das Pärchen links von ihm am Fenster hatte offensichtlich schon wieder einen Witz über ihn gemacht. Er würde sich von so etwas aber nicht irritieren lassen. Bleib locker und freundlich, hatte Sabine noch beim Frühstück gepredigt, und geh nicht wie ein Stier auf die Leute los, warte wenigstens diesmal ein bisschen ab.

Vulpius atmete tief durch. «Vielen Dank für die freundliche Begrüßung, Herr Schwindt. Ich freue mich, hier zu sein. Die Arbeit der Pharmaindustrie zu kontrollieren und kritisch zu begleiten reizt mich sehr. Das im engagierten Team zu tun war lange mein Wunsch. Von mir aus kann es losgehen.»

Heiterkeit im Saal. Vulpius drückte einmal ringsherum die Hände und vergaß gleich wieder alle Namen der neuen Kollegen, die sich ihm vorstellten. Nur Cornelia Conrad konnte er sich merken. Der Mann neben ihr hieß Benjamin Hildemann und war Pharmakologe. Er schien ein lustiger Typ zu sein. Als Letztem gab er einem grauhaarigen Mann die Hand, der kurz vor der Pensionierung stehen musste. «Ich bin Hugo Baer. Willkommen, verehrter, junger Herr Kollege. Sie haben sich ja eine Menge vorgenommen. Haben Sie schon jemals eine Behörde von innen erlebt?»

Vulpius sah sein Gegenüber skeptisch an und schüttelte den Kopf.

«Nehmen Sie den Rat eines alten Mannes an», sagte Baer mit einem ironischen Lächeln. «Das Schlimmste, was Sie hier machen können, ist, zu viel zu arbeiten. Sie stören damit die anderen, Sie wirbeln Staub auf, der so schön abgelagert ist. Und glauben Sie mir, kein Mensch dankt Ihnen das. Im Gegenteil, Sie kriegen nur Ärger und Verdruss.»

«Das hat mich noch nie davon abgehalten, das zu tun, was ich für richtig halte», antwortete Vulpius schroff. Den so genannten Beamten-Dreisprung kannte er auch: Das haben wir immer so gemacht, das haben wir noch nie so gemacht, da könnte ja jeder kommen. Warum musste ihn nun dieser Alte auf den Arm nehmen?

«Genau das habe ich befürchtet», sagte Baer, «Sie sind so einer: Keine Ahnung vom Geschäft, aber mit dem Kopf durch die Wand. Ich habe gehört, dass Sie mit unserem obersten Chef gesprochen haben. Das ist ein wunderbarer Sonntagsredner. Vielleicht glaubt er den Schmus sogar, den er verkündet. Eins ist aber sicher: Was auch immer oben erzählt wird, hier unten zieht die Karawane weiter. Na, Sie werden das schon erleben. Etwas Tröstliches gibt es übrigens. Die Küche hier ist viel besser als ihr Ruf.»

Vulpius hatte den Eindruck, als sehe Baer ihn fast mitleidig an, während er sich in sein Büro verabschiedete.

«Na, hat der alte Manitu Ihnen seine Amtsgeheimnisse verraten?» Markus Schwindt strahlte ihn an. «Ich zeige Ihnen eben Ihr Zimmer. Wenn Sie sich etabliert haben, gehen Sie zu Frau Conrad. Die arbeitet an einem Projekt, bei dem Ihre Erfahrung besonders gefragt ist. Wir müssen jetzt hier links herum.»

Vulpius folgte Schwindt über den mit grauem Linoleum ausgelegten Flur und merkte erst jetzt, dass der Mann nach etwas roch, was er kannte. Wenn er sich nicht täuschte, war es genau das schreckliche Eau de Toilette, das ihm Sabine von ihrem letzten Fischzug durch die Berliner Innenstadt mitgebracht hatte. Das sei ganz neu, ganz im Trend und ganz schön kostspielig, hatte sie versucht ihn zu ködern. Er hatte sich etwas auf den Handrücken gesprüht und die Flasche anschließend ganz schnell in die hintere Ecke des Badezimmerschrankes verbannt.

«Hier ist es.» Schwindt öffnete eine Bürotür, ziemlich am Ende des Korridors. Das Zimmer war nicht sehr hell. Dicht vor dem Fenster sah Vulpius das Blätterwerk einer großen Buche. Er stellte seine Aktentasche auf die mit blaugrauem Kunststoff beschichtete Platte des Schreibtisches.

Außer einem alten Stenoblock war darauf nichts zu entdecken, auch keine Lampe. Das Telefon stand auf einem Beistelltisch, auf dem die Abdrücke von vier schwarzen Gumminoppen zu sehen waren. Offenbar hatte an dieser Stelle früher ein Computer gestanden. Ein offener Regalschrank neben dem Eingang war leer. Auf der Fensterbank mickerte ein Gummibaum mit zwei zur Hälfte gelb gefärbten Blättern vor sich hin. Dafür hatte sich wohl kein Liebhaber gefunden.

«Wo finde ich eigentlich meine Sekretärin, Herr Schwindt?»

«Drei Zimmer weiter rechts, Frau Drach arbeitet für mehrere Kollegen. Sie werden gut mit ihr zurechtkommen, Herr Vulpius. Also nochmals viel Glück im Amt.»

Schwindt ging und Vulpius ließ sich auf dem Bürosessel nieder. Es überraschte ihn nicht, dass er durchgesessen war und die Höhenverstellung nicht mehr funktionierte. Die Schubladen des Schreibtisch-Containers enthielten außer ein paar verbogenen Büroklammern nichts. Im untersten Fach fand sich dann doch noch ein Stoß weißes

Schreibmaschinenpapier. Erwartungsvoll nahm Vulpius den Hörer des Telefons ab. Es war nicht zu fassen, der Apparat tutete, die Leitung war nicht tot.

Frau Drach, seine Viertel-Sekretärin, erwies sich nicht als große Hilfe. Sie machte gerade Frühstückspause, als Vulpius an ihre Tür klopfte. Nein, sie hatte keine Idee, wo der Computer geblieben sein könne. Das Zimmer habe einige Zeit leer gestanden, sagte sie und biss wieder in ihr Schinkenbrötchen. Ob er denn erwarte, dass sie da ständig Wache stehe. «Gucken Sie sich diese Berge hier an. Akten, Akten, Akten. Und diese unendlichen Tonbandkassetten. Da vergeht einem doch die Lust.» Angelika Drach nahm einen Schluck Milchkaffee aus ihrem Becher, sie machte nicht den Eindruck, dass sie sich um die Lösung seiner Probleme kümmern wollte. Immerhin war sie dazu bereit, ihm mehrere Formulare «Anforderung für Bürobedarf» auszuhändigen. «Einen Kugelschreiber haben Sie ja wohl selber.»

Zurück in seinem Büro, entdeckte Vulpius die Fettfinger auf den Papieren. Er wusste, dass er mit Frau Drach noch seine Freude haben würde. Was hatte Sabine gesagt? Geh nicht wie ein Stier auf die Leute los. Er setzte sich an seinen Schreibtisch und verbrachte die nächste Stunde damit, die Formulare auszufüllen. Die Listen wurden endlos. Sein einziger Spaß war, dass er in die Spalte «Begründung» immer wieder «total leeres Büro» schreiben konnte. Nur für einen neuen Schreibtischsessel musste er variieren. Er entschied sich für «Ersatzbeschaffung. Altsessel führt zu Dienstunfähigkeit.»

Schließlich nahm er einen weißen Bogen, schrieb in Druckbuchstaben seinen Namen darauf, öffnete die Bürotür und schob das Blatt unter die Plexiglasplatte des Türschilds. Danach hatte er das Gefühl, tatsächlich im Amt angekommen zu sein.

Die Tür zum Büro von Cornelia Conrad stand offen. Er hörte ihre Stimme. Sie telefonierte. «Ein ulkiger Drops, so kannst du es auch sagen. Der muss eine Kanone sein, wenn er hier angenommen wurde. Okay, bis später.»

Vulpius räusperte sich. Sie legte den Hörer auf und sah ihn an. «Kann ich Ihnen helfen?»

Vulpius fand, dass sie eine schöne melodische Stimme hatte. Die Stimmlage einer Frau war entscheidend für ihn. Er hatte einmal sogar einen Telefonflirt mit einer Dame begonnen, weil sie so ein wunderbar erotisches Timbre hatte. Als er sie dann zum ersten Mal traf, hatte er nur daran gedacht, sie so schnell wie möglich wieder loszuwerden.

«Herr Schwindt meinte, ich könnte vielleicht etwas für Sie tun. Irgendein Problem, bei dem ich von Nutzen sein sollte.»

«Schön wär's. Setzen Sie sich doch. Möchten Sie einen Kaffee?» Sie schenkte ihm eine Tasse ein und schob ihm Zucker und eine Sahnedose hin. Vulpius bediente sich.

«Es geht um diese neue Antibabypille. Die ist jetzt knapp zwei Jahre auf dem Markt. Ein großer Erfolg. Die Fachpresse ist voll des Lobes. Park Pharma ist da ein richtig guter Treffer gelungen. Ich habe gerade gelesen, dass deshalb sogar die Aktienkurse kräftig gestiegen sind.»

Vulpius rührte in seiner Kaffeetasse. «Und warum sollen wir uns mit der Wunderpille beschäftigen?»

Cornelia Conrad stöhnte. «Daran werden Sie sich gewöhnen müssen. Manchmal kommen die abstrusesten Meldungen über Nebenwirkungen. Und wir sitzen dann hier und müssen mühsam herauspulen, was dran ist. Wenn

Sie mich fragen, ich halte diesen Fall für ziemlichen Blödsinn. Die Tabletten enthalten sehr viel weniger Hormone als die Pillen der Generation davor, wieso sollten die plötzlich Probleme machen?»

Sie zeigte auf gut fünfzehn Ordner, die sie vor dem Fenster auf dem Fußboden stehen hatte. «Ich habe hier die wichtigsten klinischen Studien raussuchen lassen, die damals mit dem Zulassungsantrag eingereicht worden sind. Leider habe ich erst damit anfangen können, sie zu lesen. Es passiert nämlich ständig etwas Aktuelles. Es wäre gut, wenn Sie die Akten durcharbeiten könnten. Soweit ich gesehen habe, gibt es darin keinerlei Hinweise auf unerwünschte Nebenwirkungen.»

Wie schön, dass ich so viel Platz in meinen Regalen habe, dachte Vulpius. Das Behördenprinzip funktioniert einfach: Weiterschieben, aus den Augen aus dem Sinn. In Ordnung, er würde das Spielchen einmal mitmachen. Mit irgendetwas musste er ja anfangen. Allzu kompliziert schien die Sache wirklich nicht zu sein.

«Und hier sind die Berichte der Firma über gemeldete vermutete Risikofälle. Das geht von Lungenentzündung bis zu Tromben. Ob die Blutgerinnsel etwas mit der Pille zu tun haben, werden Sie herausfinden, als alter Praktiker.» Die Erleichterung, die Ordner loszuwerden, war ihr anzusehen.

«Mal sehen, was sich machen lässt. Auf jeden Fall Dank für den Kaffee. Das Amt wächst mir schon richtig ans Herz.»

Vulpius musste ein paar Mal hin- und herlaufen, bis er die Aktenordner alle in seinem Zimmer hatte. Es waren exakt siebzehn Stück. Frau Drach, die ihm bei der letzten Tour auf dem Gang entgegenkam, bemerkte spitz: «Für so etwas haben wir unseren Hausboten. Sie sollten den Mann nicht arbeitslos machen mit Ihrem Diensteifer.» Vulpius blieb auf dem Flur stehen. Die Frau hat eine Kreischstimme, dachte er, und die kann ich am wenigsten leiden.

Bevor er sich an seinen Schreibtisch setzte, schaltete er die Deckenbeleuchtung ein. Die Neonröhren tauchten das Zimmer in kaltes bläuliches Licht. Er schlug den ersten Ordner auf und las.

In den Studien über die Tierversuche, die Park Pharma in den eigenen Tierlabors gemacht hatte, fand sich nichts Ungewöhnliches, keine krankhaften Veränderungen bei Mäusen, Ratten, Kaninchen und Schweinen. Gut 3500 Viecher hatten für den Fortschritt in der Hormonforschung ihr Leben lassen müssen.

Vulpius fand diese Vorstellung nicht besonders schön, aber für die nächtlichen Befreiungsaktionen der militanten Tierversuchsgegner hatte er auch wenig Verständnis. Er hatte sich oft mit Sabine darüber gestritten. Für sie waren die Testreihen Mord an der unschuldigen Kreatur.

Vulpius hatte nicht darauf geachtet, dass es inzwischen draußen stockdunkel geworden war. Seine Armbanduhr zeigte Viertel vor sieben. Er war drauf und dran, schon an seinem ersten Tag als Streber in die Annalen des Amtes einzugehen. Dreieinhalb Ordner hatte er geschafft. Er zog seinen Mantel über, nahm seine Aktentasche, knipste die Neonröhren aus und verschloss seine Bürotür. Auf dem Flur war eine Art Notbeleuchtung eingeschaltet. Das Amt sparte.

Als er beim Pförtner vorbeikam, fragte der: «Muss ich Sie schon kennen oder nicht?»

Vulpius stoppte an dem Glaskasten. «Eher nicht. Ich

bin heute zum ersten Mal hier. Vulpius ist mein Name, Hartmut Vulpius.»

«Na, dann viel Vergnügen in der Bude. Und eins sage ich Ihnen, übertreiben Sie nicht. Hier macht sich keiner kaputt. Ich kann das beurteilen, ich beobachte die alle, wann sie wohin gehen. Pförtner sehen mehr, als die Leute denken. Schönen Feierabend.»

Gut zehn Tage später war die Einrichtung von seinem Büro fast komplett. Vulpius hatte sogar einen Computer installiert bekommen. Die Programme, die fehlten, bastelte er sich selbst und dann begann er, die Ergebnisse der einzelnen Untersuchungen zu erfassen. Es fiel ihm auf, dass die klinischen Studien, an denen auch eine Vielzahl niedergelassener Gynäkologen teilgenommen hatte, zum großen Teil nicht von Park Pharma selbst und auch nicht von Universitätsinstituten gemacht worden waren. Stattdessen tauchte immer wieder das Berliner Privatinstitut Pharma Consult GmbH auf. Er kannte die Firma nicht, sie musste gut organisiert sein, bei dem Tempo, mit dem der Laden seine Untersuchungsergebnisse abgeliefert hatte.

Die Zahl der aktuellen Mitteilungen über unerwünschte Nebenwirkungen erwies sich als höher, als er zunächst geglaubt hatte. Das Problem war nur, dass die Meldebögen anonymisiert waren. Das übliche Verfahren. Er konnte keine weiteren Einzelheiten über den Krankheitsverlauf oder die näheren Umstände herausfinden. Einige wenige Gynäkologen hatten direkt an das Amt geschrieben, mit denen würde er zunächst Kontakt aufnehmen.

Ein Arzt aus Köln hatte seiner Meldung einen Brief und mehrere Zeitungsausschnitte beigelegt. Artikel aus Frauen- und Mädchenzeitschriften mit Überschriften wie

«Die Pille ohne Reue», «Ovolan – die Superpille», «Wenig Hormone, voller Schutz», «Supersanft für junge Frauen», «Nicht schwanger und kein Risiko». Er frage sich, so schrieb der Arzt, ob der Konzern hier nicht die Grenzen einer PR-Kampagne überschreite. «Absolut unerträglich finde ich allerdings die Aussagen auf der beigefügten Tonbandkassette von Park Pharma AG mit dem Titel ‹Zum ersten Mal Liebe – der sichere Weg›. Die soll ich speziell an Patienten im Teenageralter verteilen. Von Popmusik unterlegt wird da Sexualaufklärung betrieben und gleichzeitig knallharte Werbung für ‹Ovolan› gemacht.

Soweit ich weiß, ist Laienwerbung für verschreibungspflichtige Medikamente in Deutschland verboten. Vielleicht könnte Ihr Amt diesen Vorgang ja einmal überprüfen. Ich werde die Tonbänder jedenfalls nicht weitergeben.»

Gut, der Mann, dachte Vulpius. Genauso werden wir es machen. Arbeit für die Rechtsabteilung. Er nahm den Telefonhörer und wählte. «Frau Drach, kommen Sie bitte mal mit dem Block zu mir.»

«Keine Zeit, wenn Sie was wollen, müssen Sie schon zu mir kommen. Ich bin nicht nur für Sie da», blaffte Angelika Drach. Vulpius wurde sauer. Er nahm die Unterlagen und ging quer über den Gang. Frau Drach plauschte mit einer Kollegin.

«Ich möchte Ihnen eine Hausmitteilung diktieren.» Vulpius hatte Mühe, seine Wut zu unterdrücken.

«Kleinen Moment, Elfie. Was darf's denn sein, Herr Dr. Vulpius? Hausmitteilung, an wen?» Sie klickte das entsprechende Formular auf ihrem Bildschirm an und sah zu ihm.

«An die Rechtsabteilung.»

Sie klimperte den Text lustlos in den Computer. «Alles?»

Vulpius hielt ihr den Brief aus Köln hin. «Diese Anlagen müssen mitgeschickt werden.»

«Warum sagen Sie das nicht gleich. Der Brief druckt schon aus. Jetzt kann ich nochmal anfangen.» Sie stöhnte.

«Was machen meine Fax-Anfragen von gestern an die Ämter in London und Paris?», fragte Vulpius.

«Wenn ich nicht ständig gestört würde, hätte ich Ihre komischen Faxe schon längst geschrieben, obwohl ich für Französisch überhaupt nicht bezahlt werde», sagte sie säuerlich.

«Ihre Schlampereien reichen mir, Frau Drach.» Vulpius wurde laut. «Ich verlange die beiden Briefe innerhalb von dreißig Minuten. Ihr Kaffeekränzchen können Sie feiern, wenn nichts los ist.»

«Ich lasse mich von Ihnen nicht zusammenbrüllen. Das können Sie zu Hause mit Ihrer Frau machen.» Ihre Stimme zitterte vor Erregung.

Vulpius knallte die Tür zu.

Als er wieder an seinem Schreibtisch saß, ärgerte er sich darüber, dass er sich so hatte gehen lassen. Er wartete vergebens auf die Faxe. Sein Telefonanruf wurde nicht beantwortet. Nach einer Stunde ging er wieder über den Flur. Das Zimmer von Angelika Drach war leer, der Computer abgeschaltet.

Am nächsten Morgen wurde er zu Schwindt gerufen. Wie aus dem Ei gepellt saß der Boss hinter seinem Schreibtisch, trank Kaffee und rauchte eine Zigarette. Die Postmappe vor ihm war aufgeschlagen. Auf den Papieren lag seine Lesebrille. «Herr Vulpius, jetzt wird es unangenehm. Erstens: Frau Drach ist krankgeschrieben, für eine Woche, Nervenzusammenbruch.»

Schwindt hatte seine Lesebrille aufgesetzt. Das verlieh ihm die Autorität der Ärzteschauspieler, die im Fernsehen Reklame für klinisch getestete Zahnbürsten machen, fand Vulpius.

«Zweitens», Schwindt hüstelte, «sie hat mir einen Brief geschickt, geschildert, was gestern vorgefallen ist, und mir mitgeteilt, dass sie sich weigert, weiterhin für Sie zu arbeiten.»

«Damit ändert sich kaum etwas. Die Dame hat das Temperament einer Wanderdüne. Der können Sie beim Laufen die Schuhe besohlen, wenn Sie verstehen, was ich meine.»

Schwindt zog an seiner Zigarette und blieb ganz ruhig. «Frau Drach ist eine bewährte Kraft, seit fast fünf Jahren im Amt. Sie haben kein Recht, sie anzubrüllen und sie Schlampe zu nennen.»

Vulpius spürte, dass ihm der Hemdkragen eng wurde. «Ich habe nicht gebrüllt, sondern laut und deutlich gesprochen.»

Schwindt quetschte die halb gerauchte Zigarette aus. «Sie hat eine Zeugin. Und der Personalrat hat eine Kopie dieses Briefes. Sie müssen sich für Ihre Ausfälle entschuldigen.»

Vulpius sah Schwindt verständnislos an. «Ich versuche, diese Kaffeetante auf Trab zu bringen, und soll dafür einen tiefen Bückling machen? Ne, Herr Schwindt, ganz bestimmt nicht.»

«Sie sind gerade dabei, auf der Beliebtheitsskala des Amtes ganz nach oben zu klettern. Ihre Kollegen haben für eine Woche ebenfalls keine Sekretärin. Vielleicht überlegen Sie sich die Sache nochmal.» Schwindt zündete sich eine neue Zigarette an und widmete sich wieder seiner Postmappe. Vulpius begriff, dass er entlassen war.

In seinem Büro klaubte er die Adressen der Ämter in Paris und London unter einem Papierstapel auf seinem Schreibtisch hervor und hackte die Texte eigenhändig in den Computer. Dann stellte er sich an das Faxgerät. Er hatte Glück, die Nummern, die seine famose Sekretärin besorgt hatte, stimmten. Aber entschuldigen würde er sich auf gar keinen Fall.

Vor seiner Tür stieß er beinahe mit dem Büroboten zusammen, der mit dem Aktenwagen aus seinem Zimmer kam. «Langsam wird's eng bei Ihnen, Herr Doktor. Ich habe schon wieder eine Fuhre abgeladen. Sie sollten mal 'ne Sonderschicht einlegen, sonst ersaufen Sie noch in den Papieren.» Vulpius packte die neue Sendung auf den Fußboden, um auf dem Schreibtisch zumindest ein wenig Platz zu schaffen. Morgen war Samstag. Er freute sich auf ein schönes Wochenende mit Sabine und dem Jungen. Rudern, sonnen, grillen und ganz friedlich genießen. Das würde ihm sicherlich mal gut tun.

Es war halb zwei, als Vulpius Hunger spürte. Er musste sich beeilen, freitags schloss die Kantine früher als gewöhnlich. Am Salatbuffett schob er sein Tablett heute vorbei. Auf das gesunde Grünzeug hatte er keinen Appetit. Er wählte ein halbes Hähnchen und ließ sich eine Kelle Pommes frites auf den Teller laden, die vor Fett trieften. Dazu spendierte er sich ein Mineralwasser. An einem Tisch vor den großen Fenstern mit Blick ins Grüne entdeckte er Cornelia Conrad. Sie war allein, spießte Salatblätter auf ihre Gabel und las in einer Zeitung.

«Ist bei Ihnen noch frei?»

Sie blickte von ihrer Zeitung auf, sah Vulpius an und schien über seine Gesellschaft nicht besonders begeistert zu sein. «Aber gern, setzen Sie sich.»

«Aber nur, wenn ich Sie wirklich nicht störe.» Vulpius fand sich plötzlich aufdringlich. Er hätte sich ja auch einen anderen Platz suchen können. Aber es gab keinen freien Tisch und außer Cornelia Conrad kannte er praktisch niemanden.

«Nein, alles in Ordnung, setzen Sie sich. In dem Wurstblatt steht ohnehin nichts Spannendes. Die spekulieren nun schon den dritten Tag darüber, ob dieser Popstar sich aufgehängt hat oder beim Extremsex abgerutscht ist. Als ob das irgendjemanden interessiert.»

Vulpius, der genüsslich an dem Hühnerbein knabberte, hatte auch von dem Fall gehört. «Kriminalistisch sicher eine spannende Frage. Verrückt, was Menschen alles machen.»

Cornelia Conrad tippte mit dem Zeigefinger auf das Foto des Sängers. «Und dieser Spinner hatte die schönsten Frauen der Welt, der konnte sich kaum retten. Aber so sind diese Typen eben, völlig abgedreht. Sind Sie mit dem Pillenstudium übrigens weitergekommen? Ich hatte keine Zeit, bei Ihnen nachzufragen.»

Vulpius legte den abgenagten Knochen zur Seite und schnitt mit dem Messer in die Hühnerbrust. «Ein wenig schon. Mir ist aufgefallen, dass in den klinischen Studien alles perfekt ausgesehen hat. Und im ersten Jahr gab es fast keine Spontanmeldungen der Ärzte. Jetzt aber häufen sich die Berichte über Nebenwirkungen.»

«Das wundert Sie? Haben Sie vor drei Monaten nicht die ‹Pharma Kritik› gelesen? Diese selbst ernannten Pillenwächter haben doch in ihrem Info-Dienst die Ärzte zu besonderer Wachsamkeit bei Ovolan aufgerufen. Wenn es nach denen geht, ist jedes neue Medikament Teufelszeug.»

Vulpius bemerkte, wie sich Cornelia Conrad richtig in Rage redete und mit Schwung ihren erst halb leer gegessenen Salatteller von sich schob.

«Auszuschließen ist das nicht, Frau Conrad, dass es deshalb mehr Hinweise gibt. Aber was ist, wenn das andere Ursachen hat? Wenn die schöne Argumentation – wenig Hormone, wenig Nebenwirkungen – nicht stimmt?»

Sie sah Vulpius jetzt fast mitleidig an. «Fallen Sie nicht auf Spökenkiekereien herein, wie man bei uns in Hamburg sagt. Selbst wenn es in Ausnahmefällen Thromben gibt, ist das doch nichts Außergewöhnliches. Das ist bekannt. Das Risiko ist übrigens bei einer Schwangerschaft viel höher als bei allen Antibabypillen, die wir kennen. Wenn Sie keinen ganz großen Unterschied zu den anderen Präparaten nachweisen können – dann Vorsicht, Vorsicht. Ehe wir hier etwas aufbauschen, sollten wir daran denken, wie wir damit die betroffenen Frauen verunsichern, die müssen das nämlich am Ende ausbaden. Jeder weiß, dass diese Pillen Medikamente und keine Smarties sind.»

Vulpius hatte die Pommes frites in sich hineingeschaufelt und den Redeschwall wortlos über sich ergehen lassen. Jetzt langte es ihm. «Verehrte Frau Kollega, vielen Dank für die Belehrungen. Ich bausche nicht auf, ich untersuche, und zwar ohne ideologische Scheuklappen. Und wenn ich damit fertig bin, reden wir darüber. Wenn es Sie interessiert, können Sie jetzt schon was sehen, falls Sie denn Zeit haben.»

«Verehrter Herr Kollege, die habe ich heute nicht. Ausnahmsweise gehe ich heute mal pünktlich um drei. Mein Flieger startet nämlich halb fünf. Übrigens, schönen Dank, dass Sie Frau Drach sauergefahren haben. Das hilft mir sehr. Die ist vielleicht nicht so perfekt, wie Sie Ihre Sekretärin brauchen, aber ich fand sie immer okay.»

Cornelia Conrad stand auf, nahm ihr Tablett und verließ ihn, ohne sich noch einmal umzusehen. Vulpius aß sein Hähnchen zu Ende und trank sein Mineralwasser. Er blätterte in der Zeitung, die sie hatte liegen lassen. Im Wirtschaftsteil fand er eine kurze Notiz über Park Pharma. Im ersten Halbjahr hatte der Konzern seinen Umsatz weltweit um acht Prozent gesteigert. Ovolan hatte mit 40 Millionen Packungen den zweiten Platz der deutschen Antibabypillen-Hitliste erobert. Die Prognosen für das zweite Halbjahr waren noch besser, insbesondere im Auslandsgeschäft, wie Vorstand Drostenberg auf Anfrage des Blattes mitgeteilt hatte.

Als Vulpius den langen Flur zu seinem Büro zurückging, fragte er sich, wohin Cornelia Conrad wohl fliegen würde. Es musste ein schönes Gefühl sein, einfach mal für ein Wochenende weit weg zu sein. Er war froh, dass er seine Datscha an der Havel hatte, klein, aber ruhig mit herrlicher Aussicht. In den vergangenen Jahren hatten sie dort auch immer ihren Urlaub verbracht, große Sprünge konnten sie bei den Schulden ja nicht machen. Aber im letzten Sommer hatte Sabine nach drei Wochen Regen entnervt Urlaub im Süden verlangt. Cornelia Conrad, so viel hatte er über den Flurfunk mitbekommen, war die Tochter eines erfolgreichen Hamburger Chirurgen, Chefarzt an einer großen Klinik. Ein betuchtes Mädchen also, und außerdem brauchte sie von ihrem Gehalt auch keine Familie zu ernähren. Manche Menschen werden einfach vom Schicksal verwöhnt, dachte Vulpius. Er gehörte nicht dazu.

Nach einer Stunde hatte er die letzte Studie ausgewertet. Wieder war sie klar und eindeutig, 150 niedergelassene Gynäkologen hatten mit Ovolan bei ihren Patientinnen nur die besten Erfahrungen gemacht. Auch diese Untersuchung hatte die «Pharma Consult GmbH» abgewickelt. Über diese Firma hätte er wirklich gern mehr gewusst. Vielleicht konnte ihm Schwindt weiterhelfen. Der kannte sich auf dem Beratungsmarkt sicherlich viel besser aus. Am Telefon meldete sich Schwindts Sekretärin.

«Nein, Herr Dr. Schwindt ist nicht zu erreichen. Er hat soeben das Haus verlassen.»

Vulpius stöhnte. «Mein Gott, sind denn hier alle pünktlich wie die Maurer?»

«Wie meinen Sie das, Herr Dr. Vulpius?» Gerda Schommlitz sprach jetzt fast eine Oktave höher. «Herr Dr. Schwindt musste dringend zum Flughafen. Die Maschine geht 16.30 Uhr. Seit zehn Minuten ist Dienstschluss. Sie können von Glück sagen, dass Sie mich noch erreicht haben.»

«Ein schönes Wochenende, Frau Schommlitz, Sie haben es sicher verdient.» Ehe sie antworten konnte, legte Vulpius auf. Alle Welt fliegt, bloß er nicht. Er sah aus dem Fenster. Dunkle Wolken waren aufgezogen. Wenn es morgen wieder regnet, gibt es endgültig Krach mit Sabine, dann bekommt sie ihren Sonnenentzugskoller.

Vulpius hatte Glück. Am Samstagmorgen schien die Sonne. Sabine schlief noch, als er gegen halb acht die Wohnung verließ, um Brötchen und die Zeitung zu kaufen. Er atmete tief durch und fand die kühle Morgenluft erfrischend. Seine Lieblingsbäckerei war wie üblich rappelvoll. Er stellte sich in die Schlange. Obwohl er sonst schnell die Geduld verlor, harrte er hier mit stoischer Ruhe aus und schnupperte voller Vorfreude dem Duft des frisch Gebackenen nach.

Pfeifend schloss er die Wohnungstür auf, legte die Brötchen auf den Küchentisch und weckte Peter. Der gähnte ihn an. «Ich habe keinen Bock auf die blöde Datscha. Andere Kinder dürfen am Wochenende ausschlafen.»

«Sonst meckerst du, dass ich nie zu Hause bin. Und jetzt will ich was mit dir unternehmen und du bist müde», sagte Vulpius.

«Ach, vergiss es.» Peter schälte sich aus seiner Bettdecke, sah seinen Vater mit leicht verquollenen Augen grimmig an und ging auf die Toilette.

Vulpius war heilfroh, dass sie eine Stunde später vereint im Auto saßen. Peter döste hinten auf den Rücksitzen, Sabine war in die Zeitung vertieft. Das ersparte ihm ihre Kommentare über seinen Fahrstil. An diesem Morgen gab es noch nicht einmal einen Stau. Er schaffte die Strecke von Wilmersdorf an die Havel in einer halben Stunde.

Das Wochenendhaus mit Blick aufs Wasser hatte Vulpius von seinen Eltern geerbt. Die hatten die ehemalige Gartenlaube zum provisorischen Wohnhaus ausgebaut, nachdem sie bei einem Luftangriff 1944 ausgebombt worden waren. Er war hier draußen aufgewachsen. Er liebte das kleine grün gepinselte Haus mit dem Bootssteg, von dem aus man sehr gut angeln konnte.

Hier hatte er auch zum ersten Mal mit Sabine geschlafen, sie war damals noch Germanistikstudentin an der

«Freien Universität» gewesen, er schon gestandener Doktor, der gerade seine Praxis eröffnet hatte. Hochschwanger hatte sie noch ihr Examen «summa cum laude» gemacht.

Später hatte sie ihm vorgeworfen, er denke nur an seine Arbeit und es sei ihm völlig gleichgültig, dass sie wegen des Kindes ihren Beruf hatte sausen lassen. Sie hatte Lehrerin werden wollen. Jetzt war ohnehin alles zu spät, jetzt wurden Stellen eingespart und ältere Berufsanfänger hatten kaum noch eine Chance.

Vulpius war mehr als drei Stunden mit Peter auf dem Wasser. Sie ruderten abwechselnd. Es waren viele Segler unterwegs, die das schöne Wetter und die Brise noch einmal nutzten, ehe die Schiffe ins Winterquartier kamen. Sie mussten aufpassen, dass sie nicht mit ihren Angelschnüren ins Gehege kamen. Ein Motorbootfahrer, der mit Vollgas an ihnen vorbeizog, brachte mit seiner Bugwelle ihren Kahn schwer ins Schaukeln. Für Peter war das der Moment zur Umkehr. Ihm sei jetzt speiübel, sagte er. Vulpius begutachtete das Ergebnis ihres Fischzugs: eine Rotfeder, einen Schlei und zwei große Barsche. Auf diesen Fang war er besonders stolz. Einen kleinen Karpfen hatte er zurück ins Wasser geworfen.

Sabing sonnte sich im Liegestuhl, als sie am Anleger festmachten. Peter ging es schlagartig wieder gut und er erklärte, dass er gleich aufbrechen würde. Essen müsse er nichts. Auf der Party würde es mehr als genug geben.

Vulpius betäubte die Fische mit einem kurzen Holzknüppel, schnitt sie auf und nahm die Innereien heraus. Er schrubbte die Tiere, wusch sie, würzte sie innen und außen mit Pfeffer und Salz, dann legte er frisches Rosmarin mit Zitronenscheiben in den Bauch und wickelte sie in Aluminiumfolie.

Bevor er sich ans Salatputzen und Kartoffelschälen machte, holte er aus dem Kühlschrank in der Wohnküche eine Flasche Weißwein und zwei passende Gläser. Der «Eitelsbacher Karthäuserhofberg» war sein Lieblings-Weißer. Er schwor darauf, dass es keinen besseren Begleiter zu Fischgerichten gab. Ein feiner Pfirsichduft, viel Frucht und eine wunderbare Säure. Selbst als es ihm mit der Praxis mies ging, hatte er nicht darauf verzichtet, davon stets etwas im Hause zu haben. Einer der zahllosen Anlässe zu einem handfesten Ehekrach.

Er hielt Sabine ein Glas hin. «Prost, auf einen schönen Abend zu zweit.»

«Da hast du Recht, den haben wir eigentlich verdient. Du arbeitest schon wieder so verrückt wie früher. Wir sehen uns kaum. Lass uns die Feste feiern, wie sie fallen.» Sie stieß mit ihm an und gab ihm einen Kuss, dann lehnte sie sich wieder zurück, um die letzten Strahlen der untergehenden Sonne auszukosten.

Vulpius hatte den Tisch im Haus gedeckt. Draußen war es empfindlich kühl geworden. Die gegrillten Fische schmeckten köstlich, der Salat war gelungen. «Manchmal ist es eine gute Idee, dich in die Küche zu lassen. Ist es richtig, dass dir deine Arbeit Spaß macht? Du bist so entspannt.»

Sie hat das Zeug zur Psychologin, dachte Vulpius, vielleicht sollte sie umsatteln und ganz neu anfangen. Ja, er fühlte sich wohl, trotz der Fingerhakeleien à la Drach, die Aufgabe reizte ihn einfach. «Mir ist es schon lange nicht so gut gegangen.»

Er war völlig überrascht, als sie sich plötzlich über den

Tisch beugte, ihre Hand hinter seinen Kopf legte und ihn küsste, lange und voller Verlangen. Dann lehnte sie sich wieder zurück, lächelte ihn an und sagte: «Komm.»

Vulpius saß halb aufrecht im Bett und schaute durch das Giebelfenster auf die Havel. Wolken zogen über den Himmel, ab und zu verwandelte der Mond die Wasseroberfläche in einen großen kalten Spiegel. Sabine hatte ihren Kopf an seine Brust gelegt und atmete wieder ganz ruhig. Die Augen hatte sie geschlossen. Vulpius betrachtete ihr Gesicht. Beinahe erstaunt stellte er fest, dass sie noch immer schön war. Warum fiel ihm das gerade jetzt auf? Hatte er sie in der letzten Zeit überhaupt einmal ruhig angesehen? Mit seinen Fingerspitzen fuhr er über ihre Wangen. Sie kräuselte die Nase. «Es kitzelt so schön, mach weiter.» Sie war unwiderstehlich, fand Vulpius.

Sabine schlug die Augen auf und schob sich neben ihn. «Wenn du mir jetzt noch ein Glas Wein kredenzen würdest, wäre mein Glück vollkommen.» Nackt wie er war, lief Vulpius in die Küche und holte Gläser und die Flasche nach oben. Sabine stellte ihr Glas auf den Nachttisch und sagte: «Weißt du, wovon ich träume? Ich möchte einmal auf die Malediven.»

«Du lieber Gott, was willst du denn da? Da ist doch den lieben langen Tag nichts los, außer dass es sauteuer ist.» Er fragte sich, wer ihr diesen Irrsinn eingeflüstert hatte.

«Ich brauche Sonne, Sonne, Sonne. Hier gehe ich langsam ein.» Wenn sie ihn so intensiv ansah, fühlte er sich machtlos. Aber diesen Spleen musste er ihr ausreden.

«Wenn schon Insel, warum dann nicht Mallorca? Da scheint doch auch die Sonne.»

Ihr Gesichtsausdruck signalisierte ihm, dass er vermintes Terrain betreten hatte. Sie würde jetzt das Thema wechseln, aber ihren Plan weiterverfolgen, das wusste er aus Erfahrung.

«Erzähl mal», sagte sie, «was dich in deinem Amt so fröhlich macht. Anfangs warst du doch gar nicht so begeistert.»

«Die lassen mich arbeiten», sagte er. «Und ich bin auf einer Spur, die ist heiß, das weiß ich. Das rappelt im Karton.»

«Mir wär's lieber, es rappelt lang anhaltend auf dem Konto», sagte Sabine und räkelte sich.

«Wie meinst du das?» Vulpius war unsicher.

«Genauso wie ich es gesagt habe. Mach deinen Job anständig, aber nicht verbissen.» Sie sagte das völlig ohne Aggression, fast obenhin. Kein Grund für ihn, sauer zu werden.

«Hast du etwas dagegen, wenn ich Skandale aufdecke, die da sind?» Vulpius versuchte, seinerseits jede Schärfe zu vermeiden. Aber lau baden würde er auf keinen Fall.

Sabine nahm einen Schluck aus ihrem Weinglas und stellte es mit Nachdruck auf den Nachttisch. «Nein, mein furchtloser Ritter im Kampf gegen das Unrecht auf dieser Welt. Ich habe nur eine Bitte: Übertreib es nicht. Du hast uns fast in den Ruin gestürzt mit deiner Halsstarrigkeit. Dir war es völlig Wurscht, dass die Kassen deine aufwendigen Behandlungsmethoden nicht gezahlt haben. Hauptsache, den Patienten ging es gut.»

Da sie weiterhin ganz entspannt, fast heiter gesprochen hatte, fühlte sich Vulpius entwaffnet: «Willst du, dass ich meine Seele verkaufe?» Die Frage kam ihm selbst ziemlich pompös vor, kaum dass er sie gestellt hatte.

«Nein, mein Held. Du sollst nur ein bisschen vernünftig sein, damit nicht auch dieser Job den Bach runtergeht. Das würde ich nämlich nicht mehr durchstehen.»

Hatte sie ihm soeben mitgeteilt, dass sie ihn verlassen würde, wenn er seine Aufgaben im Amt gnadenlos durchzöge? Diese Vorstellung war ihm äußerst unangenehm. Sabine gab ihm einen flüchtigen Kuss und drehte sich zur Seite.

Es war auf einmal ganz still. Vulpius starrte auf die dunkle Havel hinaus.

Professor Bosch, der Präsident des Amtes, saß in der ersten Reihe des Opernhauses. Mimi hatte gerade mit schönster Stimme ihr Leben ausgehaucht. Der Beifall war frenetisch. In das Klatschen mischten sich immer wieder Bravorufe. Der schlanke Mann mit dem schwarzen Lockenkopf, der den Rudolpho gesungen hatte, verbeugte sich zum zehnten Mal, die Vorhänge mit dem gesamten Ensemble nicht mitgezählt. Noch immer flogen Blumensträuße mit kleinen Briefen über den breiten Orchestergraben. Der Gefeierte hob sie von der Bühne auf, steckte seine Nase hinein und warf dann Kusshände zum Publikum.

Bosch standen schon kleine Schweißperlen auf der Stirn vom langen Klatschen. Er beugte sich nach rechts zu seiner Frau, die ihr rotes, dekolletiertes Abendkleid angezogen hatte. «Stefano Piatti ist einfach der Beste. Da können heute auch die drei alten Großmeister nicht mehr gegenhalten. Wie der den Alfred gesungen hat, einfach zum Niederknien. Sag mir einen besseren Tenor, Natie.»

Renate Bosch schüttelte den Kopf. «Ich kenne keinen und auch keinen, der sich so schön bewegt. Der spielt so überzeugend. Als er Mimi die Hand gehalten hat, habe ich fast geweint.»

Bosch tupfte sich mit seinem Taschentuch die Stirn ab. «Und zu allem ist er noch ein ausgesprochen sympathischer Mensch. Du wirst ihn ja nachher selber kennen lernen. Ich bin sehr glücklich, dass wir ihn nach Berlin holen konnten.»

Inzwischen waren im Zuschauerraum die Lichter angegangen. Der letzte Vorhang, der Beifall ebbte ab, das Publikum quetschte sich durch die Türen. Bosch erhob sich und streckte seiner Frau die Hand hin. «Komm, der Abend ist noch lange nicht zu Ende.» Er zog sie galant aus dem rot gepolsterten Klappsessel hoch.

«Mein Herr, Sie sagen es. Was steht denn als Nächstes auf dem Programm des Abends?»

«Jetzt Champagner-Empfang, dann Galadiner mit den Sängern auf der Bühne.»

«Und mein Mann ist heute Abend einer der Gastgeber. Ich bewundere dich.»

Im Foyer traf Bosch den Staatssekretär, der sich damals für ihn stark gemacht hatte, als die Spitze des Amtes neu besetzt werden musste. Sie begrüßten sich herzlich, Bosch stellte seine Frau vor. «Sie können stolz sein, Herr Professor. Berlin ist tatsächlich wieder auf dem Weg zur Weltstadt. Den Piatti hierher zu verpflichten, da kann man nur neidisch werden.»

Bosch lächelte geschmeichelt. Ein Kellner mit langer weißer Schürze servierte Champagner. Sie bedienten sich und prosteten sich zu.

«Ich muss Ihnen noch ein zweites Kompliment machen. Seitdem Sie Chef des Amtes sind, läuft der Laden endlich ohne Skandal-Schlagzeilen. Der Minister hat gerade letzte Woche gesagt, wie froh er über diese Personalentscheidung ist.» Der Staatssekretär zwinkerte mit dem linken Augenlid.

«Die Mannschaft ist auch gut. Den Menschen fehlte einfach die Führung und Wegweisung.»

«Wir sehen uns später noch. – Gnädige Frau.» Mit einer knappen Verbeugung verabschiedete sich der Mann aus der Politik und strebte auf den Bürgermeister zu, der an der Champagnerbar stand.

Der Sponsor des Abends hatte die Bar als Treffpunkt in der Mitte des Foyers aufgebaut. Der Name der Nobelmarke hob sich gut von der weißen Plastikplane der Überdachung ab, und das Kamerateam des Fernsehsenders, der die Übertragungsrechte für die Operngala exklusiv gekauft hatte, bekam das Firmenlogo voll ins Bild, als es den Bürgermeister im Gespräch mit dem Opernintendanten filmte.

«Wenn du heute die Stars haben willst, kommst du ohne Werbung nicht aus», sagte Bosch zu seiner Frau, die den PR-Rummel störend fand. «Hier, guck dir unsere Speisekarte an, da kannst du auf der Rückseite nachlesen, wer unserem Verein was Gutes tut. Kultursponsoring liegt im Trend, die Firmen schmücken sich gern mit uns. Ich habe da auch gar keine Bedenken.»

Das Fünf-Gänge-Menu war vom Starkoch der Hauptstadt kreiert worden, er arbeitete heute Abend mit seiner Brigade ohne Honorar. Die Karten für die Gala zum Stückpreis von 500 Mark waren innerhalb eines Tages ausverkauft gewesen. Die Aussicht, Piatti hautnah zu erleben, womöglich an seinem Tisch zu dinieren, hatte sich als Magnet erwiesen.

Der Intendant stieß zwei Gläser zusammen und bat um Ruhe. Neben ihm standen jetzt Stefano Piatti und die anderen Hauptdarsteller von «La Bohème».

«Herr Bürgermeister, meine sehr verehrten Damen und Herren, als Hausherr möchte ich Sie hier in der Oper auf das Herzlichste willkommen heißen. Ich bin stolz und glücklich zugleich. Stolz, Ihnen heute Abend einen Tenor präsentieren zu können, dem die Welt zu Füßen liegt – unseren hochverehrten Stefano Piatti.»

Lautes Klatschen, Piatti verbeugte sich mit einem Lächeln.

«Glücklich bin ich, dass es in unserer Stadt und darüber hinaus Menschen gibt, denen die Kunst, die künstlerische Spitzenleistung am Herzen liegt. Dem Verein der Freunde der Oper gilt mein besonderer Dank für die langjährige Unterstützung unserer Arbeit. Sie, Herr Professor Bosch, setzen sich als Präsident der Opernfreunde mit bewunderungswürdiger Energie dafür ein, dass unser Haus die nötigen Mittel erhält, um solche musikalischen Höhepunkte wie den heutigen Wirklichkeit werden zu lassen. Dank an den Verein und Dank an Sie.»

Die Kameras liefen, als der Intendant unter Beifall Bosch die Hände schüttelte. Der erwiderte die warmen Worte mit sichtlicher Bewegung und teilte mit, dass nun auf der Bühne das Festmenü serviert würde.

Als er plötzlich in der Menge Rupprecht Jork entdeckte, den er lange nicht mehr gesehen hatte, ging er auf ihn zu. Der Justitiar von Park Pharma war schon seit Jahren Vereinsmitglied. «Als alter Berliner muss man für seine Vaterstadt doch was tun», hatte er Bosch gesagt.

«Das ist ja eine Überraschung, Herr Jork, herzlich willkommen.»

«Na, wenn Sie den Caruso des 21. Jahrhunderts nach Berlin holen, ist es ja wohl Ehrensache, dass ich dabei bin. Nettes Lob vom Intendanten übrigens.»

Die Menge staute sich vor dem Bühneneingang. Bosch zog sein großes weißes Taschentuch aus seiner Smokinghose und tupfte sich den Schädel ab. «Der Gute weiß natürlich, was er an uns hat. Die Konkurrenz unter den drei Opernhäusern ist stark, die knabbern alle am selben Subventionskuchen und der wächst nicht. Im Gegenteil, es gibt Leute, die halten drei große Musiktheater für unzeitgemäßen Luxus.»

«Nur gut, dass diese Stadtteilartisten noch nicht das Sagen haben. Was ich darüber gelesen habe – ein schrecklicher Provinzmief.» Jork musste sich schon beim Gedanken daran schütteln.

«Deshalb ist Mäzenatentum, wie es Ihr Konzern pflegt, überaus wichtig. Ohne Ihre großzügigen Spenden müsste sich das Haus doch aus der ersten Liga verabschieden.»

Jork verzog seinen Mund zu einem mokanten Lächeln. «Unsere Philosophie lautet, wir investieren nur in Spitzenqualität, wie bei unseren Produkten, so auch beim Sponsoring. An großem Tamtam haben wir kein Interesse, uns freut es, wenn das Ziel erreicht wird. Wo ist eigentlich Ihre entzückende Gattin?»

«Die redet mit ihrem Schwarm Piatti. Das war seit Wochen ihr größter Wunsch. Sie hat inzwischen alle CDs von ihm, bei uns ist jeden Tag Piatti-Festival.»

«Wenn sie schon ein solcher Opernfan ist, dann müssen Sie mich demnächst in Hamburg besuchen. Es stehen ein paar Spitzenaufführungen auf dem Programm. Ich besorge gern die Karten. Ich weiß nicht, wie es Ihnen geht, aber ich habe jetzt richtig Appetit.»

Bosch nickte. «Genauso, das Menü liest sich ausgesprochen verlockend.»

Von dem Konferenzraum im 15. Stock der Park-Pharma-Hauptverwaltung hatte man einen herrlichen Blick auf das Panorama der Stadt. Sebastian Lund konnte sich inzwischen richtig für Hamburg begeistern. Am Wochenende war er durch den Stadtpark gejoggt und hatte sich hinterher an der Alster ein Segelboot gemietet. Die zwei Stunden auf dem Wasser hatte er sehr genossen. Abends war er endlich einmal im Kino gewesen. Eine tiefschwarze Komödie aus Sheffield, in der arbeitslose Stahlkocher versuchen, sich als Stripper eine neue Karriere aufzubauen. Lund hatte sich königlich amüsiert.

Heute, am Montagmorgen, stand eine Strategiebesprechung für das neue Magenmittel auf der Tagesordnung. Es sollte ein Papier für die nächste Vorstandssitzung vorbereitet werden. Neben dem Pharmakologen, dem Marketingleiter, dem Produktmanager, der Abteilungsleiterin Forschung und dem Leiter Verfahrenstechnik waren auch Vertreter der wichtigsten Auslandsfilialen eingeladen worden. Aus Japan und den USA waren Delegationen angereist. Sie repräsentierten die umsatzstärksten Märkte und hatten entsprechenden Einfluss in der Hamburger Zentrale. Unter dem Motto «Globalisierung des Konzerns» waren in den Tochtergesellschaften eigene Entwicklungsabteilungen aufgebaut worden, was ihre Bedeutung weiter stärkte. Dass sie Vorrang bei der schnellen Einführung des «strategischen Projekts Contra» verlangten, hatte vor allem Drostenberg gefreut. Mit der konzerninternen Konkurrenz hatte er seine Hausmacht ausgebaut und konnte nun im «aufgedunsenen Hamburger Moloch», der ihm schon seit Jahren ein Dorn im Auge gewesen war, rationalisieren. Die personalintensive Grundlagenforschung in der Zentrale geißelte er gern als «unergiebige Spielwiesen profilierungssüchtiger Wissenschaftler». Und die Manager der Park-Pharma-Töchter unterstützten ihn dabei, weil auch sie sich von Contra ein gewaltiges Geschäft versprachen.

Zumindest für den Vormittag hatte sich Vorstandsmitglied Andreas Drostenberg angesagt. Er erschien kurz vor 10 Uhr und begrüßte die Kollegen aus Japan und den USA überschwänglich. Lund fiel wieder seine massige Sportlichkeit auf. Der Mann strahlte die Energie einer Dampfwalze aus, fand er.

«Frau Morsleben, meine Herren, wir sprechen heute über ein Projekt, das unserem Konzern eine ganz neue Richtung geben kann, eine völlig neue Dimension eröffnen wird. Der Protonenpumpenhemmer Contra revolutioniert die Therapie der Magenerkrankungen. Wir sind hier führend in der Forschung, wir werden den Markt erobern. Herr Dr. Lund, Sie haben das Wort.»

Lund räusperte sich. Für diesen Auftritt hatte er sich exakt vorbereitet. Ohne auf seine Notizen sehen zu müssen, gab er zunächst einen kurzen Bericht zum Stand des Projekts. Die Tierversuche waren weitgehend abgeschlossen, bislang gab es keinerlei Anzeichen auf unerwünschte Nebenwirkungen. Auch die Testreihen mit Freiwilligen bestätigten, dass Contra hervorragend vertragen wurde.

Zufriedenes Kopfnicken von Drostenberg. Contra würde als Kapseln mit 10, 20 und 40 Milligramm Wirkstoff und außerdem als Infusionslösung produziert werden, was nach Überzeugung des Vertriebs die beste Marktabdeckung garantiere. Erneutes Kopfnicken.

Lund hatte lange überlegt, ob er in dieser Runde eine Sache diskutieren sollte, die ihn schon seit Wochen beschäftigte. Er wusste, dass er für Irritationen sorgen würde, doch er hielt es für seine verdammte Pflicht, Drostenberg und die anderen zumindest zu informieren.

«Bevor wir über erste Marketingstrategien und langfristige PR-Maßnahmen diskutieren, möchte ich noch ein grundsätzliches Problem ansprechen. Der Wirkstoff unseres neuen Medikaments verspricht gute Erfolge bei der Behandlung von Magengeschwüren. Darüber hinaus, und das ist bislang während der Entwicklung zwar erkannt, aber völlig außer Acht gelassen worden, könnte das Mittel den lang erhofften Durchbruch in der Augenheilkunde bei der Glaukombehandlung bringen. Ein Segen für Patienten mit grauem Star. Angesichts der Tatsache, dass es wirksame Magenmedikamente gibt, sollten wir zumindest darüber reden, ob wir unser Präparat nicht völlig anders positionieren.»

Er sah, wie Drostenbergs massiger Kopf rot anschwoll. Es war nicht zu überhören, dass er tief durchatmete und durch die Nase schnaubte.

Johann Schell, der Marketingchef von Park Pharma, ein fröhlicher Rheinländer, den seine Freunde «Johnny Cash» nannten, begann laut zu lachen: «Lund, Sie gefallen mir. Das ist die beste Idee seit Erfindung des Kaugummis. Saukomisch. Wir machen aus unserer Superpille einen Drops für Opas Matschauge?»

Lund registrierte, wie sich Schell die Lachtränen von der Wange wischte, bevor er weitersprach. «Das kann doch nicht Ihr Ernst sein. Wissen Sie, wo Sie mit den Kosten pro Tagesdosis bei Augentröpfchen landen? Ab 9 Pfennig aufwärts; wenn Sie Glück haben landen Sie bei 40 Pfennig. Wir reden hier aber über Umsätze zwischen fünf und zwölf Mark pro Mann und Magen am Tag. Und wir reden über Millionen Fälle, nicht über 100 000 Leutchen mit Augenhochdruck.»

Schell kicherte noch eine Weile weiter. Und Lund war klar, dass er einen kapitalen Bock geschossen hatte.

Vertriebsleiter Gerd Poll, der stets eifersüchtig darüber wachte, dass Schell mit seinen präzisen Analysen nicht zu viel Ruhm einstrich, haute in dieselbe Kerbe: «Der Markt wächst außerdem ständig weiter, Herr Lund. Je mehr Türken und andere Ausländer nach Deutschland kommen, umso besser. Die haben doch alle Probleme mit dem Essen hier und bevölkern die Arztpraxen.»

Ehe Lund etwas erwidern konnte, meldete sich Drostenberg zu Wort: «Ihr Beitrag war interessant, Herr Lund, aber das Nötige ist jetzt dazu gesagt. Das Medikament ist und bleibt ein Magenmittel. Park Pharma wird damit endlich auf die wirklichen Mega-Märkte vorstoßen.»

Lund hätte sich ohrfeigen können. Die ganze Aktion war natürlich von Anfang an idiotisch gewesen. Es war klar, dass er damit gegen die Wand laufen musste. Die hatten ja wirklich Recht. Park Pharma war keine karitative Einrichtung. Er sah zu Drostenberg hinüber; dessen Gesicht hatte wieder Normalfarbe angenommen.

In die peinliche Stille hinein meldete sich Dr. Bill Hansen. Den Entwicklungsleiter von Park Pharma USA hatte

Lund vor kurzem kennen gelernt, und er ahnte, dass Bill ihm zu Hilfe kommen wollte. Im schönsten Südstaatenjargon sagte er: «Sebastian, du solltest uns deine eigenen neuen Forschungsergebnisse zu Contra vorstellen, die mögliche Anwendung im Bereich der Atemwege. Da haben wir offenbar signifikante Vorteile gegenüber der Konkurrenz.»

Das war das nötige Stichwort für Lund, der völlig aus dem Tritt gekommen war. Jetzt schilderte er, dass Contra beim blutenden Magengeschwür und der Vorbeugung gegen den so genannten Stressmagen besser als andere Präparate wirkte und im Gegensatz zu diesen keinerlei Karzinogenität aufweise. Schon das seien wichtige Marketingargumente.

Das Beste hob er sich für den Schluss auf. «Die Behandlung der Refluxkrankheit, also des Säurerückflusses aus dem Magen in die Speiseröhre, ist mit Contra bedeutend besser. Die Forschungen amerikanischer Kollegen und meine eigenen belegen, dass wichtige Krankheiten wie Asthma, chronischer Reizhusten, Heiserkeit, Nasennebenhöhlen- und Kehlkopfentzündungen mit dem Reflux in unmittelbarer Verbindung stehen. Schon kleinste Säuretröpfchen in den Atemwegen führen zu diesen Komplikationen. Die Behandlung mit Contra bedeutet also auch gleichzeitig eine Vorbeugung oder Heilung der Atemwegserkrankungen. Es ist leicht auszumalen, was das für das Weltmarktpotential unseres Produkts heißt.»

Es herrschte Schweigen im Konferenzsaal. Lund sah zu Drostenberg hinüber. Der Boss schien zu überlegen, ob er weiterhin wütend oder doch begeistert sein sollte.

Drostenberg entschied sich für Begeisterung: «Habe ich nicht immer gepredigt, dass wir auf einer Goldader sitzen? Gratulation, Herr Lund, dass Sie das endgültig bewiesen haben. Jetzt müssen Sie in Ihrer klinischen Entwicklung alle Kräfte auf Contra werfen. Die anderen Abteilungen sind ab sofort zur Unterstützung verpflichtet. Von Widerständen will ich nichts hören. Und wie sieht es mit der Umsatzplanung aus? Herr Schell, Sie haben das doch vorbereitet.»

Marketingchef «Johnny Cash» war erkennbar sauer. «Unsere Papiere können wir in den Schredder schieben. Nach dem Vortrag von Herrn Lund ist das alles Makulatur. Immer müssen wir vor den Medizinern auf den Knien rutschen, damit wir aktuelle Informationen bekommen.»

«Seien Sie nicht so mimosenhaft, Schell», baffte Drostenberg, «Sie sind doch Profi. Also, was ist?» Angriffe auf Lund schienen ab sofort verboten.

Lund sah, wie schwer es Schell fiel, seinen Ärger herunterzuschlucken. «Bisher gingen wir von 600 Millionen Mark Umsatz drei Jahre nach Markteinführung aus.» Er trank einen Schluck Kaffee und schien nachzudenken. «Vorsichtig geschätzt, dürfte sich das Potential jetzt mindestens verdoppeln.»

Die Experten aus den USA und Japan nickten.

«Wie steht es mit der PR-Planung und Veröffentlichungen in der deutschen Fachpresse?», wollte Drostenberg nun wissen.

«Wenn ich nochmal darf», sagte Johann Schell. «Also, bei den Fachblättern habe ich schon mal vorgefühlt und erzählt, was wir Tolles im Rohr haben. Die waren ganz begeistert und werden sofort entsprechende Beiträge drucken. Erste Kontakte zu bekannten Autoren habe ich geknüpft. Wenn wir grünes Licht geben, legen die los. Als

PR-Maßnahme für die Praktiker denke ich an eine Reihe von Kongressen in allen Bundesländern mit Instituten. Dafür brauchen wir einen Topmann, und ich glaube, ich kenne den richtigen.»

Lund bewunderte, wie gekonnt Schell seine Kunstpausen setzte, um die Spannung zu erhöhen. Es klappte auch dieses Mal.

«Ja, los, Schell, raus damit», schnaubte Drostenberg.

«Also, mein Kandidat», Schell zog die Worte etwas in die Länge, «heißt Professor Hans-Heinrich Schmolke, Ordinarius an der Universität München.»

Lund kannte Schmolke als angesehenen Spezialisten der Magenheilkunde. Wenn er sich recht erinnerte, stand Schmolke kurz vor der Emeritierung.

«Dieser komische Magen-Papst? Mit dem Kerl hatten wir doch vor Jahren mal Streit, der hat uns doch öffentlich angegriffen. Um was ging das damals?», fragte Drostenberg irritiert.

«Arzneimittelexporte in die Dritte Welt. Längst vergessen. Aber das ist gerade das Gute. Der Mann gilt als kritisch. Und er hat noch einen großen Vorteil, er leidet schwer an der Ordinarienkrise.»

Lund musste grinsen, Schell servierte seine Vorträge immer mit der richtigen Portion Witz.

«Was ist das denn für eine seltsame Krankheit?», fragte Drostenberg.

Schell blieb ganz ernst: «In Fachkreisen wird das auch der Emeritierungsschock genannt. Professor Schmolke scheidet demnächst aus dem Dienst. Und wie die meisten Ordinarien überfallen ihn zwei Ängste – die Angst vor Armut, unbegründet, aber da, und die Angst vor Bedeutungslosigkeit. Der hat doch von heute auf morgen kein

Forum mehr, das ihm gläubig an den Lippen hängt. Keine bildhüschen Studentinnen mehr, die den Herrn Professor anhimmeln. Ich habe einen Freund an der Uni angerufen. Schmolke wollte noch ein Jahr verlängern. Abgelehnt. Die sind froh, wenn er weg ist. Die jungen Leute wollen endlich auch mal an die Futtertröge und Privatpatienten.»

Drostenberg schien begeistert. «Und Sie kennen den Mann, Schell?»

«Kennen ist zu viel gesagt. Ich habe damals wegen der Afrika-Geschichte einmal mit ihm geredet. Aber ich wette mit Ihnen, der ist froh, wenn er für uns Reklame machen kann. Wir müssen ihn nur ordentlich bezahlen. Wenn Sie wollen, fahre ich nächste Woche nach München.»

«Natürlich fahren Sie, Schell, großartige Idee», sagte Drostenberg. «Die Emeritus-Aktion sollten wir einmal ganz systematisch betreiben. Ich habe jetzt den nächsten Termin. Für den Rest der Tagesordnung übernimmt Herr Dr. Lund den Vorsitz. Viel Erfolg, meine Herren.»

Zur Detailarbeit hat der große Meister mal wieder keine Lust, dachte Lund. Es würde ihn nicht wundern, wenn Drostenberg jetzt einen seiner berühmten Mittagstermine hätte und nachher mit etwas Rouge oder Lippenstiftspuren am Kragen zurück ins Büro käme.

•
•
•

«Please hold the line. – Pling, plang, plong – Sie werden verbunden, bitte haben Sie etwas Geduld. – Pling, plang, plong.» Vulpius hasste diese Hinhalteansagen. Er fühlte sich ohnmächtig der Technik ausgeliefert. Schließlich meldete sich die Zentrale der Düsseldorfer Klinik wieder, zurzeit gehe auf der Frauenstation niemand an den

Apparat, sagte eine Frauenstimme. Er ließ sich die Durchwahlnummer geben und probierte es selbst. Jetzt war der Anschluss besetzt. «Mist, verdammter.»

Der nächste Telefonversuch war erfolgreich. Oberarzt Robert Zeil erwies sich als Glückstreffer. «Sie sind ja eine richtige Spürnase, so etwas hätte ich dem Amt gar nicht zugetraut. Die Meldung stammt tatsächlich von uns.»

«Aber wieso bringen Sie eine Lungenentzündung mit Ovolan in Zusammenhang? Das macht für mich keinen Sinn», sagte Vulpius ein wenig geschmeichelt.

«Lungenentzündung? Na, die hat die Patientin auch, aber als Folge einer Lungenembolie.»

Vulpius wurde es ganz heiß. «Davon steht aber in dem Bericht, der mir vorliegt, nichts.»

«Dann ist Ihnen sicherlich auch neu, dass die Frau zusätzlich eine Hirnschädigung erlitten hat. Ihr Zustand ist sehr ernst.»

Auf einen Notizzettel kritzelte Vulpius Stichworte. «Herr Zeil, ich brauche alle Unterlagen über diesen Fall. Komplett.»

«Kommen Sie am besten zu uns und lesen Sie die Krankenakte. Dann können Sie auch die Patientin sehen. Sie sitzt im Rollstuhl. Eine ganz traurige Geschichte.»

«Ich kläre das hier ab und rufe Sie wieder an, wegen eines Termins. Erst mal vielen Dank für Ihre Hilfe.»

Als er den Hörer auflegte, merkte Vulpius, dass er aus allen Poren schwitzte. Er hatte immer geahnt, dass mit der Pille etwas nicht stimmte, das war alles zu glatt gewesen. Jetzt hatte er endlich den Faden in der Hand, bald würde er den sauberen Herren in Hamburg ein paar peinliche Fragen stellen können. Er wischte sich mit dem Taschentuch die Stirn trocken und rückte seine Krawatte zurecht.

Dann lief er den langen Flur entlang. Alle Türen waren geschlossen, niemand war zu sehen. Er empfand die Szenerie als gespenstisch.

Schwindt sah erstaunt von seiner Post auf, als Vulpius nach kurzem Anklopfen vor seinem Schreibtisch stand. «Sie haben ja ganz hektische Flecken, Herr Kollege. Wer hat Sie denn so aufgescheucht?»

«Park Pharma bescheißt uns, mit Verlaub gesagt. Die fälschen Daten in ihren Nebenwirkungsmeldungen. Die kennen offenbar überhaupt keine Skrupel.»

«Sie wissen, was Sie da sagen?» Schwindt zündete sich eine Zigarette an und fixierte Vulpius. «Wenn Sie so die Keule schwingen, müssen Sie wirklich gutes Material im Köcher haben.»

Wieso saß Schwindt so teilnahmslos in seinem Sessel, wenn ihm eine richtige Sensation präsentiert wurde? Begriff er nicht, was das für den Konzern bedeuten könnte? Sie könnten denen das Mittel vom Markt nehmen. Dann wäre Schluss mit dem Millionengeschäft. Vulpius zwang sich, ruhig zu sprechen. «Noch habe ich es nicht auf dem Tisch. Aber ich kann es bekommen. Abholen, in Düsseldorf, morgen könnte ich fahren.»

«Langsam, Verehrtester, langsam. Wir sind eine Bundesbehörde und keine Geldvernichtungsanlage. Lassen Sie sich die Papiere schicken. Die Post ist doch inzwischen schnell und zuverlässig. Eine Dienstreise kann ich Ihnen nicht genehmigen.»

Vulpius begriff nicht, warum Schwindt sich so stur stellte. «Ich bin hier einem großen Betrugsfall auf der Spur. Da müssen wir doch alles unternehmen, um die Belege zu beschaffen. Das kann doch nicht an einer popeligen Reise scheitern.»

«Soll ja nicht scheitern.» Schwindt zog an seiner Zigarette und blies den Rauch mit gelangweilter Miene in Richtung Vulpius. «Aber ich wiederhole mich ungern: Post, keine Reise.»

«Ich möchte nicht wissen, zu welchen Anlässen hier Spesen verplempert werden.»

Schwindt warf seine Brille auf den Schreibtisch. «Jetzt reicht es, Herr Vulpius. Ich kann Sie schon deshalb hier nicht weglassen, weil sich in Ihrem Büro die Akten unbearbeitet stapeln. Unternehmen Sie dagegen etwas, anstatt Weltreisen zu planen.»

Vulpius war nun endgültig sauer. «Wenn ich eine Sekretärin hätte, würde vieles schneller gehen. Ich werde in dem Punkt völlig hängen gelassen.»

«Mir kommen gleich die Tränen.» Schwindt sah ihn kalt an. «Wer fährt denn hier die Mitarbeiterinnen sauer? Die Frauen werden für Wochen krankgeschrieben. Sie sind doch der Experte für Nebenwirkungen. Denken Sie mal darüber nach, welche Sie auslösen in Ihrer Umgebung.» Vulpius verließ wütend das Zimmer. Er ahnte, dass sich Schwindt über seinen gelungenen Gag amüsierte.

Eine halbe Stunde später legte Gerda Schommlitz ihrem Chef ein Formular auf den Tisch. «Eine Unterschrift bitte.»

«Was ist das denn?» Schwindt starrte ungläubig auf den Zettel.

«Eine Ferienmeldung von Herrn Dr. Vulpius.»

«Wie lange?»

«Einen Tag, übermorgen.»

Schwindt schüttelte den Kopf. «Das ist doch nicht zu fassen. Der Kerl nimmt Urlaub und fährt auf eigene Kosten nach Düsseldorf. Haben Sie so etwas Verrücktes schon mal gehört?»

«Noch nie. Aber so eine Hartnäckigkeit, also das imponiert mir.»

Schwindt holte seinen Kugelschreiber und malte seine Paraphe auf den Urlaubszettel. «Also gut, soll er fahren, weil Sie es sind, Frau Schommlitz.»

Er nahm den ersten ICE morgens Viertel nach fünf ab Bahnhof Zoo. Der Zeitungskiosk hatte gerade geöffnet und Vulpius deckte sich mit Reiselektüre ein, drei Tageszeitungen und ein Segelmagazin. Er liebte die Berichte der Einhandsegler, die monatelang allein mit ihren Yachten auf dem Ozean unterwegs waren. Für ihn waren solche Extremtouren eines der letzten Abenteuer auf der sonst so durchorganisierten Welt. Er fand die Vorstellung reizvoll, bis an die Grenzen zu gehen und alles über sich selbst zu erfahren. Es war ja schon bei normalen Törns so, dass die Leute ihr wahres Ich zeigten, wenn sie längere Zeit an Bord eines Schiffes waren. Es würde ihn schon interessieren, als was sich zum Beispiel Schwindt in Extremsituationen entpuppte.

Der Zug fuhr pünktlich. Vulpius fand in dem Großraumwagen einen einzelnen Sitzplatz am Fenster. Er hängte seinen Mantel auf und machte es sich bequem. Draußen zog der Grunewald vorbei. Aus Richtung Speisewagen klapperte der Getränkewagen heran. Vulpius nahm einen Becher Kaffee und ein Schinkenbrötchen. Er frühstückte und sah aus dem Fenster. Bei der Kohlhasenbrücke fuhr die Bahn über den Teltowkanal und kurz danach durch den Bahnhof von Potsdam-Griebnitzsee.

Das war zu DDR-Zeiten der Grenzbahnhof gewesen. Vulpius hatte ihn als Kind gefürchtet. Die mit Maschinenpistolen bewaffneten Grenzer, die damals während der Kontrollen den Zug umstellten, hatten ihm Angst gemacht. Jetzt durchquerten sie Potsdam, fuhren über die lange Brücke über den Großen Zernsee durch das idyllische Havelstädtchen Werder. Wenig später erreichten sie einen größeren Bahnhof.

Als Vulpius das Wort «Brandenburg» auf den großen Emailleschildern las, wurde ihm schlagartig flau. Er hatte völlig verdrängt, dass die Strecke hier entlangführte. Hier, in diesem Ort, hatte er die schrecklichste Zeit seines Lebens verbracht. Ein knappes Jahr hatte er hier als Fluchthelfer im Gefängnis gesessen.

Es war kurz nach dem Bau der Mauer. Vulpius studierte Medizin an der Freien Universität. Mit Freunden hatte er nächtelang darüber diskutiert, wie sie Kommilitonen aus dem Osten in den Westen schleusen könnten. Schließlich hatten sie den Tipp bekommen, die Grenzen im Spandauer Forst zu testen. Die Sperren seien dort noch sehr provisorisch. Vulpius hatte sich bereit erklärt, die Lage auszukundschaften.

In der Abenddämmerung schlich er sich durch das Unterholz an die Stacheldrahtverhaue heran. Es war ganz still, er hörte nur das Knacken alter Zweige unter seinen Schritten. Die Grenzsperren waren nicht allzu hoch und nicht sehr breit. Mit einem scharfen Bolzenschneider müsste man den Stacheldraht schnell durchschneiden können. Wie aus dem Boden gewachsen standen plötzlich zwei Grenzsoldaten mit entsicherten Kalaschnikows vor ihm, den Finger am Abzug. Er musste sich auf den Boden werfen, wurde nach Waffen abgetastet und gefesselt. Seine Proteste, er sei auf Westberliner Gebiet, kommentierte einer der beiden mit einem trockenen «Halt's Maul!».

Sie trieben ihn auf eine Tür in dem Zaun zu, die er nicht bemerkt hatte. Nach dreihundert Metern Fußmarsch wurde er in einen verschlossenen Transporter gestoßen. Er hatte keine Ahnung, wohin man ihn brachte.

Das Vernehmungszimmer war etwa zwanzig Quadratmeter groß, die Fenster vergittert. Auf dem schäbigen Tisch stand eine Lampe mit großem schwenkbarem Blechschirm. Vulpius war von dem grellen Licht geblendet, als er auf den wackeligen Holzstuhl gedrückt wurde. Den Vernehmungsbeamten konnte er nicht sehen, nur hören. Dessen eisig klare Stimme würde er nie mehr vergessen.

«Wer sind deine Hintermänner?»

Vulpius blinzelte. «Es gibt keine. Ich wollte Pilze sammeln.»

«Mach keine Faxen. Wie heißen deine Auftraggeber?»

«Ich sammele immer für mich selber.»

Der Schlag traf ihn am Hinterkopf mit so großer Wucht, dass Vulpius vornüber vom Stuhl kippte. Für kurze Zeit war ihm schwarz vor den Augen. Dann wurde er an den Schultern gepackt und in die Höhe gezogen.

«Jetzt sag endlich die Namen deiner Komplizen, du Schwein. Wer ist alles dabei?»

«Niemand. Die besten Plätze sind geheim, die gibt niemand weiter.»

Vulpius hörte ein unterdrücktes Kichern, dann spürte er einen stechenden Schmerz in der Nierengegend und verlor das Bewusstsein. Als er wieder zu sich kam, saß er auf dem Stuhl, seine Haare und das Hemd waren klatschnass.

«So, du Komiker, jetzt fangen wir noch einmal von vorn an. Du heißt Hartmut Vulpius, studierst Medizin an der so genannten Freien Universität in Westberlin und konspirierst gegen die Deutsche Demokratische Republik. Du organisierst verbotenen Menschenhandel. Wir lochen dich zehn Jahre dafür ein. Pack aus, solange du noch Zeit hast.»

Vulpius schwieg. Neben der Lampe erschien ein hageres, bartloses Gesicht mit tiefen Stirnfalten. «Wir haben hier jeden weich gekocht, glaub mir das. Ich an deiner Stelle würde reden.»

Vulpius sah seinen Peiniger mit ausdruckslosem Gesicht an und sagte nichts. Er hatte furchtbare Schmerzen.

«Abführen! Raus mit dem Stück Dreck.»

Die Zelle war kalt. Ihn fror. Das gleißende Deckenlicht blieb in dieser und den nächsten zwei Nächten an. Die Verhöre und Quälereien wiederholten sich. Vulpius sagte nichts. In einem Schnellverfahren wurde er wegen versuchten Menschenhandels zu drei Jahren Zuchthaus verurteilt.

Tagsüber arbeitete er im Straßenbau. Nachts lag er in seiner Zelle und sprach stundenlang mit seinem Mithäftling, einem fünfzigjährigen Arbeiter. Der richtete ihn auf, wenn er verzweifelt war. «Sie können dir alles nehmen, aber verlier nicht deine Würde.» Diesen Satz hörte Vulpius immer wieder.

Nach einem halben Jahr Haft bekam er Besuch von der Staatssicherheit. – Freiheit gegen Spitzeldienste. Vulpius lehnte ab. Völlig unerwartet wurde er dann nach einem drei viertel Jahr von der Stasi am Bahnhof Friedrichstraße in die S-Bahn Richtung Zoologischer Garten gesetzt.

Der Zug fuhr eine lange Rechtskurve. Vulpius sah aus dem Fenster. Draußen kräuselte sich das Wasser des Möserschen Sees. Als sie Genthin erreichten, vertiefte er sich in seine Zeitungen.

Die Klinik im Düsseldorfer Stadtteil Flingern erreichte er mit der Straßenbahn. Er fragte sich zu Oberarzt Robert Zeil durch. Der lud ihn gleich zu einem Kaffee in sein penibel aufgeräumtes Dienstzimmer ein und legte ihm die Krankenakte auf den Tisch.

«Am besten lesen Sie erst mal. Ich mache meine Runde und bin in einer halben Stunde wieder zurück. Dann können wir reden und anschließend die Patientin besuchen, wenn Sie das wollen.»

Vulpius nickte. «Sehr einverstanden, Herr Zeil, danke.»

Er nippte an der Kaffeetasse und begann zu lesen. Ruth Löwe war 25 Jahre alt und von Beruf Krankenschwester. Sie hatte ohne jede Beschwerden jahrelang eine Antibabypille genommen. Vor einem halben Jahr hatte sie sich Ovolan verschreiben lassen, auf Empfehlung einer Freundin. Sechs Wochen nachdem sie begonnen hatte, die neue Pille zu schlucken, war sie eines Nachmittags von beklemmender Atemnot befallen worden und dann umgekippt. Auf der Intensivstation war der Lungeninfarkt erfolgreich bekämpft worden. Gegen das

Blutgerinnsel im Kopf waren die Ärzte allerdings machtlos gewesen. Ruth Löwe war seitdem an den Rollstuhl gefesselt. Vulpius studierte die Therapie-Aufzeichnungen. Die Kollegen hatten in der Tat alles Menschenmögliche unternommen.

Zeil war Vulpius auf Anhieb sympathisch gewesen. Ein fideler Rotschopf, der die gute Laune gepachtet zu haben schien. «Na, haben Sie unseren Pillenkrimi genossen?» Er warf sich auf seinen Schreibtischsessel, nahm aus einem glänzenden Holzkästchen auf dem Tisch eine Filterzigarette und zündete sie an. «Ein Laster braucht der Mensch in seinem kurzen Leben. Ich weiß selbst, dass es nicht gut ist für mich, aber andere fressen kiloweise Pralinen, um die Nerven zu beruhigen.»

«Und die Frau Löwe hat vorher nie Thromboseneigungen gehabt?»

Zeil zog den Rauch tief ein. «Kein Stück, die war pumperlgesund. Keine Auffälligkeiten beim Gesundheitscheck vor einem Jahr.»

«Und andere Medikamente?»

«Nix, nicht einmal Hustensaft, das macht für mich die Sache so eindeutig. Genauso wie der nahe zeitliche Zusammenhang. Deshalb war ich auch so sicher, als ich meine Verdachtsmeldung losgelassen habe.» Zeil drückte die Zigerattenkippe in einem Kunststoffascher aus. «Werbegeschenk meines Lieblingspillendrehers», grinste er. Vulpius sah die schwarze Lindensilhouette, das Markenzeichen von Park Pharma.

«Und haben Sie noch eine Durchschrift Ihrer Originalmeldung?»

«Na klar. Sie kriegen eine Kopie. Ich lasse Ihnen auch die Krankenakte duplizieren.»

Sie gingen den Flur der Krankenstation entlang. Am Glasverschlag der Stationsschwester stoppte Zeil. «Sweetheart, einmal komplett Kopien bitte. Du weißt doch, die Sekretärin vom Chef ist nicht da. Du bist ein Engel, danke.» Die Schwester warf den Blick zur Decke, machte eine Dem-kann-man-doch-nichts-abschlagen-Miene und nahm die Akte.

Auf dem Gang kam ihnen ein Mann entgegen, der einen Rollstuhl mit einer jungen Frau vor sich her schob. Die muss früher sehr hübsch gewesen sein, dachte Vulpius. Jetzt war sie ein Bild des Jammers. Ihr linker Mundwinkel hing etwas herab. Speichel lief in einer dünnen Spur das Kinn hinunter.

«Na, das ist ja prima», Zeil strahlte die Frau an, «ich suche Sie und Sie kommen mir entgegen. Sie haben Besuch aus Berlin, Frau Löwe, der Mann, von dem ich Ihnen erzählt habe.» Sie versuchte ein Lächeln, ihre großen braunen Augen sahen Vulpius an. Sie probierte, etwas zu sagen, er konnte die Gurgellaute nicht verstehen.

«Sie freut sich, dass Sie gekommen sind. Das ist übrigens der Vater von Ruth Löwe und das ist Herr Dr. Vulpius vom Amt aus Berlin.» Die beiden Männer schüttelten sich die Hand.

«Danke, dass Sie sich die Mühe machen. Unterstützung können wir gebrauchen.»

«Wenn sich alle gesucht und gefunden haben, brauchen Sie mich nicht unbedingt.» Zeil streichelte zärtlich über die Wange der jungen Frau und machte kehrt.

Der Vater schob den Rollstuhl in ein Krankenzimmer, Vulpius folgte ihm. Er sah zu, wie der Mann seine Tochter behutsam aus dem Stuhl in das Bett hob und sie zudeckte. Dann wischte er ihr mit einem Papiertaschentuch zärtlich den Mund und das Kinn trocken. Er liebte seine Tochter ganz offensichtlich. Es musste furchtbar für ihn sein, sie so hilflos zu sehen.

«Ich habe Ihnen was mitgebracht, damit Sie sehen, wie Ruth früher war.» Der Vater gab ihm ein kleines Fotoalbum. Die Bilder zeigten eine fröhliche junge Frau auf dem Fahrrad, beim Pizzaessen, bei einer Wanderung in den Bergen und am Strand im Badeanzug. Vulpius fiel auf, dass sie eine verführerische Figur hatte.

«Ruth sieht so gerne Filme. Deshalb habe ich den Videorekorder hierhin gestellt. Im Fernsehen gibt es ja nicht immer was Anständiges.» Der Vater schob eine Kassette in den Rekorder. «Hier können Sie sie noch einmal sehen, Herr Doktor.»

Rockmusik war zu hören. Auf dem Bildschirm erschien Ruth Löwe, die mit einem Freund wild Rock 'n' Roll tanzte, mit dauernden Drehungen und gewagten Überschlägen. Schnitt. Siegerehrung. Die beiden hatten den zweiten Preis im Tanzwettbewerb gewonnen, Ruth Löwe lachte glücklich in die Kamera. Wenig später war eine breite Schneepiste mit Slalomstöcken zu sehen. Erst klein, dann immer größer und schneller kam Ruth Löwe auf die Kamera zugefahren. Sie stand perfekt auf ihren Skiern. Die nächste Szene zeigte sie als hilfloses Häufchen Elend im Rollstuhl.

Der Vater hatte sich zu seiner Tochter auf das Bett gesetzt und hielt ihre Hand. Beide weinten. Auch Vulpius wurde es eng in der Brust, er musste schlucken und räusperte sich: «Ich kann Ihnen nur raten, nehmen Sie sich einen guten Anwalt und klagen Sie. Sie haben gute Chancen. Öffentlichkeit ist das Einzige, was diese Firmen fürchten. Wenn ein Medikament ins Gerede kommt, das schmerzt.»

«Ich habe denen ja schon geschrieben. Aber die haben mich ganz kalt abfahren lassen. Ich soll nachweisen, dass die Krankheit meiner Tochter etwas mit den Pillen zu tun hat. Die bestreiten jeden Zusammenhang.» Der Vater wischte sich die Tränen von der Wange.

«Lassen Sie sich nicht irremachen. Wenn es Ihnen recht ist, werde ich Ihnen einen Anwalt empfehlen, der in solchen Dingen erfahren ist. Und eine Bitte an Sie habe ich auch. Ich möchte das Video für ein paar Tage ausleihen. Ich will es einigen Kollegen vorführen.»

Der Vater nahm das Band aus dem Rekorder und gab es Vulpius.

Als er wieder im Zimmer vor Zeil saß, war er erleichtert. Der Anblick von Ruth Löwe nahm ihn mehr mit, als er erwartet hatte. Zeil kam mit einem Packen Kopien und sah die Kassette, die Vulpius in der Hand hielt. «Da können Sie sich ja einen netten Videoabend im Amt machen, hübscher Streifen, den Sie da haben.»

«Der liebe Gott erhalte Ihnen Ihren Humor.»

«Sie sagen es, Herr Vulpius. Ich glaube, mein sonniges Gemüt hilft den Kranken mehr als meine Trauermiene. Den Stapel hier können Sie mitnehmen. Haben Sie noch Zeit für einen Imbiss?»

Vulpius sah auf seine Uhr. Wenn er sich beeilte, würde er den nächsten Zug erreichen und noch vor Mitternacht zu Hause sein. «Danke. Nächstes Mal vielleicht. Sie haben mir sehr geholfen. Ich werde Sie auf dem Laufenden halten.»

«Schade eigentlich. So was Schönes wie ein Füchschen-Alt habt ihr in Berlin nämlich nicht. Also dann, gute Reise.»

Vulpius nahm die Treppenstufen zum Bahnsteig in langen Sätzen. Als er keuchend oben ankam, war kein Zug mehr zu sehen. Mist, verdammter! Vulpius war sauer. Er schwitzte vor Anstrengung. Als er auf die große Normaluhr mit der Zuganzeige sah, bemerkte er, dass der ICE nach Berlin noch gar nicht gefahren war. Der fabelhafte Schnellzug hatte Verspätung. Vulpius atmete tief durch und schlenderte den Bahnsteig entlang.

Viel Betrieb war nicht. Ein älteres Ehepaar saß unkommod auf den modernen Drahtsitzen, beide hatten einen kleinen Rollkoffer vor sich stehen und lasen Zeitung. Eine junge Frau im Ökolook mit langem dunkelbraunem Schlabberkleid, grob gestrickter schwarzer Jacke, unförmigen Schnürstiefeln und bananenförmigem Umhängebeutel. Ein mittelalter Managertyp mit obligatem dunkelblauem Mantel und Aktenkoffer.

Zwischen der großen Anzeigetafel mit der Wagenfolge der Züge und dem Getränkeautomaten stand eine große schlanke Frau mit rötlich braunem Lockenkopf. Das Erste, was Vulpius allerdings auffiel, waren ihre schönen schlanken Beine. Sie trug hohe Pumps und einen kurzen Rock. Sie stand mit dem Rücken zu ihm.

Vulpius ging auf die Tafel zu und blickte interessiert auf die gemalten Waggons mit den Nummern. Sein Wagen war viel weiter vorn. Er lief auf die andere Seite der Tafel und schlenderte mit ausdruckslosem Gesicht den Weg zurück. Hohe Wangenknochen, eine wohlgeformte, nicht gerade kleine Nase, große hellbraune Augen und volle Lippen. Vulpius hatte alle Mühe, sie nicht unentwegt anzustarren. Sie schien sich darüber zu amüsieren.

Über Lautsprecher wurde der Zug nach Berlin angekündigt. Vulpius machte sich auf den Weg zum Abschnitt D. Der Zug fuhr ein. Er drehte sich um, die Frau mit den rotbraunen Locken stand noch neben dem Getränkeautomaten. Er fand seinen Platz am Fenster, hängte den Mantel auf und setzte sich. Er hatte Hunger und Appetit auf ein kühles Bier. Warum war er nicht gleich in den Speisewagen gegangen? Vulpius nahm Mantel und Tasche und lief los. Der Zug fuhr auf seinem Weg aus dem Bahnhof über mehrere Weichen, und Vulpius wurde von links nach rechts geworfen. Er drängelte sich an Menschen und Koffern vorbei.

Das Bordrestaurant war ausgebucht. An einem Zweiertisch entdeckte er noch einen freien Platz. Auf dem Stuhl gegenüber saß die Frau mit den rotbraunen Haaren und las in einem Buch.

«Ist dieser Platz noch frei?», fragte er mit einer Mischung aus Beklemmung und Freude.

Sie blickte von ihrem Buch auf und lachte. «Ja, setzen Sie sich, dann können wir unser Gespräch von eben fortsetzen.»

Vulpius bekam rote Ohren, dann musste auch er lachen. «Gute Idee. Bis jetzt war es ja sehr anregend. Ich heiße übrigens Vulpius.» Er streckte ihr die Hand hin. Sie nahm sie und sah ihn belustigt an.

«Eva Berninghaus, willkommen auf unserer Fahrt nach Berlin.» Vulpius setzte sich. Sie hatte eine angenehme Altstimme.

«Haben Sie schon etwas ausgewählt?», fragte er und griff zur Speisekarte.

«Gewählt schon, aber mit dem Bestellen wird es schwierig. Hier herrscht Hochbetrieb. Ich bin gespannt.»

Am Nebentisch gab der Mann mit dem Aktenkoffer, der auch am Bahnsteig gewartet hatte, seine Bestellung auf.

«Kann Ihr Koch Rumpsteak braten, nicht zu dick, aber zart medium?»

«Selbstverständlich, mein Herr, deshalb steht es ja auf der Karte», sagte der Kellner mit hartem Akzent.

«Reden Sie keinen Unsinn, das ist doch kein Argument. Aber wenn er es wirklich kann, dann soll er es machen. Und einen Côte du Rhone dazu.» Der Kellner machte eine kurze Verbeugung und schwirrte zur Küche ab.

«Möchten Sie hier servieren?»

«Jeder Beruf hat so seine Mucken. Gezwungen wird er ja wohl nicht», antwortete Vulpius und bewunderte ihre schönen großen Augen.

Als sie dann schließlich auch bestellt hatten, verbreitete sich Vulpius über das unverfängliche Thema, wie angenehm das Reisen im ICE sei. Sie benutzte auch lieber die Bahn, als auf verspätete Flugzeuge zu warten. Sie erzählte ihm, dass sie Journalistin sei und gerade für ein Hamburger Magazin einen Psychologiekongress besucht habe. «Am spannendsten fand ich einen Vortrag über ‹Machtkämpfe und Motivation – modernes Management›.»

Der Kellner servierte die Getränke und goss die Gläser voll. «Zum Wohl, die Herrschaften.» Die beiden tranken sich zu.

«Das hört sich interessant an», sagte Vulpius. «Und welche Erkenntnisse können Sie dem geneigten Leser mitteilen?»

Sie stellte das Glas wieder auf den Tisch. «Ich schicke Ihnen das Manuskript, wenn es fertig ist. Aber sollten Sie ein von der Mama verwöhntes Nesthäkchen als Chef oder Partner haben, dem in der Kindheit jeder Wunsch erfüllt wurde, dann können Sie sich gratulieren. Egomanen, Angstbeißer und Trotzkopf-Tyrannen.»

Am Nebentisch wurde das Rumpsteak mit feinen Gemüsen und Röstkartoffeln serviert. Der Kellner hatte gerade mit einem «Guten Appetit, der Herr!» den Tisch verlassen, da wurde er zurückgepfiffen.

«Räumen Sie den Fraß wieder ab. Ich habe extra gefragt, ob der Koch Fleisch braten kann. Das ist nicht medium, das ist eine Schuhsohle. Bringen Sie mir Kartoffelsalat und Würstchen. Die wird dieser Schienen-Bocuse ja wohl heiß kriegen.»

Vulpius und Eva Berninghaus sahen sich an und kicherten. «Typischer Fall von Trotzkopf-Tyrann. Auf großer Bühne Menschen zu Kleinholz machen», sagte Eva.

«Ich bin sicher, dass der nicht nur Nesthäkchen, sondern dazu noch Einzelkind ist.» Vulpius wischte sich den Bierschaum von der Lippe.

«Präzise Analyse, Herr Vulpius, Sie können es weit bringen. Womit befassen Sie sich eigentlich?»

«Mit Menschen und Medikamenten. Ich bin Arzt.»

Der Kellner brachte ihr Essen. Sie aßen mit großem Appetit. Am Nebentisch verspeiste der Nadelstreifen gelangweilt seine Knackwurst. Der Rotwein passte dazu nun gar nicht, fand Vulpius.

«Kochen Sie gerne?», fragte er.

«Gerne ja, aber viel zu selten. Ich lebe ziemlich hektisch und für sich selbst in der Küche zu wirbeln ist langweilig und zu aufwendig. In der Zeit lese ich lieber ein Buch.»

Sie lebte also allein. Er merkte, dass ihm die Mitteilung gefiel. Vulpius erfuhr, dass sie als behütete Tochter einer Bremer Kaufmannsfamilie aufgewachsen und gleich nach dem Abitur ausgebrochen war. Die beschauliche Behäbigkeit rund um Roland, Rathaus und Bürgerpark hatte sie damals als Lähmung empfunden. Sie hatte sich in Berlin ins Studentenleben gestürzt, nach längeren Aufenthalten in Paris und New York war sie vor sechs Jahren wieder an die Spree zurückgekehrt. Sie wollte immer da sein, wo wirklich das Leben pulsiert.

Sie waren die letzten Gäste, als der Zug Berlin erreichte. «Haben Sie eine Visitenkarte?», fragte Vulpius, nachdem er gezahlt hatte.

Sie holte eine Karte aus ihrer Brieftasche. «Sie haben Glück. Ganz neu. Jetzt auch mit E-Mail-Adresse. Vielen Dank übrigens für die Einladung.»

Er sah, dass sie im selben Stadtteil wohnte wie er. «Mich können Sie am besten im Büro erreichen, hier, auf meiner Karte steht die Durchwahl drauf.»

«Na, prima. Sie müssen mir irgendwann einmal den Unterschied von Fliegen- und Blinker-Angeln erklären. Ich finde das sehr spannend.»

«Mein Lieblingsthema», sagte Vulpius. Dass sie ihn auf den Arm nahm, fand er erfrischend.

Es war kurz vor Mitternacht. In der Halle des Bahnhofs Zoo hatten Penner wieder ihre Plätze bezogen. Eva Berninghaus und Vulpius nahmen dieselbe U-Bahn. Am Heidelberger Platz stieg Eva aus. «War schön mit Ihnen.» Als der Zug anfuhr, sah Vulpius, dass sie sich zu ihm umwandte.

Er schloss die Wohnungstür auf. Sabine war noch wach. Sie saß im Wohnzimmer vor dem Fernseher.

«Ist ja nett, dass du auch mal an die Burg kommst.»

Ihr gereizter Tonfall vertrieb augenblicklich seine gute Stimmung. «Du weißt doch, wo ich war.»

Sie richtete sich im Sessel auf und stellte ihr leeres Weinglas auf den Tisch. «Ja, ich weiß. Du hast Urlaub in Düsseldorf gemacht. So bescheuert kannst auch nur du sein. Im Amt werden sie sich über dich kaputtlachen.»

Vulpius wünschte sich, sie hätte schon geschlafen. «Interessiert dich, was in Düsseldorf los war?» Sie verzog das Gesicht und er bedauerte im selben Augenblick, sie gefragt zu haben.

«Natürlich, mich interessiert immer alles, was dir wichtig ist. Es dreht sich ohnehin alles um dich. Dass ich mit deinem Sohn die größten Probleme habe, ist dir ja egal. Seine Lehrerin hat angerufen, Peter ist faul und rüpelhaft, so wird er das Abitur nie schaffen, sagt sie.»

Sabine quetschte die Fernbedienung zwischen ihren Fingern. Die Mattscheibe des Fernsehers wurde dunkel.

Vulpius versuchte, seine Frau mit sanfter Stimme zu beruhigen. «Dann müssen wir ganz ernst mit ihm reden.»

«Wir? Du! Du musst dich einmal in deinem Leben intensiv mit deinem Sohn auseinander setzen. Und nicht in deine Arbeit flüchten, wenn hier die Hütte brennt.» Ehe er noch antworten konnte, hatte sie die Fernbedienung hingeworfen und war aus dem Zimmer gegangen.

Vulpius war völlig verdattert. Sabine hatte solche Wutausbrüche selten, aber wenn, dann umso heftiger. Der Ärger staute sich in ihr und irgendwann kam es zur Explosion. Wobei die Zahl der Gewitter in letzter Zeit deutlich zugenommen hatte. Ihm war das peinlich und lästig. Aber vielleicht hatte sie ja mit ihren Vorwürfen Recht und er war schuld daran, dass sie immer häufiger die Nerven verlor. Er müsste sich mehr Zeit für Sabine und den Jungen nehmen und ihnen tatsächlich zuhören, anstatt schon wieder an seine Pillen und Studien zu denken.

Vulpius schenkte einen Schluck Wein in ein Glas, setzte sich in den Sessel und trank. Was hatte ihn an dieser Frau im Zug eigentlich so fasziniert? Dass sie so selbstverständlich selbstbewusst war?

Er zog ihre Visitenkarte aus der Tasche und betrachtete sie. Am Montag würde er ihr eine E-Mail schicken. Er war schon jetzt gespannt, wie sie darauf reagieren würde. Vulpius fühlte sich plötzlich seltsam beschwingt.

Es war schon kurz nach zehn, als Sebastian Lund aufwachte. Die Sonne schien ihm ins Gesicht. Er hasste Gardinen, aber eine Jalousie sollte er sich wenigstens in seinem Schlafzimmer installieren. Er gähnte und streckte sich. Wochenenden waren herrlich. Dann sah er auf die vielen Umzugskartons, die unausgepackt an der gegenüberliegenden Wand gestapelt waren. Heute würde kein Weg daran vorbeiführen, heute würde er Ordnung in sein Privatleben bringen.

Mit einem entschlossenen Satz sprang er aus dem Bett und ging ins Bad. Als er den Rasierschaum mit dem Pinsel im Gesicht verteilte, war sein Tagesprogramm fertig: Er würde einmal um die Alster laufen, danach ein paar Brötchen und Milch kaufen, frühstücken, Zeitung lesen, eine Sinatra-CD auflegen und dann auspacken. Abends könnte er mal wieder ins Kino gehen. Es liefen einige von der Kritik hoch gepriesene Filme. Statt Kino könnte er allerdings auch mal einen Kneipenausflug unternehmen, um unter Leute zu kommen. Er würde Schell anrufen und nach den richtigen Adressen fragen.

Aus dem Karton mit der Aufschrift «Schuhe» zog er das Paar Nike, das er als neuste Wunderentwicklung noch in New York gekauft hatte. Seinen Jogginganzug fand er nach langer Suche schließlich in einem Karton mit dem Zettel «Küche» in der untersten Reihe. Er erinnerte sich, dass er den Anzug beim Umzug in der Waschmaschine vergessen und einfach in die letzte offene Kiste gestopft hatte. Er war wirklich höchste Zeit, hier Ordnung zu schaffen.

Als er wenig später in Höhe des Hotels Atlantik um die Alster joggte, kam ihm Johann Schell entgegengelaufen. Schon etwas außer Atem, aber vergnügt wie immer.

«Ich mache schon meine zweite Runde. Ich brauche das einfach nach einer Woche Büro», sagte er lachend. Lund sah, dass Schells Pullover an einigen Stellen durchgeschwitzt war. «Wenn Sie für heute Nachmittag nichts vorhaben, sind Sie zu einer Runde Tennis eingeladen. Ich suche nämlich noch einen Partner. Drostenberg hat mir erzählt, dass Sie ein ganz großer Crack sind.»

«Das ist ein bisschen übertrieben, aber es geht ganz gut», sagte Lund und registrierte, dass Drostenberg mit Schell über ihn gesprochen hatte. Wahrscheinlich, um damit zu renommieren, dass er mit ihm nicht nur einen gefragten Wissenschaftler, sondern gleichzeitig ein Sportass in den Konzern geholt hatte. Hochleistungen, egal auf welchem Feld, schmücken immer.

«Na, fabelhaft», sagte Schell und zog sein Frotteeband etwas tiefer in die Stirn. «Dann sehen wir uns um drei bei Blau-Weiß am Rothenbaum. Als mein Gast kommen Sie auf den Platz. Es wird Ihnen gefallen. Ein paar hübsche Park-Pharma-News gibt es übrigens auch noch zum

Après. Bis dann.» Damit setzte sich Schell wieder in Bewegung, winkte kurz und verschwand in Richtung Kennedy-Brücke. Komischer Vogel, aber sehr sympathisch, dachte Lund.

Eine halbe Stunde später war er wieder zu Hause. Er fühlte sich kein bisschen ermattet vom Laufen, sondern im Gegenteil regelrecht erfrischt. Als der Kaffee fertig war, hatte er schon geduscht und zog mit einem großen Frühstückstablett und der Zeitung ins Wohnzimmer um. Vor dem großen Fenster stand sein Lieblingssessel. Die Wohnung lag im dritten Stock. Er blickte in das satte Grün der Gärten und Bäume.

Im Wirtschaftsteil des «Abendblattes» fand er einen Aufmacher über seine neue Firma. Der Held des Artikels: Andreas Drostenberg. Die Schlagzeile: «Ein Manager mit Fortune». Lund verschluckte sich an dem heißen Kaffee. Das würde die anderen Vorstände sicherlich sehr erfreuen, dass Drostenberg sich hier so feiern ließ. Er musste einen guten Draht zur Presse haben.

Konzernchef Dr. Tobias Herbst war in dem Hintergrundbericht nur mit einem Zitat erwähnt. Ansonsten hatte der Redakteur sich auf den dynamischen, visionären Vorstand Drostenberg konzentriert. Ein großes Foto illustrierte den Bericht, ein Manager mit entschlossener Miene sah den Leser an. Drostenberg hatte von den Erfolgen mit der neuen Superpille gesprochen und angekündigt, dass der Konzern mit einem neuartigen Magenmittel zweistellig wachsen werde. An der Börse ahnte man offensichtlich die goldenen Zeiten vorher. Der Kurs der Park-Pharma-Aktie war in nur drei Tagen um hundert Punkte gestiegen. So werden Stars gemacht, sagte sich Lund.

Am Nachmittag saß Lund Schell gegenüber an einem Tisch im Restaurant des Clubhauses und genoss sein Pils. Hier schien gerade alles renoviert und neu ausgestattet. Designermöbel, Decken- und Wandlampen, die wie Vögel zu schweben schienen, ein Teppichboden mit kubistischen Mustern. Mit der gewöhnlichen Gastronomie eines Tennisclubs hatte das nichts zu tun. Mitgliedschaften bei Blau-Weiß wurden gleichsam vererbt, hatte Lund gehört. Jetzt glaubte er es. Hier wollte man unter sich bleiben.

Knapp zwei Stunden lang hatte er sich mit Schell ein scharfes Duell geliefert. Den ersten Satz hatte er gewonnen. Den zweiten hatte Schell nach langen Ballwechseln im Tiebreak für sich entschieden. Sie einigten sich darauf, ihr erstes Match mit diesem Unentschieden zu beenden und weitere Partien folgen zu lassen. Es gefiel Lund, dass Johann Schell die ganze Zeit über ganz entspannt geblieben war. Sie hatten zwar ernsthaft gefightet, aber sich nicht ein einziges Mal darüber gestritten, ob ein Ball noch gut oder schon aus war.

«Haben Sie heute schon Zeitung gelesen?», fragte Schell.

Lund nickte.

«Und, wie fanden Sie den Auftritt unseres Meisters? Hat er Sie beeindruckt?»

Lund trank noch einen Schluck Bier und sagte: «Offen gestanden, mir war das ein bisschen zu heftig. Intern kann es doch jetzt nur Ärger geben.»

Schell lachte. «Offensichtlich hat es Drostenberg darauf angelegt. Er fühlt sich stark genug, seinen Ziehvater Herbst zu kippen und selbst Vorstandsvorsitzender zu werden. Der Zeitpunkt scheint günstig gewählt. Alle Daten und Prognosen sprechen für Drostenberg. Wie ich ihn kenne, hat er Verbündete im Aufsichtsrat gesammelt, ehe er den Aufstand anzettelte.»

Der Kellner kam vorbei und fragte, ob sie noch Wünsche hätten. Schell bestellte sich eine Käseplatte. Lund entschied sich für Nordseekrabben auf Schwarzbrot.

«Sie können das viel besser einschätzen als ich», sagte er, «aber für mein Gefühl spielt Drostenberg ziemlich va banque. Der pokert mit hohem Einsatz, obwohl die Karten noch gar nicht verteilt sind. Kein Mensch weiß doch bis jetzt sicher, ob unser neues Magenpräparat wirklich das erwartete Wundermittel ist.»

«Darauf können Sie Gift nehmen. Ich habe seine Karriere lange verfolgt. Der hat schon ganz andere Sachen zum Erfolg gemacht», sagte Schell nachdenklich.

Lund hörte sich fasziniert die Geschichte vom Aufstieg Andreas Drostenbergs an. Vor zwanzig Jahren hatte er als Lehrling bei Park Pharma angefangen. Ohne das sonst übliche Studium hatte er sich von der Pike auf nach oben gearbeitet. Schon früh war er durch sein kaufmännisches Talent aufgefallen, er roch die Chancen für ein Geschäft und war ein Organisationsgenie.

Die Firma schickte ihn nach Pakistan und Afrika. Das waren konzernintern gefürchtete Standorte – viel Arbeit, viele Probleme, kein Ruhm, keine Ehre. Aber Drostenberg mit seinem Willen, sich unbedingt durchzubeißen, hatte es fertig bekommen, die Umsätze auch dort nach oben zu treiben. Über die Methoden seines überraschenden Erfolges war damals in der Zentrale gemunkelt worden, angeblich rechnete er hohe Summen als «nützliche Aufwendungen» ab – der vornehme steuertechnische Begriff für Bestechungszahlungen im Ausland. Aber das allein konnte nicht sein Erfolgsrezept sein.

Jedenfalls galt Drostenberg als der geeignete Troubleshooter, als Park Pharma im Fernen Osten Probleme bekam. Die amerikanische Konkurrenz hatte sich in japanische Pharmafirmen eingekauft und den Deutschen wichtige Märkte abgejagt. Drostenberg wurde als neuer Chef der Niederlassung nach Tokio geschickt und brachte es fertig, tatsächlich das Blatt zu wenden. Innerhalb weniger Jahre steigerte er den Umsatz um das Vierfache auf mehr als eine Milliarde Mark.

Wenn er zu Konferenzen in Hamburg anreiste, wurde ihm in der Zentrale der rote Teppich ausgerollt. Man erzählte voller Bewunderung, wie es ihm gelungen sei, zu einer Art Familienoberhaupt der Tokioter Filiale zu werden, das von den japanischen Angestellten zum lieben Gott hochstilisiert wurde. Die deutschen Mitarbeiter fanden diesen Personenkult lächerlich und sagten ihm das auch. Drostenberg akzeptierte diese Kritik lächelnd und antwortete: «Das wird hier von mir erwartet. Man muss sich den Landessitten anpassen. Nur so kann man erfolgreich sein.» Sein Motto, das er immer wieder verkündete, war: «Was gut ist für die Company, kann nicht schlecht sein für andere.» Er schien keine andere Leidenschaft zu haben als die Firma. Außerdem aß er gern, rauchte dicke Havannas und trank häufig mehr Whisky, als ihm gut tat.

«Irgendwann wurde mal das Gerücht gehandelt, es gebe großen Ärger mit Drostenbergs Bestseller in Japan. Genaues weiß ich darüber aber nicht, weil ich damals selbst nicht in Hamburg war», sagte Schell. «Aber doll kann es nicht gewesen sein. Schließlich ist er ja kurz darauf von Herbst in den Vorstand geholt worden. Vom Lehrling in die Chefetage. Unser Firmenblatt hat sich schier überschlagen vor Begeisterung. Hallo ...»

Schell winkte freundlich in Richtung der chromglänzenden Bar neben der Eingangstür. Lund drehte sich um und sah, wie sich ein braun gebrannter Mittfünfziger auf einen der futuristischen Barhocker schwang. Sein volles weißes Haar schien zu leuchten im Kontrast zu seiner dunklen Haut. Links und rechts von ihm setzten sich zwei junge Frauen, beide etwa Mitte zwanzig, beide blond und ausgesprochen hübsch. Die drei lächelten Schell an und winkten zurück.

«Sie haben soeben ein hanseatisches Traumtrio gesehen», sagte Schell, der in Lunds Miene Neugier zu lesen schien. «Professor Rudolf Conrad und seine beiden Töchter. Der Vater ist ein berühmter Arzt, Chef der Chirurgie im Klinikum Altona. Ein guter Kunde unserer Firma. Seine Spezialität sind Herz- und Lungenoperationen. Er gilt auch international als Koryphäe. Seine Frau ist vor zwei Jahren gestorben. Nun geht er mit seinen Töchtern unter die Leute.»

«Mit denen kann er sich wirklich schmücken», antwortete Lund. In diesem Clubhaus hier schienen sich wirklich die Reichen und die Schönen der Stadt zu treffen.

«Mein lieber Lund, Sie sollten nicht nur die Oberfläche sehen. Die beiden haben viel mehr zu bieten. Sie sind blitzgescheit. Claudia, die jüngere, hat Medizin im Eiltempo studiert und macht gerade ihr Examen.»

«Und die andere?», fragte Lund.

Schell zog die rechte Augenbraue hoch. «Die andere ist Cornelia Conrad, promovierte Pharmakologin. Die würde bei uns bestimmt Karriere machen. Aber leider hat sie sich für die andere Seite entschieden.»

«Was meinen Sie denn damit?», fragte Lund.

«Sie arbeitet seit gut einem Jahr in Berlin beim Pillen-

TÜV. Und wie ich gehört habe, ist sie nicht nur eine exzellente Wissenschaftlerin, sie soll auch ihre Aufgabe viel ernster nehmen als viele andere in dem verschlafenen Verein. Wenn Sie Pech haben, landen Sie mit Contra bei Cornelia.» Schell fand sein Wortspiel komisch.

Lund aber wollte im Moment weder an sein neues Medikament denken noch darüber reden. Er fand es einfach höchst bedauerlich, dass Cornelia Conrad in Berlin arbeitete.

«Machen Sie nicht so ein komisches Gesicht. Es wird schon nichts passieren. Und falls Sie sich für die Dame interessieren sollten – sie ist häufig am Wochenende hier. Sie muss Turniere für Blau-Weiß spielen. Tennis spielt sie nämlich auch perfekt», schwärmte Schell. «Ich kann Sie ja mal miteinander bekannt machen.»

Heute schien wirklich sein Tag zu sein, dachte Lund. Was er alles versäumt hätte, wenn er, wie geplant, zu Hause die Kartons ausgepackt hätte!

Lund wurde verlegen, als Schell ihn als neuen Star von Park Pharma vorstellte, seine überragenden Tennisqualitäten lobte und seinen Scherz wiederholte, dass sie und Lund mit seinem Contra demnächst möglicherweise beruflich aufeinander treffen würden. Lund merkte, dass ihn Cornelia Conrad beobachtete. Sie sah wirklich umwerfend aus, fand er. Als er ihr die Hand gab, sagte sie: «Freut mich, Sie kennen zu lernen, Herr Lund. Gute Spieler sind hier immer willkommen. Vielleicht haben Sie ja Lust, mal gegen mich anzutreten.»

Draußen waren dunkle Wolken aufgezogen. Kurz darauf brach ein heftiges Gewitter los.

In dem kleinen Hafen Teufelsbrück an der Elbchaussee herrschte reger Betrieb. Sonne und eine schöne Brise aus Südost – das ideale Segelwetter. Die meisten Boote wurden zum Auslaufen vorbereitet. Auf dem Steg stapelten sich Schwimmwesten und wasserdichte Anzüge in Signalrot, Paddel, Taue, Kühltaschen. Segel wurden gehisst und flatterten knatternd im Wind. Rupprecht Jork hatte die Beine seiner alten Leinenhose hochgekrempelt und schrubbte mit Inbrunst das Mahagonideck seines alten Folkeboots. Er konnte es nicht ausstehen, wenn sich Möwen oder Tauben auf seinem Schmuckstück verewigten. Bei dem Sonnenschein würde das jetzt dunkel-nasse Holz bald wieder trocknen und wunderschön gelblich grau aussehen. Er konnte sich einfach nicht vorstellen, eines dieser modernen schnittigen Kunststoffschiffe zu besitzen. Für ihn waren das Plastikschüsseln.

Jork schob den linken Ärmel seines dunkelblauen Wollpullovers ein wenig hoch und sah auf die Uhr. Es war fünf nach zehn. Eigentlich müsste Matthias Adam langsam ankommen. Er hatte ihm ja gesagt, dass kurz nach elf Tidenwechsel sei. Mit ablaufender Flut wollten sie elbabwärts segeln, bis Glückstadt, dort im Ratskeller zu Mittag essen und sich für die Rücktour ein paar Stück Kuchen aus der netten Konditorei mitnehmen. Segeln macht hungrig und durstig. Jork hatte die Kühlbox mit den Bierdosen und dem Aquavit unter Deck parat gestellt.

Genüsslich zündete er sich mit dem Feuerzeug seine gebogene Pfeife an, blies den mildwürzigen Tabakrauch in die Luft und beobachtete den Bus, der gerade an der gegenüberliegenden Haltestellte stoppte. Unter den Aussteigenden konnte er Adam nicht entdecken.

Sie kannten sich jetzt fast fünfzehn Jahre. Beim Jurastudium in Freiburg hatten sie sich angefreundet. Damals waren sie in derselben schlagenden Verbindung gewesen. Mit Glück und Geschick hatten sie beide ihre Mensuren unbeschadet überstanden. Und obwohl sie das Leben als Korpsstudenten in jeder Weise genossen, hatten sie ihr Studium doch zügig abgeschlossen.

Adam hatte nach dem zweiten Examen gleich noch seinen Doktor gemacht und war dann nach Bonn zum Bundesgesundheitsministerium gegangen. Jork war nach einigen Jahren als angestellter Anwalt in einer großen Hamburger Kanzlei schließlich Chef der Rechtsabteilung bei Park Pharma geworden. Sie hatten sich zu den Geburtstagen und zu Weihnachten immer geschrieben und sich hin und wieder auch in Bonn gesehen, wenn Jork mit Abgeordneten des Gesundheitsausschusses zu Treffen seines Bundesverbandes fuhr.

Als Adam dann zum Justitiar des Berliner Amtes berufen worden war, hatte Jork seine Kontakte zu dem alten Korpsbruder intensiviert. Im Konzern wussten nur Herbst und Drostenberg vage von seinem guten Draht.

Jork drückte gerade mit seinem Stopfer die Glut in seiner Pfeife zusammen, als er Adam die Treppe zum Bootssteg herunterkommen sah. In der einen Hand trug er seine Reisetasche und über der linken Schulter seinen Segelanzug. Der frische Wind blies ihm die langen Haare ins Gesicht.

«Entschuldige, dass ich erst jetzt komme, aber dieser blöde Zug hatte wieder Verspätung. Die bauen noch immer an der Strecke», sagte Adam und stieg so schwungvoll an Bord, dass das Boot gefährlich ins Kippeln kam.

«Immer langsam, noch haben wir ja Zeit», sagte Jork, der seinen Freund am Arm gepackt hatte, um ihn davor zu bewahren, auf der anderen Seite unfreiwillig wieder auszusteigen. «Nun zieh dich erst einmal in Ruhe um, und dann stechen wir gemütlich in See. Bei dem Wetter wird das die reinste Kaffeefahrt. Wir können sogar den Spinnaker setzen bei dem achterlichen Wind.»

Wenig später machte Jork die Leinen los. Sobald sie die hoch aufgetürmte Schutzmauer passierten und auf die freie Elbe kamen, merkten sie, wie kräftig der Wind tatsächlich war. Sie zogen beide ihre Schwimmwesten an. Jork bat Adam, mal kurz die Pinne zu übernehmen, beugte sich in die Koje und holte die Aquavitflasche aus der Eisbox. Er füllte einen kleinen Schnapsbecher voll und kippte ihn über Bord. «Der Erste immer für Neptun. Wie gut, dass wir nicht abergläubisch sind», sagte Jork, goss nach und hielt Adam das zweite Glas hin. «Auf die Gesundheit und auf alles, was wir lieben.» Sie prosteten sich zu.

«Wenn das so weitergeht, sind wir in drei Stunden in Glückstadt», sagte Jork. Er liebte die Elbe, den Blick vom Wasser auf Blankenese und den Süllberg mit seinen weißen Häusern, die von hier unten wie Spielzeug aussahen. Das Grün der mächtigen Bäume am Falkenstein, aus dem ab und an prächtige Villen hervorlugten.

Am Schulauer Fährhaus scholl ihnen aus den großen Lautsprechern der Schiffsbegrüßungsanlage die britische Nationalhymne entgegen, weil ein Frachter mit Heimathafen London die Stelle elbaufwärts passierte.

«Sag mal, Matthias, gibt es eigentlich Neuigkeiten zum Thema Ovolan bei euch?», fragte Jork.

«Das kannst du wohl sagen, und keine besonders guten.» Adam zog seine Baseballmütze etwas tiefer ins Gesicht, um Jork gegen die blendende Sonne ansehen zu können. «Das habe ich dir noch nicht erzählen können. Bislang lag der Fall ja nur bei Frau Dr. Conrad. Was ein Vorteil war, weil die total überlastet ist. Aber nun haben wir da einen Neuen, der mit auf die Sache angesetzt worden ist. Das ist ein unheimlicher Wühler, ein Workaholic. Wenn der sich in etwas verbeißt, lässt er nicht locker.»

Jork hatte seine zweite Pfeife gestopft und angezündet. «Und wer ist auf die Schnapsidee gekommen, einen solchen Spürhund in euer Amt zu holen?»

«Unser lieber Chef Bosch höchstselbst. Fachlich ist der Mann bestimmt erste Wahl. Erfahrener Internist. Soll Schwierigkeiten mit seiner Praxis gehabt haben. Ist denn nun was dran an den Vorwürfen gegen eure Pille?»

«Genaues weiß ich bisher nicht. Ich habe verlangt, dass mir reiner Wein eingeschenkt wird. Wenn du etwas erfährst, lass mich das gleich wissen. Das darf kein Skandal werden.»

Sie mussten die Diskussion unterbrechen. Denn bei Stade hatte der Wind gedreht, sodass sie kreuzen mussten. Kurz vor halb zwei machten sie im Hafen von Glückstadt fest.

Der Kellner servierte ihnen zweimal die Matjesvariationen, die Spezialität des Ratskellers am historischen Marktplatz. Matjes in zehn verschiedenen Zubereitungsarten, mit Saucen von Hausfrauenart mit Sahne und Zwiebeln bis hin zur Currytunke. Für Liebhaber junger Heringe ohne Rogen oder Milch war der Ratskeller in Glückstadt eine erste Adresse.

Jork zog die nächste Matjesschale an seinen Teller und fragte: «Wie heißt dieser komische Mensch bei euch eigentlich?»

«Dr. med. Hartmut Vulpius. Alt-68er. Studiert und promoviert an der Freien Universität zu Berlin. Blendendes Examen. Hatte einen guten Ruf als Internist. Warum er in Schwierigkeiten kam, steht nicht in der Personalakte, recherchiere ich gerade. Ich kenne jemanden in der Kassenärztlichen Vereinigung.»

Ein Hoffnungsschimmer, dachte Jork. «Und sonst nichts? Keine verrückten Leidenschaften, keine Laster, Liebschaften oder so – etwas, woraus sich etwas machen ließe?»

Adam lächelte: «Vulpius ist vielleicht ein bisschen verrückt. Ich habe es erst nicht glauben können. Aber der hat sich gestern einen Tag Urlaub genommen und ist auf eigene Kosten losgefahren, um einem Verdachtsfall nachzuforschen. Eine Dienstreise war abgelehnt worden.»

«Der Mann ist gefährlich», sagte Jork. «Überzeugungstäter lassen sich ganz schwer von ihrem Tun abbringen.»

Nach roter Grütze, Espresso und einer gut gekühlten Runde Jubi machten sich die beiden zurück zum Hafen auf. Sie waren so satt, dass sie auf den Kuchenkauf verzichteten. Adam bestaunte wieder die schönen Barockfassaden der alten Häuser. «Die haben eben wirklich Glück gehabt im Krieg. Hier ist fast nichts kaputtgegangen. Im Prinzip ist alles so geblieben, seit 1617 Dänenkönig Christian IV. sein Glückstadt gegründet hat», erklärte Jork. «Eine Festung an der Elbe, eine Renaissancestadt vom Reißbrett und ein Hort der Religionsfreiheit. Wie vom König erhofft, siedelten sich hier neben Deutschen auch Holländer und Juden aus Portugal an.»

«Es ist immer ein Vergnügen, mit dir zusammen zu sein. Man erlebt was, wird sehr anständig bewirtet und lernt auch noch dabei.»

«Apropos Vergnügen. Das hätte ich fast vergessen.» Jork griff in seine Tasche und zog einen gefalteten, etwas zerknitterten Briefumschlag hervor. «Mit herzlichen Grüßen vom Landschaftspfleger.»

Adam sah Jork kurz an. Nahm den Umschlag und steckte ihn ein, ohne ihn zu öffnen.

Von Westen kamen dunkle Wolken heran. Die ersten Regentropfen fielen, als sie den Hafen verließen. Sie hatten vorsorglich gleich ihre rote Segelkluft angezogen, darüber die Schwimmwesten. Der Wind wehte mindestens mit Stärke 6. Immer häufiger lief das Wasser in Sturzbächen über das Deck. Jork wusste, dass er seinem Boot vertrauen konnte. Das geplankte Mahagonischiff hatte schon andere Wetter mitgemacht. Erstaunt registrierte er, dass Matthias ganz bleich geworden war. Unter Seekrankheit hatte der früher nie gelitten. Es sah so aus, als müsste er sich gleich übergeben.

«Spuck bloß nicht gegen den Wind, Matthias», rief Jork, ein bisschen besorgt und gleichzeitig ein bisschen schadenfroh. Der Junge wird hier so gut gepampert, dachte er, da darf er auch mal ein wenig leiden. «Servier uns noch einen Aquavit, dann geht es dir gleich wieder besser.» Adam winkte ab.

Die Wackeltour dauerte mehr als vier Stunden. Und als sie endlich das Boot an seinem Liegeplatz vertäut hatten, goss sich Jork sein Schnapsglas randvoll und nickte Matthias Adam zu: «War doch prima, dass aus der Kaffeefahrt noch eine richtige Tour geworden ist. Prost.» Adam beeilte sich, seine Sachen zusammenzupacken und sich zu verabschieden. Dann trottete er in seinem roten Anzug durch den Regen in Richtung Bushaltestelle.

Jork sah ihm nach und fand, dass Adam wie ein großer geprügelter Hund aussah. Erst jetzt wurde ihm bewusst, dass der Freund von Anfang an anders gewesen war als sonst. Viel stiller und in sich gekehrter, nichts von der üblichen Fröhlichkeit. Zu Studentenzeiten hatte er einen ganzen Tisch unterhalten können, jeden Schabernack mitgemacht und war ein begnadeter Zocker gewesen. Irgendetwas musste in den vergangenen Monaten mit ihm passiert sein.

Rien ne va plus.» Die weiße Kugel schien in dem Roulettekessel zu tanzen, sie hüpfte über die Zahlenfächer und blieb bei der Drei liegen. «Trois, rouge, impair, manque», verkündete der Croupier und harkte die bunten Chips vom grünen Filz des Spieltisches. Nur drei Treffer waren auszuzahlen. Den Gewinnern wurden ihre Chips routiniert lässig zugeschoben. «Faites votre jeu, Messieurs, Dames.» Der Croupier hatte das Roulette wieder in Schwung gesetzt. Wenig später warf er die Kugel mit leichter Hand entgegen der Laufrichtung in den Kessel.

Die Spielbank an der Reeperbahn schräg gegenüber der legendären Davidwache war an diesem Abend gut besucht. Matthias Adam saß schon seit Stunden an einem der Tische – eingekeilt von einer korpulenten Frau mit roten Haaren, die an beiden Handgelenken schwere Goldarmbänder trug und Kette rauchte, und einem Whisky trinkenden alten Mann, der unangenehm roch. Dennoch war er außerstande aufzustehen, er wusste, genau hier und heute würde er sein Glück machen.

Nach dem schrecklichen Segeltörn war er gleich ins Hotel gefahren – ein billiger Laden am Ende der Reeperbahn, der von außen wie ein weißer Schuhkarton mit Löchern aussah. Ihm reichte das, er würde ohnehin kaum ins Bett kommen heute Nacht. Er hatte für fünftausend Mark Chips gekauft, die runden 10- und 20-Mark-Jetons waren zu kleinen Säulen gestapelt. Auf die teuren großen rechteckigen hatte er zur Sicherheit ein Markstück gelegt. So konnte er mit einem Blick kontrollieren, ob alles in Ordnung war. Es sollte ihm nicht noch einmal passieren, dass ihm ein Mitspieler einen Tausender-Chip stahl und er das erst bemerkte, wenn der Nachbar plötzlich verschwunden war.

Als könne er die Kugel hypnotisieren, so starrte er ihr nach. Sechs! Sechs! Sechs! Verdammt, die Sechs! Er merkte nicht, dass er seine Hände zu Fäusten geballt hatte und ihm der Schweiß auf die Stirn getreten war. «Dixhuit, rouge, pair, manque», kam die kühle Stimme des Croupiers. Achtzehn! Adam beobachtete wie durch einen Schleier, dass seine drei Hunderter-Jetons zum Haufen der anderen Chips gezogen und darunter begraben wurden. Er hätte aufspringen und fluchen können, blieb aber still auf seinem Stuhl sitzen und schob drei neue Chips in Richtung Sechs. Die rote Dame blies ihm Zigarettenrauch ins Gesicht.

Als er dem Croupier den nächsten Tausendmarkschein zum Wechseln hinwarf, hatte er längst begriffen, dass heute keinesfalls sein Tag war. Er hätte sofort nach Berlin zurückfahren und lieber seine Schulden zurückzahlen sollen. Selbst wenn er jetzt ginge, könnte er noch etwas retten. Er blieb. Es kümmerte ihn nicht, dass er sein Jackett durchschwitzte und das trockene Brennen im Hals immer heftiger wurde. Kurz vor drei Uhr war der letzte Tausender gewechselt und verspielt.

Adam lief an den Bars und Stripteaseläden vorbei. Die Versprechungen der Türsteher interessierten ihn genauso wenig wie die Angebote der Prostituierten. Was er dringend brauchte, war neues Geld. Aber hier war nichts zu holen. Gott sei Dank hatte er wenigstens sein Hotel schon bezahlt. Denn Kreditkarten besaß er schon seit einem halben Jahr nicht mehr. Alle gesperrt. Er schloss sein Zimmer auf und warf sein Jackett auf den Stuhl.

Die Konferenz im Amt begann am Montag pünktlich um zehn. Dr. Markus Schwindt führte den Vorsitz. Neben Schwindt saß Gerda Schommlitz, seine Sekretärin. Sie schrieb wie immer das Protokoll. Vulpius war überrascht, wie freundlich sie ihn begrüßt hatte. Das war ihm noch nie passiert.

Benjamin Hildemann, der Pharmakologe der Abteilung, scherzte wie üblich mit Cornelia Conrad. Vulpius fand, dass sie heute besonders gut aussah. Ein vergnügliches Wochenende konnte wohl Wunder wirken. Er hatte sich leider noch einmal mit Sabine gestritten, obwohl er sich wirklich alle Mühe gegeben hatte, auf sie einzugehen. Vulpius wurde aus seinen Gedanken gerissen, als Schwindt mit seinem silbernen Füllhalter auf den Tisch klopfte. «Liebe Kolleginnen und Kollegen, lassen Sie uns anfangen. Die Tagesordnung ist lang genug. Punkt 1 ist heute Ovolan. Frau Conrad und Herr Vulpius bearbeiten den Fall. Wer berichtet?»

«Herr Vulpius, schlage ich vor. Er hat aktuell den besten Überblick», sagte Cornelia Conrad.

«Ja, Herr Vulpius, Sie zeigen wirklich ein beeindruckendes Engagement, geradezu vorbildlich», sagte Schwindt. Frau Schommlitz warf ihrem Chef einen missbilligenden Blick zu und Vulpius spürte den Hohn in dessen Stimme. Er würde ganz ruhig bleiben. Seine Fakten konnte selbst Schwindt nicht wegdiskutieren.

«Die Durchsicht der alten Unterlagen, die Park Pharma anlässlich des Genehmigungsverfahrens Ovolan eingereicht hat, geben keinerlei Hinweise auf mögliche Probleme mit dem Medikament. Weder in den Tierversuchen noch in den verschiedenen Stufen der klinischen Tests wird von bedrohlichen Nebenwirkungen berichtet.» Vulpius musste sich räuspern. Er griff nach seiner Kaffeetasse und fuhr dann fort. «Auffällig ist für mich allein, dass ein großer Teil der Studien von einem privaten Institut erstellt worden ist, das mit Daten niedergelassener Gynäkologen arbeitet. Schlussfolgerungen kann ich daraus allerdings nicht ableiten.»

Sein folgender Bericht über die in jüngster Zeit vermehrt gemeldeten Fälle von Nebenwirkungen war kurz und präzise.

«Kann es sein, dass dieser Boom damit zusammenhängt, dass ein bestimmter Pressedienst das Medikament ins Zwielicht gebracht hat?», fragte Schwindt dazwischen.

«Das kann ich nicht ausschließen. Aber vielleicht ist es ja so, dass die Ärzte jetzt überhaupt ein bisschen kritischer hinsehen. Denn bislang ist ihnen ja mit einem wahren Werbetrommelfeuer eingeimpft worden, dass Ovolan alle Probleme löst. Nach meinen Recherchen frage ich mich inzwischen, ob die schöne einfache Formel – weniger Hormone, weniger Nebenwirkungen – wirklich stimmt.»

«Bleiben Sie sachlich, Herr Vulpius», sagte Schwindt, «diese Argumentation ist nun weiß Gott schlüssig.»

«Habe ich bislang auch gedacht», antwortete Vulpius betont freundlich, «könnte aber gleichwohl falsch sein. Wer sagt uns denn, dass hier nicht Äpfel und Birnen verglichen werden? Hormon ist nicht gleich Hormon. Wenn ich die Struktur des Moleküls so variiere, dass eine ganz andere Wirkstoffpotenz eintritt, dann kann ich mit weniger Mikrogramm trotzdem mehr Schaden anrichten.»

«Das können wir jetzt hier nicht allez hopp entscheiden. Dieses Thema kann sich ja mal Herr Kollege Hildemann vornehmen», entschied Schwindt.

«Keinerlei Spekulation, sondern erwiesene Tatsache ist allerdings, dass Park Pharma uns nicht umfassend informiert hat. Man könnte fast auf die Idee kommen, dass sie uns belügen.»

«Herr Vulpius!» Schwindt war seine Erregung deutlich anzusehen.

«Lasst den Jung doch mal ausreden», sagte Hugo Baer in seinem leichten rheinischen Singsang.

Vulpius berichtete über den Fall der Krankenschwester Ruth Löwe in allen Einzelheiten, zitierte aus der Krankenakte, verlas den Originaltext der Klinikmeldung an Park Pharma mit dem Befund Lungenentzündung nach Lungeninfarkt mit Hirnschädigung. Danach zitierte er die offizielle Mitteilung des Konzerns, in der nur noch von Lungenentzündung die Rede war.

«Damit Sie begreifen, dass wir es hier nicht mit Nummern zu tun haben, sehen Sie sich das an.» Vulpius startete den Videorekorder, den er samt Fernseher am Ende des Tisches aufgebaut hatte. Ruth Löwe tanzte Rock 'n' Roll, fuhr Ski und saß im Rollstuhl. Bei dieser Szene hielt Vulpius das Band an. Die junge Frau blickte die Runde hilflos an.

Gerda Schommlitz kämpfte mit den Tränen.

«Schalten Sie das ab», befahl Schwindt. «Emotionalität hilft uns hier nicht weiter.»

«Da gebe ich Ihnen Recht», erwiderte Vulpius. «Was uns wirklich weiterbrächte, wäre eine amtliche Warnung vor Ovolan. Das würde vor allem den Frauen helfen.»

Jetzt hätte man eine fallende Stecknadel hören können, so still war es plötzlich. Vulpius wusste, dass er gerade eine Bombe auf den Tisch gelegt hatte. Eine Warnmeldung war der erste Teil des so genannten Stufenplans, der schärfsten Waffe des Amtes. Am Ende der Stufen konnte man einen Hersteller zwingen, ein bestimmtes Medikament vom Markt zu nehmen.

Vulpius sah, dass Schwindt als Erster seine Fassung wiedergewann. «So schnell schießen die Preußen nicht», sagte der. «Wir sind als Behörde an Recht und Gesetz gebunden. Und für eine solch einschneidende Maßnahme ist die Faktenlage viel zu dünn. Sie kommen hier mit einem Fall an. Das ist doch lächerlich. Ein Verdacht vielleicht.»

Baer meldete sich zu Wort: «Nu sin' mer wieder da, wo wir immer sin: Reischt der Verdacht oder brauchen mer Beweise?»

«Wir können doch nicht zusehen, wie die Frauen als Versuchskaninchen mit Ovolan einen Massentest machen. Wir wissen doch, dass es ein Risiko gibt. Wir wissen bloß noch nicht, wie groß es ist», sagte Vulpius. «Denken Sie an Contergan.»

«Nicht diese alten Geschichten aus der Steinzeit», sagte Hildemann gequält, «das können Sie nun beileibe nicht mit heute vergleichen. Seitdem haben wir ja die Kontrollen.»

«Na gut, also etwas Aktuelleres», legte Vulpius nach und er wusste, dass er mit seinen Fragen einigen Leuten empfindlich auf die Nerven gehen würde. «Was war mit den HIV-verseuchten Blutpräparaten? Wie viele Tote? Immerhin musste der Herr Präsident hier seinen Sessel räumen.»

«Nicht alles, was hinkt, ist ein Vergleich», sagte Schwindt. «Wenn wir hier auf dem falschen Bein Hurra schreien, dann kann es teuer werden. Sie als gut informierter Bürger haben ja sicher die Nudelgeschichte verfolgt. Amtliche Warnung wegen Verwendung fauler Eier, aus Sorge um die Gesundheit des Verbrauchers. Was war? Nichts, falscher Alarm. Der Staat musste 100 Millionen Mark Schadenersatz berappen. Das können Sie als Steuerzahler doch nicht wollen, Herr Vulpius.»

Zu seiner Überraschung ergriff Cornelia Conrad für ihn Partei. «Ich glaube, wir können die Debatte hier beenden. Wir sind möglicherweise auf der richtigen Fährte. Aber es reicht noch nicht. Ich biete an, ab sofort verstärkt an Ovolan mitzuarbeiten.»

Schwindt war offensichtlich gleichermaßen überrascht und verärgert. Vulpius sah das mit Vergnügen. «Das ist ein Wort, Frau Doktor», sagte er, «vielleicht packen wir es ja gemeinsam.»

Als er drei Stunden später wieder in seinem Büro saß, hatte er das sichere Gefühl, eine neue Verbündete gewonnen zu haben. Die Frau war fachlich sehr gut und Energie hatte sie reichlich, davon war Vulpius überzeugt.

Svenja Morsleben erwartete ihn am Eingang des «Mäusebunkers», wie das zwölfstöckige Gebäude im Konzernjargon genannt wurde. Hier waren die Abteilungen Tierzucht und Tierversuche untergebracht. Eine verschworene Truppe von Wissenschaftlern und Laboranten. Hier waren Krawatten und vornehmes Gehabe verpönt, man kleidete sich leger und duzte sich. Lund hatte nur Lobeshymnen über die Vizechefin der Versuchslabors gehört und war gespannt, was sie ihm zeigen würde. Svenja Morsleben drückte einen Zahlencode an der ersten Stahltür. Nachdem sich die automatisch wieder geschlossen hatte, tippte sie an der nächsten Tür erneut sechs Tasten im Zahlenfeld. Insgesamt viermal. Und jedes Mal wurde der Geruch nach Mäuseurin und Desinfektionsmitteln beißender.

Sie fuhren mit dem Lift in die zwölfte Etage. «Das ist mein Reich», sagte Svenja Morsleben, «rechts die Labors, links die Büros. Contra haben wir im Langzeittest. Neu arbeiten wir mit einer Substanz, die Alzheimerkranken helfen könnte. Kommen Sie mit.»

In dem fensterlosen Raum saßen zwei Laboranten an einem Tisch und beobachteten jeweils fünf Mäuse, die vor ihnen in kleinen Plexiglasboxen umherliefen.

«Gesunde weiße Mäuse putzen sich in regelmäßigen Abständen. Wir untersuchen, wie sich dieses Verhalten durch das Mittel verändert, ob die Tiere aktiver oder langsamer werden.»

Lund bemerkte die Strichlisten, die neben den Boxen lagen. Ein Wecker klingelte, der Test war beendet. Einer der Laboranten ging zu einem blauen Plastiksack, kippte die Mäuse hinein und öffnete eine Gasflasche, die mit dem Sack verbunden war. Sekunden später hörten die Tiere auf zu zappeln. «Das Töten ist gesetzlich vorgeschrieben. Kein Tier darf für mehr als einen Versuch verwendet werden.»

Aus dem Nebenraum kam eine Laborantin mit fünf Mäusen in einem Kasten. Das Fell der Tiere hatte sie mit farbigen Filzschreibern unterschiedlich markiert. Am Schwanz angelte sie eine Maus aus der Box, hielt sie blitzschnell am Nacken fest und setzte eine feine Spritze zwischen die beiden hinteren Zitzenpaare. «Hier wird das Aggressionsverhalten der Tiere untersucht», sagte die Frau. «Ich registriere, ob und wie oft sie miteinander kämpfen. Jeder Test dauert fünfzehn Minuten.» Lund sah ein wenig traurig auf die Nager und den blauen Plastiksack, dann folgte er Svenja Morsleben ins nächste Labor.

An einer der Wände waren bis unter die Decke Rattenkäfige gestapelt. Auch dieser Raum war fensterlos, von der Decke kam kaltes Neonlicht. «Gehen Sie mal zur Seite, das wird gleich unangenehm», sagte sie, griff eine der Ratten an der Schwanzwurzel und schlug sie mit dem Kopf auf die Tischkante. Den Kopf des schlaffen Tieres schob sie in eine Art Guillotine und fing in einem Reagenzglas das Blut auf. «Das untersuchen wir darauf, wie lange unsere Substanzen nachweisbar sind und wie sie auf den Stoffwechsel wirken.»

Lund hatte sich vor Schreck zur Seite gedreht und entdeckte nun zwei Ratten, denen kleine Metallwürfel aus den Köpfen wuchsen. «Das dient der Hirnforschung», sagte Svenja Morsleben. «Unter Vollnarkose implantieren wir den Tieren Zweiwegekanülen. So können wir Gehirnflüssigkeit entnehmen und Substanzen direkt ins Gehirn injizieren. Das sieht schrecklich aus, aber die Tiere leiden nicht, weil das Gehirn ja keine Schmerzrezeptoren hat.»

«Und vertragen die Ratten mein Contra noch immer gut?», fragte Lund und beobachtete nachdenklich die schwarzen Tiere, wie sie durch ihre Käfige sprangen.

«Bislang haben sie keinerlei Probleme damit. Das Zeug scheint ihnen zu bekommen. Sie sehen ja selbst, dass sie putzmunter sind», sagte Svenja Morsleben. Sie zeigte ihm die Mappe mit den Sektionsberichten der inzwischen getöteten Ratten. Er konnte nachlesen, dass in keinem Fall krankhafte Veränderungen der Organe festgestellt worden waren.

«Sie haben Glück, Herr Lund – bis heute jedenfalls. Aber selbst wenn das so bleibt, eine Garantie ist das nicht.»

«Und das sagen ausgerechnet Sie?» Lund mochte Wissenschaftler, die viel von ihrem Fach verstanden und trotzdem ihrer eigenen Arbeit gegenüber skeptisch waren.

«Na, ich weiß ja, was ich Ihnen bieten kann. Zum Beispiel eine exakte Aussage, dass Mäuse, Ratten, Hunde, Katzen ein Medikament wunderbar vertragen und dass die erwünschte Wirkung auch eintritt. Und nun verlassen wir den einigermaßen sicheren Grund und begeben uns auf unbekannte See. Jetzt komme ich mit meinen Erfahrungen, Prognosen, Vermutungen. Häufig liegt man damit ja auch richtig und das Zeug wirkt beim Menschen genauso ohne unerwünschte Folgeerscheinungen. Aber immer wieder mal auch nicht. Wer Ihnen Sicherheiten verspricht, ist entweder ein Dummkopf oder ein Hochstapler.»

«Wenn das die Tierversuchsgegner hören, werden Sie da Ehrenmitglied», witzelte Lund.

«Hören Sie mir auf mit diesen Fanatikern. Die richten mit ihren Gewaltaktionen mehr Schaden an, als ihnen bewusst ist. Die Forscher kapseln sich aus Verfolgungsangst immer mehr ab. Wirklich unsinnige Versuche werden gar nicht mehr publik. Wenn wir hier Nebenwirkungen eines Stoffes erkennen, kann die Menschheit davor bewahrt werden. Das ist doch immerhin etwas.»

Lund hielt einer der Ratten ein Stück Mohrrübe hin, das er neben einem der Käfige entdeckt hatte. «Na, dann sorgen Sie mit Ihren Lieblingen mal dafür, dass meinem schönen Mittel nichts passiert. Das soll nämlich der neue große Umsatzrenner werden.»

«Das, lieber Herr Lund, kann ich schon gar nicht garantieren.»

Katrin Engel war schon gegangen, als Lund wieder in sein Büro kam. Auf seinem Schreibtisch hatte sie mit freundlichen Grüßen eine Anruferliste gelegt. Er sah die Namen durch. Es war niemand dabei, den er nicht auch morgen früh zurückrufen konnte. Wenn er jetzt die Nummer von Cornelia Conrad gehabt hätte, mit der hätte er gern telefoniert.

Vulpius atmete tief durch, ehe er die Wohnungstür aufschloss. Er kam wieder einmal zu spät. Diesmal hatte er auf der Kantstraße im Stau gestanden.

Sabine empfing ihn im Flur. Sie hatte ihr neues rotes Kostüm an und die Pumps. Und sie war wunderbar geschminkt. So hübsch hatte er sie lange nicht gesehen.

«Wie schön, dass du so pünktlich bist und so perfekt angezogen! Dann können wir ja gleich los. Die Blumen hast du sicherlich im Auto liegen. Wir sind eingeladen zum Geburtstag meiner Schwester.» Sie lächelte ihn an.

Vulpius war wie vor den Kopf geschlagen. Es irritierte ihn, dass Sabine ihm keine Szene machte. Heute hätte sie jeden Grund gehabt. Er war wirklich unmöglich.

«Gräm dich nicht, Liebster. Du hast wieder alles über deiner Arbeit vergessen. Den Lehrer von Peter sicherlich auch. Schön voll, deine Tasche. Du darfst zu Hause bleiben und weiterackern. Ich habe für dich abgesagt.»

Es klingelte. «Adieu, mein Lieber, das Taxi. Vielleicht kannst du dich ja um den Jungen kümmern, der hat noch nicht gegessen.» Sie nahm ihren Mantel von der Garderobe und den eingepackten Blumenstrauß, der auf dem Stuhl lag. Die Tür fiel mit einem satten Plopp ins Schloss.

«War klasse, der Abgang, findest du nicht?» Peter war aus seinem Zimmer gekommen und grinste ihn an.

«Auf den Arm nehmen kann ich mich selber», raunzte Vulpius. Aber er war nicht wütend, er fühlte sich vielmehr hilflos. Wahrscheinlich hatte der Junge keine besonders hohe Meinung mehr von ihm.

«Mach doch Bratkartoffeln mit ordentlich Zwiebeln dran, das kannst du, das geht schnell. Eier sind auch da», sagte Peter. «Ruf mich, wenn du fertig bist. Ich muss noch Mathe machen, sonst nervt der Typ morgen wieder.»

Vulpius ließ Tasche und Mantel auf den Stuhl fallen und ging in die Küche. Er stellte das Radio an. Es lief das C-Dur-Konzert von Mozart. Er kannte jede Note, in dieser Musik konnte er baden, dabei konnte er denken und arbeiten. Er band sich eine Schürze um, holte Kartoffeln und Zwiebeln aus der Speisekammer und begann, sie zu schälen. Er würde die Kartoffeln roh braten, das ginge schneller und schmeckte ihm auch besser.

Als das Essen fast fertig war, deckte er den Küchentisch, holte Bier und Apfelsaft aus dem Kühlschrank und rief seinen Sohn.

«Na, siehste. Hat wieder geklappt. Schmeckt prima», sagte Peter und schob sich die nächste Portion in den Mund. «Wie lange wollt ihr es denn noch miteinander aushalten? Mutti ist, glaube ich, ziemlich durch mit dir. Also, um mich braucht ihr euch keine großen Sorgen zu machen, ich ziehe hier sowieso bald aus. Chris und Tommy haben eine scharfe Bude am Prenzlauer Berg gefunden, echt riesig und billig. Ein bisschen verrottet. Da müssen wir was tun. Wird nicht so teuer für dich.»

Der heutige Abend bietet ja einiges, dachte Vulpius. «Und was sagt deine Mutter zu deinen Plänen?»

«Nichts. Die weiß noch nichts davon. Mutti muss erst mal ihr Leben auf die Reihe bringen. Sie wird das bestimmt mit Tante Dorthe besprechen. Hauptsache, du hast die Peilung, finde ich.» Peter trank seinen Saft aus, stand auf, klopfte seinem Vater auf die Schulter und sagte: «War echt lecker. Tschüs.»

Nachdem er die Küche aufgeräumt hatte, nahm Vulpius sich ein Bier mit in sein Arbeitszimmer. Er schaltete seinen Computer ein. Eigentlich hatte er längst geahnt, dass alles so kommen würde, und trotzdem nichts dagegen unternommen. Er hatte zugelassen, dass seine Liebe stückweise starb. Wenn er ehrlich war, hatte Sabine sich nicht geändert. Er war es, der ihre Kritik, ihre Marotten nicht mehr ertragen wollte. Ihn störten plötzlich ihre Nörgeleien, die er zwanzig Jahre für völlig normal gehalten hatte. Ob das auch etwas mit Eva zu tun hatte? Die beschäftigte ihn mehr, als er wollte.

Als der Computerbildschirm aufleuchtete, begann Vulpius, seine amtlichen Untersuchungen, Tabellen, Notizen und Protokolle weiter einzugeben und abzuspeichern. Er war überzeugt, dass diese Vorsichtsmaßnahme wichtig war. Man konnte nie wissen, was sich im Amt abspielte. Er wollte auf jeden Fall verhindern, dass die Ergebnisse seiner aufreibenden Recherchen plötzlich verschwanden.

Wieder musste er an Eva denken. Gleich am Morgen nach ihrer Bahnfahrt hatte er ihr eine E-Mail geschrieben. Als Stichwort hatte er «ICE» eingegeben. «Unser Speisewagenabend hat mir viel Spaß gemacht. Wenn Sie Zeit haben, würde ich das Gespräch in Ihrem Lieblingsrestaurant gern fortsetzen. Herzlichen Gruß, Hartmut Vulpius.»

Er hatte schon mehrmals nachgesehen, jedes Mal mit Herzklopfen und jedes Mal waren die Worte «Keine Post» auf seinem Bildschirm erschienen. Nun versuchte er es noch einmal. Vulpius erinnerte sich daran, wie er früher sehnsüchtig an den Briefkasten gegangen war und wie enttäuscht und traurig wieder weg, wenn der erhoffte Brief nicht darin lag. Mit ähnlichem Bangen wartete er jetzt. «Sie haben Post.» Diesmal war das Feld knallbunt und dann las er:

«Restaurant existiert, Zeit nicht. Ich muss schon wieder weg, vier, fünf Tage, und melde mich bei Rückkehr. Es grüßt Eva Berninghaus.» Nicht überschäumend, fand Vulpius, aber keine Absage, immerhin. Er las den Text ein paar Mal, schließlich war er überzeugt, dass «Restaurant existiert» die entscheidenden Worte und die positive Botschaft waren. Er würde sich in Zukunft daran gewöhnen, auch zwischen den Zeilen zu lesen.

Die 10-Uhr-Maschine von Hamburg nach München hatte Verspätung. Johann Schell blätterte die «Süddeutsche Zeitung» durch, die er aus dem Ständer neben den Kaffeeautomaten gezogen hatte.

Im Lokalteil fand er, wonach er gesucht hatte. Den Bericht über die Verabschiedung von Professor Hans-Heinrich Schmolke, Ordinarius an der Münchner Universität, Fachmann für Magenheilkunde am Klinikum Rechts der Isar. Der bayerische Gesundheitsminister hatte die Laudatio gehalten und den Emeritus über den Schellenkönig gelobt. Schmolke – ein vorbildlicher Forscher, unbestechlich, immer fragend, nie mit dem Erreichten zufrieden. Ein hervorragender Lehrer, der stets für seine Studenten da gewesen sei, der Leistung verlangt, aber auch honoriert habe. Schmolke – ein bedeutender Arzt, für den das Wohl seiner Patienten immer im Mittelpunkt gestanden habe, etc., etc.

Der Rektor der Universität hatte geredet, eine Grußbotschaft des Ministerpräsidenten war verlesen worden, der Landesvater reiste gerade durch China. Nach dem Festakt hatte es noch einen Empfang gegeben, bei dem Schmolke mit Blumen und Geschenken zugeschüttet worden war. Alle, die in München Rang und Namen hatten, die Spitzen aus Wissenschaft, Industrie und Geldadel waren versammelt gewesen.

Schell hatte damals gleich nach der Konferenz Kontakt zu Schmolke aufgenommen. Der war mit einem Treffen einverstanden gewesen. Schell hatte sich ausgerechnet, dass die Schockphase unmittelbar nach dem Abgang der beste Zeitpunkt für sein Vorhaben wäre. Der Euphorie des letzten Tages würde sicher der Absturz folgen, und er musste den Professor bekommen, ehe er sich davon erholt und sich womöglich neu orientiert hätte.

Im Flugzeug sah Schell noch einmal seine Unterlagen über Contra durch, las das Memo zum vierten Mal, in dem er alles über Schmolke hatte zusammentragen lassen, was in Archiven, in Zeitschriften und Büchern zu finden war, außerdem Aussagen von Freund und Feind, seine Stärken, Schwächen, Vorlieben und Macken. Schmolke trank zum Beispiel am liebsten österreichischen Weißwein, fuhr nach Norwegen und Kanada zum Angeln – hoffentlich muss ich da niemals mit, dachte Schell – und sammelte Porzellan.

Das Grundstück im Stadtteil Grünwald war mit einer weißen Mauer umgeben, die von einer Buchenhecke überragt wurde. Frau Schmolke erwartete ihn. Sie war ganz anders, als er sie sich vorgestellt hatte. Relativ klein, ein bisschen pummelig, zupackend und fröhlich. «Mein Mann freut sich auf Sie, Herr Schell. Der Abschied scheint ihm doch schwerer zu fallen, als er immer prophezeit hat.»

Hans-Heinrich Schmolke hatte seine Anzugjacke ausgezogen und thronte, umgeben von üppigen Blumensträußen, in einem großen Sessel. Auf dem Esstisch stapelten sich Pakete, zum Teil waren sie aufgerissen. Er hielt gerade einen Harlekin aus Meißener Porzellan in der Hand. «Ja, willkommen, Herr Schell.» Schmolke war einen Kopf größer als Schell, der sich unangenehm daran erinnerte, wie im wahrsten Sinne von oben herab ihn Schmolke schon einmal behandelt hatte. Jetzt war davon nichts zu spüren.

Der Professor machte ein verzweifeltes Gesicht. «Was die Leute einem da einpacken, ist manchmal schon abenteuerlich. Den Vogel hat bislang mein Nachfolger abgeschossen. Obwohl er natürlich weiß, dass ich nie mit einem Füllhalter schreibe, schenkt er mir so ein Ding.

Wahrscheinlich hat er das selbst in die Hand gedrückt bekommen. Und dazu legt er eine Karte, ich hätte ja jetzt Zeit, der Kunst des Schreibens zu frönen oder so ähnlich.»

Schell entdeckte das Präsent auf dem Tisch. Es war ein edler teurer Montblanc, eine noble Geste von dem Herrn Nachfolger, fand er.

«Herr Professor, selbst wenn der Mann es ironisch gemeint hat, es ist ja mehr Wahrheit darin, als er zu ahnen vermag», sagte Schell gedrechselt. Er wollte seinen Angelhaken so beiläufig wie möglich auslegen.

Schmolke sah ihn mit einer Mischung aus Missmut und Neugier an. «Wie meinen Sie das?»

Schell holte zum großen Crescendo aus. «Herr Professor Schmolke, wir wissen, dass Ihre Emeritierung viel zu früh gekommen ist. Aber was hat sich geändert? Eigentlich nichts. Sie sind ein Mediziner von internationalem Rang geblieben, einer von denjenigen, wie man sie ganz selten trifft.»

Er machte eine Pause, Schmolke hing inzwischen an seinen Lippen. «Unser Konzern würde sich glücklich schätzen, wenn wir Sie als wissenschaftlichen Berater gewinnen könnten.» Schell malte ihm die Zukunft aus. Park Pharma würde ihm in München ein repräsentatives Büro einrichten, ihm eine Sekretärin stellen, seine Spesen übernehmen und ein stattliches Honorar zahlen. Er könne weiter wissenschaftlich arbeiten, vor allem publizieren, und seine ganze Erfahrung in das neue Projekt Contra einbringen. «Wir suchen einen überzeugenden, unabhängigen Mann – und wer wäre da besser geeignet als Sie, Herr Professor!»

Schmolke nickte bedächtig. Er machte den Eindruck, als könne er jeden Satz der Hymne unterschreiben. Er sagte alles zu, was ihm da angeboten wurde. Erst auf der Taxifahrt zum Flughafen wunderte sich Schell darüber, wie problemlos alles gelaufen war. Der Pensionierungsschock musste gewaltig sein.

Vulpius schloss die Wohnungstür auf. Es war sehr spät geworden. Aber seit er zu Hause ausgezogen war und sich ein Appartement gemietet hatte, störte das niemanden mehr. Sabine hatte auf der Trennung bestanden und er hatte eingesehen, dass es für sie beide das Beste wäre. Peter war inzwischen in einem Internat und nicht am Prenzlauer Berg gelandet. Anfangs hatte er sich mächtig gegen den Plan der Eltern gewehrt. Aber in diesem Punkt waren sie sich einig gewesen. Und gottlob fühlte der Junge sich inzwischen wohl, hatte Freunde gefunden und arbeitete freiwillig mehr als unter Sabines fürsorglicher Fuchtel.

Sein Tag im Amt war heute alles andere als erfreulich gewesen. Und Eva Berninghaus war morgens zu einem Termin an der Universität Leipzig gefahren. Er wusste nicht, wann sie zurückkommen würde. Vulpius hatte sich gerade ein Schwarzbrot mit Schinken gemacht, da klingelte das Telefon. Eva. Sie wollte mit ihm essen gehen, in ihrem Lieblingslokal.

Wunderbar. Vulpius klappte einen zweiten Teller über sein Brot und stellte es in den Kühlschrank. Er griff seinen Mantel und machte sich auf den Weg. Dass es inzwischen zu nieseln begonnen hatte, störte ihn nicht.

Ihr Lieblingslokal war das «Chez Maurice», ein Bistro

mit einer kleinen, aber sehr guten Karte. Bei Maurice Pillar bekam man auch einen guten Bordeaux glasweise serviert, seitdem trank auch Vulpius öfter Wein. Er konnte sich noch genau an den ersten Abend hier erinnern. Sie hatten viel gelacht. Eva erzählte wunderbar komische Geschichten. Sie hatte schauspielerische Talente und konnte die unterschiedlichsten Stimmen nachmachen. Er kannte die Leute natürlich alle nicht – irgendwelche Chefredakteure, Ressortleiter, Psychologen und Soziologen, die mehr oder weniger gescheites Zeug daherredeten –, aber wenn Eva sie imitierte, sah er sie vor sich.

An diesem Abend war es sogar ihm gelungen, Geschichten aus dem Amt zu erzählen, die komisch waren. Kurz vor Mitternacht hatte er sie nach Hause gebracht, in einem kleinen Park hatten sie sich zum ersten Mal geküsst und Vulpius war danach wie auf Daunen gegangen. Sie hatten sich danach häufig getroffen, und als Vulpius ihr sagte, Sabine und er würden sich trennen, hatte sie geantwortet: «Such dir eine eigene Bleibe, ich finde es himmlisch, in zwei Wohnungen zu leben.» In dieser Nacht hatten sie miteinander geschlafen.

Eva drückte die gläserne Eingangstür auf und schüttelte sich wie eine nasse Katze. Der Nieselregen hatte sich in einen Guss verwandelt. Maurice reichte ihr eine große weiße Serviette und sie rubbelte sich die Haare trocken. «Magnifique comme toujours, Madame», kommentierte der Wirt, als er ihr den Stuhl an den Tisch rückte. Vulpius gab Eva einen Kuss und sagte: «Ich habe nicht mehr zu hoffen gewagt, dass dieser Horrortag noch so schön enden würde.»

Sie nahm ein Stück Baguette aus dem Brotkorb und biss

mit Lust hinein. «Haben sie dich heute geschlagen oder geknebelt? Komm, du Ärmster, erzähl es mir.»

«Ich hatte wieder einen unsäglichen Krach mit Schwindt», sagte er.

«Langsam könnte man auf die Idee kommen, dass der dich rausekeln will.»

Vulpius trank einen Schluck von dem Elsässer Riesling, den Maurice empfohlen hatte, und nickte. Eva war wie immer auf der richtigen Fährte. «Der hat mich morgens zu sich zitiert, mich zwanzig Minuten im Vorzimmer warten lassen, um mir dann vorzuwerfen, ich führe wegen Ovolan einen Privatkrieg gegen Park Pharma, jage Phantomen nach und würde andere Arbeiten vernachlässigen.«

«Ziemlich starker Tobak für ein Gespräch am frühen Vormittag.» Eva nahm seine Hand und streichelte sie. «Und du hast zurückgeschossen, wie ich dich kenne.»

Sie kennt mich besser als jeder andere, dachte Vulpius. Für sie bin ich ein offenes Buch. Sie weiß genau, wie ich fühle und denke.

«Der hat doch überhaupt keine Ahnung. Für den sind das Ovolan-Opfer, aber keine Menschen. Am schlimmsten finde ich, dass der Konzern die besten Lobbyisten im Amt hat. Als ich ihm das gesagt habe, ist er ausgeflippt. Hier, guck mal.» Vulpius zog einen vierseitigen Brief aus seiner Jacketttasche. Eva, die sich gerade ein Stück warmen Ziegenkäse in den Mund geschoben hatte, wischte sich mit der Serviette über die Lippen, nahm die Blätter und begann zu lesen.

«Abmahnung.» Schwindt hatte mit der Akuratesse eines Buchhalters aufgelistet, warum Vulpius was zu viel gemacht oder unterlassen hatte. Die Vorwürfe reichten von «Verweigerungshaltung», über «unkooperativ», «undiszipliniert» bis hin zu «Renitenz gegenüber Vorgesetzten» und «entstandene Rückstände nicht abgearbeitet».

Der letzte Absatz lautete: «Ihr vorstehend beschriebenes Verhalten mahnen wir hiermit ab und weisen darauf hin, dass wir uns vorbehalten, das Arbeitsverhältnis zu kündigen, sobald sich eine der genannten Vertrags- bzw. Dienstpflichtverletzungen wiederholt oder weitere erhebliche Umstände eintreten oder bekannt werden. Hochachtungsvoll.»

Eva schüttelte den Kopf. «Das ist ja eine grässliche Sprache. Du wirfst da offenbar zu viel Sand ins Getriebe. Denk an den alten Baer und seinen Spruch, von dem du mir erzählt hast: Das Schlimmste, was Sie hier machen können, ist, zu viel zu arbeiten.»

Bei dem Gedanken an Hugo Baer musste er lächeln. Der hatte den Schwindt bei jeder Gelegenheit gezwickt und gezwackt, ganz freundlich und unangreifbar, aber hundsgemein. Von dem hätte er eine Menge lernen können, aber Baer war vergangenen Monat in Pension gegangen.

«Und was willst du gegen diesen Schrieb unternehmen?», fragte Eva.

Vulpius zuckte mit den Achseln: «Ich muss mich wohl hinsetzen und die Vorwürfe Punkt für Punkt zurückweisen.» Solcher Bürokratismus war ihm zwar zuwider, aber er würde ihnen die Hetzjagd so schwer wie möglich machen.

Maurice servierte das Hauptgericht und empfahl zu Lamm ein Glas Châteaux Chasse-Spleen.

«Die ganze Zeit haben wir nur über mich gesprochen. Jetzt musst du erzählen: Was hast du erlebt?», fragte Vulpius.

Eva hatte sich gerade eine Gabel voll Nudeln aufgedreht. «Moment. – Die Pilze sind göttlich. Also erst mal habe ich einen völlig überfüllten Intercity erlebt. Heute Morgen wollte die ganze Welt nach Leipzig. Der Kongress war sehr spannend. Besonders ein neues Konzept zur Therapie von Menschen in Krisensituationen. Ziel ist es, die seelischen Batterien wieder aufzuladen, ehe es zum großen Zusammenbruch kommt. Wenn ich das Thema richtig anpacke, kann ich eine Titelgeschichte schreiben. Das interessiert jeden, vielleicht auch dich, mein Lieber.»

Im Amt sprach sich mit der Zeit herum, dass Vulpius die «gelbe Karte» gezeigt bekommen hatte, wie das im Flurfunk genannt wurde. Die Reaktionen auf die Nachricht fielen unterschiedlich aus. Einige fanden, dass Vulpius «hyperaktiv» sei und das bewährte Gefüge des ganzen Ladens durcheinander bringe, und andere bestärkten ihn darin, weiterzumachen, weil es ein Segen wäre, wenn hier mal frische Luft hereinkäme.

Am meisten hatte er sich darüber gefreut, dass eines Morgens Cornelia Conrad in sein Büro gekommen war. Sie hatte bedauert, dass aus der geplanten Zusammenarbeit nun doch nichts geworden sei, denn auch wenn sie im Fall Ovolan nicht ganz seiner Meinung sei, so bewundere sie doch seinen Elan, mit dem er den Dingen auf den Grund gehe. Die Laubaderei vieler Kollegen sei ihr immer mehr ein Graus. «Die interessieren sich schon mit vierzig nur noch dafür, wie sie am gemütlichsten ihre Pensionierung erreichen können, am liebsten die Frühpensionierung», sagte sie.

Drei Tage später stand Cornelia Conrad wieder in seinem Zimmer. Diesmal war sie in Tränen aufgelöst und weiß im Gesicht. «Herr Vulpius, Sie müssen mir helfen. Es ist etwas Schreckliches passiert. Meine Schwester, sie ist am Telefon.» Erst jetzt bemerkte er, dass sie ein Handy in der Rechten hielt. «Sie ist im Zug nach Berlin. Etwa zwanzig Minuten vor Hannover. Es geht ihr miserabel. Sie hat Atemnot und Herzbeklemmung. Ich kann kaum denken vor Angst. Ich glaube, sie hat einen Infarkt. Sie hat sich bis zum Kartentelefon am Speisewagen geschleppt. Claudia, ich bin wieder dran, halt durch, wir helfen dir. Hier ist Herr Vulpius.»

Sie gab ihm zitternd das Telefon, ließ sich auf seinen Besucherstuhl sacken und schluchzte. Vulpius konnte die Schwester nur schlecht verstehen. Sie atmete schwer und hatte Mühe zu sprechen. Vor einer Viertelstunde hatte ein Herzrasen eingesetzt, sie hatte Schweißausbrüche bekommen, ihr war schwarz vor Augen geworden. Sie spürte stechende Schmerzen in der Brust und musste um Luft ringen.

Nach den Symptomen zu urteilen hatte sie einen Lungeninfarkt, da war sich Vulpius ziemlich sicher.

«Bleiben Sie im Speisewagen. Wir schicken einen Rettungswagen zum Bahnhof in Hannover.» Er gab das Handy an Cornelia zurück und griff zu seinem Telefon.

Jetzt müsste Victor helfen. Hastig blätterte er sein Telefonbuch durch. Da war es, Universitätsklinik Hannover mit Durchwahlnummer. Sei an deinem Platz, Junge. Es geht jetzt um Minuten, dachte er und tippte die Nummer in das Tastenfeld. Victor war ein Studienfreund von der FU und seit zehn Jahren Chefarzt in Hannover. Ein fabelhafter Mediziner und patenter Bursche. Wenn jemand es schaffte, diesen Einsatz zu organisieren und Himmel und Hölle in Bewegung zu setzen, dann war es Victor.

Beim dritten Klingeln hob er ab.

«Victor, hier ist Hartmut, Hartmut Vulpius aus Berlin.»

«Na, das ist ja ein Ding, von dir ...»

«Victor, es ist ein Notfall, es geht um Leben und Tod. Ich brauche deine Hilfe.»

Er schilderte die Situation in knappen Sätzen und hörte, wie Victor schon die Anweisung gab, den Rettungshubschrauber zu alarmieren und die Verkehrsleitstelle des Hauptbahnhofs zu verständigen.

«Weißt du irgendetwas über Vorerkrankungen von Frau Conrad?», wollte Victor wissen.

Vulpius fragte Cornelia Conrad. Die schüttelte den Kopf.

«Ne, mein Lieber. Sie ist vierundzwanzig. Die ist kerngesund. Das ist ja das Verrückte», sagte er.

«Beruhige die Schwester. Wir legen jetzt hier los.» Es knackte in der Leitung. Victor hatte aufgelegt.

Cornelia Conrad stand auf und gab Vulpius die Hand.

«Ich weiß nicht, wie ich Ihnen jemals dafür danken kann.»

Er hatte etwas Mühe, seine Rührung zu unterdrücken. «Darüber machen Sie sich mal keine Sorgen. Wichtig ist, dass jetzt alles klappt.»

Sie nahm ihr Mobiltelefon vom Schreibtisch und sagte: «Ich rufe Sie an, sobald ich in Hannover bin.»

«Wie kommen Sie dahin?»

«Mit meinem Auto natürlich, wie denn sonst?»

Vulpius griff nach seinem Jackett und prüfte, ob Portemonnaie und Brieftasche drinsteckten. «Wenn sich jetzt einer nicht ans Steuer setzt, dann sind Sie das, in Ihrem Zustand. Wir wollen doch an einem Tag nicht zwei Katastrophen erleben. Sie müssen nach Hannover, das ist klar. Also werde ich Sie fahren.»

«Aber Sie können hier doch gar nicht weg.»

Vulpius lachte. «Und wie ich kann! Ich gehe jetzt schnell zu Frau Schommlitz, sage der Bescheid und dann geht es los.»

Sie hatten Glück. Am späten Vormittag war wenig Verkehr auf der Stadtautobahn. Es dauerte nur zehn Minuten, bis sie den Funkturm erreichten. Auf der Avus konnte er schon mal probieren, was in dem BMW 328 steckte. Der Wagen machte fast einen Satz. Das Auto war eine Rakete, kein Vergleich zu seinem eigenen. Er genoss es. Als sie bei Lehnin den Berliner Ring verließen, trat er aufs Gaspedal. Cornelia Conrad hatte die Augen geschlossen, sie war eingeschlafen.

Obwohl er genau wusste, wie es auf einer Intensivstation zugeht, konnte Vulpius den Anblick nur schwer ertragen. Claudia Conrad lag bleich im Bett. In beiden Armen steckten Kanülen, die mit zwei Tropfflaschen über dem Bett verbunden waren. Sie wurde künstlich beatmet, mit einer Sonde wurde Flüssigkeit aus der Lunge abgepumpt. Ihre Herzfrequenz und ihre Gehirnströme wurden auf Monitore am Kopfende übertragen.

Das Piepsen der Herztöne ging Vulpius genauso auf die Nerven wie das dumpfe Pumpgeräusch der Beatmungsmaschine. Cornelia Conrad hatte einen Stuhl neben das Bett ihrer Schwester gerückt. Sie streichelte sanft deren Arm und redete leise auf sie ein.

Vulpius hatte das Gefühl, dass er jetzt überflüssig wäre. Cornelia würde so lange hier sitzen bleiben, bis Claudia aufwachte. «Damit sie gleich ein bekanntes Gesicht sieht», hatte sie gesagt.

Vulpius schlich sich aus dem Saal, in dem noch drei andere Intensivpatienten an ihren Schläuchen hingen. Auf dem Flur traf er Victor. Sie umarmten sich. Vulpius fühlte eine Zentnerlast von sich abfallen.

«Das Mädchen ist dem Tod nochmal von der Schippe gehüpft. Wenn die nicht so eine Bombenkondition hätte, wären wir machtlos gewesen. Aber bislang ist alles optimal gelaufen. Wir haben sie stabilisiert. Und jetzt müssen wir beten, dass uns die Lunge nicht zusammenklappt. Das Wasser im rechten Flügel macht mir Sorgen. Über den Berg ist sie noch nicht.» Victor setzte seine Brille ab und rieb sich die Augen.

«Wie lange bist du denn schon auf den Beinen?», fragte Vulpius.

«Auf jeden Fall zu lange. Hier ist seit gestern ununterbrochen Hochbetrieb», antwortete Victor. «Wenn ich bloß wüsste, was mit der Frau los ist! So etwas kommt nicht aus heiterem Himmel. Wenn sie wieder ansprechbar ist, kann sie uns vielleicht einen Hinweis geben.»

«Na, hoffentlich», sagte Vulpius. «Ich werde jetzt den nächsten Zug nach Berlin nehmen. Der Vater der beiden Damen, du weißt, der ist Chef in Altona, wird gleich ankommen. Der kann seiner Tochter besser beistehen als ich. Ihr habt wirklich phantastisch gearbeitet, Victor, vielen Dank.»

«Wir haben unsere Arbeit gemacht und der Himmel hat geholfen», grinste er. «Hoffentlich sehen wir uns demnächst mal aus erfreulicherem Anlass wieder.»

Als sich Vulpius von Cornelia Conrad verabschiedete, drückte sie ihm lange die Hand und gab ihm schließlich einen Kuss auf die Wange. Ihre Schwester lag noch immer regungslos in ihrem Bett.

Es war kurz vor zehn. Aus dem Lautsprecher im Wohnzimmer kam gedämpfte Musik. Markus Schwindt hatte die Krawatte abgenommen und sich einen Pullover angezogen. In der Küche hatte er für Cornelia und sich einen Drink gemixt. Sie war vor einer Viertelstunde aus Hannover zurückgekommen, sah völlig übernächtigt aus und hatte Ringe unter den Augen. Schwindt hatte ihr heißes Wasser in die Wanne laufen lassen.

Vier Tage war sie in Hannover gewesen und hatte abwechselnd mit ihrem Vater Krankenwache gehalten. In der dritten Nacht war ihre Schwester wieder zu Bewusstsein gekommen.

Jetzt kam Cornelia aus dem Bad, in den weißen Mantel gewickelt und ein Handtuch auf dem Kopf, zu einem Turban aufgetürmt. Sie ließ sich auf die Couch fallen, schob ihre Füße unter seine Oberschenkel und nahm das Glas mit dem Gin-Tonic. «Auf das große Glück. Ich glaube, ich begreife erst jetzt, wie schrecklich es wirklich um Claudia stand. Als sie plötzlich die Augen aufmachte – den Moment werde ich nie wieder vergessen.»

Sie sagte, wie dankbar sie Vulpius sei. Ohne seine Verbindungen und ohne seine Besonnenheit wäre Claudia jetzt wahrscheinlich tot. «Und dass er mich dann noch nach Hannover gefahren hat, war wirklich süß.»

Schwindt verzog das Gesicht: «Der alte Bock wollte doch nur mit einer jungen schönen Frau angeben.»

«Du hast einen Knall, Markus. Du bist zynisch und geschmacklos.» Sie nahm ihre Füße von ihm weg und zog sie unter ihren Bademantel.

«Ich finde es bemerkenswert, dass ausgerechnet du das Loblied auf diesen Idioten singst. Du hast ihn doch bis vor kurzem auch zum Kotzen gefunden oder?»

Sie sah Schwindt fassungslos an.

«Ist das so schwer zu begreifen? Der Vulpius hat sich wie ein guter Freund verhalten. Und eines kann ich dir sagen: Auch fachlich ist er offenbar auf der Höhe.»

«Ach, jetzt wird es aber interessant, Frau Doktor», höhnte Schwindt.

«Du kannst ja von ihm halten, was du willst. Aber an einer Tatsache kommst auch du nicht vorbei. Claudia hat seit drei Monaten Ovolan genommen und keine anderen Mittel geschluckt. Erst vor einem Jahr war sie bei Papi zum Gesundheitscheck, nichts, total gesund. Für mich ist der Fall eindeutig. Der Vulpius hat Recht, Markus.»

Schwindt blickte sie mit verächtlicher Miene an. «So ist das also, jetzt hast du dich von diesem linken Spinner bekehren lassen. Es ist zum Lachen.»

«Du kannst doch vor den Fakten nicht die Augen verschließen. Du bist doch viel zu gut, um nicht zu spüren, dass mit dieser Pille etwas faul ist.»

Ungerührt nippte Schwindt an seinem Glas, lächelte und schwieg. Er schien sich über ihr Engagement zu amüsieren.

«Ich glaube, es ist das Beste, wenn ich nach Hause fahre. Ich bin unendlich müde und muss erst mal ausschlafen.» Sie ging ins Bad und zog sich an. Im Flur nahm sie

Mantel und Handtasche. Er war auf der Couch sitzen geblieben und machte auch jetzt keine Anstalten, sich von ihr zu verabschieden. Durch die geöffnete Wohnzimmertür rief sie ihm ein betrübtes «Bis morgen, Markus» zu. Er antwortete fröhlich: «Ja, bis morgen. Komm gut heim.»

Er hatte einen schrecklichen Tag hinter sich, eine Konferenz nach der anderen mit langen Vorträgen, die bewiesen, wie fabelhaft die Dinge für Park Pharma standen. Marktführer auf vielen Gebieten, innovativ in der Forschung. Die interne Beweihräucherungsmaschine lief genauso auf Hochtouren wie die PR-Aktivitäten in der Öffentlichkeit. Sebastian Lund fiel es manchmal schwer, sich dieses Aufgeplustere anzuhören.

Viel sinnvoller wäre es gewesen, er hätte seine Zeit mit den Zulassungsunterlagen für Contra verbracht. Die nächsten Papiere mussten auf den Weg nach Berlin gebracht werden. Im Amt ging ohnehin nichts schnell.

Den heutigen Abend würde er also im Büro verbringen. Katrin Engel hatte ihm frischen Tee gebracht, ehe sie gegangen war, und einen großen Stapel mit den nötigen Akten auf seinen Schreibtisch gelegt. Die Sonne ging hinter der Kuppel des Planetariums unter. Lund schaltete seine Schreibtischlampe an. Er wusste, dass er einer der letzten im Hause war. Er würde seine Ruhe haben.

Den ersten Ordner mit neuen Ergebnissen aus den Tierversuchen hatte er schnell erledigt. Svenja Morsleben und ihre Mannschaft arbeiteten präzise. Bislang gab es keinerlei Probleme mit den Säureblockern. Die nächste Akte war ungewöhnlich dick. Er schlug sie auf und stutzte. Was sollte er denn mit diesem Quatsch?

«Sachstandsbericht Japan-Prozesse» stand auf dem Deckblatt. Irgendjemand hatte hier aber gründlich geschlafen. Er wollte die Mappe schon zur Seite legen, als er auf dem Verteiler an erster Stelle den Namen Drostenberg entdeckte. Na klar, der war ja in Fernost gewesen. Eine einzige Erfolgsstory, die Fahrkarte in den Vorstand. Von Prozessen hatte er in diesem Zusammenhang aber noch nie etwas gehört. Lund blätterte, begann zu lesen und glaubte schon nach wenigen Absätzen einen Thriller vor sich zu haben.

Vor zehn Jahren hatte Drostenberg das Tochterunternehmen in Tokio übernommen und die Umsätze schlagartig nach oben gebracht. Sein bester Renner war das Cortisonpräparat Cortixam gewesen. Schließlich hatte er davon jährlich für gut hundert Millionen Mark verkauft. Drostenberg muss ein Verkaufsgenie sein, dachte Lund.

Das Mittel war in der Akut- und Unfallmedizin eingesetzt worden, zur Behandlung von Asthmaanfällen, Lungenödemen, septischen Schocks und Schädel-Hirn-Traumata. Alles tödliche Krankheiten oder Verletzungen, wenn sie nicht sofort und richtig behandelt werden. Medikamente müssen dabei in Sekunden wirken.

Lund goss sich Tee nach und las voller Spannung weiter. Jahre nachdem es auf dem Markt war, hatte sich bei firmeneigenen Testreihen herausgestellt, dass Cortixam ausgerechnet diese Anti-Schock-Eigenschaft nicht hatte. Keiner der Park-Pharma-Experten konnte abschätzen, wie viele Menschen deshalb zu Tode gekommen waren. Denn etwa bei Unfallopfern hatte kein Arzt Verdacht geschöpft. Der Tod war einfach durch die schweren Verletzungen zu erklären gewesen.

Das war der GAU für einen Pharma-Hersteller. Lund war neugierig, wie der Konzern mit dieser Katastrophe umgegangen war. Er fand das Protokoll einer Krisensitzung. Danach hatte Park Pharma entschieden, das Mittel geräuschlos vom Markt zurückzuziehen. Den damaligen Kunden war auf Nachfragen offiziell folgende Begründung geliefert worden: Cortixam laufe nicht so gut wie prognostiziert, es sei unwirtschaftlich.

Von unwirksam war offiziell keine Rede. Zu Lunds großem Erstaunen hatte diese Strategie Erfolg gehabt. Niemand hatte Verdacht geschöpft. Der Fall hatte keinerlei Aufsehen erregt.

Was er dann allerdings las, ließ ihm den Atem stocken. Für ein Land wurde Cortixam weiterproduziert – für Japan. Gegen Widerstände in der Hamburger Zentrale hatte sich Drostenberg durchgesetzt. Wenn man ihm dieses Mittel von heute auf morgen wegschieße, so hatte er argumentiert, dann könne er seinen Laden in Tokio dichtmachen. Er würde dann nämlich neben den finanziellen Einbußen auch noch sein Gesicht verlieren bei den vielen einflussreichen Leuten, zu denen er die besten Kontakte geknüpft habe. Die Zentrale solle ihm einen anderen «Money-Spinner» an die Hand geben, dann würde er auf Cortixam verzichten, aber erst dann.

Lund war fassungslos. Der Vorstand hatte sich erpressen lassen und das üble Spiel mitgemacht.

Aus einem der «Confidential» gestempelten Dossiers erfuhr Lund auch, wer Drostenbergs wichtigster Verbündeter in Tokio gewesen war – ein Professor der Medizin, der gleichzeitig Vorsitzender eines amtlich bestellten

Pharma-Ausschusses war. Da, anders als in Deutschland, in der Zulassungsbehörde dort keine Ärzte und Pharmazeuten sitzen, richten die Beamten Fachfragen an spezielle Ausschüsse, die mit entsprechenden Experten besetzt sind. Und auch anders als in Deutschland, wurden in Japan neue Medikamente nur vorläufig registriert. Nach fünf Jahren mussten sie erneut zugelassen werden und dafür waren die Krankengeschichten mehrerer tausend Patienten nötig mit genauen Aufzeichnungen über Dosierungen, Wirkungen und Fehlreaktionen der Arznei.

Lund war nur noch wenig überrascht zu erfahren, dass solche Probleme von Drostenberg auf dem direkten Weg gelöst worden waren: Er hatte seinen Professor gekauft. Zunächst hatte er dem Kommissionsvorsitzenden über einen Mittelsmann Umschläge mit Bargeld zukommen lassen, später hatte er den Professor zum Firmenberater mit monatlichen Bezügen gemacht.

Lund schüttelte den Kopf darüber, mit welcher Akribie Justitiar Jork diesen kriminellen Fall dokumentiert hatte: Als das Ministerium an dem Beratervertrag Anstoß nahm, wusste Drostenberg natürlich einen eleganten Ausweg. Er überwies nun der Ehefrau des Professors dieselbe Summe – für ihre Tätigkeit als Übersetzerin. Und der Dauerauftrag wurde auch keineswegs gestoppt, als sie nach gut einem Jahr plötzlich starb. Sie muss im Jenseits weitergearbeitet haben. Im Laufe der Jahre waren mehr als 600 000 Mark Schmiergeld gezahlt worden.

Lund stand von seinem Schreibtisch auf. Er brauchte jetzt einen Schnaps. Im Kühlschrank von Frau Engel fand er nur Mineralwasser und eine angebrochene Tüte Milch. Er erinnerte sich daran, dass sie vor einiger Zeit mal etwas von «Gäste-Cognac» gesagt hatte. In dem Wandschrank, wo sie die Teemaschine untergebracht hatte, fand er eine Flasche Remy Martin, daneben standen vier polierte Cognacschwenker.

Lund stellte sein Glas auf den Schreibtisch und schenkte es bis zur Hälfte voll. In zwei Zügen trank er es aus. Meine Güte, wer hatte ihm bloß diese Bombe in sein Zimmer gelegt. Er war inzwischen sicher, dass der Ordner nicht aus Zufall dort gelandet war. Irgendjemand wollte ihm diese Informationen zuspielen und er musste sich etwas einfallen lassen, wie er das Ding unauffällig wieder loswerden konnte. Auf dem Verteiler war der Name Drostenberg unterstrichen. Also gehörten die Papiere dorthin. Lund goss sich einen Schluck nach.

Der Krimi lief noch weiter. Plötzlich war das Mittel doch ins Gerede gekommen. Bei Hunderten von Jugendlichen war nach der Behandlung mit Cortixam Muskelschwund aufgetreten. Ein Patienten-Schutzverein hatte die Fälle gesammelt und eine Klage auf Schadensersatz eingereicht. Der Fall hatte sogar das japanische Parlament beschäftigt.

In Hamburg war daraufhin wieder ein Krisenstab unter Vorsitz von Rupprecht Jork zusammengetreten. Jork hatte auch darüber ein penibles Protokoll schreiben lassen, das Lund mit eigenartiger Faszination studierte. Die erste Geheimkonferenz dauerte acht Stunden. Jork hatte ein umfangreiches Fragen- und Strategiepapier vorbereitet. Er wollte ganz detailliert wissen, wie die Gesetzeslage in Japan war, was in dem Beipackzettel stand, mit welchen Argumenten Werbung in Fachzeitschriften und im direkten Kontakt zu den Ärzten gemacht worden war.

Weitere Tagesordnungspunkte waren die Auswahl des

Anwaltes, geeignete PR-Maßnahmen, mögliche Rückstellungen wegen Prozessrisikos in der Bilanz. Jork hatte an alles gedacht, wie ein Generalstäbler. Lund hörte förmlich seine leicht schnarrende Stimme, mit der er nachfragte, ob zumindest die genaue Zahl der registrierten Opfer bekannt sei.

Jork hatte es in seinen Vermerken und Protokollen nicht an schonungsloser Offenheit fehlen lassen, wie Lund mit einer gewissen Hochachtung vor der Professionalität des Juristen feststellte. In seiner Notiz zur Prozessstrategie hatte er davor gewarnt, sich zulasten der mitverklagten Mediziner zu exkulpieren und denen Behandlungsfehler vorzuwerfen. «Wir müssen in diesem Fall damit rechnen, dass die Ärzte uns vorwerfen, wir hätten sie unzureichend aufgeklärt und unnötige Anwendungen veranlasst. Schließlich ist die Indikationsliste ungewöhnlich weit gefasst.»

Bei dem nächsten Vermerk musste Lund fast lachen. Jork hatte Drostenberg gefragt: «Ich bitte, eine spezielle Frage zu beachten: Entspricht die amtliche Zulassung der realen Zusammensetzung von Cortixam?» Jork musste gar nichts mehr für unmöglich gehalten haben. Er zweifelte sogar daran, dass Drostenberg den Behörden richtige Unterlagen über die chemische Zusammensetzung des Medikaments geliefert hatte.

Lund hatte die Akten fast durchgesehen. Der Krisenrat hatte offenbar in Abständen von zwei, drei Monaten getagt und die Anwälte die Verfahren mit Verfahrenstricks in die Länge gezogen und ständig Nebenkriegsschauplätze eröffnet. Die jüngste Notiz von Jork lautete: «Für Vergleichsgespräche sehe ich derzeit keinen Anlass. Wir sollten abwarten, ob das Gericht auf uns zukommt.»

Drei Monate bevor Drostenberg in den Vorstand nach Hamburg gewechselt war, hatte die Firma auch in Japan Cortixam vom Markt genommen.

Lund war speiübel. Gegen dieses Gefühl trank er noch einen Cognac. Dann nahm er die Akte, ging über den Flur und ließ die Blätter durch den Kopierer laufen. Die Kopien steckte er in seinen Aktenkoffer. Das Original würde er morgen Katrin Engel als Irrläufer in die Hand drücken. Sie kannte die Sekretärinnen in der Vorstandsetage. Wenn jemand den Fall diskret erledigen konnte, dann war sie es.

Er griff nach seiner Tasche und schloss sein Büro ab. Irgendwo, Richtung Uhlenhorst, würde er eine Kneipe finden. Er hatte beschlossen, sich heute Nacht zu besaufen.

Ich will nicht gestört werden. Soll ich Ihnen das schriftlich geben?» Rupprecht Jork knallte den Telefonhörer auf. Seit einer Stunde quälte er sich mit einem komplizierten Kooperationsvertrag herum. Park Pharma wollte mit einem amerikanischen Genforschungslabor zusammenarbeiten und sich die Option sichern, die Firma nach drei Jahren ganz oder teilweise zu übernehmen.

Das Telefon klingelte schon wieder. «Nein, Frau Zach, nein!», brüllte er jetzt in den Hörer.

«Doch, Herr Jork, doch», antwortete seine Sekretärin, «es ist Ihr Freund aus Berlin, und er sagt, es sei sehr wichtig.» Ohne abzuwarten, hatte sie aufgelegt.

Matthias Adam klang merkwürdig gehetzt. «Endlich, Rupprecht, was war denn bloß los?»

«Es ist nichts Besonderes. Es stapelt sich nur die Arbeit bei mir, sonst nichts», antwortete Jork.

«Ich habe auch keine Zeit. Ich muss nämlich gleich in eine Sitzung. Hier gibt es zurzeit nur ein Thema – Ovolan», sagte Adam, er hatte angefangen zu flüstern. «Es gibt einen neuen Fall von Lungeninfarkt. Diesmal scheint die Kausalkette wirklich geschlossen zu sein. Und die Patientin ist prominent – die jüngere Tochter von Professor Conrad. Jetzt kann die Sache heikel werden, denn der wird nicht aufgeben. Außerdem ist seine ältere Tochter bei uns im Amt.»

«Manchmal kommt es eben etwas dicker», sagte Jork. «Danke für den Anruf und halt mich auf dem aktuellen Stand darüber, was deine Partisanen mit uns vorhaben.»

Mit einem Seufzer schob er die Vertragsunterlagen zur Seite und zog seinen Laptop zu sich. Diesen Vermerk an den Vorstand würde er selbst tippen. Wie immer schilderte er kühl und präzise den Sachverhalt, bat Drostenberg um einen Besprechungstermin und schlug vor, «im Fall Conrad von bewährten Strategien abzuweichen. Stattdessen sollten wir sofort unsere Bereitschaft zur Schadensregulierung erklären. Ich sehe es als die einzige Möglichkeit an, diesen hoch angesehenen Mediziner davon abzuhalten, öffentlich gegen uns vorzugehen. Die Erfahrung zeigt, dass gerade prominente Leute in solchen Situationen die Hilfe der Medien suchen, und die wird ihnen natürlich gern gewährt.»

Der Krisenstab Conrad tagte am Nachmittag um halb sechs. Teilnehmer waren Drostenberg, Jork und Marketingchef Johann Schell. Als Erstes verkündete Drostenberg, dass er – wie von Jork vorgeschlagen – mit Professor

Conrad Kontakt aufnehmen würde. Es gab da genügend Anknüpfungspunkte.

«So, und was haben Sie im Köcher?», wandte er sich an Schell.

Der schlug eine schmale Ledermappe auf und nahm zwei Bögen heraus. «Zunächst kurz zur wirtschaftlichen Bedeutung von Ovolan, dann die Strategien, um unser Mittel vor Angriffen von außen zu schützen.» Drostenberg nickte.

«Mit Ovolan sind wir seit Einführung die Nummer eins am Markt. Diese Spitzenposition haben wir nicht nur gehalten, sondern ständig weiter ausgebaut. Wir liegen jetzt bei 2,3 Millionen Verordnungen pro Jahr, das bedeutet einen Zuwachs von zwölf Prozent gegenüber Vorjahr.»

«Es lohnt den Schweiß der Edelsten», sagte Drostenberg, «dass es so bleibt.»

Schell hatte das zweite Blatt in die Hand genommen. «Ich habe hier alle Maßnahmen aufgeschrieben, mit denen wir die öffentliche Meinung beeinflussen können. Spezielle politische Aktionen habe ich außer Acht gelassen. Als Erstes sollten wir alle Gynäkologen, die an den Ovolan-Studien mitgewirkt haben – die niedergelassenen und die Kliniker –, auffordern, erneut ihre Erfahrungen mit unserem Medikament aufzuschreiben. Angesichts der damaligen Honorare und der großartigen Kongresse dürfte dies keine schwierige Aufgabe sein.»

Sie erinnerten sich alle drei daran, welche Völkerwanderung sich damals in Richtung New York in Bewegung gesetzt hatte: einhundertachtzig Ärzte, die meisten mit ihren Frauen. Fünf Tage im Hotel Waldorf-Astoria. Drei Tage US-Open, die teuersten Karten natürlich, Viertel-, Halbfinale und Endspiel. Ein Musicalabend oder wahlweise Metropolitan Opera. Es stand sinnigerweise «Lohengrin» auf dem Spielplan. Einen Vormittag verbrachte man als Teil eins der Veranstaltung in der neuen Produktionsstätte von Park Pharma in New Jersey. Die Busse dahin waren nicht voll gewesen. Teil zwei war der Vortrag eines bekannten Gynäkologen aus San Francisco über Vorteile niedrig dosierter hormonaler Kontrazeptiva. Der anschließende Tagesordnungspunkt «Diskussion und Erfahrungsaustausch» war in zwanzig Minuten erledigt. Die Schlussabrechnung ergab, dass die Reise knapp eine Million Mark gekostet hatte.

Drostenberg drückte auf seine Telefonanlage und orderte bei Doro Flügge dreimal Kaffee und drei Mineralwasser.

Schell fuhr fort: «Unsere Pharmaberater werden bei ihren Arztbesuchen nach zufriedenen Pillennutzerinnen forschen. Glückliche Frauen, die in schwieriger Lebensphase – Studium, Ausbildung, Arbeitslosigkeit etc. – durch Ovolan sicher vor einer ungewollten Schwangerschaft geschützt wurden und die nun ihr Wunschkind bekommen haben. Die Frauen müssen hübsch sein und ihre Geschichten zu Herzen gehend.»

Mit dem Tablett in der Hand öffnete Doro Flügge die Tür und stellte Gläser, Tassen und Flaschen auf den runden Konferenztisch. Als sie die Tür wieder geschlossen hatte, sagte Drostenberg: «So ungefähr müssten die Mütter aussehen.»

Schell lachte. «Wenn Sie wollen, können wir natürlich auch Models nehmen. Aber echte Mütter wären mir in diesem Fall wirklich lieber. Hier kommt alles auf die Glaubwürdigkeit an.» Er erzählte, dass er mit einer Düsseldorfer Medienagentur mit besten Kontakten zur Presse gesprochen habe. «Die werden zum Thema Pille eine Artikelserie produzieren, in der unsere Mütter und unsere Ärzte prominent auftreten sollen. Das Ganze wird es in zwei Versionen geben. Einmal mehr Herz und Schmerz für eine große Boulevardzeitung, einmal mit wissenschaftlichem Hintergrund und Lebenshilfe für eine Frauenzeitschrift. Mit den Kölnern habe ich auch schon verhandelt, die produzieren die Fernsehbeiträge. Die Botschaft ist in allen Fällen dieselbe: Unsere Pille ist sicher, ein Segen für die Frau. Die neuste Studie belegt sogar, dass sie das Herzinfarktrisiko senkt.»

Die Kölner TV-Produktionsgesellschaft war bekannt für ihre kritischen Beiträge, mit denen sie Fernsehmagazine belieferte. Schell ließ unerwähnt, dass es die Kölner als lukratives Zubrot übernommen hatten, für Park Pharma Videos zur internen Fortbildung, zur Vertreterschulung und PR bei Ärzten herzustellen. Schell hörte so manche Interna aus den Sendern, hatte auch schon einmal erreicht, dass ein Film entschärft worden war. Und nun war man zur Abwechslung ihm mal aktiv zu Diensten.

«Bislang habe ich die Kosten für diese Maßnahmen noch nicht durchgerechnet.» Schell trank einen Schluck Kaffee. «Aber sie halten sich sehr im Rahmen.»

Drostenberg war aufgestanden und ging hinter seinen Schreibtisch. «Dann sind wir also, wie ich sehe, bestens präpariert. Möchte einer der Herren vielleicht eine Zigarre? Ganz frisch aus Kuba. Eine hervorragende Qualität.»

Schell bediente sich. Jork lehnte dankend ab.

Natürlich war im Amt registriert worden, dass Dr. Markus Schwindt nicht mehr mit der hübschen Dr. Cornelia Conrad zu sehen war und dabei überhaupt keinen heiteren Eindruck machte. In der Kantine wurde darüber diskutiert, dass den feschen Doktor noch nie eine Geliebte verlassen hatte. Und er hatte einige gehabt. Man war sich darüber einig, dass sein Ego ziemlich angekratzt sein müsse. Schließlich sei sie ja auch sehr betucht, ein richtiger Verlust für Schwindt. Und jetzt saß sie immer mit Vulpius zusammen. Warum, wusste man nicht so recht. Aber es war unvorstellbar, dass die beiden etwas miteinander hatten.

Markus Schwindt blätterte die Post durch, die ihm Gerda Schommlitz auf den Schreibtisch gelegt hatte. Er schrieb auf die Briefe kurze Anweisungen und setzte seine Paraphe daneben. Das Fax aus London las er zweimal, ehe er explodierte. «Der Kerl ist ja wohl völlig verrückt geworden», sagte er laut und griff zum Telefon. «Frau Schommlitz, schaffen Sie mir den Vulpius her. Aber sofort.»

Es dauerte eine Weile, ehe Gerda Schommlitz in sein Büro kam. Sie hatte Vulpius zuerst vergebens angerufen, dann war sie zu seinem Büro gegangen, leer. «Auf dem Flur habe ich gehört, dass er seit gestern krank ist, soll ich versuchen, ihn zu Hause zu erreichen?»

Schwindt überlegte kurz. «Das können Sie lassen. Er fehlt jetzt den zweiten Tag?» Frau Schommlitz nickte. «Dann klären Sie, ob er sich offiziell krankgemeldet hat. Wenn nicht, sagen Sie mir sofort Bescheid. Dann kann er was erleben.»

Schwindt sah auf seine Uhr. Es war kurz nach zwölf.

«Verbinden Sie mich mit Adam, ich will mit ihm essen gehen.»

Der Justitiar wartete am Eingang zur Kantine auf ihn. Es war bekannt, dass Schwindt ihn nicht besonders mochte, Adam war ihm einfach ein bisschen zu provinziell in seinem ganzen Auftreten. Aber seinen juristischen Sachverstand lobte er in den höchsten Tönen, ebenso die Tatsache, dass Adam bereit war, auch Risiken einzugehen. Heute lächelte er Schwindt an. «Nette Idee, der Anruf, kam gerade richtig.»

Sie stellten sich in die Schlange. Sie hatten die Wahl zwischen Königsberger Klopsen mit Reis oder Kartoffeln und Hähnchenbrust mit gemischtem Gemüse. Sie nahmen beide die Klopse. Als sie an der Kasse standen, kam Cornelia Conrad in die Kantine. Sie grüßte Adam, Schwindt würdigte sie keines Blickes.

«Warum haben Sie die denn verstoßen? Ich dachte immer, die sei die Frau Ihrer Wahl», sagte Adam, während er aus seinem Portemonnaie das passende Kleingeld herausfingerte.

«Frau Conrad können Sie vergessen. Die hat sich infiziert», antwortete Schwindt und nahm sein Tablett. «Mit dem Vulpius-Virus, der ist schlimmer als die Pest.»

Sie setzten sich an einen Ecktisch. Adam schnitt den ersten Klops durch und fragte: «Gibt es dafür einen Grund?»

Schwindt erzählte die Geschichte. «Und nun ist sie überzeugt, dass ihre Schwester ein Opfer von Ovolan geworden ist. Vulpius hat sich vor Freude gar nicht halten können. Der ist übrigens seit zwei Tagen nicht im Dienst, ohne Entschuldigung. Reicht das für die nächste gelbe Karte?»

Adam, der gerade mit vollem Mund kaute, schüttelte den Kopf. «Muss man erst abklären», sagte er dann. «Wenn er blaugemacht hat und wir das nachweisen können, haben wir gute Chancen. Wenn er aber wirklich krank ist, reicht dieses Versäumnis nicht.»

Schwindt legte sein Besteck zur Seite und griff in sein Jackett. «Aber vielleicht reicht ja das.» Er zog das Fax aus England hervor und sagte: «Ich frage mich, was dieser Fatzke sich einbildet. Jetzt macht er sogar schon Außenpolitik, der Wahnsinnige. ‹Wie mit Herrn Dr. Vulpius besprochen …› – lesen Sie das mal. Der telefoniert in der Welt herum und lädt Leute ein, obwohl er genau weiß, dass Außenkontakte allein Sache der Amtsleitung und der Abteilungschefs sind. Der macht aus dem Amt ein Affenhaus.»

Adam überflog das Papier und stieß einen leisen Pfiff aus. «Das ist ein Ding. Der ist ja sein eigener Feind. Ich habe ihn bislang zwar für verbohrt, aber nicht für blöd gehalten. Was der hier macht, ist hoch gefährlich.»

Schwindt sah ihn skeptisch an. «Sie meinen gefährlich für ihn?»

«Auch für uns. Wenn Park Pharma erfährt, dass aus dem Amt heraus ein möglicher Prozessgegner im Ausland munitioniert wird, ist nicht auszuschließen, dass Schadenersatzforderungen auf uns zukommen.»

Adam wischte sich mit der Papierserviette den Mund ab und stellte seinen Vanillepudding vor sich auf den leeren Teller. «Ich sage Ihnen, fangen Sie diesen Michael Kohlhaas ein, ehe er noch mehr Unheil anrichten kann. Der ist ohnehin an vielen Fronten tätig.»

Schwindt goss den restlichen Apfelsaft in sein Glas und fragte: «Gibt es hier Kriege, von denen ich nichts weiß?»

«Vielleicht. Vulpius und ein paar Vertraute sind die Anführer.» Adam schmunzelte, als er merkte, dass Schwindt tatsächlich keine Ahnung von der geplanten Rebellion hatte. «Die haben sich zusammengesetzt und eine neue Struktur für das Amt entwickelt. Sie verlangen mehr Entscheidungsfreiheit für die Sachbearbeiter, Zugang für jeden zu Datenbanken, direkte Kontakte zu Kliniken, Forschern und der Industrie. Sie wehren sich dagegen, nur unvollständig informiert, dafür aber mit bürokratischen Mätzchen geschurigelt zu werden – wie sie das nennen.»

«Diesen Quatsch kann doch niemand ernst nehmen. Das gibt doch allgemeines Chaos.» Schwindt schüttelte ungläubig den Kopf.

«Da seien Sie mal nicht so sicher», erwiderte Adam. «Unser Herr Präsident hat das fünfzehnseitige Papier mit großem Interesse gelesen. Er hat ihnen sogar schon einen Termin angeboten, bei dem über ihre Vorschläge diskutiert werden soll. Große Überschrift: Mehr Arzneimittelsicherheit!»

«Der Bosch ist ein Weichei», sagte Schwindt verächtlich.

Adam nickte: «Aber diese Erkenntnis ist weder neu, noch nützt sie uns. Jetzt hilft nur eines: Vulpius muss matt gesetzt werden. Sammeln Sie Belege, ein Eiferer wie er macht immer Fehler. Ich kümmere mich um die nächste Abmahnung.» Er steckte das Fax ein.

Als sie sich auf dem Gang trennten, sagte Schwindt: «Es ist immer ein Gewinn, mit Ihnen zu sprechen, Herr Adam.» Sie grinsten sich an.

Der Abend hatte schrecklich geendet. Lund war in einer Eckkneipe in der Opitzstraße gestrandet und hatte angefangen, Bier und Schnaps zu trinken. Dieses Gemisch wirkte besonders schnell, weil er morgens nur gefrühstückt und das Mittagessen versäumt hatte. Gegen den gröbsten Hunger hatte ihm der Wirt ein Schmalzbrot serviert. Als weiterer kulinarischer Höhepunkt waren ihm noch saure Gurken angeboten worden, die hatte er aber dankend abgelehnt.

Stattdessen legte er sich mit einem Whiskytrinker an, der ebenfalls am Tresen hing und laut verkündete, alle Autofahrer seien Arschlöcher, die die Umwelt ruinierten und Radfahrer totführen. Lund durfte sich dann die traurige Geschichte eines Mannes anhören, dessen ganze Liebe Autos gewesen waren. Seit drei Jahren, seit er keinen Führerschein mehr hatte, war nun die Leidenschaft in Hass umgeschlagen.

Lund ergriff selbstverständlich die Partei der Autofahrer und fluchte auf die Radler, die ihm nachts ohne Licht in der Einbahnstraße aus der falschen Richtung entgegenkamen. «Diese blöden Hunde sind so grün-alternativ, die sparen sogar das Dynamolicht.» Dieses Argument schien den Whiskytrinker zu überzeugen, er bot Lund jedenfalls das Du an und umarmte ihn. Nun tranken sie gemeinsam weiter. Gegen drei konnte Lund nicht mehr gerade stehen.

Er erinnerte sich noch, dass der Wirt ihm ein Taxi gerufen hatte. Wie er in sein Bett gekommen war, wusste er nicht mehr. Einen lichten Moment musste er aber noch gehabt haben, denn um acht Uhr hatte der Wecker geklingelt. Es dauerte allerdings eine Weile, bis er begriffen hatte, wo er sich befand.

Als Nächstes hatte er dröhnende Kopfschmerzen gespürt, die auch nicht verschwunden waren, als er längere Zeit unter der kalten Dusche verbracht hatte. Lund hatte zwei Aspirintabletten genommen, ein großes Glas Orangensaft getrunken und gehofft, dass der Tag einigermaßen vorbeigehen würde. Zum Glück war für heute keine einzige Konferenz angesetzt.

Katrin Engel empfing ihn mit strengem Blick. Als erfahrene Frau hatte sie offenbar sofort begriffen, was mit ihm los war. Zum frischen Tee servierte sie ihm ein Glas mit Wasser, in dem eine Kopfschmerztablette sprudelte. Er bedankte sich und bat sie, sich einen Augenblick zu setzen.

«Ich habe ein Problem», begann er, «und nur Sie können es lösen, glaube ich.» Er machte eine Pause und griff nach dem Wasserglas. «Durch einen Irrtum sind auf meinem Schreibtisch Papiere gelandet, die für Drostenberg bestimmt sind. Hoch brisantes Material. Ich möchte, dass er die Akte so schnell wie möglich bekommt. Er darf aber nie erfahren, dass ich darin gelesen habe. Sie kennen doch ihre Kolleginnen im Vorstandsbüro.»

Er sah, wie sie bedächtig den Kopf wiegte. «Hoch brisant, sagen Sie? Darf ich das mal sehen?» Lund beugte sich nach links, schloss seine Schreibtischschubladen auf und gab ihr das Aktenbündel. Sie blätterte kurz darin, hielt sich erschrocken die Hand vor den Mund und sagte mit leiser Stimme: «Mein Gott, nicht das schon wieder. Hört das denn nie auf!» Tränen rannen über ihr Gesicht.

Lund war völlig verblüfft über diesen Gefühlsausbruch. Er ging um seinen Schreibtisch herum und hielt der Weinenden ein Päckchen Papiertaschentücher hin.

Sie wischte sich die Augen, die Wimperntusche war verlaufen. «Wenn er davon erfährt, sind Sie wirklich in Gefahr, Herr Lund. Der geht über Leichen.» Katrin Engel, die sonst stets sachliche, fast kühle Frau, gewann ihre Fassung zurück. «Das klingt für Sie vielleicht ein bisschen dramatisch. Sie kennen nur die eine Seite von Andreas Drostenberg, ich habe aber auch in seine Fratze gesehen.»

Sie stand auf, holte ihre Handtasche aus dem Vorzimmer und gab ihm daraus einen kleinen Briefumschlag. Lund fand darin einen Zeitungsausschnitt. Es war eine Todesanzeige.

«Durch ein tragisches Geschehen starb im Alter von 46 Jahren Herr Dr. Robert Lange. Wir verlieren mit ihm einen hoch angesehenen Wissenschaftler, der für die Pharma-Forschung Hervorragendes geleistet hat. Sein Engagement galt den kranken Menschen, die er durch seine Arbeit heilen oder denen er helfen wollte. Das Unternehmen hat ihm vieles zu verdanken und wird ihm stets ein ehrendes Andenken bewahren. Vorstand, Betriebsrat und Mitarbeiter der Park Pharma Aktiengesellschaft.»

Lund sah Katrin Engel an. Sie begann zu erzählen. Robert Lange war insgesamt acht Jahre bei Park Pharma. Ein zurückhaltender Mann, der nur für seine Arbeit lebte. Die einzige Passion des manchmal weltfremd wirkenden Junggesellen war die Oper. Da hatte Katrin Engel ihn durch Zufall das erste Mal privat getroffen. Sie hatte das Gefühl gehabt, auf ihn aufpassen zu müssen im Konzerndschungel. Sie war erst seine Vertraute geworden und dann seine Geliebte.

Lange war damals gerade Mitglied der internen Sicherheitskommission von Park Pharma geworden, das war eine Art wissenschaftliche Revisionsabteilung, in der ein Mediziner, ein Pharmakologe, ein Toxikologe, ein Jurist und ein Fachmann für das behördliche Anmeldeverfahren saßen. Dieses Gremium tagte, wenn es mit Medikamenten Probleme gab.

Lange ahnte nicht, dass dieses scheinbar unabhängige Kontrollgremium leicht matt zu setzen war. Es wurde einfach gar nicht informiert. Dieser Trick wurde ihm klar, als er den vertraulichen Hinweis bekam, er solle sich mal um Cortixam kümmern.

Diskret hätte er nachgeforscht und erfahren, dass die Arznei ausschließlich für Japan produziert wurde. Im Firmenarchiv, zu dem er als Kommissionsmitglied Zutritt hatte, fand er bei einer abendlichen Suchaktion auch die Erklärung dafür.

Lange kannte Japan-Chef Drostenberg von mehreren Konferenzen. Er nutzte dessen nächsten Hamburgaufenthalt, um ihn zu einem Gespräch zu bitten.

Der massige Mann hatte sich, als er begriff, worum es ging, fast auf Lange gestürzt. Er solle seine dreckige Schnüfflernase aus seinen Geschäften heraushalten, sagte er und handelte schnell und entschlossen.

Er brachte erstens in Erfahrung, dass Lange um einen Termin beim Vorstand nachgesucht hatte. Und fand zweitens den einzigen wunden Punkt im Leben seines Gegners heraus – er war Alkoholiker. Jahre vor seinem Start bei Park Pharma hatte Lange einen Entzug und eine Therapie gemacht und war seitdem trocken geblieben.

Drei Tage später stand Drostenberg wieder in Langes Büro. Mit schneidender Stimme drohte er: «Ich erfahre jeden Schritt, den Sie unternehmen. Wenn Sie noch einmal den Mund aufmachen, zerquetsche ich Sie wie eine Mücke an der Wand. Dann können Sie Steine klopfen gehen, denn Säufer haben in einem solchen Unternehmen wie unserem keinen Platz. Wenn Sie wissen, was ich meine.» Damit verließ er das Büro.

«Am Abend nach diesem Zusammenstoß ist Robert nicht nach Hause gekommen», sagte Katrin Engel. «Um Mitternacht habe ich mit der Polizei telefoniert. Da hatten sie gerade sein Auto auf der Köhlbrandbrücke gefunden, leer. Seine Leiche wurde eine Woche später am Elbufer bei Altenwerder entdeckt.» Sie wischte sich über ihre Augen. Lund war versucht, sie in den Arm zu nehmen, streichelte ihr aber nur kurz über die Schulter.

«Wer mir damals sehr geholfen hat, war übrigens Herr Jork», sagte sie. «Denn spätestens bei der Beerdigung ist vielen klar geworden, wie eng meine Beziehung zu Robert gewesen war. Jork hat verhindert, dass meine Stelle wegrationalisiert wurde.»

«Sind Sie so sicher, dass er das aus Mitgefühl gemacht hat?»

Sie sah ihn erstaunt an. «Es gab jedenfalls keinen Grund für ihn, sich da so ins Zeug zu legen.»

Lund trank das Wasser mit der Brausetablette aus und sagte dann: «Für mich ist Jork ein kühl denkender Profi. Solange Sie bei Park Pharma angestellt sind, stehen Sie unter Kontrolle und fühlen sich dem Unternehmen gegenüber verpflichtet. Draußen sind Sie mit Ihrem Wissen ein schwer kalkulierbares Risiko.»

Sie lächelte. «Vielleicht haben Sie Recht. Aber es könnte sein, dass er sich trotzdem verkalkuliert hat.»

Damit nahm sie die Akte, fuhr in die Vorstandsetage und sorgte dafür, dass Drostenberg sie auf dem üblichen Weg auf den Schreibtisch bekam.

Langsam wirkten die Tabletten. Der Druck wich aus seinem Kopf. Lund war endlich wieder in der Lage, sich auf seine Arbeit zu konzentrieren. Kurz vor halb sechs hatte er die Zulassungsunterlagen für Contra durchgearbeitet, korrigiert und ergänzt. Er legte den Stapel Frau Engel auf den Schreibtisch und bat sie auf einem Notizzettel, die Endfassung gleich am nächsten Morgen zu schreiben. «Und dann nichts wie weg damit nach Berlin.»

Er schloss sein Büro ab, stieg in sein Auto und fuhr in Richtung Rothenbaumchaussee. Mit Hilfe von Johann Schell war er bei Blau-Weiß trotz Aufnahmesperre Mitglied geworden. Ein Tennispartner würde sich auch ohne Verabredung finden lassen. Und falls nicht, würde er eben ein paar Bahnen im neuen Pool schwimmen und anschließend im Fitnessraum des Clubs eine Stunde trainieren.

Auf dem Parkplatz am Rothenbaum war erstaunlich wenig Gedränge. Nur ein Mercedes, ein Polo und ein BMW-Cabrio mit Berliner Kennzeichen standen dort im Schatten der großen Linden. Es waren noch Pfingstferien. Lund zog seinen Clubausweis durch das Lesegerät am Eingang und drückte die Gittertür auf. Auf dem Weg zu den Umkleideräumen sah er durch die großen Fenster in das Restaurant. Sämtliche Tische waren leer, nur hinten an der Bar saß eine Frau. Sie hatte sich hinter einer Zeitung verschanzt.

Als Lund das Restaurant betrat, blätterte sie gerade eine Seite um. Die einsame Zeitungsleserin war Cornelia Conrad. Sie sah auf ihre Uhr. «Ist das nicht ein bisschen früh für einen dynamischen Wissenschaftler auf dem Weg nach oben?»

Lund wurde ein wenig rot und gab ihr die Hand. «Ich

finde, dass ich den perfekten Zeitpunkt erwischt habe. Ist der Platz neben Ihnen noch frei?»

Sie nahm ihre Lederjacke vom Barhocker und legte sie rechts neben sich. «Sie haben Glück bei der drangvollen Enge hier», sagte sie mit komisch-ernstem Gesicht. Der Kellner kam mit frisch gespülten Gläsern aus der Küche und Lund bestellte einen Orangensaft. Cornelia Conrad ließ sich einen zweiten Espresso servieren.

«Steht Ihr Angebot in Sachen Tennis noch?», fragte Lund.

Sie nippte an ihrer Kaffeetasse. «Mein Gott, Sie haben Nerven. Dass ausgerechnet Sie mich fragen, ob ich Lust auf Tennis hätte», erwiderte sie scharf. Lund war ratlos. Cornelia Conrad sagte in sein Schweigen: «Entweder wissen Sie wirklich nicht, was passiert ist, oder Sie sind ein widerlicher Ignorant.»

«Es tut mir Leid, wenn ich Sie gekränkt habe», antwortete er, «aber ich weiß nicht, wovon Sie sprechen.»

«Davon, dass Ihre saubere Firma beinahe meine Schwester umgebracht hätte, davon spreche ich.» Sie war laut geworden. Der Kellner hinter der Bar hatte sich wieder in die Küche zurückgezogen. «Sie verkaufen lebensgefährliche Medikamente und meinen, munter mit mir herumschäkern zu können. Finden Sie das nicht wenigstens ein bisschen absurd?»

Lund fühlte sich sichtlich unbehaglich nach dieser Attacke. «Ich muss Ihnen wie ein unsensibler Hohlkopf vorkommen. Ich nehme an, Sie sprechen über Ovolan. Bei uns herrscht dazu Schweigen im Walde. Können Sie mir denn Details sagen?»

Sie schien ihm zu glauben, dass er ahnungslos war. Jedenfalls sah sie ihn nicht mehr mit finsterer Miene an und erzählte ihm von der dramatischen Rettungsaktion in Hannover und von dem hilflosen Warten am Krankenbett ihrer Schwester. Nach drei Wochen war Claudia jetzt endlich so weit wieder hergestellt, dass sie im Krankenwagen nach Hamburg transportiert werden konnte. Cornelia hatte zwei Tage Urlaub genommen und sie begleitet. Jetzt lag die Schwester im Klinikum Altona.

«Vielleicht muss man erst persönlich betroffen sein, aber ich bin inzwischen überzeugt davon, dass es in Ihrer Firma Leute gibt, denen Menschenleben gleichgültig sind», sagte Cornelia Conrad bitter. «Wenn ich bedenke, was ein Kollege von mir in dieser Sache alles zusammengetragen hat, dann kann einem übel werden.»

«Und für Sie gibt es keinen Zweifel daran, dass Ovolan der Grund für die Erkrankung ist?», fragte er.

«Ich bin inzwischen sicher, ja. Womöglich plaudere ich jetzt Amtsgeheimnisse aus, aber ich werde beantragen, dass die Pille auf die schwarze Liste kommt. Vielleicht können Sie das ja für sich behalten, Herr Lund.»

Er nickte.

⁝

«Darf man bei dir rauchen, Professor?», fragte Drostenberg und holte eine Havanna aus einem Lederfutteral.

Rudolf Conrad verzog sein Gesicht, schob seinem Freund aber einen Aschenbecher zu. Sie hatten sich lange nicht gesehen, vor zwei Stunden hatte Drostenberg plötzlich angerufen, ein bisschen um den heißen Brei herumgeredet und war dann zur Sache gekommen. Er müsse unbedingt mit ihm sprechen, unter vier Augen, in aller Freundschaft, über das tragische Geschehen, aber auch darüber, dass eine Hexenjagd vermieden werden müsse, dass ein öffentliches Tribunal nur die Fronten verhärte und allen schade. Conrad hatte versucht, ihn abzuwimmeln, er wusste natürlich, dass seine Tochter einen Anwalt beauftragt hatte, ihre Interessen zu vertreten, aber Drostenberg machte auf charmante Weise gewaltigen Druck und hörte damit nicht auf, ehe Rudolf Conrad zu einem schnellen Treffen bereit war.

Nun saßen sich die beiden Männer gegenüber, die vor Jahrzehnten in dieselbe Schulklasse gegangen waren. Der berühmte Professor und der erfolgreiche Manager, der sich vom Lehrling zum Vorstandsmitglied hochgeboxt hatte. Conrad wusste, dass Claudias Anwalt sich nicht scheuen würde, auch die Medien für seine Sache zu mobilisieren und Schlagzeilen zu produzieren. Das musste Park Pharma nervös machen. Ihm selbst war das alles eher unangenehm, er scheute öffentlichen Wirbel und ahnte, dass auch sein Name durch die Zeitungen gehen würde, wenn sie über Claudias Fall berichteten. Aber seine Tochter hatte sich für den Prozess entschieden und ihre Schwester unterstützte sie darin.

«Dieser Anwalt deiner Tochter ist ein aufgeblasener Lackaffe», sagte Drostenberg und nuckelte an seiner Zigarre. «Wir kennen uns nun schon so lange, wir brauchen keine Juristen, um uns vernünftig zu einigen. Deine Tochter hat Schlimmes durchgemacht. Ich will gar nicht wissen, ob Ovolan der Grund dafür war. Du bist mein Freund, da reicht mir schon der Verdacht. Mehr als Geld kann deine Tochter auch vor Gericht nicht erstreiten, wenn sie denn gewinnt.» Drostenberg atmete vernehmlich ein und fuhr dann fort: «Ich biete ihr 500 000 Mark Schmerzensgeld, die Behandlungskosten übernehmen wir natürlich. Diese Zusage gilt auch für Komplikationen, die in Zukunft als Spätfolgen auftreten könnten.» Er lehnte sich in seinem Sessel zurück und sah Conrad mit selbstzufriedener Miene an. «So viel bekommst du von keinem deutschen Gericht zugesprochen. Voraussetzung ist natürlich, dass über diesen Vergleich und den ganzen Fall Stillschweigen bewahrt wird.»

Minutenlang herrschte Ruhe. Conrad sah lange aus dem Fenster in Richtung Elbe, bis er sich zu Drostenberg umdrehte. «Andreas, ich kann mich da nicht einmischen. Claudia hat die Sache allein entschieden. Mach dem Anwalt dein Angebot. Wenn der akzeptiert, in Ordnung.»

Drostenbergs Gesicht versteinerte, er kniff die Augen zusammen und mahlte mit dem Unterkiefer. «Ich glaube, du verstehst nicht, um was es geht. Ich bin hier als dein Freund, ich will Schaden von deiner Familie abwenden. Wenn der Prozess erst mal losgeht, kann ich auch nichts mehr stoppen. Dann muss deine Tochter beweisen, dass Ovolan schuld an ihrem Zusammenbruch war. Dann kann ich die Anwälte auch nicht bremsen, wenn sie fragen, ob vielleicht Kokain eine Rolle dabei gespielt hat. Du weißt, wovon ich rede, die Geschichte ist ja wohl noch in den Akten. Ich finde das ja nicht so schlimm. Junge Leute probieren dieses und jenes. Aber die Presse würde sich darauf stürzen, da kannst du Gift drauf nehmen. Da schreibt niemand mehr über unsere Pillen. Prominententochter und Rauschgift – das ist einfach die bessere Story. Ich finde, du musst Claudia überzeugen.»

Rudolf Conrad sank förmlich hinter seinem Schreibtisch zusammen. Sein Gesicht wurde aschfahl, er war unfähig, ein Wort zu sprechen.

«Nun sei nicht gleich so entsetzt.» Drostenberg schaltete wieder auf jovial um. «Du kannst doch nichts dafür, wenn deine Tochter mal in schlechte Gesellschaft geraten ist. Das Zeug wird ja in den besten Kreisen genommen und geredet wird da ohne Ende. Sprich mit deiner Tochter. Warum sollen wir uns gegenseitig das Leben schwer machen?»

Bis zum Beginn der Kuratoriumssitzung in der Oper hatten sie noch zwei Stunden Zeit. Sie saßen in der Lounge des Kempinski am Kurfürstendamm und hatten sich Kaffee und Cognac auf die niedrigen Couchtische stellen lassen. Rupprecht Jork lehnte sich im Sessel zurück, zog an seiner Pfeife und hörte sich das Lamento von Raimund Bosch an. Er wusste, wie wichtig es dem Professor war, wieder zum Vorsitzenden der Freunde der Oper gewählt zu werden. Als Präsident des Amtes war er zwar ein wichtiger Mann, aber in der Berliner Gesellschaft spielte er als Opernkurator eine Rolle und konnte vor allem seiner Frau Renate die großen Auftritte bieten.

«Und wissen Sie, was das Erschreckende ist?», polterte Bosch. «Diese furchtbare Provinzialität in der Stadt. Da sollen wir Metropole sein, mit Paris, London und Rom konkurrieren, und was machen die Leute im Senat und im Abgeordnetenhaus? Sie einigen sich schnell darauf, bei der Kultur zu sparen.» Er winkte den Ober heran und bat ihn, ihm noch ein Wasser zu bringen.

«In der kommenden Saison ist schon eine Neuinszenierung gestrichen. Wenn das so weitergeht, entfällt die zweite Premiere. Und Gastspiele, wie von Stefano Piatti, können wir komplett vergessen.»

«So hat jeder seine Sorgen, Herr Professor.» Jork trank einen Schluck aus dem Cognacschwenker und stopfte seine Pfeife nach. «Bislang habe ich bei unserem Vorstand immer ein offenes Ohr gefunden, wenn es um Sponsorengelder für Ihre Oper ging. Aber unendlich gefüllt ist der Spendentopf natürlich nicht. Vor allem, wenn wir jetzt Probleme bekommen.»

Bosch sah ihn über seine Kaffeetasse hinweg überrascht an. «Ist Park Pharma in Schwierigkeiten? Ich habe doch erst kürzlich gelesen, dass Ihr Konzern boomt.»

«Ja, ja, noch ist das auch richtig», sagte Jork gedehnt. «Am besten lassen wir das, es war dumm von mir, überhaupt davon anzufangen.»

Wie erhofft, hatte Bosch angebissen. «Nun erzählen Sie schon, man ist ja interessiert.»

«Mir ist das peinlich.» Jork beobachtete genüsslich, wie der Professor ihn mit einer Mischung aus Erstaunen und Besorgnis ansah. «Also, einige Herren unseres Vorstandes haben den Eindruck gewonnen, dass Beamte Ihres Hauses einen Kreuzzug gegen unser Unternehmen führen.»

Raimund Bosch wurde ein wenig blass. «Können Sie deutlicher werden?»

«Wir kennen uns gut genug, also gehen wir offen miteinander um», sagte Jork. «Im Amt ist Ovolan ins Visier geraten. Wie Sie wissen, eines unserer großen Erfolgspräparate. Und jetzt soll – so der Eindruck – wegen ungeklärter Nebenwirkungsfälle dieses Medikament torpediert werden.»

«Die Befürchtungen sind mit Sicherheit übertrieben. Ich bin mit dem Fall noch gar nicht befasst worden. Und das wäre eine klare Berichtssache», erwiderte Bosch. Jork sah ihm an, dass er sich sehr schnell informieren lassen würde.

«Das habe ich geahnt», sagte Jork, «aber Sie wissen, wie es ist. Bei solchen Anlässen kommt dann schnell die Diskussion darüber auf, ob es noch lohnt, in Deutschland zu investieren. Hier zu forschen oder ins Ausland zu verlagern.» Jork sah auf seine Armbanduhr. «Oje, jetzt sind wir aber völlig vom Thema abgekommen und die Zeit ist uns weggerannt.» Er winkte dem Ober und zahlte.

Draußen, auf dem Weg zur Bismarckstraße, nahm er das Gespräch wieder auf. «Seien Sie nicht zu pessimistisch, Herr Professor. Sie können davon ausgehen, dass wir den Sponsorenvertrag verlängern. Wir wissen, was wir der Hauptstadt schuldig sind.» Jork fand sich ziemlich schwülstig, aber wie erwartet, strahlte Bosch zufrieden. Mit dieser Zusage in der Tasche würde er alle Konkurrenten um den Vorsitz im Kuratorium klein halten können. Auch Ehefrau Renate würde ihren erfolgreichen Raimund weiterhin anhimmeln, sagte sich Jork.

Vulpius hatte sich mit seiner Erkältung zu Eva Berninghaus geflüchtet. Und die hatte alle Hausmittel angewendet, an die sie sich noch erinnern konnte. Vulpius hatte sich fast wieder wie ein Kind gefühlt. Die Kur von Eva Berninghaus hatte tatsächlich angeschlagen. Schon nach einem Tag Schwitzen war Vulpius sein Fieber los. Am zweiten Tag fühlte er sich schon wieder so gesund, dass er ungeduldig nach seinem Computer verlangte. Eva lehnte diesen Wunsch energisch ab. «Du kurierst dich erst richtig aus und dann darfst du wieder in dein Büro. Hier zu Hause darfst du ein gutes Buch lesen und Musik hören, dich ganz entspannen, aber auf keinen Fall arbeiten.»

Am Morgen hatte sie ihn mit einem üppigen Frühstück überrascht: frische Brötchen, Eier, Wurst, Käse und selbst gemachte Marmelade. Vulpius war ganz gerührt, denn seit er von Sabine getrennt lebte, war er eher an die Tasse Kaffee im Stehen gewöhnt.

«Du kommst so besser in den Tag», sagte Eva und hielt ihm den Brotkorb hin. «Ein Brötchen mit meinem Brombeergelee macht dich einfach fröhlich.»

Es musste etwas dran sein an ihrer Frühstücksphilosophie. An diesem Morgen nahm ihm nicht jeder Autofahrer die Vorfahrt, es gab sogar welche, die in ihrer Spur blieben; die Ampeln waren erfreulich grün, und der Gedanke an seinen Sohn, der ihn sonst schlagartig mit schlechtem Gewissen erfüllte, bewirkte heute nur Freude auf das nächste Treffen mit ihm. Er fand auf Anhieb einen Parkplatz. Und irgendein unbekannter Freund hatte ihm zur Begrüßung einen Strauß Pfingstrosen auf den Schreibtisch gestellt. Vulpius knipste seinen Computer an und fragte sich, wie lange diese Glückssträhne wohl anhalten würde.

In dem Berg Post, der sich während der vier Tage angesammelt hatte, fand er eine Hausmitteilung von Dr. Schwindt, der zu einer «Sondersitzung Ovolan» einlud. Heute um 11.00 Uhr; also hatte er noch eineinhalb Stunden Zeit, sich darauf vorzubereiten. Bis dahin musste er seine gute Stimmung konservieren. Es würde wieder um die Beweisfrage gehen, und Schwindt würde die Latte so hoch legen, dass sie alle darunter durchmarschieren konnten. Diesem Trickser müsste man mal was nachweisen können, das würde seine Gemütslage dauerhaft verbessern.

Als Nächstes nahm er die neueste Ausgabe von «Pharma News» vom Stapel. Auf Seite vier fand er einen Bericht, der ihn elektrisierte. Angeblich hatte die britische Behörde eine neue Ovolan-Studie in Auftrag gegeben, die erschreckende Befunde zutage gefördert hatte. Der Branchendienst zitierte Einzelheiten, die sich mit seinen Recherchen deckten. Eine Passage markierte er gelb. «Hier liegt der Knochen verbuddelt», murmelte er, riss die Seiten heraus und legte sie auf den Ovolan-Ordner. Jetzt fiel ihm auf, dass er nichts mehr von dem freundlichen Kollegen aus London gehört hatte. Komisch eigentlich.

Seine Gedanken schweiften ab. Vulpius dachte an Eva und daran, wie sehr sie sein Leben verändert hatte. Alle eingefahrenen Gewohnheiten und Rituale, die das Eheleben manchmal zur Zwangsjacke machten, aber gleichzeitig so verführerisch bequem, sicher und behaglich – all das war weg. «Du bist alt genug, organisier dein Leben selbst. Ich bin genauso im Beruf wie du», hatte sie ihm gesagt, ohne abzuwarten, ob er überhaupt danach fragte.

Er hatte manchmal das Gefühl, durch sie erst richtig erwachsen zu werden. Inzwischen wusste er genau, wo Schuster, Reinigung, Wäscherei und der Drogeriemarkt mit den Putzmitteln waren. Und sie hatte es sogar geschafft, ihn auf Ausstellungen, ins Kino und gar in ein Konzert zu schleppen. Er war überrascht, wie gut ihm diese Abende gefielen.

Früher hatte er nur für seinen Beruf gelebt. Eva hatte sich das kurz angesehen und ihm dann erklärt: «Ich halte das für verrückt. Jeder intelligente Mensch muss abschalten können. Lies ein Buch, schreib Tagebuch, male. Reserviere dir an jedem Tag eine private Insel, die nur dir ganz allein gehört. Wenn du das nicht kannst, hast du Angst, bei dir selbst anzukommen.»

Kurz vor elf betrat er den Konferenzraum. Dieselbe Besetzung wie vergangenes Mal, aber trotzdem hatte Vulpius das Gefühl, es wäre alles anders. Cornelia Conrad saß, weit entfernt von Schwindt, ihm genau gegenüber. Benjamin Hildemann, der sonst trockene Sitzungen gern mit seinen Späßen auflockerte, las sich heute mit großem Ernst durch einen Stapel Papiere. Vulpius vermisste Hugo Baer, der verabschiedet worden war, während er seine Erkältung kurierte.

Schwindt unterschrieb noch Briefe, die ihm Frau Schommlitz in einer Mappe vorlegte. Vulpius konnte ihr ansehen, dass sie mit dem Inhalt nicht einverstanden war. Er fand diese demonstrative Amtshandlung ziemlich affig.

Schwindt steckte seinen Kugelschreiber ins Jackett und blickte in die Runde. «Ich eröffne die Sondersitzung, die ich auf Antrag der Kollegin Frau Dr. Conrad einberufen habe. Die Fakten sind allen Beteiligten bekannt, wir müssen sie bewerten und unsere Schlüsse ziehen. Dass hier eine sehr nahe Verwandte unseres Teams möglicherweise Opfer von Ovolan geworden ist, darf uns nicht davon abhalten, über diesen Fall mit kühlem Kopf und auf Grundlage der gesetzlichen Vorschriften zu entscheiden.»

Die Blicke von Cornelia Conrad hätten ihn eigentlich tot vom Sessel sinken lassen müssen. «Wie gut, dass du uns daran erinnerst, Markus», sagte sie betont sanft, aber jeder im Raum spürte, welche Spannung zwischen den beiden herrschte. «Du bist aber sicherlich mit mir einer Meinung, dass es falsch wäre, diesen Fall deshalb nicht zu diskutieren, weil es meine Schwester betrifft.» Schwindt nickte genervt.

Der Bleistift in der Hand von Gerda Schommlitz flitzte über den Stenoblock. Vulpius fragte sich, wie ausführlich sie das Protokoll schreiben wollte.

«Wenn ich mal beginnen darf», meldete sich Benjamin Hildemann zu Wort. «Für mich ist der Fall Claudia C. aus verschiedenen Gründen von Bedeutung. Erstens kann man sagen, dass wir es hier mit einer Serie schwerster Nebenwirkungen zu tun haben. Zweitens haben wir bei dieser Patientin den äußerst seltenen Fall, dass ihr Gesundheitsstatus vor dem Ereignis hervorragend dokumentiert ist. Die Patientin war ohne jeden Zweifel in bester Verfassung. Sie hat nachweislich keine Medikamente genommen, bis auf die Pille.»

Hildemann sah während seines Vortrags die meiste Zeit auf die Tischplatte, als wollte er den Blickkontakt zu Cornelia Conrad vermeiden, die ihm schräg gegenübersaß und aufmerksam zuhörte. «Als Pharmakologe komme ich zu folgender Fragestellung: Wenn das Medikament bei einer gesunden Frau solche Blutgerinnsel verursacht, aber eben nur in Einzelfällen, müssen wir dann nicht nach genetischen Besonderheiten der betreffenden Frauen forschen? Solange diese Frage nicht geklärt ist, halte ich das Risiko für unkalkulierbar hoch.»

Mit einem blütenweißen Taschentuch rieb Schwindt schon seit einer Minute die Gläser seiner Brille blank. Nun setzte er sie wieder auf. «Das ist eine sehr interessante Hypothese, Herr Hildemann. Wir sollten das mit dem Hersteller diskutieren. Allerdings ziehe ich ganz andere Schlüsse daraus. Tatsache ist, dass 99,99 Prozent der Frauen Ovolan hervorragend vertragen und wir nur vermuten können, dass die gemeldeten Nebenwirkungsfälle womöglich damit zusammenhängen. Wenn wir als Aufsichtsbehörde tätig werden wollen, brauche ich einen ‹hinreichenden Verdacht›, keine Hypothese.»

Das Geräusch, das Gerda Schommlitz beim Umblättern ihres Stenoblocks machte, war deutlich zu hören. Jetzt sind wir wieder so weit wie letztes Mal, dachte Vulpius. Was sollte man dem Kerl denn noch präsentieren? Für ihn war die Sache klar, es stand drei zu eins gegen Schwindt, diesen Fall würde Bosch entscheiden müssen.

«Und vergessen Sie einen wesentlichen Punkt nicht», fuhr Schwindt fort, «der Hersteller hat die Studienergebnisse auf seiner Seite und die sind eindeutig positiv.»

Damit hatte er Vulpius ein Stichwort geliefert. «Haben Sie schon die neue Nummer von ‹Pharma News› gelesen?»

«Halten Sie das für eine seriöse Quelle?», fragte Schwindt spitz.

Vulpius überhörte die Bemerkung. «Jedenfalls berichten die über ähnliche Fälle aus England. Im Gegensatz zum Fragenkatalog von Park Pharma wurden dort die Frauen nicht allgemein nach Nebenwirkungen gefragt, sondern gezielt danach, ob sie nach der Einnahme eventuell unter Venenthromben litten.»

«Mit anderen Worten, man hat es in die Frauen hineingefragt», stellte Schwindt sarkastisch fest.

Der Hund dreht einem das Wort im Munde herum, dachte Vulpius. Laut sagte er: «Sie wissen doch genau, dass solche Fragen mit Stichworten anerkannte Praxis sind. Skandalös ist, dass nicht unser Amt, sondern der

Hersteller selbst bestimmt, welche Fragen gestellt werden und wie. Damit können Sie eine wissenschaftliche Studie schon im Ansatz manipulieren. Wir sollten dafür sorgen, dass dies endlich geändert wird.»

«Auf die Barrikaden! Wacker, Herr Vulpius», spottete Schwindt. «Merken Sie sich eines: Wir machen hier keine Gesetze, wir wenden sie an.»

Der Kerl will mich hier zum Gespött machen, dachte Vulpius. Ich soll explodieren. Aber darauf kann dieser arrogante Schnösel lange warten, ich werde mich heute nicht aus der Reserve locken lassen.

«Also gut, wenden wir die Gesetze an.» Vulpius war perplex, dass Cornelia Conrad, die während der ganzen Debatte geschwiegen hatte, nun ganz offiziell und fürs Protokoll forderte, die amtliche Zulassung für Ovolan ruhen zu lassen – es damit vorläufig aus dem Verkehr zu ziehen. Hildemann und Vulpius unterstützten sie, Schwindt legte als Abteilungsleiter sein Veto ein.

«Dann fordere ich jetzt ein Gespräch mit Professor Bosch, soll der den Fall entscheiden», sagte Cornelia Conrad.

Das konnte Schwindt nicht verhindern, obwohl er es gern getan hätte. Vulpius fand es wunderbar, dass sie ihn ganz unspektakulär ausgebremst hatte. Er freute sich zu sehen, wie Schwindt sich aufregte.

Das Gespräch beim Präsidenten begann kurz nach drei. Auf dem Konferenztisch standen Kaffee und Wasser. Vulpius sah mit Behagen, dass es sogar Gebäck gab – gemischte Kekse Marke «Royal», wie auf dem Pappkarton zu lesen war. Er war heute nämlich nicht in die Kantine gekommen.

Freundlich wie immer hörte sich Bosch den Bericht von Schwindt an. Dann lauschte er konzentriert dem Vortrag von Vulpius und der wusste, schon während er sprach, dass der Herr Präsident nichts weiter als interessiert nachfragen und Verständnis für die Forderungen seiner drei Experten zeigen würde. Genauso kam es. Bosch lobte ausdrücklich, dass sie sich mit so viel Engagement darangemacht hätten, aufzuklären, forderte sie auf, in diesem Bemühen keineswegs nachzulassen, sagte aber ganz klar, dass er sich beim derzeitigen Erkenntnisstand der Meinung von Dr. Schwindt anschließen müsse. Die Fakten reichten für einen so weit reichenden Schritt einfach nicht aus. Er könne ihre Enttäuschung gut verstehen, aber er müsse erkennbaren Schaden für das Amt abwenden.

Als Vulpius nach einer Dreiviertelstunde wieder an seinem Schreibtisch saß, hatte er einen Bärenhunger und das Gefühl, Eva müsse ihn an diesem Abend aus einer tiefen Depression holen.

An das Gurkenglas, in dem die Pfingstrosen steckten, hatte jemand einen Briefumschlag gelehnt. Vulpius riss ihn auf und nahm einen Bogen mit Briefkopf des Amtes und Dienstsiegel heraus.

Die zweite Abmahnung, diesmal unterschrieben von Justitiar Matthias Adam. «Überschreiten der Kompetenzen», «verbotene Außenkontakte», «Verstoß gegen die Säulen der öffentlichen Verwaltung», gegen «Weisungsgebundenheit, Verschwiegenheitspflicht, Unterstützungsgebot, Dienstwegprinzip». «Wir missbilligen», «wir weisen darauf hin ...»

Ihr wollt mich fertig machen und ausschalten, dachte Vulpius. Aber ich werde mich wehren, und zwar sofort. Er schaltete den Computer an und begann an Professor Bosch zu schreiben. Er wollte nicht über diese abgefeimte Intrige stolpern. Was waren das bloß für seelenlose Machtroboter? Weil sie ihm nicht gefügig machen konnten, wollten sie ihm mit bürokratischen Tricks den Garaus machen. Diese Zyniker begriffen überhaupt nicht, worum es ihm ging. Das ganze Amt war ein einziger kalter Alptraum.

Der Brief wurde lang, und als er ihn endlich ausdruckte, hatte er plötzlich den Wunsch, hier so schnell wie möglich rauszukommen. Es war jetzt kurz vor fünf, die meisten hatten ihren Dienst ohnehin beendet.

Die Türflügel zum Balkon in Evas Wohnung waren weit geöffnet. Vulpius hörte die Blätter der mächtigen Kastanie im Abendwind rauschen. Die Luft war angenehm warm, es roch nach frisch gemähtem Rasen. Eva hatte sich auf ihrem Liegestuhl ausgestreckt, neben ihr auf einem Bambustisch stand ihr Teeservice. Das Buch war ihr aus der Hand gefallen. Sie schlief. Vulpius setzte sich vorsichtig auf den alten Flechtsessel und beobachtete sie. Hätte er sie noch nicht gekannt, hätte er sich jetzt in sie verliebt. Ihr Gesicht war ebenmäßig und schön, aber nicht von puppenhafter Langeweile. Die Sonne ließ ihre rotbraunen Haare leuchten.

Wohlig entspannt wie eine junge Katze streckte sie ihre Arme aus und blinzelte ins Sonnenlicht. Als sie ihn entdeckte, hielt sie ihm die Hände entgegen und sagte: «Komm.»

Später saßen sie mit einem Glas Wein wieder auf dem Balkon. Die Sonne war untergegangen, der Wind hatte sich gelegt, die Luft war weich und warm. Vulpius aß von den grünen Oliven, die auf dem Tisch standen.

Er hielt Eva die Schale hin, sie bediente sich. Er wäre

gern einfach nur glücklich gewesen, aber das Amt ging ihm nicht aus dem Kopf. «Heute war ein Tag, aus dem hättest du mühelos zwei machen können», sagte er und erzählte von der fruchtlosen Debatte mit Schwindt über Ovolan und das anschließende Gespräch in der Chefetage.

«Ich schwöre dir, es gibt geheime Seilschaften zwischen dem Amt und Park Pharma. Anders ist es gar nicht zu erklären, wie bei uns entschieden wird.» Vulpius merkte, dass er sich schon wieder in Rage redete. «Ich habe nachgewiesen, dass der Konzern uns betrügt; die beliefern uns mit manipulierten Meldungen; wir halten still, anstatt die anzuzeigen. Dieser Pharmaknecht Schwindt begründet das auch noch. Wir sind eine Prüfbehörde und nicht die Staatsanwaltschaft, sagt der. Akte zu, Affe tot.»

Eva setzte ihr Glas auf dem Tisch ab. «Du bist wieder auf dem Verschwörungstrip? Mach nicht aus jedem, der nicht deiner Meinung ist, ein Mitglied der Pillen-Mafia. Das ist lächerlich und schadet dir nur.»

Er ging ins Wohnzimmer und holte aus der Aktentasche die Abmahnung und seinen Antwortbrief. «Mit dem Schaden kannst du Recht haben. Ich bin offenbar nicht Sand, sondern Kieselsteine in deren Getriebe. Hier guck mal, Neues aus der Rechtsabteilung.»

Sie nahm die beiden Briefe, las und schüttelte den Kopf. «Die spinnen in deinem Amt. Damit kommen sie nie vor dem Arbeitsgericht durch. Du musst dir jetzt trotzdem einen guten Anwalt nehmen, der alle Tricks und Fallgruben kennt.»

Vulpius machte eine missmutige Handbewegung. «Die Brüder sind teuer und stecken letzten Endes alle unter einer Decke. Das bringt doch nichts.»

«Willst du jetzt vernünftig mit mir reden oder an der

Weltverschwörung basteln? Ich rufe gleich mal einen Freund an, der kennt sich mit solchen Sachen aus.»

Vulpius schwieg und gab schließlich nach. Er versprach, sich von einem Profi beraten zu lassen und gleich morgen einen Termin auszumachen.

Der erste Kongress der Magenspezialisten fand in Berlin statt. Johann Schell hatte als Tagungsort das Grandhotel Esplanade am Lützowufer ausgesucht. Für Professor Schmolke hatte er in der obersten Etage zwei Suiten mit Terrassen und Blick Richtung Tiergarten gebucht. Mit guten Worten und schönen Trinkgeldern hatte Schell dafür gesorgt, dass Etagenkellner, Zimmermädchen und Empfang speziell auf den «Herrn Professor» getrimmt waren. Die Minibars in beiden Suiten waren mit Schmolkes österreichischen Lieblingsweinen gefüllt worden. Da er Mineralwasser mit Kohlensäure nicht mochte, stand selbstverständlich stilles Wasser parat. Die zweite Suite war als Konferenzzimmer für Besprechungen im kleinen Kreis ausgestattet worden.

Pünklich um 14.10 Uhr landete die Maschine aus München auf dem Flughafen Tegel. Schell wartete direkt am Flugzeug auf seinen hohen Gast, der auch als Erster von Bord ging und sich gern seinen Koffer und den Kleidersack abnehmen ließ. Der Chauffeur der eleganten Limousine begrüßte den «Herrn Professor» auf das herzlichste in der Hauptstadt. Schmolke war sichtlich zufrieden mit dem Beginn seiner Visite.

Im Hotel empfing der Portier ihn wie einen lieben alten Stammgast und flocht so viele «gern, Herr Professor», «gewiss doch, Herr Professor» ein, dass Schell es mit der Angst zu tun bekam. Hatte er doch ein bisschen zu viel des Guten getan? Seine Sorgen waren unbegründet. Schmolke war völlig unempfindlich gegen die dick aufgetragenen Zeichen der Ehrerbietung. Er badete geradezu in dem Gefühl seiner Bedeutung.

Wenig später saß er schon bei Kaffee, Kuchen und ausgesuchten Spirituosen im Tagungsraum. Die gut dreißig Herren stellten ihre Gläser auf die Tische und klatschten, nachdem der Kurator des «Instituts für angewandte Arzneimittelforschung» Schmolke als Gastredner vorgestellt und über den grünen Klee gelobt hatte. Der strahlte. Dieses Forum war ihm recht. Die Chefärzte der Universitätskliniken und großen Krankenhäuser sowie die Chefs der umsatzstärksten internistischen Praxen der Hauptstadt.

Schmolke ging zum Rednerpult. Er setzte die silberne Lesebrille auf, blätterte in seinem Manuskript und sah in die Runde.

«Verehrte Kollegen, Ihnen würde es selbstverständlich nicht auf den Magen schlagen, würden Sie einen Vortrag wie diesen halten müssen. Weniger versierte Menschen würde ein solcher Gedanke Magendrücken und Magenkneifen verursachen, ganz sensiblen Naturen sogar Magenkrämpfe. Sie würden so viel Magensäure produzieren, dass sie zum Schluss ganz magenkrank aussähen und dringend einen Magenbitter brauchten.»

Schmunzeln im Saal. Schmolke nahm das Wasserglas vom Rednerpult und trank.

«Schon am deutschen Sprachgebrauch sehen Sie, mit welch sensiblem Organ wir es zu tun haben. Wie Sie es auch wenden, mit dem Magen haben Sie immer Ihre liebe Not – vom Magengeschwür über die Magenblutung bis zum Magendurchbruch, von Magenkrebs gar nicht zu reden. Und ich bitte Sie, wenn etwas magenfreundlich genannt wird, was verbirgt sich dahinter? Maximal ein scheußlicher Haferschleimbrei.»

Heiterkeit an den Tischen. Schmolke blickte ernst über die Gläser seiner Halbbrille.

«Ich kenne überhaupt nur eine positive Sache im Zusammenhang mit dem Gegenstand unserer Betrachtung – nämlich die Liebe, die ja bekanntlich durch den Magen geht.»

Er hatte sich jetzt warm geredet und seine Zuhörer gewonnen. Sie folgten seinen weiteren Ausführungen heiter und gelassen, fühlten sich zugehörig der großen Familie mit dem warmherzigen Patriarchen, in der sie gut aufgehoben waren.

Die Stimmung am nächsten Nachmittag in der Konzernzentrale war aufgekratzt. Auch Sebastian Lund ließ sich von der Begeisterung mitreißen, als Johann Schell vom Auftritt des Professors erzählte.

«Es klingt jetzt vielleicht ein wenig nach Eigenlob, aber einen besseren Mann als Schmolke hätten wir nicht finden können», sagte Schell. «Der ist fachlich kompetent und hat dazu großes schauspielerisches Talent, der bringt den seriösen Wissenschaftler genauso gut wie den Entertainer. Ein richtiges Juwel. Kein Werbespot kann so überzeugend sein wie dieser Mann live.»

Am liebsten hätte Schell die Rede Wort für Wort wiedergegeben. Aber er beschränkte sich auf die «Highlights».

Und das müsse man sich mal vorstellen, sagte er am Schluss, noch am Abend hätten sich elf der Ärzte bei Schmolke gemeldet und erklärt, sie würden gern an den Studien teilnehmen. «Und der Junge sammelt gleich deren Visitenkarten ein. Hier», Schell griff in die Tasche seines Jacketts, «die hat er mir hinterher in die Hand gedrückt. Ich sage Ihnen, der Mann könnte auch als Vertreter für Rheumadecken sein Geld verdienen.»

Lund bedauerte, dass er in Berlin nicht hatte dabei sein können. Die Schmolke-Show hätte er gern miterlebt. Ein bisschen unseriös war das alles schon, aber erfolgreich, wie man sah. Seitdem er wusste, dass Park Pharma Gründer und alleiniger Finanzier des Instituts für Arzneimittelforschung war, hatte sich sein Zutrauen in das Geschäftsgebaren des Konzerns nicht gerade gesteigert. Er sah zu Drostenberg hinüber. Der fragte durch eine dichte Rauchschwade hindurch: «Wenn das so gut läuft, warum fangen wir mit unseren Flächenversuchen nicht sofort an? Je eher wir damit durch sind, umso besser.»

Das ist mal wieder typisch Drostenberg, dachte Lund. Wenn der sich etwas in den Kopf gesetzt hat, gleicht er einem Bullen bei der Stampede. Es war mehr als gewagt, jetzt mit Contra in die klinische Erprobung zu gehen.

Svenja Morsleben, die sich offenbar von der allgemeinen Euphorie nicht hatte anstecken lassen, meldete sich zu Wort. «Ich möchte zu bedenken geben …»

Mit einer wegwerfenden Handbewegung unterbrach Drostenberg sie. «Ich will von Bedenken nichts hören.» Er schlug mit der flachen Hand auf den Schreibtisch. «Das ist ein guter Tag heute. Diskutieren Sie die Einzelheiten weiter, ich habe noch einen wichtigen Termin.» Die Havanna zwischen die Zähne geklemmt, verließ er den Konferenzraum. Zurück blieben Schwaden kalten Zigarrenrauchs.

«Sie hatten noch Bedenken, Frau Morsleben?», fragte Lund.

«Mir geht das hier, mit Verlaub, alles ein wenig zu schnell. Wir haben die Tierversuche abgeschlossen. Jetzt laufen gerade die Testreihen mit gesunden Freiwilligen. Sollen wir einen neuen Weltrekord im Hundertmeterlaufen aufstellen?» Sie wirkte ziemlich verärgert. Mit Recht, fand Lund, schließlich hatte sie alle Argumente auf ihrer Seite.

«Sportlichkeit kann ja nicht schaden», erwiderte Schell.

«Aber Hektik und Hetze schaden bestimmt», gab Svenja Morsleben zurück. «Vielleicht erinnern Sie sich ja an unser wunderbares Kontrastmittel. Da musste es ja auch Hals über Kopf gehen und niemand wollte etwas Kritisches hören. Unsere Warnung vor den Kristallbildungen wurden vom Tisch gewischt – Kinderkrankheiten, leicht zu beheben. Und dann ist uns das Mittel verreckt. Wir hätten Millionen gespart, wenn wir Schritt für Schritt vorgegangen wären. Vom Imageschaden will ich gar nicht reden.»

Lund erinnerte sich, welchen Wirbel die Sache in der Fachpresse gemacht hatte. Zum Glück war niemand von den menschlichen Versuchskaninchen zu Tode gekommen. Damals, so war ihm erzählt worden, hatten sich alle Beteiligten bei Park Pharma geschworen, nie wieder nach dem Motto «Augen zu und durch!» vorzugehen.

Lund konnte die Bauchschmerzen von Svenja Morsleben verstehen, aber er spürte auch den Druck, unter dem sie alle standen. Er fühlte sich ausgesprochen unwohl in seiner Haut.

Wie üblich brachte Schell die Sache mal wieder auf den Punkt: «Wir brauchen das Mittel, der Markt verlangt es. Die Zukunft des Konzerns hängt nicht zuletzt von diesem Erfolg ab.»

Und die Karriere von Andreas Drostenberg, dachte Lund. Der hatte sich für Contra so ins Zeug gelegt. Wenn damit etwas schief ginge, wäre sein Chef-Traum ausgeträumt, dann hing der am Fliegenfänger. Und er selbst hatte keine Lust, daneben zu kleben. «Wir gehen hier selbstverständlich mit aller Sorgfalt vor», sagte er.

«Genau das tun wir», pflichtete ihm Schell bei, um dann hinzuzufügen: «Wir beschleunigen nur die Sache dadurch, dass wir die Feldstudie bei Kliniken und Ärzten parallel zu den Freiwilligen laufen lassen. Nebeneinander, nicht nacheinander.»

«Mal abgesehen von den Risiken, bezweifle ich, dass die Behörde mitspielt. Und wenn, wo nehmen wir dazu die Kapazitäten her?», wollte Svenja Morsleben wissen.

«Jetzt müssen andere Projekte eben mal zurückstehen, verehrte Frau Doktor.» Schell lächelte sie an. «Wir legen alle Eier in ein Nest. Das kostet eine Menge Geld, spart aber enorm Zeit.»

Er war zwar bester Laune, aber ziemlich müde. Sein Rendezvous gestern hatte etwas lange gedauert. Drostenberg hatte deshalb bei Doro Flügger einen dreifachen Espresso bestellt. Sie ist wirklich eine Augenweide, dachte er, während seine Mitarbeiterin ihm den Kaffee servierte. Jork erschien wie immer pünktlich, auch er war guter Stimmung. Er schien endlich mal positive Nachrichten zu haben.

«Na, was meldet Ihr U-Boot aus Berlin?», wollte Drostenberg wissen.

«Erfreuliches», sagte Jork und bedankte sich bei Doro Flügger, die ihm ein Glas Wasser brachte. «Ich bin soeben informiert worden, dass unsere Pille vorerst gerettet ist. Es hat einen mächtigen Streit im Amt darüber gegeben. Die meisten wollten Ovolan auf die schwarze Liste setzen, aber Amtschef Bosch selbst hat dem Spuk ein Ende gemacht und den Antrag abgeschmettert.»

Drostenberg nuckelte erfreut an seiner Zigarre und sagte: «Schön, Herr Jork, sehr schön.»

Der nickte. «Es ist ein gutes Gefühl, zu wissen, dass man sich auf die Freunde der italienischen Oper verlassen kann.»

«Wir zahlen ja weiß Gott auch genug», sagte Drostenberg. Zwei Wochen zuvor hatte Jork ihm schon wieder eine Spende von 50 000 Mark für die Berliner Oper abgehandelt. Aber wenn das alles so lief wie jetzt, war das Geld auch gut angelegt. Es war noch nicht einmal Bestechung und die Summe konnte offiziell von der Steuer abgesetzt werden.

«Ganz am sicheren Ufer sind wir natürlich noch nicht», sagte Jork. «Dieser verrückte Vulpius wird nicht aufhören zu wühlen und einen neuen Anlauf unternehmen, sobald er meint, einen neuen Fall zu haben. Das bekomme ich aber sofort zugerufen. Im Übrigen findet zurzeit in Berlin eine Revolte der Aufrechten statt. Die fordern mehr Kompetenzen für den Mittelbau. Wenn die sich durchsetzen, könnte es für uns aschgrau werden.»

«Erst mal beschäftigen sich die Herrschaften mit sich selbst», sagte Drostenberg und wischte sich die Espressospuren von der Lippe. «Diskussionen, Gerangel, wunderbar. Das bindet Kräfte und hindert sie daran, sich mit uns zu befassen. Bevor es brenzlig wird, können wir ja im Ministerium noch Überzeugungsarbeit leisten. Ohne Segen von oben dürfen die ihre Behörde doch nicht umkrempeln.»

Dabei fiel ihm ein, dass angeblich eine Abgeordnete aus dem Gesundheitsausschuss mit einem guten Posten im Amt versorgt werden sollte. Das musste er klären. Denn diese Dame wäre dort natürlich Gold wert. Er nahm den Hörer und bat Doro Flügger, ihn am Nachmittag an ein Telefonat, Stichwort «Seilschaft», zu erinnern.

«Wie heißt dieser komische Knabe nochmal?», fragte er Jork.

«Vulpius, Dr. Hartmut Vulpius.»

«Und wir wissen nichts über den? Teure Hobbys, Spieler, Häuslebauer, Hang zum Luxus, Affären? Irgendeinen Knackpunkt muss der doch haben.»

Jork legte die Fingerspitzen gegeneinander und wiegte den Kopf. Drostenberg fand diese Geste furchtbar manieriert. Spiel hier nicht den Lord, entweder du hast was oder nicht, dachte er.

«Bislang bin ich da nicht fündig geworden. Personalakte sauber. Finanzielle Schwierigkeiten hat er gehabt, sind aber gelöst. Er hat seine Praxis verkauft. Wenn wir da weiterkommen wollen, müssen wir wohl einen professionellen Rechercheur auf ihn ansetzen.»

«Von mir aus gern», sagte Drostenberg, «aber nicht so einen Amateurdetektiv, der sofort auffliegt.»

Jork sah ihn säuerlich an. «Ich kann mir nicht vorstellen, dass Sie den Eindruck haben könnten, ich arbeitete mit Amateuren zusammen.»

«Seien Sie nicht so empfindlich, Jork.» Drostenberg

schaltete auf Kumpelton. «Mit dem Vulpius müssen wir fertig werden. Entweder einkaufen oder abschalten. Geld können wir bei diesem Edelmann vergessen. Also brauchen wir etwas Handfestes. Eine schöne Ladung Dreck, die wir im richtigen Augenblick schmeißen können.»

Er holte sich eine neue Zigarre aus dem Humidor im Regal und sah, als er sich wieder umdrehte, dass Jork schon wieder seine Fingerübungen machte und dazu noch ein blasiertes Gesicht.

«Es gibt natürlich noch die Möglichkeit, dass wir gar nichts unternehmen», sagte Jork. «Wir lassen den weiterwühlen, wissen genau Bescheid, was er macht, und warten ab, bis er sich selbst festgefahren hat. Und das wird er tun.»

«Mein lieber Jork», sagte Drostenberg, «Wir können das gern so machen. Ich würde nur einfach besser schlafen, wenn ich wüsste, dass wir für den Notfall noch etwas im Köcher haben. Das war doch in Japan immer Ihr Credo. Gibt es dort eigentlich neue Entscheidungen?» Plötzlich fiel alles Joviale von ihm ab. Zwei «kritische Fälle» auf einmal konnte er nicht gebrauchen.

«Die alten Kontakte sind noch immer sehr hilfreich. Über die Behörde in Tokio haben wir aktualisierte Testunterlagen an das Gericht weitergeben lassen. Da kommt niemand darauf, dass dies nicht die Originale sind. Wir können den Gang der Dinge ruhig abwarten. Schlimmes kann aus Japan nicht mehr kommen.»

«Ich möchte den Sack da trotzdem gern zumachen. Ein Vergleich ohne Schuldfeststellung. Wir gründen eine Stiftung, die für die Behandlung der jungen Leute sorgt.» Drostenberg hatte schon genaue Vorstellungen, wie man daraus eine PR-Schau machen könnte. Man müsste den Dingen nur die positive Seite abgewinnen.

«Wenn Sie das im Vorstand durchsetzen, dann soll es mir recht sein», sagte Jork. Und Drostenberg sah ihm an, dass er dasselbe dachte, was ihm durch den Kopf gegangen war: Wirbel könnte er auf keinen Fall gebrauchen, das könnte seinen Aufstieg nur behindern.

«Übrigens», fuhr Jork fort, «es soll ja nun mit Contra richtig losgehen. Wollen wir auch in diesem Fall die Studien über Pharma Consult abwickeln?»

Drostenberg verzog sein Gesicht zu einem breiten Grinsen. «Aber sicher engagieren wir die. Die produzieren so passgenaue Genehmigungsakten. Das flutscht nur so durchs Amt.» Er war zufrieden, die Müdigkeit war verflogen und seine Zigarre brannte endlich rundherum schön gleichmäßig.

Vulpius hatte keinen guten Tag. Lustlos saß er in der Kantine und stocherte in seiner Gemüsepfanne herum. Als Cornelia Conrad seinen Tisch ansteuerte, nahm er kaum Notiz von ihr. Er fand es aber immerhin tröstlich, dass Cornelia alles unternahm, um ihn aufzuheitern. Sie erzählte ihm von Claudia, der es dank der intensiven Pflege auf der Station ihres Vaters langsam wieder besser gehe. Sie lese viel und trainiere stundenlang mit der Krankengymnastin.

«Ich habe ihr beim letzten Besuch von Ihnen erzählt, davon, dass sie Ihnen ihr Leben verdankt», sagte sie. «Meine Schwester grüßt Sie ganz herzlich. Sie freut sich schon auf die Gelegenheit, Ihnen selbst zu danken.»

Vulpius schob seinen halb vollen Teller zur Seite. «Wenigstens eine schöne Nachricht in diesen trüben Zeiten. Ich habe inzwischen das Gefühl, es ist alles vergebens, was ich hier mache. Widerstand an allen Ecken. Ich laufe gegen Betonwände.»

Sie hatte offenbar beschlossen, ihn nicht in seinem schwarzen Loch sitzen zu lassen. Als sie ihr Tablett nahm, sagte sie: «Wir machen jetzt einen Spaziergang. Ich muss ein Paar Schuhe vom Schuster abholen. Das dauert eine Viertelstunde. Auf dem Rückweg gehen wir beim Italiener vorbei und ich spendiere uns ein großes Eis. Das ist Labsal für die Seele.»

Draußen fielen die weißen Blüten von den Kastanien auf die Straße. An manchen Stellen hatte der Wind sie zu weißen Teppichen zusammengefegt. Die Sonne schien und am Himmel zogen dicke Wolken dahin. Vulpius genoss die milde, frische Luft. «Sie hatten Recht. Man muss einfach mal aus unserem Bunker raus und durchatmen.»

Mit einem wuchtigen Tritt kickte er eine leere Bierdose aus dem Weg. Sie rutschte scheppernd gegen eine Hauswand. «Frei atmen ist herrlich. Bei uns hat man doch den Eindruck, als solle einem der Hals zugedrückt werden. Als ich hierher kam, hat mir der Bosch persönlich auf die Schulter geklopft. Genauso wie ich sage, müsse das Amt arbeiten, in erster Linie als Wächter über die Patientensicherheit. Schöne Nachtwächter sind wir.»

Cornelia Conrad hakte sich bei ihm ein. «Wissen Sie eigentlich, dass die Zahl Ihrer Fans im Amt steigt? Sie machen vielen Menschen Mut. Es gibt ja eine Menge guter Leute, aber die sind systematisch unter Druck gesetzt worden. Und nicht jeder ist eben zum Helden geboren. Wenn einer etwas bewegt, dann sind doch Sie das.»

Sie stoppten an einer roten Ampel. Vulpius lächelte zum ersten Mal. «Es ist sehr lieb von Ihnen, dass Sie mich wieder aufbauen. Man darf diesen Drecksäcken nicht das Feld überlassen. Aber manchmal fällt es verdammt schwer, nicht zu verzweifeln.»

In der etwas altmodischen Schusterei roch es angenehm nach Leder. Der junge Schuhmachermeister packte ihre schön besohlten Pumps ein und zeigte ihr stolz ein Paar neue dunkelbraune Laufschuhe für Damen. Er erklärte, er würde die jetzt nach Maß fertigen, so teuer sei das gar nicht und sie hielten ja auch viel länger. Vulpius strich mit der Hand über das weiche Leder. Richtige kleine Kunstwerke, fand er.

«Der Mann ist ein glücklicher Mensch, der geht seinem ehrlichen Handwerk nach», seufzte er, als sie wieder auf der Straße waren.

Cornelia drückte ihm die Tüte mit den Schuhen in die Hand, holte das Portemonnaie aus der Handtasche und lief auf den Eisladen zu. «Was möchten Sie? Früchte, Vanille, Schokolade? Das Pistazieneis ist himmlisch.»

«Ich verlasse mich auf Sie. Nehmen Sie Pistazien.»

Die Eistüten in den Händen, gingen sie langsam in Richtung Amt zurück.

«Die Pistazien sind wirklich göttlich. Da kann man glatt seinen Frust vergessen.» Vulpius biss krachend in die Waffel.

«Das sollten Sie öfter mal machen. Zu viel Ärger schlägt ja auf den Magen, wie wir wissen. Reiben Sie sich nicht selbst im Dienst auf, darauf warten die doch nur», sagte Cornelia und stopfte sich den Rest der Eistüte in den Mund.

«Wenn Sie sehen, wie alles mit Geld hinzubiegen ist,

wenn selbst angesehene Wissenschaftler nach dem Motto arbeiten: Geld stinkt nicht – dann ist es schwer, nicht wütend zu werden.»

Sie hatten den Eingang des Amtes erreicht. Cornelia Conrad sah ihn nachdenklich an. «Sie haben Ihren Huxley gelernt: Fortschritt ist immer nur durch die Unzufriedenen ausgelöst worden. Vielleicht sollten wir das drucken und in alle Zimmer hängen.»

«Dann hängen Sie diesen Spruch aus China gleich daneben: Nur wer gegen den Strom schwimmt, kommt zur Quelle», antwortete Vulpius.

Die Tür zu seinem Büro stand halb offen. Er war sicher, dass er sie vorhin zugeklinkt hatte. Auf dem Besucherstuhl an seinem Schreibtisch saß ein Mann, der sich in eine Zeitung vertieft hatte.

«Was kann ich für Sie tun?», fragte Vulpius. Der Mann fuhr zusammen und sah ihn erschrocken an. Jetzt erst erkannte er ihn, es war der Vater von Ruth Löwe, der jungen Frau im Rollstuhl.

«Mein Gott, Herr Doktor, ich habe Sie gar nicht kommen hören», sagte er. «Verzeihen Sie, dass ich einfach hier bei Ihnen auftauche, so ganz ohne Anmeldung. Aber ich weiß mir keinen Rat mehr.» Er nahm sein Taschentuch und wischte sich die Schweißperlen von der Stirn. «Es ist wegen Ruth, es geht ihr wieder schlechter. Dabei hatten die Ärzte mir Hoffnungen gemacht. Und der Anwalt sagt mir, mit einem Prozess hätten wir kaum Chancen. Ich müsste beweisen, dass die Pille schuld an der Tragödie ist.»

Er zog ein Foto aus seinem Jackett und legte es auf den Schreibtisch. Ruth in den Bergen. «Sie ist doch noch so jung. Was soll bloß aus ihr werden, wenn ich mal nicht mehr bin?»

Was hatte Schwindt gesagt, als Vulpius ihm angeboten hatte, ihn mit Ruth Löwe zusammenzubringen? «Solche Emotionsnummern lehne ich ab. Bringen Sie mir wissenschaftlich abgesicherte Fakten. Dann reden wir weiter.» Und warnend hatte er hinzugefügt: «Spielen Sie hier nicht den Robin Hood, den Rächer der Entrechteten und Enterbten. Es ist Ihnen verboten, Rechtsberatung zu betreiben. Halten Sie sich daran.»

Vulpius fragte den Vater nach weiteren Einzelheiten aus den Diskussionen mit dem Anwalt und wunderte sich sehr, als er die Briefe las, die Löwe aus seiner Aktentasche holte. So kannte er den Advokaten nicht, der sich vor Jahren als «Patientenschutzanwalt» einen Namen gemacht hatte und in der Presse immer wieder als unerschrockener Kämpfer gegen Kunstfehler und Pharmaskandale gefeiert worden war. In diesem Fall, der für Vulpius glasklar dokumentiert war, zeigte er eine merkwürdige Scheu vor dem Angriff.

«Wenn Sie mich fragen», Vulpius klopfte mit dem Zeigefinger auf die Briefe, «brauchen Sie einen anderen Anwalt. Was hier los ist, weiß ich nicht. Aber ich weiß, dass Sie genug Material für eine Klage haben. Bringen Sie Park Pharma vor Gericht, das wird anderen Opfern Mut machen, sich ebenfalls zu wehren. Ein Prozess bedeutet Öffentlichkeit und die fürchten sie.»

Löwe sah ihn zweifelnd an. «Wenn denn alles so eindeutig ist, warum hat Ihre Behörde dann nicht längst das Zeug verboten? Sie können das doch, oder nicht?»

Vater Löwe hat zielsicher die schwache Stelle getroffen, dachte Vulpius. Er ging um den Schreibtisch und setzte sich. «Wir könnten, ja, wir könnten», sagte er langsam. «Aber im Amt gibt es viele Stimmen und viele Hierarchien. Da habe ich mich noch nicht durchgesetzt. In dem Fall können Sie als Privatmann viel besser agieren.»

Er zog die unterste Schublade seines Schreibtisches auf, griff nach seinem alten Telefonverzeichnis, blätterte. «Hier. Gerhard Frank, Dr. jur., den habe ich gesucht. Ein scharfer Hund. Ich habe ihn während des Studiums kennen gelernt. Der sitzt in einer großen Kanzlei und ist wirtschaftlich unabhängig. Wenn Sie wollen, rufe ich ihn an.»

Löwe nickte zögernd.

Vulpius freute sich, Frank gleich am Telefon zu haben. Es war nichts davon zu spüren, dass sie sich jahrelang nicht gesprochen hatten. «Park Pharma?» Für ihn kein Problem, sagte Frank, für den Hamburger Konzern habe er noch nie gearbeitet. Keine Interessenkollisionen. Hoffentlich sei der Streitwert schön hoch.

Wann Löwe denn einen Termin haben könne, er sei aus Düsseldorf angereist, warf Vulpius schnell dazwischen.

«Weil du es bist, lieber Hartmut, in einer halben Stunde. Mir ist gerade ein Gespräch geplatzt. Er soll nur alle Unterlagen mitbringen. Ich werde mir den Kasus genau ansehen», versprach Frank.

Kurz vor fünf klingelte das Telefon. Am Apparat war Vater Löwe. «Dr. Frank hat den Fall übernommen. Wir haben die besten Chancen, sagt er. Er will die Klage vorbereiten und sich dann mit Ihnen treffen. Von mir will er zurzeit kein Geld. Das hole ich mir in Hamburg, sagt er. Der ist so optimistisch, das hat mich richtig angesteckt.»

Vulpius lächelte. Er wusste genau, was jetzt in Löwe vorging. «Ich drücke Ihnen die Daumen, und grüßen Sie Ruth.»

«Ja. Ich stehe schon am Bahnhof», sagte er. Im Hintergrund wurde per Lautsprecher der Intercity nach Düsseldorf angekündigt. «Ich wollte mich nur noch bei Ihnen bedanken. Ruth wird sich freuen.»

Vom Balkon her zog ein merkwürdiger Geruch durch die Wohnung. Vulpius schnüffelte. Es roch nach heißem Grill, in dem die Fettreste am Rost verdampfen. Eva stand in der Küche und rührte ihre berühmte Steaksauce zusammen. Sie hasste die Fertigtunken aus der Flasche.

Vulpius ging zu ihr, umarmte sie von hinten und küsste ihren Hals. «Sehr schön, dass du kommst. Du kannst Wein aus dem Keller holen, der Rote hier oben ist alle. Und der Tisch draußen muss auch noch gedeckt werden.» Sie drehte sich um, gab ihm einen kleinen Schubs und sagte: «Komm, sei ein Schatz. Du wirst es nicht bereuen.»

Auf dem Weg in den Keller überlegte Vulpius, wie sie es fertig brachte, ihn zu kommandieren, ohne dass er sich dagegen auflehnte. Wahrscheinlich war es diese Mischung aus Konsequenz und Verlockung, die ihn reizte. Weil die Glühbirne in Evas Keller kaputt war und die auf dem Flur nur den Schein einer Tranfunzel verbreitete, hatte er einige Mühe, den richtigen Wein zu finden. Er legte die vier Flaschen Bordeaux in den Drahtkorb. Ein 85er Sociando-Mallet. Vor einem Jahr hatte er keine Ahnung davon gehabt, was das bedeutete. Aber dank der Empfehlungen von Maurice und der Nachhilfestunden von Eva wusste er, dass er hier einen exzellenten Haut-Medoc aus einem sehr guten Jahr vor sich hatte.

Oben öffnete er zwei Flaschen, dekantierte eine in eine geschliffene Karaffe, goss etwas davon in ein Glas und roch daran. Ein Duft von schwarzen Johannisbeeren – eine schöne Nase, wie die Fachleute sagen. Das dunkle Rubinrot faszinierte ihn. Als er den ersten Probeschluck über seine Zunge rollen ließ, wusste er, dass ihnen ein großes Vergnügen bevorstand.

Teller, Gabeln, Steakmesser, Wasser- und Weingläser standen auf dem Tablett. Vulpius brauchte es nur noch hinauszutragen und den Tisch zu decken. Er gab sich Mühe damit, weil er wusste, wie viel Spaß Eva an einer schönen Tafel hatte. Von den Rosenbäumen auf dem Balkon schnitt er ein paar Blüten ab und steckte sie in eine kleine Vase. Wenn ihn Sabine hier sähe, würde sie es nicht glauben. Er musste über sich selbst lachen. Seine Frau war für ihn meilenweit entfernt, wie aus einer anderen Welt. Wenn er nicht ab und zu von seinem Anwalt einen Brief wegen der Scheidung bekäme, würde er wahrscheinlich gar nicht mehr an sie denken.

«Du wälzt düstere Gedanken?», fragte Eva, die nach draußen gekommen war und sich neben ihn auf das Balkongitter stützte.

«Nichts Trübes. Ich habe gerade daran gedacht, wie sehr ich dich liebe.» Vulpius blickte geradeaus auf die Bäume und Häuser auf der gegenüberliegenden Straßenseite.

«Und dabei machst du ein so bewölktes Gesicht? Ich dachte immer, dass solche Gefühle fröhlich stimmen. Du bist wirklich ein komischer Knabe.» Sie richtete sich auf, legte den Kopf in den Nacken und genoss für einen Moment die letzten Strahlen der Sonne.

Als sie am Tisch saßen, nahm Eva ihr Glas in die Hand

und hielt ihre Nase hinein. «Gute Wahl. Man kann dich schicken. Auf unsere Liebe.» Sie stieß gegen sein Glas. Ein dunkles Dong war zu hören.

«Auf dich», sagte Vulpius. «Weißt du, dass es noch einen Grund zum Feiern gibt?»

«Ist deine Scheidung durch? Hast du im Lotto gewonnen?» Eva sah ihn überrascht an.

«So schön nicht, aber fast so. Ruth Löwes Vater klagt gegen Park Pharma. Er hat endlich den richtigen Anwalt gefunden. Begreifst du, was das heißt? Die kriegen jetzt Druck von außen. Jetzt kann nicht mehr alles unter den Teppich gekehrt werden. Wenn es zum Prozess kommt, dann sitzt Presse im Saal, dann gibt es Schlagzeilen und Fernsehberichte.» Vulpius sah das alles schon vor sich und er gönnte es den Hamburger Konzernlenkern von Herzen.

Eva sah ihn an und seufzte: «Du bist noch viel seltsamer, als ich dachte. Erst redest du von der großen Liebe und im selben Augenblick bist du in deinem Büro, bei deinen Kranken und deinen Akten. Irgendwie bist du immer im Dienst. Ich möchte mal wissen, woran du denkst, wenn du mit mir schläfst.» Sie wischte sich mit der Serviette die Lippen ab und trank vom Bordeaux. Er schwieg.

«Ich will dir mal sagen, mein Lieber, was passieren wird. Vielleicht raube ich dir deine Illusionen, aber bereite dich mal darauf vor, dass es möglicherweise gar keinen Prozess gibt.»

Mit einem Ruck setzte sich Vulpius in seinem Sessel auf. «Was willst du damit sagen? Natürlich kommt es zum Prozess. Gerhard Frank hat die Sache übernommen, ein alter Freund von mir. Wenn der sich in etwas verbeißt, lässt er nicht mehr locker. Der ist wie ein Terrier.»

«Nach all dem, was du mir in dieser Pillen-Sache erzählt hast, bin ich sicher, dass die Leute noch ein paar Schuss Pulver trocken haben», sagte sie und legte ihre Hand auf seinen Arm. «Und wenn es ganz eng wird, regeln sie ihre Probleme mit Geld. Da kennen die sich am besten aus.»

Vulpius schüttelte den Kopf. «Du irrst. Der Gerhard lässt sich nicht kaufen, der zieht das durch.»

«Kaufen, das klingt schon wieder so dramatisch. Als guter Anwalt wird er alles für seine Mandanten tun. Wenn er den Konzern so unter Druck setzen kann, dass der ohne Urteil zahlt, hat er doch gar keinen Grund mehr, einen langen Prozess durch alle Instanzen zu führen.» Sie nahm die Salatschüssel und gab ihm und sich eine neue Portion. «Für die Firma hat das den Vorteil, dass sie jedes öffentliche Aufsehen und einen Schuldspruch vermeidet. Was ist eigentlich mit Claudia Conrad? Hat die denn geklagt?»

Gute Frage, dachte Vulpius. Er hatte schlicht vergessen, Cornelia Conrad danach zu fragen. Vielleicht war Eva viel realistischer als er. Er träumte von der großen Schlacht, aber tatsächlich würde der Krieg ausfallen. Eine gespenstische Vorstellung. Wenn es wirklich so käme, würde er das als persönliche Niederlage ansehen. Seine Hochstimmung war schon jetzt in Melancholie umgeschlagen. «Wenn du Recht hast, dann kann ich meinen Job aufgeben. Dann hat alles keinen Sinn mehr», sagte er.

Sie sah ihn an und lachte. «Das ist so typisch Vulpius. Entweder schwarz oder weiß. Dazwischen gibt es nichts. Wann wirst du endlich begreifen, dass sich das Leben dazwischen abspielt?» Sie nahm ihr Glas und hielt es gegen das Windlicht. Das Rot des Weins leuchtete. «Schau mal, diese Farbe, riech diesen intensiven Duft. Du kannst das genießen. Du musst nicht ständig das ganze Elend dieser Welt mit dir herumschleppen.»

Er zog seinen Stuhl um den Tisch herum, setzte sich neben sie, umarmte sie wortlos und küsste ihr Gesicht. Sie nahm seinen Kopf in die Hände und streichelte ihn. Er hatte das Gefühl, dass warme Wellen über ihn hinweggingen. Sie schien ihre Kraft auf ihn zu übertragen.

«Laß uns noch einen Spaziergang machen», sagte sie nach einer Weile, «der Abend ist so schön. Bewegung wird dir gut tun. Bewegung und tief durchatmen ist ein gutes Mittel gegen Trübsinn.»

Sie zogen ihre Jacken an und liefen bis zum Botanischen Garten. Dort machten sie kehrt. In einem Kleingartengebiet gingen sie an stark duftenden Heckenrosen vorbei, an der nächsten Ecke roch es nach gegrillten Würstchen. Die Wagen, die über die Brücke der Stadtautobahn donnerten, hatten inzwischen die Scheinwerfer eingeschaltet. Vulpius hatte seinen Arm um Evas Hüfte gelegt. Gehorsam atmete er tief durch die Nase ein und durch den Mund wieder aus. Ihre Therapie wirkte. Als sie wieder vor der Haustür standen, fühlte er sich wie von einer großen Last befreit.

Es war ihm einfach so passiert. Er hatte sich in Cornelia Conrad verliebt. Wo immer er war, dachte er an sie. Dabei war ihre Begegnung im Restaurant des Tennisklubs alles andere als ermutigend gewesen. Immerhin hatten sie zum Abschied ihre Visitenkarten ausgetauscht. Sebastian Lund hatte sich noch am Abend hingesetzt und ihr einen Brief geschrieben. Darin hatte er sie um Verzeihung für seine Tollpatschigkeit gebeten, der Schwester gute Besserung gewünscht und seine Hilfe angeboten, wo immer er gebraucht würde. Am nächsten Morgen hatte er dazu bei Fleurop einen Blumenstrauß bestellt. Die Antwort war freundlich-kühl ausgefallen. Dank für die schönen Malven, Gruß von der Schwester, Hinweis, dass sie keine Hilfe brauche.

Eine Woche später hatte er sie abends angerufen und sie gefragt, ob sie am Wochenende Lust habe, mit ihm ins Theater zu gehen. Im Schauspielhaus gastierte ein hoch gelobtes Musical. Er registrierte erfreut, dass sie seinen Anruf nicht lästig fand und seiner Einladung gefolgt wäre, wenn sie ihrem Vater nicht schon zugesagt hätte, ihn zu einem Kongress nach England zu begleiten. Aber in vierzehn Tagen sei sie wieder in Hamburg, vielleicht könnten sie sich dann ja sehen. Lund fand diese Aussicht verlockend, reagierte aber nicht so überschwänglich, wie ihm eigentlich zumute war. Er versprach, sich etwas Schönes für ihr Treffen zu überlegen.

«Warum beginnen wir nicht mit etwas Normalem und treffen uns bei Blau-Weiß zum Tennisspielen?», schlug sie vor. «Ich habe Sie ja vor einiger Zeit zu einem Match aufgefordert. Die Zusage löse ich jetzt ein. Ich kann mir nichts Besseres vorstellen, als Sie übers Feld zu jagen.» Lund war einverstanden.

Zwei Wochen später, Samstag um drei Uhr, trafen sie sich am Rothenbaum. Kaum standen sie sich auf dem roten Sandplatz gegenüber, begriff Lund, warum der Cheftrainer von Blau-Weiß so viel Wert darauf legte, dass Cornelia Conrad weiter für ihren alten Klub spielte. Ihre Aufschläge kamen nicht nur präzise ins Feld, die Bälle waren auch ungewöhnlich hart geschlagen. So viel Kraft hatte er ihr nicht zugetraut. Es gelang ihr immer wieder, ihn mit langen Schlägen an der Grundlinie festzunageln. Lund hatte alle Mühe, sich auf ihre Spielweise einzustellen. Sie amüsierte sich darüber, klatschte aber anerkennend, wenn er einen Punkt machte.

Nach einer halben Stunde aber hetzten sie sich gegenseitig so schnell über das Feld, dass sie immer öfter zu der Bank neben dem Netz gingen. Sie teilten sich die Wasserflaschen, die er mitgebracht hatte, dann spielten sie wieder. Und er war heilfroh, dass Cornelia nach zwei Stunden lachend erklärte, dass sie nun total fix und fertig sei.

«Was ich jetzt brauche, ist eine warme Dusche und dann etwas Leichtes zu essen», sagte sie. «Sie haben sich tapfer geschlagen. Sie sind eingeladen.»

Als sie sich nach zwanzig Minuten im Clubrestaurant trafen, waren schon mehrere Tische besetzt. Cornelia winkte einem älteren, sehr englisch aussehenden Ehepaar zu, er kannte keinen der Gäste.

«Also für mich jetzt erst mal ein großes Pils, ich bin völlig ausgedörrt, Sie auch?», sagte Cornelia Conrad. Er nickte zustimmend. Sie drehte sich zu dem Barmann um und machte mit der Hand eine Bewegung, als ob sie Bier zapfen würde. Dazu streckte sie zwei Finger in die Luft.

Sie kann ganz schön burschikos sein, dachte Lund und erinnerte sich an ihre Aufschläge. Der Kellner brachte die beiden Pils und legte auch die Speisekarte auf den Tisch. Die Gläser waren vor Kälte beschlagen. Sie prosteten sich zu. Cornelia trank einen großen Schluck und wischte sich den Schaum von der Oberlippe. Lund beobachtete sie überrascht und begeistert.

«Ich bin seit meiner Kindheit viel mit Jungen zusammen gewesen, müssen Sie wissen.» Sie stellte ihr Glas auf den Bierdeckel. «Fußball, Hockey, Tennis, Rudern. Da ist es häufig rau zugegangen. Da lernen Sie, sich zu wehren und in jeder Weise mitzuhalten. Die Knaben müssen doch Respekt haben.» Lund war überzeugt, dass es daran nicht gemangelt hatte. Er gab ihr die Speisekarte. Die Küche offerierte heute vor allem Fernöstliches. Sie wählte frische Gemüse aus dem Wok, er entschied sich für eine gemischte Sushi-Platte.

«Ist schon komisch, wie sich die Gewohnheiten verändert haben. Wer hätte vor ein paar Jahren schon rohen Fisch in Reis und Seetang eingewickelt gegessen?», sagte Lund. «Beim Essen finden die wahren Revolutionen statt.»

«Und wie angenehm, dass dabei noch nicht einmal ein Schuss fällt. Die Japaner erobern ganz friedlich sogar die Küche von Blau-Weiß.» Cornelia Conrad griff nach dem Glas und leerte es. «Wissen Sie, was mir vorhin eingefallen ist? Sie haben meine Familie quasi beiläufig kennen gelernt und inzwischen sogar einiges aus dem Inner-Circle miterlebt. Von Ihnen aber weiß ich überhaupt nichts. Schon aus Gründen der Parität ist das ein unhaltbarer Zustand.»

Jetzt also Familiengeschichte, dachte Lund. Mit so viel geordnetem Leben wie dem der Conrad-Sippe konnte er ihr nicht dienen. Sollte er ihr von seinen Kämpfen mit dem Vater berichten, der sich nie um die Nöte seiner Kinder gekümmert und nur sein Geschäft und ständig neue Weibergeschichten im Kopf gehabt hatte? Und davon, wie die Ehe seiner Eltern in jahrelangen, zermürbenden Kleinkriegen kaputtgegangen war? Sein fünf Jahre jüngerer Bruder hatte dagegen schon ziemlich früh einen Schutzwall um sich aufgebaut. Er konzentrierte sich auf sein Geigenspiel, übte wie besessen, machte große Fortschritte, wurde in ein spezielles Musikgymnasium eingeschult und gewann bald die ersten Preise bei Musikwettbewerben. Seine Mutter hatte damit ihre Aufgabe gefunden, sie lebte dafür, seine Karriere zu planen und zu fördern.

Trotz aller Kräche und Auseinandersetzungen hatte es Lund immer imponiert, wie sein Vater praktisch aus dem Nichts seine Baufirma hochgezogen hatte. Mit den von ihm erfundenen Isoliersteinen, die er sich patentieren ließ, hatte er ein Vermögen gemacht.

Vor acht Jahren hatte er alles an einen Baukonzern verkauft und war mit seinen Millionen und seiner neuen Frau, einem ehemaligen Model, auf ein großes Landgut nach Südfrankreich gezogen. Inzwischen bekam Lund immer öfter Karten von den schönsten Plätzen der Welt. Sein Vater versäumte nie, zu erwähnen, wie stolz er auf seine erfolgreichen Söhne sei. Wie erfreulich, dass seine Investitionen bei ihnen so schöne Früchte zeitigten.

Lund beschloss, Cornelia die Familiensaga ungeschminkt zu erzählen. Wenn sie damit Probleme hatte, dann lieber jetzt als später. Sie hörte ihm aufmerksam zu. Das Essen wurde serviert. Als sie mit ihrem Wok fertig war, hatte er seine Geschichte beendet. «Das alles hat sicher Spuren hinterlassen, aber man merkt dem berühmten Wissenschaftler auf den ersten Blick nichts an.» Sie lächelte und legte die Stäbchen zur Seite. «Mein Vater hatte schon von Ihrer steilen Karriere gehört, bevor wir uns zum ersten Mal gesehen haben.»

«Wenn mein Vater wüsste, wo ich wirklich gelandet

bin, würde er wahrscheinlich nicht mehr ganz so begeistert von seinem Sohn sein», sagte Lund.

«Sie tun gerade so, als ob Sie unter die Räuber gefallen wären. Ich habe weiß Gott keinen Grund, den Konzern zu verteidigen, nach allem, was mit meiner Schwester passiert ist. Aber das sind doch keine Kriminellen. Es kann immer wieder passieren, dass ein Medikament versagt oder schadet. Dagegen ist niemand gefeit.» Sie war jetzt sehr ernst geworden.

Lund wiegte bedächtig den Kopf. «Das verdammte Problem ist, dass man so mächtig unter Druck gerät. Es wird geforscht, entwickelt und getestet. Von hundert Stoffen verrecken Ihnen neunundneunzig. Sie haben Millionen dafür ausgegeben – futsch.»

Er tauchte ein Thunfischröllchen in die kleine Schale mit dem Gemisch aus Sojasauce und grünem Meerrettich und steckte es in den Mund. Es war angenehm scharf. «Und dann haben Sie endlich eine Substanz, die verspricht, ein Wundermittel zu werden, ein echter Monneyspinner. Da wird investiert und investiert. Jetzt muss das was werden. Jeder im Laden weiß das und jeder fühlt die Pressionen.»

Während er seine restlichen Sushi aß, erzählte er von einem ehemaligen Pharmakologen der Firma, der gegen solch ein Hitlistenmedikament massive Bedenken erhoben hatte. Der war vom eigenen Team als Miesmacher und Störenfried angegriffen und förmlich hinausgeekelt worden. Er landete schließlich bei gekürzten Bezügen in einem besseren Pharmavertreterjob, mit fünfundvierzig auf dem Abstellgleis.

Einem anderen hatte der Konzern eine Apotheke als Abfindung gekauft, nur um den Mann loszuwerden, der als unbequemer Kritiker und Querdenker galt. Viele hatten resigniert, sie schwammen nun mit im großen Strom. «Die haben sich verbogen und ihre Träume längst aufgegeben. Die interessieren sich vor allem für ihren monatlichen Gehaltszettel. Man freut sich über jeden, der noch engagiert arbeitet.»

«Ich habe nicht geahnt, dass Park Pharma eine Behörde ist, aber das kommt mir alles sehr bekannt vor.» Cornelia Conrad stützte ihr Kinn auf den linken Arm und sah sehr nachdenklich aus. «Der einzige Unterschied ist wohl, dass es bei uns keine Apotheken zu verschenken gibt. Wer sich nicht biegen lässt, wird zerbrochen oder geht freiwillig.»

Draußen erschien, vom Parkplatz kommend, Johann Schell. Braun gebrannt, im weißen Tennisdress, die Schlägertasche lässig über die Schulter gehängt. Er blickte durch die großen Fenster des Clubhauses und entdeckte Lund und Cornelia Conrad. Er grinste und nickte ihnen zu.

«Der hat mir in meiner Sammlung gerade noch gefehlt», stöhnte Cornelia.

«Ich dachte, Sie kennen sich gut?» Lund hatte bei ihrem ersten Treffen den Eindruck gehabt, die beiden seien quasi Sandkastenfreunde.

«Mein Freund Johnny Cash, natürlich kenne ich den gut», lachte sie, «vielleicht ein bisschen zu gut. Der Mann ist bestimmt ein Verkaufsgenie, aber ein Zyniker und Schandmaul, das man nicht unterschätzen sollte.»

Ehe Lund antworten konnte, hatte Schell die Schwingtüren zum Clubrestaurant aufgestoßen und war strahlend auf sie zugekommen.

«Hallo, Conny», sagte er und gab ihr links und rechts einen Kuss auf die Wange.

«Hallo, Johnny.»

«Eigentlich war sie ja mir versprochen, mein lieber Lund.» Schell streckte ihm die Hand hin. «Aber so ist das mit den Frauen, kaum kommt ein attraktiver Rivale, ist man weg aus der ersten Reihe. Ihr seid doch nicht etwa aus rein sportlichen Gründen hier?»

«Du wirst es nicht glauben, wir haben Tennis gespielt», antwortete Cornelia Conrad ein wenig spitz.

«Sie hat mich herausgefordert», sagte Lund, «und ich hatte Mühe, auf dem Platz zu bestehen.»

«Wie ich vorhergesagt habe. Conny ist eine Granate, in jeder Beziehung», sagte Schell und grinste.

«Hör mal, du alte Lästerzunge, halt dich zurück beim Gerüchtekochen.» Sie schlug ihm mit ihrer Faust leicht auf die Hand, mit der er sich auf dem Tisch abstützte.

«Nicht schlagen, liebste Conny. Ich schwöre dir, ich bin wie die drei Affen – nichts hören, nichts sehen, nichts sagen!»

Er sah auf seine Uhr. «Viel zu spät. Ich habe eine Verabredung. Viel Spaß noch.» Cornelia bekam wieder einen Wangenkuss, Lund einen Klaps auf die Schulter, dann war Schell verschwunden.

«Ich bin mal gespannt, wann ich die erste Rückmeldung bekomme», sagte sie und winkte nach dem Kellner. «Aber eines ist immerhin erfreulich an ihm, er verpackt seine Frechheiten fröhlich.» Sie bestellte zwei Espresso und verlangte die Rechnung. «Sind Sie mit dem Auto hier?»

Lund schüttelte den Kopf. «Heute nicht. Große Inspektion.»

«Dann ist das heute mein Servicetag. Wenn Sie wollen, fahre ich Sie nach Hause.»

«Angenommen. Schade, dass der Weg so kurz ist», antwortete Lund.

Als sie im offenen Cabrio vom Parkplatz auf den Mittelweg fuhren, verschwand die Sonne hinter dunklen Wolken. Am Harvestehuder Weg begann es zu regnen. An der Ampel zur Krugkoppelbrücke hatte sich das Verdeck automatisch verschlossen, die Tropfen prasselten auf den Stoff des Daches. Es blitzte und donnerte. Die vielen Segler auf der Alster konnte man kaum noch erkennen.

Er dirigierte Cornelia Conrad nach links in die Blumenstraße. Vor seinem Haus war ein Parkplatz frei.

«Sie sollten diesen Guss abwarten», sagte sie und stellte den Motor ab. Im Radio lief Tangomusik aus Kuba.

Lund drehte sich auf seinem Sitz halb zu ihr um und sah sie unverwandt an. Die Scheiben des Wagens waren inzwischen alle beschlagen.

Mit dem Handrücken strich er ihr zärtlich über das Gesicht. Sie drehte den Kopf nicht zur Seite, sondern blickte ihn auch an und lächelte. Er beugte sich zu ihr hinüber, zog sie an sich und küsste sie, erst sanft, dann immer heftiger. Er vergrub sich in ihren Haaren und drückte seine Lippen auf ihren Hals. Sie hielt die Augen geschlossen.

So schnell der Gewitterguss begonnen hatte, so plötzlich war er auch wieder vorbei. Cornelia Conrad fuhr sich mit den Händen durch die Frisur. «Du kannst ja ganz schön stürmisch sein. Wie sehe ich denn jetzt überhaupt aus?»

Sexy, erotisch, zum Anbeißen, verführerisch, dachte Lund. Er entschied sich für «zum Anbeißen».

Sie lachte. «Sebastian – das Raubtier. Warum eigentlich nicht? Johnny wird uns ohnehin eine Affäre andichten. Dann soll er wenigstens einen richtigen Grund dafür haben.» Sie zog den Schlüssel aus dem Zündschloss, die Musik verstummte.

Er konnte es gar nicht fassen. Diese Frau war voller Überraschungen. Er stieg aus, ging um das Auto herum und öffnete die Fahrertür. Als Lund die Haustür aufgeschlossen hatte und sie im Flur standen, fielen sie sich wieder in die Arme.

Der Tee, den Katrin Engel ihm auf den Schreibtisch stellte, war wie immer heiß und kräftig, so wie er es liebte. Lund hatte den Eindruck, dass sie ihn seit Tagen genau beobachtete. Offenbar spürte sie, dass er fröhlicher und lockerer war als in den vergangenen Wochen. Aber natürlich hatte sie keinerlei Bemerkungen gemacht.

Cornelia war Sonntag kurz vor Mitternacht mit dem Versprechen zurück nach Berlin gefahren, am nächsten Wochenende wieder nach Hamburg zu kommen. Sie telefonierten jeden Abend lange miteinander. Heute war Donnerstag. Spätestens übermorgen würde sie da sein.

Der Anruf von Drostenbergs Sekretariat riss ihn aus seinen Träumen. Er solle sofort in die Vorstandsetage kommen. Lund konnte sich keinen Reim darauf machen. Mit der Pille konnte es nicht zusammenhängen. Falls es bei Ovolan neue Entwicklungen gäbe, hätte Cornelia ihm längst davon erzählt, außerdem fiel das gar nicht in seine Abteilung. Und Contra? Da lief alles bestens. Der Parforceritt, alle Tests parallel laufen zu lassen, war erfolgreich. Johann Schell hatte ihn noch vor zwei Tagen darauf angesprochen. «Herzlichen Glückwunsch zu Ihrer strategisch weitsichtigen Entscheidung. Wir liegen im Zeitplan weit voraus. Großartig, Drostenberg ist begeistert.»

Völlig perplex über diese Lobeshymne hatte Lund geantwortet: «Das war doch Ihre Idee, Herr Schell, keine falschen Lorbeerkränze.»

Doch Schell hatte ihm auf die Schulter geklopft und gönnerhaft gesagt: «Keine falsche Bescheidenheit. Es war zwar mein Vorschlag, aber Sie, lieber Lund, haben es entschieden und darauf kommt es schließlich an.»

Das Erste, was Lund bemerkte, als er Drostenbergs Büro betrat, war der Qualm. Wie eine stinkende Wolke vernebelte er den Raum. Auf dem sonst so penibel glänzenden Lackschreibtisch war Zigarrenasche verstreut. Rupprecht Jork hatte eine Akte vor sich liegen und saugte kleine Rauchwölkchen aus seiner Pfeife. Johann Schell saß ganz gegen seine Gewohnheit still am Tisch und sah mit ausdruckslosem Gesicht aus dem Fenster. Lund hatte den Eindruck, dass er trotz seiner Bräune merkwürdig blass war. Drostenberg stampfte mit finsterer Miene am Fenster auf und ab, nuckelte an seiner großen Zigarre und blies Rauchschwaden an die Decke.

Lund registrierte, dass der Chef heute nicht einmal Augen für Doro Flügge hatte, als die mit einem Tablett Mineralwasser und Gläsern erschien.

«Setzen Sie sich, Lund», sagte Drostenberg und ließ sich selbst in seinen Schreibtischsessel fallen. «Also, um es kurz zu machen, wir haben vielleicht ein Problem mit Contra. Am besten, Sie erzählen die Geschichte, Herr Schell.» Er lehnte sich zurück und zog wieder an der Zigarre.

Johann Schell hatte am Morgen einen Anruf von Professor Schmolke aus München bekommen. Einer seiner Musterstudenten, der inzwischen Chefarzt in Rostock war, hatte sich mit der Bitte um Rat und Hilfe an ihn gewandt. Im Vertrauen auf die Aussagen seines alten Doktorvaters hatte er sich an den klinischen Tests mit Contra beteiligt und das Mittel bei seinen Magenpatienten eingesetzt. Bislang mit besten Ergebnissen, aber nun war es zu einem gravierenden Zwischenfall gekommen.

Der Fahrer eines Containerkrans im Rostocker Hafen war wegen akuter Magengeschwüre in der Klinik aufgenommen und mit Contra behandelt worden. Kurz darauf war er nahezu erblindet. Bislang gab es nur unklare Hinweise auf einen Zusammenhang. Schmolke hatte den Kollegen beruhigt und postwendend Schell alarmiert.

Schweigen. Absolute Stille. Nur das Paffgeräusch von Jorks Pfeife war zu hören. Lund hatte das Gefühl, alles Blut wiche aus seinem Schädel, er fühlte sich ganz flau. Er merkte plötzlich, dass alle ihn ansahen, und empfand es wie eine Erlösung, als Drostenberg zu sprechen begann.

«Das sind die dürren Fakten. Es ist ja wohl allen klar, dass wir bislang viel zu wenig Informationen haben», sagte er und stieß den Zigarrenstummel in seinen Aschenbecher. «Jetzt muss der beste Kenner den Fall übernehmen und das sind Sie, Herr Lund. Fahren Sie nach Rostock und schaffen Sie Klarheit. Je schneller, desto besser.»

Mit einem Schwung schob ihm Jork einen weißen Bogen über den Tisch. «Darauf finden Sie alle Namen, Adressen und Telefonnummern», sagte er, ohne seine Pfeife aus dem Mund zu nehmen, und sah zu Drostenberg hinüber. «Im Übrigen fasse ich unsere Besprechung noch einmal zusammen.» Drostenberg nickte.

Mit Interesse hörte Lund, was die Runde beschlossen hatte, bevor er gerufen worden war.

Erstens: Absolute Geheimhaltung. Angesichts der unübersichtlichen Faktenlage sollte auf jeden Fall das Aufkommen von Gerüchten vermieden werden. Die interne Sicherheitskommission der Firma sollte jedenfalls nicht informiert werden. Das Amt schon gar nicht. Alle sahen sich noch einmal fest in die Augen. Das ist hier wie ein Rütlischwur, dachte Lund.

Zweitens: Jork würde die Zulassungsunterlagen von Contra in einem besonders gesicherten Lagerraum sammeln lassen.

Drittens: Lund würde nach Rostock fahren und nach Rückkehr in dieser Runde berichten.

«So, meine Herren, gute Vorbereitung ist der halbe Weg zum Erfolg», sagte Drostenberg. Der ist wieder der Alte, kraftvoll und zuversichtlich, dachte Lund. Er war erkennbar aus seinem Stimmungstief heraus. «Fahren Sie vorsichtig, Lund. Die rasen doch da drüben wie die Irren. Kein Wunder, sie durften ja auch vierzig Jahre lang nicht.» Drostenberg lachte über seinen eigenen Spruch am lautesten.

Der Weg aus der Stadt zum Autobahnkreisel in Horn war mühsam. Baustellen, Staus, ein Unfall, Huporgien. Lund wurde immer nervöser. Schließlich suchte er im Radio die Station mit klassischer Musik. Die sendete gerade die Jupitersymphonie. Er freute sich, Mozart war die richtige Therapie für ihn.

Das Autobahnkreuz Ost hatte er hinter sich. Jetzt nach Reinbek konnte er endlich Gas geben. Freie Fahrt. Drostenberg mit seinen blöden Jokes. Niemand raste hier, obwohl die Volkspolizei Temposünder wirklich kräftig zur Kasse gebeten hatte.

Lund versuchte, sich auf die Strecke zu konzentrieren, sich von seinem Problem abzulenken. Sie hatten ihm sein

Baby in die Arme gelegt, entweder er schaukelte es jetzt oder es fiel ihm auf die Füße. Wie hatte Schell ihn gelobt? «Sie, lieber Lund, haben es entschieden.» Genauso war es, seine Unterschrift stand unter den Papieren. Selbst Drostenberg, der große Drängler, hatte formal die Möglichkeit, ihm die Verantwortung für die Paralleltests zuzuschieben. Er wollte sich davor auch weiß Gott nicht drücken.

Kleine Nieseltropfen setzten sich auf die Windschutzscheibe und wurden vom Fahrtwind in Bahnen zur Seite gedrückt. Er nahm den Fuß vom Gaspedal, Tempo 180 war vielleicht ein bisschen übertrieben. Er entschloss sich, auf der Autobahn zu bleiben, auch wenn das ein Umweg war und er die schönen Alleen versäumte. Zeitlich war er aber schneller am Ziel. Beim Dreieck Wittstock bog er nach Norden ab. Ein letztes Mal las er «Berlin» auf den großen Wegweisern und musste wieder an Cornelia denken. Was aus ihren Wochenendplänen würde, stand in den Sternen.

Eine Stunde später war er in Rostock. Es war kurz vor vier. Der Regen hatte aufgehört. Er fragte sich zur Universitätsklinik an der Schillingallee durch. Alte Kästen aus den zwanziger und dreißiger Jahren, zum Teil renoviert, zum Teil mit bröckelndem Putz. Im Innern des Hauptgebäudes war renoviert worden.

Professor Wolfgang Spill, Chef der Klinik für Innere Medizin, empfing ihn ausgesprochen freundlich. Ein kleiner, drahtiger Mann mit dunklem, schütterem Haar und wachen grauen Augen. «Ich freue mich, dass Sie gleich gekommen sind. Professor Schmolke hat mir von Ihren Forschungen erzählt und Ihre Arbeit in Hamburg sehr gelobt.»

Lund wurde es peinlich. «Das ist doch selbstverständlich, dass ich als Leiter des Projekts für Sie zur Verfügung stehe, wenn es Komplikationen gibt, die womöglich auf Contra zurückzuführen sind.»

Spill wiegte seinen Kopf. «Um offen zu sein, ich bin in dieser Sache ziemlich ratlos. Aber wir müssen ja nicht im Stehen reden. Bitte.» Er bot Lund einen Stuhl an seinem Schreibtisch an und setzte sich gegenüber. «Ich habe Ihnen hier die Krankenakte kopieren lassen, damit Sie auf demselben Stand sind wie ich. Vielleicht lesen Sie am besten erst einmal.»

Spill gab ihm einen roten Aktendeckel und fragte: «Kaffee oder Wasser oder beides?»

«Ein Wasser, gern», sagte Lund und schlug den Deckel auf. Er las den nicht sehr umfangreichen Bericht schnell und aufmerksam.

Auffällig war, dass der Patient unter erhöhtem Blutdruck und Stoffwechselstörungen litt, die von einem leichten Diabetes herrührten. Beides war dem Kranken bislang unbekannt gewesen. Der zur Konsultation herangezogene Augenfacharzt vermutete, dass ein Verschluss der Netzhautarterie zur Erblindung geführt habe.

Lund atmete tief ein und stieß die Luft mit einem Schwall durch die Nase wieder aus. Eindeutig war der Fall nicht. Er hörte förmlich das satte Lachen von Drostenberg, wenn er mit diesem Befund nach Hamburg zurückkehrte. Möglich ist dieser Verdacht vielleicht, würde er sagen, was ist schon unmöglich. Aber wahrscheinlich, oder gar nachweisbar? Auf keinen Fall, mein lieber Lund, gute Arbeit haben Sie geleistet, hervorragend geradezu. Schon bei dem Gedanken daran, wie Drostenberg sich aufführen würde, schüttelte es ihn.

Draußen an den Fensterscheiben liefen noch immer die Regentropfen hinunter. Der Himmel war dunkelgrau. Spill kam mit einem Teller Plätzchen in sein Büro zurück. «Mögen Sie etwas Süßes? Für mich ist das Labsal für die Seele.»

Er biss von einer mit Schokolade überzogenen Waffel ab und schob sie sich dann ganz in den Mund. «Haben Sie sich schon ein Urteil gebildet?»

«Nein, Sie haben Recht, der Fall ist kompliziert. Ich würde den Patienten gern einmal selbst sehen, ist der noch bei Ihnen?»

Mit einer zweiten Schokowaffel in der Hand ging Spill zur Tür. «Wir haben ihn noch zur Beobachtung hier. Die Hoffnung, dass wir etwas für ihn tun können, habe ich offen gestanden aufgegeben.»

Sie liefen über einen langen Flur. Vor Zimmer 317 blieb Spill stehen und klopfte. Eine weibliche Stimme rief: «Herein.»

Neben dem Bett saß eine füllige Frau, deren gelbblondes Kraushaar offensichtlich gefärbt war. In der rechten Hand hielt sie ein zerknülltes Papiertaschentuch, mit dem sie sich ständig die Augen wischte. Mit der Linken streichelte sie über den Arm des Kranken.

Holger Struwe war 43 Jahre alt, das wusste Lund aus der Krankenakte. Ein Bär von einem Mann. Breitschultrig, muskelbepackte Oberarme, ein mächtiger Schädel mit schwarzem Vollbart. Seine dunklen Augen waren starr an die Decke gerichtet.

Spill gab der Frau die Hand und sagte: «Herr Struwe, ich habe heute Herrn Dr. Lund mitgebracht, einen Kollegen aus Hamburg, der mit mir klären will, wie es zu Ihrem Unglück kommen konnte.»

«Guten Tag, Herr Doktor, nett, dass Sie sich den weiten Weg machen. Aber helfen werden Sie wohl auch nicht können», sagte Holger Struwe mit seiner vollen Bassstimme. Seine Frau war inzwischen aufgestanden.

«Angefangen hat alles mit dem Fernseher da drüben.» Er zeigte mit seiner großen Hand auf ein tragbares Fernsehgerät, das auf dem Tisch gegenüber stand. Das Antennenkabel und die Zuleitung waren aufgerollt. «Ich sehe samstags ja immer Bundesliga. Rostock, können Sie sich ja denken. Und da war plötzlich alles unklar, so voller Schlieren und Streifen. Und ich sage zu meiner Frau, stell den Kasten doch mal richtig ein, ich kann gar nicht mehr klar sehen. Und da sagt sie, ich weiß gar nicht, was du hast, das Bild ist doch prima. Am Sonntag habe ich bei der Tagesschau nur noch hell und dunkel erkennen können. Am Dienstag war alles aus.»

Während er erzählte, rannen seiner Frau die Tränen die Wangen herunter. Sie machte sich nun keine Mühe mehr, sie wegzuwischen, und sah ihren Mann unverwandt an. Lund stellte sich vor, wie energiegeladen dieser Mann gewesen sein musste, der jetzt regungslos in seinem Bett lag. Dieser Anblick und der verzweifelte Kummer der Frau waren nur schwer zu ertragen. Lund blickte zu Spill hinüber, der auf der anderen Seite des Bettes stand. Der Kollege nickte ihm zu. Im Hinausgehen sagte er, wie um die beiden zu trösten: «Ich komme heute Abend noch einmal vorbei.» Struwe hob seine Hand und murmelte: «Ja, schön, danke.»

Den Weg zum Arztzimmer legten sie wortlos zurück. Spill setzte sich nicht an seinen Schreibtisch, sondern ging mit sorgenvollem Gesicht zwischen Fenster und Tür auf und ab. «Vielleicht hätten wir noch etwas retten können, wenn wir das Medikament gleich am Samstagabend abgesetzt hätten, beim ersten Auftreten der Sehstörungen. Aber an diesem Abend ist dieses Alarmzeichen nicht richtig eingeschätzt worden.» Spill nahm seine Brille ab und rieb sich an der Nasenwurzel. «Ich grübele seit Tagen darüber. Die Vorstellung, an diesem Elend schuld zu sein, lässt mich nicht mehr los.»

Am Sonntag hatte Holger Struwe noch die verordnete Contra-Spritze bekommen. Spill erzählte, dass er an diesem Wochenende mit seiner Frau in ihrem Ferienhaus auf Rügen gewesen sei. Erst bei der Morgenvisite am Montag hätte er von der dramatischen Entwicklung erfahren.

«Wobei wir ja noch nicht wissen, ob Contra mit dieser Erkrankung in ursächlichem Zusammenhang steht», erwiderte Lund. Spill schaute ihn mit einem traurig-melancholischen Blick an.

«Das sagt ja Professor Schmolke auch zu mir. Mit dem telefoniere ich seit Tagen. Seine Begeisterung für das Medikament war für mich das stärkste Argument, mich an den klinischen Tests zu beteiligen. Schließlich ist er ein Mann von internationalem Ruf und ein kritischer Kopf. Wenn der auf etwas schwört, kann man sich darauf verlassen.»

«Und er ist ja wohl auch Streit nicht aus dem Wege gegangen, wenn er meinte, es müsse sein», sagte Lund, der zahlreiche Veröffentlichungen von Schmolke kannte.

Bei der Erinnerung an seinen ehemaligen Chef lachte Spill zum ersten Mal. «Das kann man wohl sagen. Wenn der Alte in Harnisch geriet, kannte er keine Verwandten. Ihre Firma hat er sich ja auch mal vorgeknöpft, als er erfahren hatte, dass Park Pharma in Afrika Pillen verkaufte, die bei uns längst vom Markt genommen worden waren. ‹Gut genug für die Neger?› hat er seine Philippika überschrieben. Uns, seinen Assistenten, und den Studenten hat das sehr imponiert, wie er sich mit den Mächtigen im Lande anlegte. Und er hatte Erfolg, der Konzern hörte auf mit seiner Praxis.»

Lund musste auf einmal an die geheimen Japan-Aktivitäten von Drostenberg denken. Es war einfach ein Witz, dass dieser Mann als einer der mächtigsten Figuren im Vorstand saß. Er fragte: «Hat Professor Schmolke denn inzwischen Ihnen gegenüber seine Ansicht über Contra geändert?»

«Keineswegs. Wir haben ja, wie gesagt, viel telefoniert in letzter Zeit. Er ist nach wie vor von Contra überzeugt und hat mir erzählt, dass er gerade an einem Artikel zu dem Thema sitze und an einem neuen Vortrag arbeite. Dass er im Ruhestand ist, davon merkt man wirklich nichts.» Eine Überraschung ist das wahrhaftig nicht, dachte Lund, bei all der Zuwendung, der Schmolke teilhaftig wird. Er beschloss, das Gespräch möglichst schnell zu beenden. Alle Patientenunterlagen hatte er. Die Pharmakologen in Hamburg konnten überprüfen, ob die anderen Medikamente, die Holger Struwe bekommen hatte, für die dramatischen Sehverluste verantwortlich sein könnten, möglicherweise waren Komplikationen bei der gleichzeitigen Einnahme bestimmter Wirkstoffe bekannt. Er würde das haarklein aufklären lassen, ohne die Rütlirunde vorher um Genehmigung zu fragen. Mit denen würde er seine Ergebnisse diskutieren.

Er bedankte sich bei Spill für die freundliche Aufnahme und versprach, engen Kontakt mit ihm zu halten, ihn sofort zu informieren, wenn es neue Erkenntnisse gäbe. Spill lud ihn zu einem Abendessen nach Hause ein, was er mit dem Hinweis ablehnte, er müsse auf jeden Fall nach Hamburg zurück.

Lund war froh, als er wieder in seinem Auto saß. Dieser Besuch war in jeder Weise bedrückend gewesen. Dem armen Struwe war nicht zu helfen, davon war Lund überzeugt, ganz gleich, was zur Erblindung geführt hatte. Und in der Haut von Spill wollte er auch nicht stecken.

Die Konferenz am Montagmorgen im Büro von Drostenberg war kurz. Lund berichtete von seinem Klinikbesuch in Rostock und gab Schell, Jork und Drostenberg je eine Kopie der Krankenakte von Struwe. Drostenberg schrieb, ohne darin zu lesen, «Abl.» darauf und warf sie in den Ausgangskasten im Regal hinter sich.

Jork blätterte die Papiere durch und sagte dann: «Wenn Sie einverstanden sind, faxe ich die Unterlagen an einen Ophthalmologie-Professor, den ich gut kenne. Mit dem habe ich schon am Freitag telefoniert. Der hat mir berichtet, dass in seiner Praxis schon häufiger spontane Gesichtsfeldausfälle und Visusverschlechterungen bis hin zur Erblindung aufgetreten sind. Die Augenärzte nennen das, Moment bitte...» Jork nahm einen gefalteten Notizzettel aus der Tasche und schlug ihn auf. «Der Fachausdruck lautet Anteriore Ischämische Optikoneuropathie, kurz AION genannt. Dieses Phänomen ist lange bekannt, mit unserem Contra hat das nichts zu tun. Wenn ich ihn richtig verstanden habe, tritt diese Krankheit völlig unabhängig von irgendwelchen Medikamenten auf.»

Drostenberg, der mit seinen Gedanken ganz woanders zu sein schien, war plötzlich hoch konzentriert. «Und Sie sind sicher, Herr Jork, dass Ihr Professor eine Koryphäe ist?»

Über Jorks Gesicht huschte nur ein kleines Lächeln, er zog an seiner Pfeife und sagte: «Absolut sicher, Herr Drostenberg. Der Mann ist international renommiert. Man macht keinen Fehler, wenn man ihn den deutschen Augenpapst nennt.»

«Gut, sehr gut. Faxen Sie dem den ganzen Kram. Der soll das prüfen, und zwar so schnell wie möglich. Wenn wir die Ergebnisse haben, können wir Schmolke, unseren Magenpapst», Drostenberg grinste, «beruhigen, obwohl der noch gar nicht aufgeregt ist, aber vor allem den Chefarzt in Rostock. Und wir wissen natürlich auch, dass wir mit Contra auf dem richtigen Wege sind.»

Während dieses euphorischen Auftritts saß Jork ganz ruhig auf seinem Stuhl und war damit beschäftigt, seine Pfeife zu stopfen. Lund musste sich eingestehen, dass dieser Mann ihn in gewisser Weise faszinierte. Der kannte immer einen Ausweg und war in der Lage, seine Triumphe gelassen auszukosten.

«Aber sollten wir die Nebenwirkungen der anderen Medikamente, die der magenkranke Kranführer bekommen hat, nicht auch unter die Lupe nehmen?», meldete sich Schell jetzt zu Wort. «Man kann ja nicht wissen, vielleicht gibt es da auch Überraschungen.»

«Das läuft schon», sagte Lund, «es sind ausschließlich Mittel der Konkurrenz. Ich beschaffe alle verfügbaren Informationen, bis hin zu etwaigen Meldungen oder Berichten in der ‹Pharma Kritik›.»

«Dann ist dieses Wurstblatt möglicherweise mal von

Nutzen», antwortete Drostenberg und schnippte die Asche von seiner Zigarre. «Prüfen Sie, untersuchen Sie, machen Sie alles Nötige. Je mehr Material wir haben, umso besser. Waidmannsheil, meine Herren!»

Als Lund wieder in sein Büro kam, lag die Postmappe auf dem Schreibtisch. Daneben hatte Katrin Engel die Teekanne und die neue extragroße Tasse gestellt, sie war der Meinung, darin entwickele der Tee sein Aroma besser. Er goss sich ein und zog den feinen Duft des Bergamottöls in die Nase. Vielleicht hat sie ja Recht, dachte Lund.

Die Post bot an diesem Morgen wenig Aufregendes. Nur ein übergroßer Briefumschlag aus schwerem Büttenpapier weckte sein Interesse. Er war an «Dr. Sebastian Lund, persönlich» adressiert, und statt eines Absenders waren die Buchstaben A und D auf der Rückseite eingeprägt. Er riss den Umschlag auf und zog eine Klappkarte heraus, eine sehr nobel aussehende Einladung: «Aus Anlass seines 50. Geburtstages beehrt sich Andreas Drostenberg» – die nächste Zeile «Herrn Dr. Sebastian Lund nebst Begleitung» war in gleichmäßiger Handschrift eingefügt – «zu einem Abendempfang mit anschließendem Ball einzuladen.» Termin war der kommende Sonnabend, Ort: eine Adresse an der Elbchaussee. «Festliche Abendgarderobe» lautete die Kleidervorschrift. Der Antworttermin war in der vergangenen Woche gewesen. Das Datum war mit derselben schwarzen Tinte durchgestrichen, mit der sein Name geschrieben worden war. Lund hielt die Karte noch in der Hand, als Katrin Engel in sein Büro kam und ihm die neueste Ausgabe des «Deutschen Ärzteblattes» brachte.

«Ich ahnte es. Sie sind also geladen. Gratulation. Damit sind Sie, wenn auch mit kleiner Verspätung, in den Club der Auserwählten aufgenommen», sagte Katrin Engel mit mildem Spott.

«Was bin ich?»

Sie sah ihn lächelnd an. «Herr Dr. Lund, die Einladungen zu dem Jubelfest sind vor vier Wochen verschickt worden. Sie müssen in der Zwischenzeit etwas getan haben, was Sie für Drostenberg wertvoll macht. Entweder ist das eine Belohnung, oder er wittert Gefahr und will Sie mit so einer Geste auf seine Seite bringen. Der Mann denkt ganz simpel. Gäste aus der Firma werden Sie an einer Hand abzählen können.»

Lund dankte ihr für ihre Offenheit und wählte Cornelias Nummer. Es war besetzt. Beim vierten Versuch kam er durch. Zunächst war sie begeistert von der Idee, mal wieder ausgiebig tanzen zu können, und ein passendes Kleid hatte sie auch. Dann kamen ihr aber Bedenken. «Bei den Konflikten, die es derzeit zwischen deiner Firma und meinem Amt gibt, halte ich es für ungut, dort gemeinsam aufzutreten. Ich kenne viele Leute, die wissen, was ich mache. Das könnte wie eine ganz seltsame Demonstration wirken.»

«Das finde ich völlig übertrieben. Kein Mensch kann uns vorschreiben, was wir in unserem Privatleben machen.» Lund trank von seinem Tee, er wollte sie auf jeden Fall überzeugen.

«Manchmal bist du seltsam», unterbrach ihn Cornelia. «Bislang sollte nicht jeder wissen, was mit uns ist, und jetzt willst du mich denen auf dem Silbertablett präsentieren.»

«Die sollen sich ruhig an den Anblick gewöhnen, dass wir zusammengehören.»

Lund hörte sie tief ein- und ausatmen. «Du bist wirklich unverbesserlich, Sebastian.» Sie machte eine Pause.

«Wenn ich an Claudia denke und dann den Drostenberg sehe, das ist einfach unmöglich. Du gehst dort allein hin. Attraktive Junggesellen sind immer eine Bereicherung solcher Feste.»

«Ich will doch nicht den Schwarm der Schwiegermütter abgeben. Wenn ich gehe, dann mit dir. Tu mir den Gefallen.»

Sie versprach ihm, noch einmal darüber nachzudenken und ihn wieder anzurufen. Zum Schluss erzählte Lund ihr, dass es im Fall Holger Struwe wahrscheinlich Entwarnung gäbe. – «Wie schön für euch. Für den armen Struwe ändert sich nur leider nichts. Bis bald.» Sie hatte aufgelegt, ehe er antworten konnte.

Die lang gestreckte weiße Villa wurde von Scheinwerfern angestrahlt, obwohl die Sonne noch nicht untergegangen war. Es sah so aus, als würde hier ein Film gedreht. Auf der Elbchaussee kam es immer wieder zu kleinen Staus, wenn die Limousinen mit den Gästen nach links in die Einfahrt mit den mächtigen Stahltoren einbogen. Der gepflasterte Vorplatz des Hauses war schon lange überfüllt, aber ein paar junge Männer übernahmen jetzt die ankommenden Autos und parkten sie in den benachbarten Seitenstraßen. Die kräftigen Herren mit den breiten Smokingjacken waren unschwer als Bodyguards zu erkennen, was darauf schließen ließ, dass an diesem Abend reichlich Prominenz versammelt war. Am Eingang standen links und rechts an Pulten zwei junge Mädchen in eng geschnittenen schwarzen Kostümen, die ihre wohlgeformten Figuren betonten. Sie begrüßten die Ankommenden, sahen auf die Einladungen und gaben den Gästen kleine Karten mit den Nummern der Tische, an die sie sich später zum Diner setzen sollten.

In der geräumigen Eingangshalle, die mit riesigen Sträußen geschmückt war, wartete der Hausherr gemeinsam mit Ehefrau Alexandra. Sie hatte ein weißes schmales Seidenkleid an, das die rechte Schulter frei ließ. Ihre Haut war makellos. Als einzigen Schmuck trug sie eine goldene Halskette mit einem großen Smaragd. Ihr Lächeln, mit dem sie die Hand- und Wangenküsse der Gäste und Freundinnen begleitete, wirkte maskenhaft.

Andreas Drostenberg hingegen empfing seine Gäste mit überschäumender Herzlichkeit. «Wie schön, dass ihr da seid», wiederholte er immer wieder. Selbstverständlich auch in der Du- und Sie-Variante. Er schüttelte viele Hände, gute Freunde drückte er an seine Brust und lauschte hingebungsvoll ihren Glückwünschen. Die mitgebrachten Geschenke übergab er an eine junge Frau, die in seiner Nähe stand und sofort kleine Aufkleber auf die Pakete pappte mit den Namen, die ihr die Mädchen am Eingang über Funk in den Ohrstöpsel sagten.

Am Durchgang zum Wohnzimmer warteten weitere schwarz gewandete junge Frauen mit silbernen Tabletts, auf denen sie Champagner, Orangensaft und Wasser anboten. Drostenberg hatte die Party von einer befreundeten Adligen organisieren lassen, die ihr Personal aus den höheren Töchtern der Stadt rekrutierte.

Der Wohnraum öffnete sich durch mächtige Schiebefenster zu einem parkähnlichen Garten, der nach etwa fünfzig Metern erst sanft, dann steil zum Elbufer abfiel. Der Blick auf den breiten Strom war überwältigend. Doch für die Schönheit der Landschaft und die vielen Segelboote und großen Containerfrachter auf dem Fluss schien sich heute kaum jemand zu interessieren. Die Gäste standen in kleinen Gruppen mit Gläsern in der Hand auf dem kurz geschorenen Rasen und amüsierten sich beim Smalltalk.

Seinen Champagner schlürfend, pirschte sich Johann Schell an Professor Hans-Heinrich Schmolke heran, der mit seiner Frau etwas verloren zwischen den schwatzenden Menschen stand. «Gnädige Frau, Herr Professor, was für eine Freude, Sie zu sehen! Sie haben aus München das gute Wetter mitgebracht.»

«Ja, grüß Gott, Herr Schell, wie schön, hier ein bekanntes Gesicht zu treffen. Mit der hanseatischen Prominenz kennen wir uns als Bayern nicht so aus», sagte Hans-Heinrich Schmolke.

«Oh, ich bin sicher, dass Sie viele Bekannte sehen werden. Wenn es Ihnen Spaß macht, stelle ich Ihnen auch interessante Leute vor. Wir haben heute alles im Angebot», erwiderte Schell und machte eine ausladende Handbewegung. «Politiker aus Bonn, Berlin und Hamburg, führende Männer der Industrie, Reeder und Banker, Chefredakteure, die Stars aus Film und Fernsehen. Sie befinden sich in der besten Gesellschaft.»

«Ja, wirklich ein beeindruckendes Fest», sagte Schmolke und ließ sich von einem der hübschen Serviermädchen Champagner nachgießen. «Ihre Nachricht vom Montag hat mich übrigens gefreut, aber nicht überrascht. Diese Horrormeldung konnte ja nicht stimmen. Mein neuer Bericht über Contra ist von der Schriftleitung sehr positiv aufgenommen worden. Er wird in der nächsten Woche veröffentlicht.»

«Gratulation, Herr Professor, die wissen natürlich, was Qualität ist. Wenn Sie mich bitte für einen Augenblick entschuldigen.» Schell hatte in einiger Entfernung Sebastian Lund entdeckt, an dessen Seite Cornelia Conrad. Er schob sich mit artigen Entschuldigungen nach links und rechts durch das Gästegetümmel.

«Cornelia, das nenne ich eine schöne Überraschung», sagte er und nahm ihre Hand. «Der Abend hat ja echte Steigerungen parat. Du siehst großartig aus.» Schell bewunderte ausführlich ihr bodenlanges schlichtes schwarzes Abendkleid. «Um diese Begleiterin, lieber Herr Lund, wird Sie heute jeder beneiden. Ich an der Spitze.»

Cornelia lachte. «Du bist ein begnadeter Süßholzraspler, Johann. Sag mir lieber mal, wer diese große rothaarige Frau dort drüben ist. Stimmt es, dass sie eine Liaison mit Drostenberg hat?»

«Hatte, meine Liebe, hatte. Deine Späher sind nicht auf dem Laufenden. Die neue Favoritin ist auch hier.» Schell sah sich in der Runde um. «Dort links die Brünette mit den langen Haaren und den hohen Wangenknochen, das ist sie. Charlie, unser Fotomodell, der Star der Titelseiten.»

«Und die lässt Drostenberg alle hier auftreten?», fragte Lund ungläubig.

«Aber Herr Lund, Sie wissen doch, wir sind alle eine große Familie.»

«Und seine Frau, was sagt die dazu?»

«Sehen Sie sie an, sie erträgt es mit tapfer fröhlicher Miene», sagte Schell und blickte in Richtung Haus.

Dort waren gerade Alexandra und Andreas Drostenberg in der Tür erschienen. Sie trennten sich und gingen plaudernd von Gruppe zu Gruppe. Wobei Drostenberg ohne große Umwege auf Schell, Lund und Cornelia Conrad zusteuerte. «Amüsieren Sie sich gut? Keine Frage mit einer so charmanten Frau.» Er musterte Cornelia unverhohlen von oben bis unten und sagte: «Wie schade, dass wir uns bis heute nicht begegnet sind! Das wird sich hoffentlich in Zukunft ändern. Vorhin war ein solcher Andrang, dass ich Ihren Namen nicht richtig verstanden habe. Könnten Sie so liebenswürdig sein, ihn zu wiederholen?» Drostenberg sah ihr in die Augen.

«Gern. Cornelia Conrad.»

«Cornelia Conrad. Eine so schöne Frau sollte ich eigentlich kennen.»

«Sie kennen meinen Vater gut.»

Für einen Moment verschwand das Strahlen in Drostenbergs Gesicht, dann sagte er betont munter: «Professor Conrad, selbstverständlich, mein alter Freund. Frau Conrad, meine Herren, ich wünsche Ihnen weiterhin einen unterhaltsamen Abend.» Drostenberg hatte es auf einmal sehr eilig.

Er unterhielt sich angeregt mit den Schmolkes und wechselte dann zu der Ministerin von den Grünen, die er anfangs als Totengräberin der Marktwirtschaft bezeichnet hatte, inzwischen aber von ihr als «unser tüchtiges Mädchen» sprach. Was diesen Meinungswechsel bewirkt hatte, war in der Firma unbekannt.

Während auch Lund und Cornelia Conrad weiter durch die Reihen schlenderten, trafen Schell und Jork aufeinander. «Nette kleine Party», sagte Jork, «finden Sie nicht auch?»

«Ja, unser Großer hat ein Händchen für hübsche Feiern. Wenn man sich ein bisschen auskennt, ist es sogar hoch spannend heute», antwortete Schell und grinste.

«Dann können Sie mir sicherlich verraten, wer die bemerkenswerte Frau ist, mit der Lund sich schmückt. Ich habe das Gefühl, dass ich sie von irgendwoher kenne.»

«Gern. Ein echtes Highlight des Abends, nicht wahr? Den Namen kennen Sie auf jeden Fall. Das ist Doktor Cornelia Conrad, die Tochter von Professor Conrad und Schwester von Claudia Conrad». Schell trank von seinem Champagner. Jork sah ihn fassungslos an.

«Und die kommt ausgerechnet zu Drostenbergs Geburtstag?»

«Es gibt immer noch etwas zu staunen. Sie ist die neue Liebe von unserem Hoffnungsträger Sebastian Lund.»

«Ich dachte, die wäre mit dem Schwindt in Berlin liiert. Dort arbeitet sie doch auch?»

Schell lachte. «Letzteres ist richtig. Alles andere ist vorbei, tempi passati. Unser Lund ist eben ein rechter Glückspilz. Er ist auf eine Goldader gestoßen.»

«Man fasst es nicht», erwiderte Jork und ging kopfschüttelnd weiter.

Nach dem Dessert eröffneten Andreas Drostenberg und seine Frau mit einem Walzer den Ball. Inzwischen war der Wohnraum der Villa weitgehend dafür leer geräumt worden und erst jetzt sah man, wie riesig er wirklich war. Die acht Musiker der Tanzkapelle rissen ihr Publikum mit. Es wurde langsam eng. Lund forderte Cornelia zu einem Tango auf, den die Band ebenso gefühlvoll traurig wie schmissig spielte. Sie hatten vorher noch nie miteinander getanzt, aber sie harmonierten auf Anhieb. Bei den Wiegeschritten legte sie sich weit zurück und ließ sich dann wie ein Kreisel herumwirbeln.

Rupprecht Jork hatte sich mit seiner Partnerin aus einer

anderen Ecke des Saales herangetanzt und klatschte zum Schluss Beifall. Er fixierte Lund mit einem spöttischen Lächeln und neigte zweimal den Kopf. Als sie auf dem Weg zurück zum Tisch aneinander vorbeigingen, raunte ihm Jork mit unveränderter Miene zu: «Chapeau, Chapeau, auch auf diesem Parkett eine gute Figur.» In diesem Moment fühlte sich Lund zum ersten Mal an diesem Abend etwas unbehaglich und fragte sich plötzlich, ob es eine gute Idee gewesen war, Cornelia mit zu diesem Fest zu nehmen.

Es war kurz nach eins, die Kerzen brannten und Joe Cocker sang mit seiner rauchigen Stimme «What do I tell my Heart». Lund kam ins Zimmer mit einem Tablett, auf dem zwei Gläser und eine Flasche Champagner standen. «Das ist meine letzte», sagte er, während er den Draht abdrehte und den Korken mit seiner Hand umschloss. «Aber für heute Nacht genau das Richtige.» Cornelia hatte es sich mit einer Decke auf der Couch vor dem Fenster bequem gemacht. Ihre Schuhe lagen auf dem Boden. Sie schien sich wohl zu fühlen. Ein leises Zischen und die Flasche war offen. Er füllte behutsam die Gläser, setzte sich neben Cornelia und gab ihr eines. «Auf dich und die Liebe.»

«Auf unsere Liebe.» Er war überrascht, wie sie mit der Rechten seinen Kopf zu sich zog und ihn leidenschaftlich küsste. «So muss es sein», sagte sie und trank. «Ein solches Fest wie heute habe ich schon lange nicht mehr gefeiert. Dass endlich mal wieder getanzt wurde. Es war wunderbar mit dir.»

Jetzt ist der richtige Zeitpunkt, dachte Lund. «Ich möchte bald wieder mit dir tanzen», sagte er.

Sie sah ihn skeptisch an. «Wie meinst du das denn?»

«Na, wir könnten uns doch zusammentun.»

Sie lachte. «Sebastian! Ist das ein Heiratsantrag? Wie romantisch. Hast du dir das gut überlegt? Es könnte sein, dass ich ja sage.» Ihm war seltsam feierlich zumute. Er nickte.

«Dann musst du bei Papa um meine Hand anhalten. Er wird dich in sein Arbeitszimmer bitten und dich fragen, ob du mich standesgemäß unterhalten kannst.» Der Gedanke daran schien sie köstlich zu amüsieren. «Also, ja, ja, ja. Ich will.»

Es herrschte typisches Hamburger Schmuddelwetter. Diesig, windig, kalt und regnerisch – und das mitten im Sommer. Rupprecht Jork war froh, dass er am Sonntag noch bei schönem Wetter hatte segeln können, sportlicher Ausgleich zu dem üppigen Fest bei Drostenberg, auf dem er ein bisschen zu viel gegessen und getrunken hatte. Nachts um zwei hatte er endlich im Bett gelegen.

Nun saß er an seinem Schreibtisch, stopfte seine Pfeife und dachte nach, wie er den Wunsch von Drostenberg erfüllen könnte. Als er sich vorhin am Telefon für die schöne Feier bedankte, hatte der Alte beiläufig über Cornelia Conrad gesprochen, die ja eine Klassefrau sei. Aber noch schöner wäre es, wenn sie sich darauf beschränkte, Lund zu begleiten, anstatt in Berlin gegen die Firma zu arbeiten. Jork habe doch immer so gute Ideen, ihm würde bestimmt etwas einfallen. Quasi als kleines, nachträgliches Geburtstagsgeschenk, hatte Drostenberg gesagt und lachend aufgelegt.

Der Regen klatschte gegen die Fensterscheiben. Jork beobachtete, wie sich die hohen Pappeln im Wind bogen. Er nahm den Telefonhörer ab und wählte. Es war besetzt. Als er es nach fünf Minuten erneut versuchte, meldete sich am anderen Ende Matthias Adam.

«Hallo, Matthias, hier ist Rupprecht. Ich hoffe, es geht dir gut.»

«Danke, ja. Bislang jedenfalls.»

Jork fand, dass Adam keinen Grund hatte, ihn dermaßen anzumuffeln. «Hör mal, mein Lieber, hast du Stress oder freust du dich nur so sehr, weil ich dich anrufe?»

«Wir haben doch vereinbart, dass du dich nur in Notfällen bei mir im Dienst meldest und nicht, um mit mir zu klönen.»

«Wer sagt dir denn, dass ich kein wichtiges Problem habe und du der Einzige bist, der mir helfen kann?» Er machte eine Pause, aber Adam fragte nicht nach. «Also, die Sache ist folgende: Ich muss für den Vorstand ein Strategiepapier in Sachen Ovolan schreiben.»

«Aber die Sache ist doch gegessen, wie du weißt. Der Stufenplan ist abgeschmettert.» Adams Stimme klang erregt.

«Matthias, du weißt wie ich, dass deine Leute den Fall noch längst nicht zu den Akten gelegt haben. Das kann jederzeit wieder losgehen. Ich muss mich darauf vorbereiten. Und dazu brauche ich eine Kopie von diesem Papier, in dem alle Meldungen aufgelistet sind und argumentiert wird, warum Ovolan vom Markt sollte.»

«Das kannst du doch nicht ernst meinen», sagte Adam nach einer kleinen Pause, in der er sich von seinem Schrecken zu erholen schien. «Ich habe dir noch nie ein Papier geliefert. Das ist viel zu gefährlich. Das ist nie unter Kontrolle zu halten.»

«Ich habe dich in all den Jahren auch nie um etwas Schriftliches gebeten. Aber jetzt, einmal, muss es sein.»

«Nein, auf keinen Fall, vergiss es, Rupprecht.»

Jork hatte erwartet, dass sein guter Freund Matthias sich quer legen würde. «Denk mal dran, was ich alles für dich getan habe. Und jetzt habe ich mal einen Wunsch, da kannst du mich doch nicht einfach abwimmeln.»

«Die Aktion kann mich meinen Job kosten.»

«Erstens wird niemand davon erfahren, die Papiere bleiben ausschließlich bei mir, in meinem Schreibtisch. Und zweitens sollst du das auch nicht im Rahmen des Üblichen machen.» Jork wartete, ob Adam auf seinen Köder anbeißen würde.

«Und das heißt?»

«Du erinnerst dich an unser letztes Treffen? Da hast du mir doch erzählt, dass du das Amt leid bist und es dein Traum wäre, dich als Anwalt niederzulassen. Mit deinem Wissen und deinen Verbindungen ja verständlich. Ich könnte mir gut vorstellen, dass Park Pharma in Berlin einen versierten Prozessvertreter brauchen könnte. Das wäre doch schon mal ein schönes Mandat für Herrn Rechtsanwalt Matthias Adam. Und ich habe auch meine Drähte, auf denen ich dich empfehlen könnte. Überleg es dir. Du gehst keinerlei Risiko ein.»

Er würde darüber nachdenken und sich wieder melden, versprach Adam. Es wäre gut, wenn er sich damit nicht so viel Zeit ließe, sagte Jork und bat ihn, ihm ein ganz spezielles Papier zu kopieren. Als Adam wissen wollte, was das nun schon wieder zu bedeuten habe, antwortete Jork, er habe halt manchmal skurrile Wünsche. «Und außerdem ist das eine zusätzliche Versicherung für dich, Matthias. Denk an die eigene Kanzlei und tu mir den Gefallen.»

Als er auflegte, war Jork überzeugt, seinem Ziel ganz nahe gekommen zu sein. Es zahlte sich immer aus, seine Freundschaften und Bekanntschaften dauerhaft zu pflegen. Er setzte seine Pfeife wieder in Gang und nahm sich den nächsten Schriftsatz vor.

Das hätte sie gerne miterlebt. Schon die Schilderung, die ihr Lund früh am Telefon gegeben hatte, war umwerfend komisch gewesen. Papa hatte Sebastian abends auf ein Glas Wein mit «kalter Platte» eingeladen. Zusammen mit Claudia, die als Hausfrau amtierte, hätten sie zunächst gegessen und darüber geredet, wie Sebastian denn nun Hamburg finde.

Dann habe der Hausherr ihn zu einer guten Zigarre in sein Arbeitszimmer gebeten, wo auf dem flachen Tisch zwischen den beiden altmodischen Ledersesseln eine Karaffe mit Rotwein und zwei große Gläser standen. Man habe getrunken, die Zigarren angezündet und Wölkchen in die Luft geblasen. Als Lund ihm eröffnete, dass er Cornelia heiraten wolle und förmlich um das Einverständnis bat, habe Papa tatsächlich gefragt: «Junger Mann, können Sie denn meine Tochter auch ernähren? Sie ist einen bestimmten Standard gewöhnt.» Nachdem diese Frage zu seiner Zufriedenheit beantwortet worden war, wurde Lund zum Wein examiniert. Auch diese Prüfung sei positiv verlaufen, da er den Roten zumindest als jungen Margeaux eingestuft habe. Sie hätten noch bis elf zusammengesessen, sich angeregt unterhalten und eine zweite Flasche entkorkt.

Cornelia war gespannt, wie Papa ihr die Geschichte erzählen würde.

Es war noch relativ früh, die Flure im Amt waren leer. Sie schloss ihr Zimmer auf, knipste die Schreibtischlampe an und schaltete den Computer ein. Irgendetwas in dem Büro kam ihr merkwürdig vor, sie fragte sich nur, was. Sie setzte sich und musterte ihren Schreibtisch. Plötzlich wusste sie, was sie so irritierte: die unglaubliche Ordnung. Sie war zwar keine Chaotin, aber so fein säuberlich stapelte sie ihre Akten und Papiere nicht. Die Putzfrauen hatten das sicherlich nicht getan. Die hatten strikte Anweisung, sich von den Schreibtischen fern zu halten. Nur Aschenbecher wurden entleert und Kaffeetassen abgeräumt.

Die Vorstellung, dass jemand an ihrem Schreibtisch gewesen sein musste, war ihr unangenehm. Wonach hatte er gesucht? Hatte er etwas mitgehen lassen? Cornelia Conrad durchforstete systematisch ihre Unterlagen, es fehlte nichts. Sie öffnete den verschlossenen Stahlschrank, die Aktenordner und Stapel alter abgeschlossener Vorgänge waren offensichtlich nicht angerührt worden. Sie konnte sich keinen Reim darauf machen. Litt sie inzwischen an Paranoia? Vulpius könnte ihr vielleicht helfen. Sie rief ihn an und bat ihn, für einen Moment zu kommen.

«Was hat Sie denn aus der Bahn gehauen, so früh am Morgen? Sie sehen ja ganz blass aus», sagte Vulpius, als er wenig später mit zwei Tassen Kaffee in ihrem Büro erschien.

«Entweder ich spinne oder es spukt hier», antwortete sie, bedankte sich für den Kaffee und erzählte ihm ihre Beobachtungen. Vulpius hörte ihr nachdenklich zu und sagte dann: «Weder spuken noch spinnen. Ich vermute seit längerem, dass mein Büro schon mehrfach gefilzt worden ist. Verschwunden war bislang nie etwas. Aber schon seit Wochen nehme ich Kopien der wichtigen Sachen mit nach Hause, ich will nicht eines Tages ohne mein Material dastehen.»

«Das ist ja eine Horrorvorstellung, ich möchte zu Hause nicht mein zweites Büro einrichten.» Allein der Gedanke schüttelte sie.

«Am wichtigsten ist», sagte Vulpius und trank von seinem Kaffee, «am wichtigsten ist, dass wir uns von diesen Dingen nicht verwirren, dass wir uns nicht von unserem Kurs abbringen lassen. Und wir müssen uns gegenseitig über alles informieren.»

«Deckname ‹Rote Kapelle›, die Widerstandszelle im Amt», lachte sie. «Nein, Herr Vulpius, ich will Sie nicht auf den Arm nehmen. Sie haben schon Recht. Es ist Zeit, dass wir uns wehren.»

Der braune wattierte Umschlag trug keinen Absender und war an «Herrn Rupprecht Jork, persönlich/vertraulich» adressiert. Jork legte zufrieden die Pfeife in den Aschenbecher, nahm seinen Brieföffner und schlitzte den Umschlag auf. Ein dicker Stapel Kopien rutschte ihm auf die Tischplatte. Er las ein Blatt nach dem anderen und seine Stimmung wurde immer besser. Adam hatte ganze Arbeit geleistet und bestimmt furchtbar geschwitzt dabei. Besonders gefiel ihm der Brief an den Bundesverband der Gynäkologen mit der Bitte, die Mitglieder aufzufordern, ihre Erfahrungen mit Ovolan und etwaige Beobachtungen von Nebenwirkungen dem Amt direkt zu melden.

Auf das Telefonat, in dem er denen im Amt diesen gravierenden Fehler unter die Nase reiben würde, freute er sich. Nachdem er sich von seiner Sekretärin noch ein Glas Wasser hatte bringen lassen, tippte er die Durchwahlnummer von Markus Schwindt in die Tasten seines Telefons. Es meldete sich Frau Schommlitz, die ihn sofort durchstellte.

«Schwindt, guten Tag, Herr Jork, was kann ich für Sie tun?» Seine Stimme klang gereizt, der Anruf war ihm offenbar lästig.

«Viel können Sie tun, Herr Schwindt, vor allen Dingen aufräumen in Ihrem Amt. Ausmisten, für Ordnung sorgen.» Jork hatte es förmlich vor Augen, wie sich Schwindt in seinem Sessel aufrichtete, um zum Angriff überzugehen.

«Ich bin nicht bereit, mir Ihre Beleidigungen länger anzuhören. Entweder Sie haben eine konkrete Beschwerde oder das Gespräch ist hiermit beendet.»

Wie schön, dass er gleich Nerven zeigt, dachte Jork. «Also jetzt konkret. Ich habe jetzt endlich den Beweis, dass Ihr Amt einen Kreuzzug gegen Ovolan unternimmt.» Er ließ sich von Schwindt nicht unterbrechen. «Sie fordern die Ärzte auf, Mitteilungen über Ovolan zu schicken. Nicht die Gynäkologen sollen einen Verdacht haben, den sie dann melden. Nein, Sie bringen unser Medikament ins Zwielicht und erhoffen sich dadurch zahllose Meldungen, so absurd die auch sein mögen. Damit können Sie dann weiter polemisieren. Sie können sicher sein, dass wir uns das nicht gefallen lassen. Wir werden Sie für alle Schäden haftbar machen.»

Schwindt hustete und räusperte sich, ehe er antwortete. «Ich weiß nicht, wovon Sie sprechen, Herr Jork, ich kenne einen solchen Brief nicht.»

«Dann sollten Sie mal in Ihre Akten gucken. Stufenplan Ovolan, Datum 3. Juli. Eines muss ich Ihnen sagen, Herr Schwindt, dass diese Schweinerei ausgerechnet unter Ihrer Verantwortung geschehen ist, habe ich nie erwartet.» Er klemmte den Hörer mit der Schulter gegen das Ohr.

«Wollen Sie damit sagen, dass Sie aus einer Akte unseres Amtes zitieren?», fragte Schwindt.

«Was und wie und wo ist doch wohl egal. Sie dürfen nur sicher sein, dass meine Informationen stimmen. Sie können es sogar nachprüfen.»

Von Schwindts Arroganz war nichts mehr zu spüren, aber er sagte: «Eine Frage noch: Gibt es ein Diktatzeichen oder eine Paraphe auf dem Schreiben?»

«Groß C, groß C», antwortete Jork.

«Cornelia Conrad, mein Gott», murmelte Schwindt.

«Was haben Sie gesagt?»

«Nichts, Herr Jork, nichts. Ich werde mich wieder bei Ihnen melden», sagte er und legte auf.

Jork fand, dass Schwindt diese Lektion verdient hatte. Wer der Firma so viel verdankte, der musste einfach dafür sorgen, dass in seinem Laden niemand verrückt spielte.

Irgendjemand musste hier Amok laufen, Schwindt wusste bloß nicht, wer. Er hielt es für ausgeschlossen, dass Cornelia Park Pharma mit Papieren beliefert hatte. Andererseits wollte sie ihm jetzt vielleicht schaden, nachdem sie mit ihm Schluss gemacht hatte. Aber das machte natürlich überhaupt keinen Sinn. Wenn, dann hätte sie die Papiere der Presse zugespielt, aber doch nicht dem Konzern, der nach ihrer Überzeugung beinahe das Leben ihrer Schwester auf dem Gewissen hatte. Wo blieb denn bloß der Adam? Wenn man die Paragraphenreiter mal brauchte, waren sie nicht greifbar. Ungeduldig drückte er auf seine Gegensprechanlage: «Was ist mit Herrn Adam, Frau Schommlitz?»

«Ich habe gerade erfahren, dass er in die Kantine gegangen ist, Mittag essen.»

«Dann holen Sie ihn da heraus», schnaubte Schwindt, «es gibt Wichtigeres als Wiener Schnitzel. Ich muss Adam sprechen, jetzt gleich, Frau Schommlitz.»

Es dauerte zehn Minuten, ehe sie mit Matthias Adam im Schlepptau wieder im Büro war.

«Was ist denn bloß los?», fragte der Jurist, als er die Tür geschlossen und sich auf den Besucherstuhl an Schwindts Schreibtisch gesetzt hatte. «Steht das Amt in Flammen?»

«Schlimmer, viel schlimmer, Herr Adam», sagte Schwindt. «Wir haben ein Loch im Amt. Irgendein Schwein hat vertrauliche Akten zu Park Pharma geschoben. Vor einer halben Stunde hat Justitiar Jork bei mir angerufen und angekündigt, sie würden das Amt auf Schadensersatz verklagen.»

Er erzählte von dem Brief und dem Diktatzeichen CC. Auf Adams Stirn hatten sich Schweißperlen gebildet. «Das ist ja furchtbar», sagte er und wischte sich mit seinem Taschentuch das Gesicht ab.

«Furchtbar ist kein Ausdruck, Herr Adam», erwiderte Schwindt, «jetzt hilft nur noch eins. Sie müssen mit Ihren guten Drähten diskret ermitteln, was der Konzern alles vorliegen hat. Wir müssen wissen, worauf wir uns noch einzustellen haben. Sie sind ständig mit denen in Kontakt. Das muss doch rauszukriegen sein.» Schwindts Ton war eine Mischung aus Befehl und Flehen.

Adam hatte alle Mühe, das Zittern seiner Hände zu verbergen. «Stellen Sie sich das bitte nicht so einfach vor. Meine Kontakte mit den Hamburger Kollegen sind ganz offizieller Natur. Schließlich haben wir ja oft genug auch vor Gericht gestritten. Ich bemühe mich zwar immer, den Gesprächsfaden nicht abreißen zu lassen, aber dass das jetzt hilft, bezweifle ich. Natürlich werde ich es versuchen.»

Auch Schwindt war inzwischen ins Schwitzen gekommen, hatte seinen teuren Sakko ausgezogen und seine Krawatte gelockert. «Tun Sie, was Sie wollen, Herr Adam, bloß tun Sie was. Wir brauchen diese Informationen, sonst sitzen wir schwer in der Patsche.»

Jork hielt sich den Hörer weit vom Ohr, so laut brüllte Adam ihn an. «Bist du verrückt geworden? Willst du mich ans Messer liefern? Du hattest mir hoch und heilig versprochen, die Akte nur zur eigenen Information zu benutzen und sie auf keinen Fall jemandem zu zeigen.»

Jork unterbrach seinen Redeschwall: «Wenn du noch im Büro bist, solltest du als Erstes nicht mehr so schreien. Und zweitens habe ich mich exakt an unsere Absprache gehalten, kein Mensch hat die Papiere zu Gesicht bekommen. Ich habe Schwindt noch nicht einmal gesagt, dass ich sie habe, vielleicht habe ich sie ja nur gesehen.»

«Hör auf mit der Haarspalterei, Rupprecht», sagte Adam jetzt leise, «du weißt genau, dass du mich reingelegt hast. Und ich kann jetzt sehen, wie ich meine Haut rette.»

«Ich weiß gar nicht, warum du so hektisch bist, es läuft doch alles wunderbar.» Jork hatte sein Lineal zwischen die Finger der rechten Hand geschoben und ließ es auf den Stapel Kopien schnippen. «Kein Mensch wird dich verdächtigen, du musst nur die Nerven bewahren. Erzähl dem Schwindt über die Papiere, was du willst, du kennst sie ja genau.» Jork machte eine Pause, aber Adam schwieg.

«Und dann habe ich noch eine hübsche Information für dich, die kannst du diesem feinen Pinkel ja als topsecret verkaufen. Der noble Herr Schwindt war doch mal total in Cornelia Conrad vernarrt, bis sie ihn hat sitzen lassen. Sag ihm, seine ehemalige Geliebte sei jetzt mit unserem Sebastian Lund zusammen, dem Shootingstar von Park Pharma, vielleicht geht ihm ja dann ein Licht auf.»

Es läuft wirklich alles wunderbar, dachte Jork, als Adam aufgelegt hatte.

In der Mittagspause hatte sie mit Vulpius wieder einen kleinen Spaziergang gemacht, anstatt in die Kantine zu gehen. Unter dem Siegel der Verschwiegenheit hatte sie ihm dabei von ihren Hochzeitsplänen erzählt. Er war ganz aus dem Häuschen vor Freude, hatte sie beglückwünscht und ihr an einem Blumenstand einen Strauß Dahlien gekauft. Die hatte Cornelia Conrad jetzt auf dem Schreibtisch stehen. Sie fuhr vor Schreck zusammen, als ihre Tür mit einem Schlag auf die Klinke geöffnet wurde. Mit hochrotem Kopf kam Markus Schwindt in ihr Zimmer. Er schien völlig aufgelöst, so hatte sie ihn noch nie erlebt. «Wieso musstest du mir das antun, wieso?», sagte er wütend und warf die Tür zu.

«Jetzt reiß dich mal zusammen, Markus, und spiel hier nicht den Wilden», raunzte sie, als sie sich vom ersten Schrecken erholt hatte. «Ich habe keine Ahnung, was du von mir willst.»

Er hatte sich vor ihrem Schreibtisch aufgebaut und sah sie drohend an. «Du weißt genau, wovon ich rede. Meinst du, ich wäre so blöd, nicht zu wissen, wer dein neuer Lover ist? Herr Dr. Sebastian Lund, den manche schon im Vorstand von Park Pharma sehen. Da konnte ich natürlich nicht mithalten. Abteilungsleiter war plötzlich zu popelig. Madame ist zu Höherem geboren. Einverstanden. Aber dass du deinen Liebhaber mit vertraulichen Akten aus dem Amt versorgst, das geht wirklich zu weit.»

Als er endlich schwieg, sagte sie ganz ruhig: «Markus, du hast einen ganz großen Hau. Du bist offenbar blind vor Eifersucht. Von was für Akten redest du eigentlich?»

«Von den Ovolan-Akten. Von deinen Briefen, die du eigenmächtig durch die Welt schickst und dann, als Gipfel, dem Lund zuspielst.»

Cornelia tippte sich mit dem Finger an die Stirn. «Na, bravo, jetzt weiß ich wenigstens, weshalb hier rumgeschnüffelt wurde. Mein Büro ist nämlich durchsucht worden. Da hat wohl jemand Kopien gemacht. Vielleicht ja sogar du – ein Motiv hättest du jedenfalls.»

Er griff wortlos zum Telefon und wählte eine Nummer. «Hier Schwindt. Herr Adam, kommen Sie doch bitte gleich in das Zimmer von Frau Conrad. Ich brauche hier einen Zeugen.» Ohne sie anzusehen, legte er auf.

«Sag mal, drehst du jetzt völlig durch? Was willst du mit dem Adam, Markus?»

Schwindt ging zum Fenster und sah hinaus. «Das ist keine Privatsache, Frau Conrad, das ist jetzt ein dienstlicher Vorgang», sagte er.

«Das ist absurdes Theater, Kafka. Ich hoffe, du weißt, was du hier anstellst.»

Es klopfte und Adam kam herein.

«Herr Adam, ich wollte, dass Sie dabei sind, wenn ich jetzt ein Protokoll aufnehme.» Schwindt setzte sich Cornelia gegenüber, zog einen Kugelschreiber aus dem Jackett und griff ein leeres Blatt Papier. Dann begann er zu schreiben und las das Geschriebene gleichzeitig laut vor. Sie habe eingeräumt, eigenmächtig den Brief an den Ärzteverband geschrieben zu haben, was einen schweren Verstoß gegen die Dienstordnung bedeute. Sie leugne, diesen Brief und andere Unterlagen in Kopie an Park Pharma weitergegeben zu haben, und beschuldige stattdessen ihn, widerrechtlich in ihr Büro eingedrungen zu sein, um sich Zugang zu diesen Papieren zu verschaffen und diese dann dem Konzern zuzuspielen. Diese ehrenrührige Anschuldigung gegen einen Vorgesetzten stelle einen weiteren schweren dienstrechtlichen Verstoß dar. Frau Dr. Conrad sei darauf aufmerksam gemacht worden, dass jetzt ein Verfahren gegen sie laufe. «Berlin, den 30. Juli. Dr. Markus Schwindt. Gelesen und genehmigt – können Sie hier unterschreiben.»

Er schob Cornelia den Bogen samt Kugelschreiber hin.

Sie sah ihn fassungslos an. Hatte er den Verstand verloren? «Diesen Irrsinn mache ich nicht mit», sagte sie und gab dem Papier einen Stoß.

Schwindt bückte sich nach dem Kugelschreiber, der vom Tisch gerollt war. «Unterschrift verweigert», murmelte er und schrieb.

«Können Sie das Protokoll hier bitte abzeichnen, Herr Adam?»

Der Justitiar setzte seinen Namen rechts unten auf die Seite mit dem Zusatz «bei Protokollaufnahme anwesend». Wortlos verließen beide das Zimmer.

Cornelia hatte das Gefühl, eine aberwitzige Filmszene erlebt zu haben. Als sie sich einigermaßen gesammelt hatte, rief sie Vulpius an.

Für den war sofort klar, was hier lief: eine Intrige, angezettelt von Schwindt, um die wenigen kritischen Geister aus dem Amt zu entfernen. Der nächste Kandidat werde er selbst sein, sagte er. Er werde Cornelia nicht im Regen stehen lassen. Mit Freuden werde er Schwindt auf die Füße treten.

Seit zwanzig Minuten saß er an seinem Computer und feilte an dem Text, mit dem er Unterschriften für sie sammeln wollte.

Unter der Überschrift «Keine Strafaktion gegen Dr. Cornelia Conrad!» sollte es heißen:

«Mit hergeholten Argumenten und unbewiesenen Vorwürfen versucht die Amtsleitung, Gründe für eine Kündigung unserer Kollegin Dr. Cornelia Conrad zu konstruieren. Mit dieser durchsichtigen Aktion soll in Wahrheit eine kritische Wissenschaftlerin mundtot gemacht werden, die sich nicht zum Büttel sachfremder Interessen hat machen lassen. Wir protestieren gegen jeden Versuch, arbeitsrechtlich gegen unsere Kollegin vorzugehen, und verlangen, dass sie auf ihrem Posten bleibt.»

Das war kurz und klar. Die Einzelheiten könnte er den Leuten erzählen, wenn er sie um die Unterschrift bat. Er druckte den Text aus und zog los. Elf Unterschriften hatte er schon, als er auf dem Flur mit Markus Schwindt zusammentraf. Der sah misstrauisch auf die Liste und herrschte ihn an: «Was veranstalten Sie denn hier? Proben Sie den Aufstand?»

«Das können Sie gern lesen, unterschreiben werden Sie es ja nicht», sagte Vulpius und war gespannt, wie Schwindt reagieren würde.

Schwindt verzog das Gesicht vor Wut: «Sie sind ein übler Brunnenvergifter, Vulpius. Mit Ihren Lügen hetzen Sie die Leute auf. Ich schwöre Ihnen, dass Sie das noch bedauern werden.»

Inzwischen gingen mehrere Türen auf. Der laute Streit auf dem Flur hatte die Neugierde der Kollegen geweckt. Vulpius war es nur recht, wenn er Publikum hatte.

«Das ist ja zum Kranklachen, ausgerechnet Sie sprechen von Brunnenvergiften. Sie sind es doch, Herr Dr. Schwindt, der hier mit Schnüfflermethoden à la Stasi die Atmosphäre vergiftet. Was geht Sie das Privatleben der Mitarbeiter an. Frau Conrad kann doch befreundet sein, mit wem sie will. Sie führen sich auf wie ein beleidigter Gockel.»

«Sie haben jetzt die Chance, sich für Ihren ungeheuren Stasivorwurf zu entschuldigen, sonst werde ich Sie wegen Beleidigung anzeigen.» Schwindt warf ihm die Unterschriftenliste vor die Füße.

Vulpius bückte sich und sagte: «Tun Sie, was Sie wollen. Sie können mich nicht einschüchtern. Das haben die damals in dem Stasiknast nicht geschafft, warum sollte ich Angst vor Ihnen haben?» Es amüsierte ihn, seinen Gegner mit dieser Mitteilung zu verwirren. Schwindt brauchte eine Weile, um seine Fassung zurückzugewinnen.

«Ihre persönliche Lebensgeschichte spielt hier keine Rolle. Sie steigern sich in Geschichten hinein und schöpfen Verdacht, wo nichts ist. Ihnen ist zuzutrauen, dass Sie Frau Conrad zu dem Verrat angestiftet haben, um uns zu schaden.»

«Wer von uns beiden unter Paranoia leidet, das sollen andere entscheiden», sagte Vulpius, machte auf dem Absatz kehrt und ließ Schwindt stehen.

Es waren schließlich achtundzwanzig Namen, die auf seiner Liste standen. Nicht nur alle Mitarbeiter der eigenen Abteilung hatten unterschrieben, auch wichtige und angesehene Kollegen aus anderen Bereichen. Daran konnten Schwindt und Adam nicht vorbei, vor allem Bosch würde sich über ein solches Votum nicht hinwegsetzen. Schwindt sollte endlich lernen, dass er nicht mit jedem seiner Winkelzüge durchkäme.

Die Tür war nur angelehnt. Vulpius klopfte und öffnete. Cornelia Conrad saß an ihrem Schreibtisch. Den Kopf in die Hände gestützt, starrte sie aus dem Fenster. Sie schien ihn gar nicht zu bemerken. «Gucken Sie mal», Vulpius wedelte mit seiner Liste, «wer hier alles unterschrieben hat. So viele Fans wie Sie hat niemand im Amt. Der Schwindt wird sich grün ärgern, wenn er die Namen liest.»

Mit einer langsamen Bewegung drehte sie den Kopf zu ihm und sah ihn an. Sie schien geweint zu haben. «Das ist sehr lieb von Ihnen, Herr Vulpius, aber es ist zu spät. Ich habe mich entschieden.»

«Sie haben was?» Vulpius konnte es nicht glauben.

«Ich gehe», sagte sie, «ich habe keine Lust, mich auf einen Grabenkrieg einzulassen.» Sie erzählte ihm, dass sie bei Bosch gewesen sei. Der habe sehr ruhig, geradezu väterlich mit ihr über die Vorwürfe von Schwindt gesprochen, sich ihre Darstellung angehört und dann gesagt, wie auch immer die Akten zu Park Pharma gekommen seien, allein der Brief an die Gynäkologen sei ein so grober Verstoß, dass eine Trennung unausweichlich sei.

Alternative eins: Kündigung, Krach, Gang zum Gericht. Alternative zwei: Gütliche Einigung, sie gehe, werde bei vollen Bezügen sechs Monate vom Dienst freigestellt und bekomme ein 1a-Zeugnis. Ihm, so habe Bosch mehrfach betont, sei die Lösung zwei sehr viel lieber. Er habe keinerlei Interesse, mit ihr zu streiten, weil er sie viel zu sehr schätze.

«Lassen Sie sich nicht ins Bockshorn jagen», sagte Vulpius. «Bosch fährt die weiche Welle. Der hat Angst vor einem öffentlichen Krach und ist froh, dass das Amt endlich aus den Schlagzeilen raus ist. Aber wenn herauskommt, dass amtliche Akten bei Park Pharma gelandet sind, dann hat er seinen Skandal. Die Anschuldigungen gegen Sie sind doch lächerlich. Die Leute hier», er tippte auf seine Liste, «unterstützen Sie, die wollen, dass Sie kämpfen.»

Sie lächelte. «Das ist wirklich wunderbar von Ihnen, aber ich bin ganz sicher, dass meine Entscheidung richtig ist. Sie sind der Einzige im Amt, der weiß, dass ich heiraten will. Über kurz oder lang wäre ich ohnehin nach Hamburg umgezogen.»

«Das wäre doch ein ganz anderer Abgang.» Vulpius

machte noch einen letzten Versuch, sie umzustimmen. Erst jetzt wurde ihm bewusst, wie sehr er sie mochte. «Es kann doch nicht richtig sein, wenn die Engagierten die Segel streichen, wenn die Kritischen resignieren. Dann bleibt doch nur die totale Kartoffeltruppe übrig. Sie stärken hier manchem Wankelmütigen das Kreuz. Die gucken auf Sie.»

Während er sprach, stand sie auf, kam zu ihm und legte ihre Hand auf seinen Arm. «Bitte, Herr Vulpius. Ich habe vorhin mit Sebastian gesprochen. Der hat etwas Ähnliches gesagt, aber dann waren wir uns einig, dass es jetzt vor allem um uns beide geht. Wir wollen zusammenleben, wir wollen Kinder haben. Ich muss also eine Pause im Beruf machen. Was ist so falsch daran, es jetzt zu tun? Ich werde nie vergessen, was Sie für mich getan haben.»

Die Lichter der Straßenlampen und der Leuchtreklamen glitzerten im Wasser. An diesem Abend war es völlig windstill. Die Binnenalster sah wie ein riesiger Spiegel aus. Das ist wirklich Hamburgs gute Stube, dachte Rupprecht Jork. Von seinem Tisch am Fenster im Restaurant des Hotels «Vier Jahreszeiten» hatte er den besten Blick. Er liebte diesen Platz, weil hier große Küche und perfekter Service zelebriert wurden. Bei besonderen Anlässen gönnte er sich diesen Genuss. Heute Abend hatte Drostenberg ihn eingeladen. Und sie hatten in der Tat etwas zu feiern. Als der Anruf aus Berlin gekommen war, hatte er Drostenberg sofort informiert und der hatte spontan gesagt: «Sie sind mein Gast.»

Es war zehn nach neun. Jork beobachtete, wie am Schiffsanleger neben dem Alsterpavillon ein mit Lampions geschmückter Alsterdampfer losfuhr. Die Dämmertouren über die Außenalster und die vielen romantischen Kanäle waren sehr beliebt. Als der Campari serviert wurde, sah er wieder in die große Speisekarte, die ihm der Oberkellner schon mal zum Studium überreicht hatte.

«Sorry, dass ich mich verspätet habe», sagte Drostenberg, der schließlich kurz vor halb zehn erschien. «Ich brauche jetzt erst mal ein schönes kühles Pils», erklärte er dem Kellner, der ihm den Stuhl an den Tisch rückte. «Ich hatte ein bisschen Trouble zu Hause. Sie wissen, wie das ist. Haben Sie schon etwas gewählt? Mir ist nach einem richtigen Stück Fleisch.»

Er sah in die Karte. Der Kellner brachte das Bier, Drostenberg prostete Jork zu und trank. «Ah, köstlich, jetzt kann der gemütliche Teil des Abends anfangen. Das war ja wohl Ihr Meisterstück, Herr Jork. Ich würde mal sagen, eine Splitterbombe per Fernzündung. Wie haben Sie das bloß gedeichselt?»

Wie es seine Gewohnheit war, machte Jork auch diesmal nicht viel Aufhebens von seinen Taten, er blies ein paar Rauchwolken aus seiner Pfeife in die Luft und sagte: «Ach, manchmal ist es einfach gut, die richtigen Leute zu kennen. Wenn man weiß oder ahnt, wie handelnde Personen denken, dann ist es ein bisschen wie Schach. Mir gefallen solche Spiele.»

Sie bestellten. Drostenberg hob sein Glas: «Auf Ihr Wohl, Herr Jork, und Dank für Ihren ganz besonderen Einsatz. Ich bewundere das sehr, das darf ich heute Abend wohl mal sagen.»

Jork nahm das Lob gelassen hin und paffte weiter an seiner Pfeife. «Wenn ich es richtig einschätze», sagte er, «dann haben Sie jetzt die beste Chance, mit Contra auf den Markt zu gehen. Das Amt ist nach dieser Aktion gelähmt, von dort ist kein Widerstand mehr zu erwarten. Und im Vorstand dürfte das Thema doch ein Selbstgänger sein.»

«Na ja», sagte Drostenberg gedehnt und verzog sein Gesicht, «Selbstgänger ist sicherlich übertrieben. Vergessen Sie Herbst nicht. Sein Standardspruch ist: ‹Vorsicht ist die Mutter der Porzellankiste.› Ehe der ein deutliches Ja sagt, muss alles abgesichert sein. Am liebsten sind ihm Hosenträger und Gürtel. Der ist ein alter Zauderer.» Man konnte ihm ansehen, dass er Herbst verachtete und wie sehr es ihn störte, dass der immer noch über ihm saß.

Jork fragte so beiläufig wie möglich: «Lange läuft doch sein Vertrag nicht mehr, oder?»

Drostenberg grinste: «Ein gutes Jahr noch.»

«Dann müsste er ja langsam einen neuen bekommen.»

Jork sah, wie Drostenberg die rechte Augenbraue hochzog.

«Muss er? Er ist doch fast sechzig, da ist bei anderen Konzernen Feierabend und die machen gute Erfahrungen damit. Also, ich kann mir vorstellen, dass auch unser Aufsichtsrat in dieser Richtung denkt.»

Da hat aber einer viel Seelenmassage bei den Herren Aufsehern betrieben, dachte Jork. Das heißt, die Karten werden neu gemischt. Er hörte schon die Vokabeln, mit denen Drostenbergs Wahl wohl bekannt gegeben würde – Generationswechsel, Zukunftssicherung, neue Unternehmenskultur. Das gefiel ihm am besten – Unternehmenskultur. Er musste innerlich lachen. Die würde sich bei Drostenberg bestimmt ändern.

Die Vorspeise wurde serviert. Drostenberg fragte: «Haben Sie eigentlich die wunderbare Story von Herbst und seinem Leibwächter mitgekriegt?»

Jork, der sich gerade sein vorletztes Stück Toast mit Gänseleberpastete auf der Zunge zergehen ließ, schüttelte den Kopf.

«Da haben Sie echt etwas versäumt. Erst waren es die Terroristen, die ihm nach dem Leben trachteten, anschließend die bewaffneten Tierschützer. Er hat es jedenfalls geschafft, dass ihm Jahr um Jahr der Bodyguard genehmigt wurde. Jetzt stellt sich heraus, dass der Muskelmann mit der großen Pistole seit mindestens drei Jahren Haus- und Hofgärtner derer von Herbst war. Doch das Beste kommt noch: Während der Chef im Büro oder auf Reisen war, hat der Leibwächter so intensiv auf Frau Herbst aufgepasst, dass sie jetzt mit ihm durchgebrannt ist. Sie war ja auch zwanzig Jahre jünger als unser Meister. Mal sehen, ob er einen Ersatzmann beantragt.» Er brach in ein gackerndes Gelächter aus.

Jork lachte mit, empfand aber gleichzeitig fast ein wenig Mitleid mit Herbst. Die Lady-Chatterley-Geschichte würde im Konzern mit Genuss weitergereicht werden, dafür würde schon Drostenberg sorgen.

«Sagen Sie, unser lieber Lund, hat der sich wieder eingefangen nach seiner Rostockreise? Bei meinem Geburtstag schien er ganz munter zu sein.» Drostenberg schnitt in sein Steak.

«Und verliebt», erwiderte Jork. «Der konzentriert sich ganz auf seine Cornelia und darauf, dass Contra ein Bestseller wird. Dafür hat er nun ja einen weiteren Grund. Mädchen wie die Conrad wollen Erfolgsmenschen.» Er schob die Gabel in den Mund.

Sie war glücklich, dass sie alles hinter sich gebracht hatte. Als sie ihren Schreibtisch aufräumte, hatte sie das Gefühl gehabt, als falle eine Zentnerlast von ihr ab. Cornelia Conrad kippte die Rückenlehne ihres Sitzes leicht nach hinten und machte es sich bequem. Draußen flogen Wiesen, Felder und Dörfer an ihr vorbei. Lund hatte Recht gehabt mit seiner Empfehlung, das Auto stehen zu lassen und mit dem Zug zu kommen. Das würde sie beruhigen.

Der Abschied vom Amt war ihr nicht schwer gefallen. Nur Vulpius, diesem alten Querkopf, hatte sie wehmütig Lebewohl gesagt. Es war schon merkwürdig, wie sie diesen kantigen Kerl mit der Zeit schätzen gelernt hatte. Er war ein Freund geworden, den sie bestimmt vermissen würde. Was hatte er halb im Scherz, halb im Ernst beim Ausstand für die Kollegen gesagt? «Und wer passt jetzt auf mich auf?» In dieser Frage hatte Melancholie und viel Zuneigung gelegen. Dieser Kauz konnte sehr warmherzig sein. Ganz unberechtigt war aber seine Sorge nicht. Sie hatte immer den Eindruck, dass Vulpius mit dem Feuer spielte, dass er den Konflikt suchte. Er war jemand, der die Welt verbessern und keine Rücksicht darauf nehmen wollte, ob er sich selbst dabei schadete. Sie müsste ihn ab und zu anrufen und daran erinnern, nicht mit dem Kopf durch die Wand zu gehen, sondern klug und diplomatisch zu sein.

Am Bahnhof hatte sie sich eine Zeitung gekauft. Die holte sie jetzt aus der Tasche, um auf andere Gedanken zu kommen. Ziemlich lustlos blätterte sie die Seiten durch, bis sie im Vermischten auf einen Artikel stieß, der sie augenblicklich fesselte. Als Erstes war ihr das Foto aufgefallen – eine halb geöffnete Pillenpackung Ovolan. Der Titel des Berichts lautete: «Gefahr durch Superpillen?» Der Autor musste einen guten Informanten haben, denn er schilderte präzise die Fälle, die Vulpius und sie recherchiert hatten, auch die dramatische Rettung von Claudia war erwähnt, alles ohne Namensnennung natürlich. Park Pharma wurde mit der Erklärung zitiert, man nehme die Vorfälle ernst, sie würden untersucht, aber einen Zusammenhang zwischen Ovolan und den Erkrankungen habe man bislang nicht festgestellt. Im Gegenteil, die Pille werde von den Benutzerinnen einhellig als gut verträglich gelobt.

Sie war sicher, dass dieser Bericht trotz des Beruhigungsdementis Aufsehen erregen würde. Das war jetzt keine Diskussion unter Experten mehr, jetzt würde die öffentliche Debatte losgehen und es würden sich bestimmt weitere betroffene Frauen melden. Sie fragte sich, ob Vulpius dem Blatt die Informationen geliefert hatte. Es sähe ihm ähnlich. Allerdings hatte sie den Namen des Autors noch nie gelesen und einem völlig Fremden würde sich selbst Vulpius bei aller Lust an Himmelfahrtskommandos nicht anvertrauen.

Sie legte die Zeitung beiseite und versuchte, etwas zu schlafen. In Gedanken an Sebastian und begleitet von dem gleichmäßigen Rauschen des Zuges, döste sie ein. Kurz vor Hamburg wurde sie von der Lautsprecherdurchsage geweckt, dass in wenigen Minuten der Hauptbahnhof erreicht werde. Sie packte ihre Sachen zusammen, und als der Zug den Hauptbahnhof wieder verließ, ging sie mit ihrer Reisetasche zum Ausgang. Die Strecke bis zum Dammtor war ihre liebste. Die Backsteinrückfront der alten Kunsthalle war zwar etwas unansehnlich und der Betonwürfel der neuen gefiel ihr nicht sonderlich, aber der Blick auf die Binnenalster war einmalig. Sie liebte die großen eisernen Kandelaber auf den Pfosten der Lombardsbrücke, die dichten Baumkronen der Linden links und rechts, die Lichter des Jungfernstiegs, die sich jetzt im Wasser spiegelten, und die Wasserfahne der Fontaine in der Mitte. Wann immer sie dieses Bild sah, hatte sie das Gefühl, nach Hause zu kommen.

Glücklich schloss sie wenig später Sebastian Lund in die Arme, der mit einem Blumenstrauß in der Hand auf sie gewartet hatte.

Heute Morgen schien es Vulpius, als seien die grauen Flure im Amt noch grauer als sonst, der PVC-Boden noch schäbiger und sein Büro noch trister. Er vermisste Cornelia Conrad. Es gab hier sonst niemanden, mit dem er so eng und vertrauensvoll zusammenarbeiten konnte.

In seine triste Stimmung hinein kam der Anruf von Boschs Sckretärin. Der Herr Präsident wolle ihn auf der Stelle sprechen. Vulpius nahm sein Jackett vom Haken und schloss seine Bürotür ab. Erfreuliches erwartete er sich nicht von dem Gespräch, aber mit dem Gefühl, für kein neues Ärgernis gesorgt zu haben, ging er gelassen zu seinem Chef.

«Der Herr Professor erwartet Sie», empfing ihn die Sekretärin und wies mit der Hand auf die Tür. Vulpius klopfte und drückte die Klinke hinunter. Bosch saß hinter seinem Schreibtisch und war in eine Akte vertieft. Neben ihm stand sein Kaffeegeschirr mit silberner Zuckerdose und silbernem Sahnekännchen. Er sah von seiner Lektüre auf und winkte ihn zu sich.

«Setzen Sie sich, Herr Vulpius. Haben Sie gestern diesen Artikel gelesen?» Er hielt den Bericht «Gefahr durch Superpillen?» hoch.

Vulpius nickte. «Aber um allen Spekulationen vorzubeugen: Ich habe mit dieser Veröffentlichung nichts zu tun. Obwohl es mir natürlich gefällt, dass die Presse sich meiner Lieblingspille annimmt.»

«Na, wenigstens eine gute Nachricht, Sie sind also nicht der Informant.» Bosch lächelte gequält. «Sie können sich denken, dass wir wieder unter Beschuss kommen werden. Auf solche Vorlagen wartet Park Pharma doch nur, um uns wieder Industriefeindlichkeit et cetera vorzuwerfen.»

Vulpius sah Bosch dabei zu, wie er sich Kaffee nachschenkte und andächtig mit seinem Löffel Sahne und Zucker unterrührte. «Ich verrate Ihnen sicher kein Geheimnis, wenn ich Ihnen sage, dass der Konzern auch gute Kontakte zur Politik pflegt. Die Nachfragen aus dem Ministerium werden nicht lange auf sich warten lassen. Aber das ist meine Sache, diesem Druck zu begegnen. An Sie wollte ich nur appellieren, jetzt nichts zu unternehmen, womit wir uns eine Blöße geben könnten. Wir haben die Aufgabe, zu kontrollieren, aber nicht die Kriege zu führen.»

Vulpius fand es unangenehm, wie Bosch seinen Kaffee schlürfte, und seinen Vortrag fand er ermüdend.

«Wissen Sie, was ich bemerkenswert finde?» Vulpius machte eine kleine Pause, aber Bosch reagierte nicht. «Ich finde es sehr merkwürdig, dass der Konzern uns manipulierte Daten liefert, Zwischenfälle verschweigt und munter fälscht und wir uns das gefallen lassen. Warum zeigen wir die nicht wegen Betruges an? Irgendein Paragraph im Strafgesetzbuch wird doch dafür passen.»

«Hören Sie auf mit diesem Quatsch, Vulpius.» Bosch schien am Ende mit seiner Geduld, er wedelte mit der rechten Hand, als ob er eine unsichtbare Fliege verscheuchen wollte. «Weshalb ich Sie sprechen wollte, ist die Sitzung des Gesundheitsausschusses in der kommenden Woche. Das Ministerium hat mich vorhin informiert, dass die Abgeordneten Fragen zu der Pille haben. Sie werden als fachlich Zuständiger gemeinsam mit Dr. Schwindt dort auftreten. Was ich von Ihnen erwarte und verlange, ist, dass Sie sich strikt an unsere offizielle Linie halten: Verdachtsmomente ja, aber keinerlei Beweise. Das Amt spricht nur mit einer Stimme.»

«Und warum muss ich dann dorthin?»

«Weil es sofort zu Nachfragen führen würde, wenn Sie fehlten. Die Abgeordneten sind doch nicht blöd.»

Vulpius verdrehte die Augen. «Also, Gott befohlen. Langweiliger als hier kann es nicht werden ... Und Reisen bildet ja.»

«Und vergessen Sie nicht, dass ich bislang immer meine Hand schützend über Sie gehalten habe», sagte Bosch, während er wieder in seine Akte sah. Vulpius war entlassen.

Er freute sich an dem satten Rot der untergehenden Sonne, die hinter den Dächern der gegenüberliegenden Häuser wegsackte. Solche beschaulichen Abende auf dem Balkon entschädigen einen für manchen Ärger im Büro, dachte Vulpius. Aus der Küche hörte er Geschirrklappern. Seine Hilfsdienste beim Einräumen der Spülmaschine hatte sie abgelehnt, er könne ja die nächste Schicht übernehmen.

«Mir ist gerade eingefallen, wo wir unseren nächsten

Kurzurlaub verbringen werden. Du warst doch noch nie in Südengland», sagte sie, als sie sich wieder an den Tisch setzte. «Vor allem Kent wird dir gefallen. Wunderschöne Schlösser und Landsitze, traumhafte Gärten und Parks. Und an jeder Ecke triffst du auf Geschichte und Geschichten von Heinrich VIII. bis zu Winston Churchill.»

«Und jeden Tag Fish and Chips oder andere Köstlichkeiten der britischen Küche.» Vulpius graulte schon bei dem Gedanken daran. «Laß uns in die Normandie fahren. Da bist du auch am Kanal, aber auf der Seite, wo es gutes Essen gibt.»

Sie sah ihn von der Seite an. «Dir würde es mal gut tun, wenn du eine Woche fasten würdest. Aber beruhige dich. Ich plane die Reise, dir wird es an nichts mangeln, du musst nur gute Laune mitbringen.»

«Einverstanden.» Er beugte sich zu Eva und küsste sie. «Ich habe übrigens das große Los gezogen. Am kommenden Mittwoch darf ich mit Schwindt verreisen.»

«Welch netter Begleiter, herzlichen Glückwunsch!» Sie verzog das Gesicht.

Vulpius erzählte ihr von seinem Gespräch mit Bosch. «Das Beste, was ich machen kann, ist, mich dort hinzusetzen und die Klappe zu halten. Ob ich das schaffe, ist allerdings fraglich. Von den geladenen Professoren ist keiner unabhängig. Wenn du die reden hörst, dann riechst du förmlich, wer das bezahlt hat.»

«Eure Blätter hier», dabei tippte sie auf die neusten Ausgaben der Fachzeitschriften, die Vulpius abonniert hatte, «sind doch zu Anzeigenfriedhöfen verkommen. Dass die nur Lobhudeleien veröffentlichen, wundert mich nicht.»

«Da hast du mehr als Recht», sagte Vulpius. «Noch

verheerender sind aber die Artikel, die in die normale Presse lanciert werden.»

Vulpius stand auf, ging in den Flur und holte aus seiner Aktentasche die neueste Ausgabe einer Frauenzeitschrift, die er Eva auf den Tisch legte. «Guck dir das hier an.» Sie blätterte bis zur Seite 96, wo der Bericht «Glücklich mit der Minipille» begann – die Geschichte zweier Mütter und ihrer Wunschkinder, die sie dank Ovolan nicht zur Unzeit, sondern zum geplanten Termin bekommen hatten. Ein Lobgesang auf die Pille ohne Nebenwirkungen, die beide Mütter nun natürlich wieder nahmen.

«Es ist selbstverständlich purer Zufall, dass der Artikel jetzt erscheint. Dass sich die Redaktion nicht zu schade für solchen Mist ist», sagte sie und legte ihre Hand auf seinen Arm. «Um diese Reise beneide ich dich nicht.»

«Vielleicht wäre es klug, wenn ich mich an den Rat von Bosch hielte.» Er konnte sich das allerdings nur schwer vorstellen.

Sie lachte. «Du bist nicht der Typ, der sich verbiegen lässt, und das ist auch gut so.»

Die Morgenmaschine nach Köln war bis auf den letzten Platz besetzt. Vulpius hatte einen Sitz am Gang bekommen, Schwindt saß in der Mitte, bedrängt von einem Zweizentnermann am Fenster, dessen massiger Körper über die Armlehne schwabbelte. Perfekt angezogen, wie immer, war er jedoch heute Morgen ungewöhnlich blass und wirkte fahrig, fand Vulpius. Kurz nach dem Start hatte Schwindt einen Stapel Papiere auf seinen Klapptisch gelegt und darin zu lesen begonnen.

Ihm war das recht, ersparte es doch gequälte Konversation. Vulpius blätterte in einer Illustrierten.

Es waren noch gut zwanzig Minuten bis zur Landung, als Vulpius merkte, dass Schwindt sich immer weiter zu ihm herüberlehnte. Er wollte ihn schon mehr oder weniger sanft zurückdrängen, als ihm auffiel, dass sein linker Arm plötzlich schlaff zur Seite rutschte und dabei mehrere Blätter zu Boden gingen. Vulpius schob den Mann in seinen Sitz zurück und sah, dass sein Gesicht kalkweiß geworden war.

«Mir ist so schlecht», brachte er stockend hervor und dann, Augenblicke später, noch ein Wort: «Infarkt.» Er schien kaum noch ansprechbar zu sein.

Vulpius drückte den Rufknopf für das Kabinenpersonal, öffnete seinen Sicherheitsgurt und stand auf. Eine der Stewardessen kam ihm entgegen.

«Hören Sie, ich bin Arzt», sagte Vulpius, «der Mann hier hat alle Symptome für einen schweren Herzanfall, vielleicht sogar einen Infarkt. Ich brauche Ihren Notarztkoffer und eine Sauerstoffmaske. Und sagen Sie dem Piloten, dass er einen Krankenwagen auf das Rollfeld bestellen soll.»

Mit Hilfe einer zweiten Stewardess schleppte Vulpius Schwindt durch den Mittelgang zur Küche, wo sie ihm das Jackett auszogen und ihn auf den Boden legten. Die Passagiere verfolgten die Aktion mit Entsetzen. Vulpius löste Schwindts Krawatte und knöpfte das Hemd auf. Der Notfallkoffer wurde ihm zugeschoben und geöffnet. Vulpius nahm das Stethoskop und hielt es auf Schwindts Brust. Sein Herz schlug schnell und unregelmäßig. Sein Atem ging stoßweise und schwer, auf der Stirn standen ihm dicke Schweißperlen. Vulpius presste ihm die Atemmaske auf Mund und Nase und bat die Stewardess, sie festzuhalten, während er Schwindts linken Hemdsärmel aufkrempelte und ihm eine Infusionsnadel in die Arterie schob. Den Tropf mit der Kochsalzlösung hängte er an einen der Knebel, mit denen die Küchencontainer an ihrem Platz gehalten werden.

Der Kapitän erschien und sagte, ein Notarztwagen sei unterwegs. Die Maschine habe absolute Priorität für die Landung bekommen. Wie eine Mutter ihr Kind in den Schlaf singt, so wiederholte Vulpius mit gedämpfter Stimme seine Beruhigungsformeln. «Haben Sie keine Angst. Wir schaffen das gemeinsam. Entspannen Sie sich.» Und so fort.

Hoffentlich kann ich ihm wirklich helfen, dachte er. Hoffentlich ist es kein Infarkt, und wenn doch, dann kein schwerer. Hoffentlich hält der bis zum Krankenhaus durch. Plötzlich hatte er das Gefühl, sich mit seinen Beschwörungen selbst beschwichtigen zu müssen. Vulpius wurde zur Landung auf seinen Platz zurückgeschickt, dann setzte die Maschine hart auf der Betonpiste auf.

Die Pumpgeräusche der Atmungsgeräte und das Flirren der Kontrollbildschirme auf der Intensivstation gingen ihm zunehmend auf die Nerven. Vulpius saß auf einem Stuhl neben dem Bett. Schwindts Kreislauf hatte sich stabilisiert, er atmete inzwischen auch wieder so regelmäßig, dass ihm die Sauerstoffmaske abgenommen werden konnte. Schwindt verwandelte sich langsam vom verkabelten Roboterwesen zum Menschen zurück. Sehr leise begann er zu sprechen. «Kann es sein, dass Sie mir das Leben gerettet haben?»

Vulpius nahm den Ausdruck vom neuesten EKG, den ihm der Oberarzt zur Beurteilung gab. Kein Anzeichen von einer krankhaften Veränderung, kein Hinweis auf einen Herzinfarkt. «Das ist übertrieben, Herr Schwindt. Es sah sehr dramatisch aus. Aber Sie haben einfach großes Glück gehabt. Sie hatten einen Kreislaufkollaps, einen Schwächeanfall, aber es ist nichts zurückgeblieben, Sie können hundert werden.»

Schwindt sah ihn müde an und versuchte ein Lächeln. «Das kann ja keiner wollen. Ich weiß inzwischen, dass Sie einfach ein guter Arzt sind.»

Wenn das so weitergeht, dachte Vulpius, dann wird das hier der Beginn einer langen Freundschaft. Ob er das wollte, wusste er ganz und gar nicht. Er vertraute einfach darauf, dass ein Mensch sich nicht auf einen Schlag grundsätzlich ändert.

«Sie müssen jetzt bald los», sagte Schwindt, «Sie müssen das allein machen. Was der Standpunkt des Amtes ist, wissen Sie ja, vertreten Sie den eindeutig.»

Der Oberarzt hatte entschieden, Schwindt aus der Intensivstation in ein normales Zimmer zur Beobachtung zu verlegen, vielleicht könnte er am Abend noch entlassen werden. Vulpius wünschte ihm gute Besserung und ging.

Auf dem Weg zum Taxistand grübelte er darüber nach, ob eine Behörde von einem Bediensteten eigentlich eine Bewusstseinsspaltung verlangen könnte, denn schizophren war es schon, was er da machen sollte. Und jetzt auch noch allein.

Die Luft war stickig in dem Saal, obwohl die Sitzung erst vor zwanzig Minuten begonnen hatte. Dass so viele Mitglieder des Gesundheitsausschusses starke Raucher waren, fand Vulpius verrückt. Da verschärfen sie den Schutz der Nichtraucher am Arbeitsplatz, aber an ihrem eigenen ist keine Spur davon zu erkennen. Das ist eben der Unterschied zwischen Theorie und Praxis.

Die Vorsitzende des Gremiums, eine lang gediente SPD-Abgeordnete, hatte zu Beginn ihn und die unabhängigen Sachverständigen begrüßt, zwei Professoren für Gynäkologie und zwei Pharmakologen, die Vulpius durch ihre Arbeit und ihre Meinungskolumnen aus der Fachpresse kannte. Aus der Richtung war keinerlei Kritik zu erwarten. Er war gespannt, wie heftig die Parlamentarier nachhaken würden.

Zunächst lief die Debatte wie ein Stück aus dem Schmierentheater. Die Abgeordneten der CDU lieferten mit ihren Fragen die Stichworte für die Entwarnungsantworten der Experten. Vulpius hatte den Eindruck, das Ganze sei einstudiert worden, bis eine Politikerin von den Grünen das Problem grundsätzlicher anging. Da die Antibabypille ein Vorbeugepräparat sei, müssten doch bei der Bewertung der Nebenwirkungen viel schärfere Maßstäbe angelegt werden. Anders als zum Beispiel bei einem Medikament gegen Aids, da würde man eine Menge in Kauf nehmen, wenn es denn bloß die tödliche Krankheit stoppen würde. Ob sie das so richtig sähe, wollte sie von Vulpius wissen. Der konnte dem nur zustimmen.

«Wenn es also bewährte Mittel gibt, die Schwangerschaften sicher und ohne Nebenwirkungen verhüten, dann brauchen wir doch eigentlich kein neues Medikament?»

«Wenn Sie so wollen, nein», antwortete Vulpius.

«Ist meine Information richtig, dass der Patentschutz für die bisherigen Pillen abgelaufen ist?», bohrte die Abgeordnete weiter. «Und ist es richtig, dass Park Pharma das neue Ovolan vor allem auf den Markt gebracht hat, um ein neues patentiertes Präparat exklusiv verkaufen zu können?»

«Das müssen Sie schon den Hamburger Konzern direkt fragen», erwiderte Vulpius, «aber richtig ist, dass die alten Patente abgelaufen sind, diese Pillen kann heute jede Pharmafabrik produzieren.»

«Und warum lassen Sie eine solche überflüssige Arznei überhaupt zu?», wollte sie wissen.

«Weil wir in einer freien Marktwirtschaft leben, Frau Kollegin», fiel ihr ein FDP-Mann ins Wort. «Ihr ideologietriefendes Kreuzverhör ist unerträglich.»

«Sie sind ja in jeder Weise berufen, verehrter Herr Kollege, hier den Experten zu geben. Zumindest als Berater des Pharmaverbandes.»

Die Ausschussvorsitzende bat, doch zur Sachlichkeit zurückzukehren. Und die Abgeordnete wandte sich wieder an Vulpius.

«Sie haben eben in schöner Klarheit bestätigt, dass es eine Art Verhältnismäßigkeitsregel auch bei der Beurteilung von Nebenwirkungen gibt. Warum hat Ihr Amt denn bei Ovolan nicht entsprechend reagiert? Zumindest für ein Ruhenlassen der Genehmigung hätten die Meldungen doch wohl gereicht?»

Er atmete einmal tief durch und dachte an Schwindt und seine Mahnungen. Schizophrenie hin, Schizophrenie her, im Augenblick hatte er kein Bedürfnis nach Krawall, er wünschte sich nur, dass diese quälende Veranstaltung zu Ende ginge. Also die offizielle Amtslinie.

«Sie müssen unterscheiden zwischen einem Verdacht, einer Vermutung und einem begründeten Verdacht, erst wenn Sie den haben, können wir nach dem Gesetz reagieren. Diese Stufe ist aber nach Überzeugung unserer Behörde nicht erreicht worden.» Es kam ihm ziemlich merkwürdig vor, dass er den Schwindtschen Originaltext vortrug.

«Ist es falsch, dass Ihr Amt auch für den Schutz der Verbraucher und Patienten zuständig ist, so eine Art Pillen-TÜV?»

Nein, antwortete Vulpius, er sehe das genauso.

«Ist meine Information korrekt, dass es in der Behörde einen erheblichen Streit um Ovolan gegeben hat?», insistierte sie.

Wer mochte die Frau bloß gespickt haben, fragte sich Vulpius. Er hielt es für albern, sich weiter bröckchenweise die Informationen abringen zu lassen. War es ein Dienstgeheimnis, dass es Streit im Amt gegeben hatte?

Als er erzählte, welches Material er im Verein mit den Kollegen zusammengetragen und wie sich die Amtsleitung über die Empfehlung ihrer eigenen Fachleute hinweggesetzt hatte, kam es zu einem Tumult im Saal.

Es dauerte zwei Tage, dann war durchgesickert, was sich in der vertraulichen Sitzung des Gesundheitsausschusses abgespielt hatte. Eine Boulevardzeitung brachte die Story auf Seite 1 mit der Schlagzeile: «Skandal um Antibabypillen: Der Mann, der für die Frauen kämpft.» Vulpius wurde als aufrechter Streiter für den Schutz der Patienten gefeiert, als der Mann, der nicht lockerlässt, auch wenn man in der Behörde versucht, ihm Fesseln anzulegen. Neben seinem Foto wurde eine Packung Ovolan abgebildet, dazu eine Unterzeile: «Ovolan

– Wunderpille im Zwielicht.» Der Bericht wurde auf Seite 6 fortgesetzt. In einem dreispaltigen Artikel mit der Überschrift «Ist dieses Amt unregierbar?» wurden die Affären der vergangenen Jahre aufgelistet und eine aktuelle Serie angekündigt, in der die Arbeit der Behörde kritisch beleuchtet werden sollte.

Am Abend brachte das Fernsehen eine Sondersendung zum Thema, in der auch Amtschef Bosch interviewt wurde und eine denkbar schlechte Figur machte, weil er es mit Hinweis auf die Vertraulichkeit des Verfahrens ablehnte, zu den Vorwürfen Stellung zu nehmen. Die zuständige Ministerin erklärte dem Moderator, sie werde die Vorgänge genau überprüfen lassen. Die Opposition kündigte an, sie werde einen parlamentarischen Untersuchungsausschuss durchsetzen, wenn ihre Fragen nicht umfassend beantwortet würden.

Am nächsten Morgen war das Amt Titelthema in allen Zeitungen und überall wurde berichtet, dass der Expertenstreit um Ovolan das Beben ausgelöst hätte. Von toten und schwer geschädigten Frauen war die Rede. Die Professoren, die in Bonn an der Sitzung teilgenommen hatten, wurden interviewt.

Die Journalisten hatten ihr Thema gefunden, mit dem das nachrichtenarme Sommerloch gefüllt werden konnte. Und immer wieder tauchte der Name Dr. Hartmut Vulpius in den Artikeln auf. Nur zitiert wurde er nicht. Die Amtsleitung hätte, so schrieb ein Journalist, dem «Wachhund einen Maulkorb umgehängt».

Rupprecht Jork hatte alle Artikel ausschneiden und zu einer handlichen Mappe binden lassen. Die legte er nun zusammen mit den Videobändern von den TV-Berichten auf den Schreibtisch von Drostenberg. Der paffte verächtlich an seiner Zigarre. «Bleiben Sie mir weg mit diesem Zeug, ich muss das nicht dreimal lesen. Mir hängt das zum Hals heraus.» Damit schob er Jork den Stapel wieder zurück.

Der Justitiar, der bisher vor dem Tisch gestanden hatte, setzte sich nun auf einen der schwarzen Lederstühle. «Der größte Fehler wäre es, jetzt die Augen zu verschließen», sagte er. «Wir haben derzeit zwar ein Problem, aber es gibt keinen Grund zur Panik.»

Mit einem lauten Klatschen schlug Drostenberg auf die Tischplatte. «Ihre Nerven möchte ich haben. Keine Panik! Haben Sie sich mal die Umsatzzahlen von Ovolan angesehen? Die sind im Sturzflug.» Er hielt ihm einen farbigen Computerausdruck hin. Bis zur vorausgegangenen Woche war die blaue Linie beständig angestiegen. Aber in den vergangenen Tagen knickte die Kurve steil nach unten. «Das ist kein Problem, das ist eine Katastrophe», schnaubte Drostenberg. «Was ist denn nun mit Ihren Illustriertenstorys, mit denen wir die Frauen beruhigen können? Wo bleiben Ihre guten Beziehungen? Ich lese immer nur Horrorgeschichten.»

Jork sah ihn fast mitleidig an. «Wenn es Sie beruhigt: Übermorgen Abend zur besten Sendezeit läuft die Fernsehdokumentation. Lauter glückliche Mütter, die dank Ovolan ihr Wunschkind zur rechten Zeit bekommen haben. Alle strahlend und gesund. Und ganz viele Professoren und bekannte Frauenärzte, die unserer Pille das beste Zeugnis ausstellen.»

Es war heute offensichtlich schwer, Drostenberg aufzuheitern, er sah immer noch griesgrämig aus. «Und die neue Serie in der Frauenzeitschrift haben Sie doch auch gesehen. Besser geht's nicht. Prominente Frauen, viel Information rund um die Pille, Tests, Vergleiche und ganz viel praktische Lebenshilfe. Das muss Ihnen doch gefallen haben.»

Drostenberg atmete tief durch. Dann saugte er wieder an seiner Zigarre, die an diesem Morgen sein einziger Halt zu sein schien. «Es ist völlig Wurscht, ob mir das gefällt. Die Frauen müssen wir überzeugen, nur das zählt.» Er machte eine Pause, schien nachzudenken und fragte dann: «Was macht eigentlich unser Freund Vulpius, dem wir das hier alles zu verdanken haben? Was sagt Ihr Schnüffler? Irgendetwas muss der doch rauskriegen. Der Mensch ist schließlich kein Engel.»

Aus seiner schwarzen Ledermappe holte Jork ein Fax. «Wie immer haben Sie natürlich Recht», sagte er mit leichtem ironischem Unterton. «Auch Vulpius hat seine Achillesferse. Der Vorfall liegt zwar schon mehr als zehn Jahre zurück, ist aber wohl sehr peinlich für ihn, schreibt unser Detektiv. Ende der Woche soll er die belastenden Papiere bekommen. Nur ein Profi mit den besten Kontakten konnte überhaupt darauf stoßen.»

«Sparen Sie sich Ihren Schmus, Jork. Ich will Fakten, Fakten, Fakten. Die gut gefüllten Dreckkübel», sagte Drostenberg, drückte auf seine Gegensprechanlage und orderte bei Doro Flügge einen doppelten Espresso. «Sie auch?», fragte er Jork. Der nickte. «Also zwei mit warmer Milch.» Er ließ den Sprechknopf los. «Ich glaube, Sie unterschätzen diesen Irren. Der Vulpius richtet enormen Schaden an, wenn wir den nicht endlich lahm legen.»

Doro Flügge brachte den Kaffee, sah ein wenig besorgt auf ihren düster dreinblickenden Chef und fragte: «Die Milch nehmen Sie selbst?»

«Ja, ja, danke», sagte Drostenberg und wedelte mit der Hand, als wollte er sie wie eine Staubflocke aus dem Büro wegwischen. Zu Jork gewandt wiederholte er: «Den müssen wir lahm legen, der muss da weg.»

«Was soll's denn sein?», fragte Jork sarkastisch. «Soll ich den Vulpius ins Jenseits befördern lassen? Ein kleines Attentat, gut getarnt? Es soll da Experten geben, das sieht dann ganz harmlos aus – trauriger Unfall, Selbstmord. Wie Sie wollen.»

Plötzlich war es ganz still im Zimmer. Drostenberg stierte auf seine Espressotasse und schwieg. Dann hob er ruckartig seinen Kopf und sagte: «Lassen Sie sich etwas einfallen, Jork.»

Während Drostenberg weiterredete, wischte Jork teilnahmslos unsichtbare Staubpartikel von seiner Weste. Der meint das tatsächlich ernst, dachte Jork, der ist so verrückt, mir einen solchen Auftrag zu geben. Sitzt da, nuckelt an seiner Zigarre und spricht über Mord, als ob das wie Zähneputzen sei. Jork fröstelte. Er stand auf und ging aus dem Zimmer.

Ein paar Etagen tiefer saß Sebastian Lund über seine Postmappe gebeugt, die ihm Katrin Engel zusammen mit der obligatorischen Teekanne gebracht hatte. Als Erstes las er den neuesten Bericht über den Streit um Ovolan und den unerschrockenen Pillenfahnder Vulpius. Er musste an Cornelia denken und daran, dass sie gesagt hatte, er sei der einzige Mensch in dem Amt, den sie vermisse.

Der erste Brief in der Mappe war «persönlich/vertraulich» an ihn adressiert und Katrin Engel hatte ihn deshalb auch nicht geöffnet. Mit seinem Kugelschreiber schlitzte er den Umschlag auf. «Universität Rostock» stand auf dem Briefkopf, der Absender war Professor Wolfgang Spill. Mit wachsendem Entsetzen las Lund, dass ein neununddreißigjähriger Schlepperkapitän nach viertägiger Contra-Behandlung darüber klagte, er könne plötzlich nur noch wie durch ein Rohr sehen, erhebliche Teile seines Gesichtsfeldes seien ausgefallen.

Der Mann war wegen eines akuten Magengeschwürs in die Klinik eingeliefert worden. Als die Standardmittel keine Besserung brachten, hatte Spill die Therapie auf Contra umgestellt, nachdem er den Kapitän über mögliche Risiken aufgeklärt und von ihm die Zustimmung bekommen hatte. Glücklicherweise hatte er die Behandlung sofort abgebrochen, nachdem die ersten Symptome aufgetreten waren. Der Zustand des Patienten hatte sich stabilisiert, seine Sehfähigkeit war sogar wieder besser geworden. Trotzdem, so schrieb Spill, würde er sich nicht länger an den klinischen Tests beteiligen. Eine Kopie der Krankenakte war beigefügt.

Lund hatte das Gefühl, als bräche ihm der Boden unter den Füßen weg. Er stierte auf den Bogen Papier vor sich und wollte einfach nicht glauben, was er soeben gelesen hatte. Das konnte doch kein Zufall sein. Oder vielleicht doch? Warum ausgerechnet in Rostock zwei Fälle und sonst keinerlei Meldungen? Machten die dort vielleicht etwas falsch? Er holte die Akte von Fall Nr. 1 aus seinem Schreibtisch und prüfte, welche Dosen dem Kranführer gespritzt worden waren. Alles korrekt, kein Zweifel. Genauso wie jetzt.

Er drehte sich auf seinem Sessel zum Computer und tippte eine vertrauliche Hausmitteilung an Drostenberg mit Kopie an Justitiar Jork. Im Schlussabsatz forderte er, dass angesichts der neuen Situation sofort die firmeneigene Sicherheitskommission zu einer Sondersitzung zusammengerufen werde.

Nachdem er den Brief zweimal ausgedruckt und unterschrieben hatte, steckte er die Blätter in zwei Hauspostumschläge, klebte sie zu und adressierte sie. Dann ging er zu Katrin Engel und bat sie, die beiden Umschläge sofort wegzubringen.

Sie las die Namen, sah ihn an und sagte: «Es geht mich vielleicht nichts an. Aber wenn Sie wieder Ärger mit Herrn Drostenberg haben, wenn es richtig bedrohlich wird, dann sollten Sie sich nicht scheuen, mich zu informieren.» Er sah sie an und wusste nicht, was er sagen sollte.

«Auch scheinbar allmächtige Männer sind verletzbar, Herr Lund. Und da meine ich nicht den Japan-Skandal, den wir ja beide kennen. Drostenberg sitzt auf einem Pulverfass.» Mit dieser Bemerkung griff sie die Umschläge und verließ das Zimmer. Lund beschloss, abzuwarten und auch nicht nachzufragen. Wenn er wirklich einmal Hilfe brauchte, würde sie für ihn da sein, davon war er überzeugt.

Im Amt war Vulpius seit seinem Auftritt in Bonn für die Kollegen der Champion. Er hatte es nicht für möglich gehalten, dass in dieser Behörde noch so viel Feuer steckte. Einige hielten ihn auf dem Flur an und beglückwünschten ihn zu seinem «aufrechten Gang». Endlich mal einer, der mutig und unabhängig ist. Diese Lobeshymnen waren ihm eher peinlich, manchmal sogar ein bisschen unheimlich. Hatte er plötzlich eine Zivilcourage-Epidemie ausgelöst?

Tagsüber hatte er mehrfach versucht, Eva zu erreichen, die für eine Serie über Universitäten unterwegs war. Abends hatte er Glück. Sie war erfolgreich gewesen und bester Stimmung. In der Zeitung hatte sie über seine «Heldentat», wie sie es nannte, gelesen.

Dass sie ihn liebevoll verspottete, gefiel Vulpius. Nein, seinen Schreibtisch habe er deswegen nicht räumen müssen. Im Gegenteil, Schwindt schien ungewöhnlich nachsichtig mit ihm zu sein.

«Dem steckt wahrscheinlich noch sein Herzklabaster in den Knochen und jetzt scheut er sich, seinen Wohltäter abzustrafen. Aber sei vorsichtig, das kann sich schnell wieder ändern», sagte sie.

Vulpius sah das genauso. Trauen konnte er Schwindt auf keinen Fall. Eva war nach ihrer anfänglichen Skepsis inzwischen überzeugt, dass er sich in Sachen Park Pharma auf der richtigen Fährte befinde. Bei den Recherchen für ihre Serie war sie auf etwas gestoßen, was sie eine «brisante Information» nannte.

«Also», sagte sie, «pass auf. Hauptthema im Flurgeflüster an der Universitätsklinik hier ist ein Arzneimitteltest, an dem deine Lieblingsfirma Park Pharma beteiligt sein soll. Irgendein neues Magenmittel, hochgepriesen, und jetzt sollen hier angeblich Fälle mit dramatischen Nebenwirkungen aufgetreten sein.»

«Und du meinst, an den Gerüchten ist etwas dran?» Vulpius war es fast unheimlich bei dem Gedanken, dass er sich schon wieder mit dem Hamburger Konzern anlegen würde.

«Na, irgendwas ist bestimmt im Busch. Sonst wären die Leute nicht so aufgeregt.»

«Und wie lange bleibst du in Rostock? Kannst du noch ein bisschen spionieren?»

«Zwei Tage, mein Liebster. Ich werde die Ohren für dich offen halten. Mich interessiert der Fall ja inzwischen selbst. Aber sag mal: Hast du deinen Urlaub angemeldet?»

Schweigen in der Leitung. Vulpius hatte es natürlich vergessen. Wie gut, dass Eva seinen roten Kopf nicht sehen konnte.

«Gestern habe ich das Formular losgeschickt», log er und hörte deutlich ihr Aufstöhnen.

«Also, mein Lieber, mach es morgen sofort. Sonst platzt die Reise, weil Schwindt sich aus Termingründen querlegt. Und ich verspreche dir, dann bin ich richtig sauer. Ich freue mich auf die Tage in Kent wie wahnsinnig.»

Als sie aufgelegt hatten, ging Vulpius in sein Arbeitszimmer und wühlte die Papierstapel durch, die neben dem Computer auf dem Fußboden lagen. Wenn er sich richtig erinnerte, hatte Cornelias neuer Freund, dieser Dr. Lund, etwas mit dem Magenmittel zu tun. Er hatte darüber gelesen. Nach zehn Minuten wurde er fündig. Ein Pharma-Branchendienst hatte einen großen Jubelbericht über das «revolutionäre» Magenmittel Contra veröffentlicht, in dem auch der in Fachkreisen höchst renommierte Münchner Professor Hans-Heinrich Schmolke ausführlich zu Wort kam.

Garniert war der Bericht mit einem Portrait über den Entwicklungschef des Medikaments, Dr. Sebastian Lund. Beim Lesen dieser Erfolgsstory konnte man neidisch werden, fand Vulpius. Seine Freundin Cornelia schien ja wirklich die richtige Wahl getroffen zu haben. Wenn die beiden sich noch dazu liebten, verstand er, weshalb sie das private Glück dem Kampf im Amt vorgezogen hatte. Im Moment konnte er in Sachen Rostock gar nichts unternehmen. Vielleicht sollte er über Cornelia Kontakt zu Lund suchen und mit ihm ein vertrauliches Gespräch führen. Nach allem, was sie ihm über ihren zukünftigen Mann erzählt hatte, konnte er sich nicht vorstellen, dass der ohne Skrupel seinen Job durchzöge. Vulpius legte den Branchendienst in seine Aktenmappe und stapelte die herumliegenden Papiere wieder ordentlich aufeinander.

In der Küche öffnete er eine Flasche Bordeaux, nahm eines seiner Lieblingsgläser und zog damit vor den Fernseher. Von der offenen Balkontür her wehte eine warme Brise ins Zimmer. Mit der Fernbedienung zappte er sich durch die dreißig Programme und schlief bei einem wunderbar romantischen Film im Sessel ein.

Es war kurz vor halb neun, als das Taxi am Hotel «Brandenburger Hof» vorfuhr. Ein wunderschönes Stadtpalais, Ende des 19. Jahrhunderts in der Nähe des Kurfürstendamms errichtet und nun aufwendig renoviert und zur Nobelherberge umgebaut. Als Jork die große verglaste Eingangstür aufstieß und durch das Foyer ging, hörte er im Hintergrund am Flügel den Hauspianisten «Strangers in the Night» spielen. Er hatte für das heutige Treffen das Hotelrestaurant ausgesucht, weil er es als verschwiegenen Platz kannte. Außerdem hatte er hier vor einem Jahr ein köstliches europäisch-asiatisches Menü serviert bekommen.

Im Lokal waren fast alle Tische besetzt. An einer großen Tafel saßen zehn in feines Tuch gekleidete Herren und feierten offenbar einen besonders guten Geschäftsabschluss. Dabei ging es so fröhlich und geräuschvoll zu, dass es ihn nicht gewundert hätte, wenn der vornehme Chef de rang die Runde zur Mäßigung aufgefordert hätte.

Aber die Höhe der Zeche schien mit der Höhe der Dezibelzahl Schritt zu halten.

Seinen Freund Matthias Adam entdeckte er an einem Tisch am Ende des Raums, von dem man einen schönen Blick in den von Scheinwerfern erleuchteten Innenhofgarten hatte. Adam studierte die Speisekarte und schien miserabler Laune zu sein. Er zuckte zusammen, als Jork mit einem «Guten Abend, Matthias» an den Tisch trat.

«Du hast mich vielleicht erschreckt, hallo Rupprecht.» Adam stand halb auf und gab Jork die Hand. «Um eines mal gleich klarzustellen, du hast Glück, dass ich heute überhaupt gekommen bin. Ich bin tief enttäuscht von dir. Ich will nur noch darüber reden, wie wir unsere unwürdige Liaison beenden.»

Unbeeindruckt rückte Jork seinen Stuhl an den Tisch und sagte: «Reg dich bloß nicht auf, jetzt trinken wir erst mal einen guten Schluck und dann besprechen wir alles der Reihe nach.» Er winkte den Kellner zu sich heran, bestellte zwei trockene Martinis und verlangte nach der Weinkarte.

«Du kannst dir deine Freundlichkeiten sparen. Du hast mich übel reingelegt. Schluss, aus, Ende.»

Jork zweifelte zwar nicht daran, dass Matthias wieder umzustimmen wäre, aber die Debatte könnte zäh werden und der Preis steigen. Die Martinis und die Weinkarte wurden gebracht. «Auf Ihr Wohl, die Herren», murmelte der Ober.

Jork biss die Olive vom Zahnstocher und prostete Adam zu. Der hob sein Glas und nickte griesgrämig.

«Jetzt sei mal nicht so beleidigt», begann Jork. «Ist dir etwas passiert? Hat jemand etwas bemerkt? Nein, du bist unangefochten auf deinem Posten. Mir hat es ein bisschen geholfen und Cornelia Conrad hat es nicht geschadet, sie ist ganz glücklich mit ihrem Lund.»

Der Kellner kehrte an den Tisch zurück und fragte nach ihren Wein- und Essenswünschen. Adam bestellte Kalbsschwanzsülze mit Flusskrebsen und als Hauptgang Rinderfilet auf marinierten Steinpilzen. Jork hatte sich für geeiste Vichyssoise mit Kaviarcroûton und anschließend für Babysteinbutt entschieden.

«So weit, so gut», sagte er, als der Ober gegangen war. «Du hast also nichts zu leiden gehabt, im Gegenteil.» Bei diesen Worten klopfte Jork auf die rechte Seite seines Jacketts. «Hör mal, Alter, findest du nicht, dass du ein bisschen ungerecht bist? Ich habe die Sache mit der Kanzlei vorangetrieben. Du weißt, dass du dich auf mich verlassen kannst. Drostenberg hat den Plan abgenickt. Deiner Anwaltskarriere steht nichts mehr im Wege.»

Mit Nachdruck schob Adam den Suppenteller von sich. «Ich will nicht mehr! Kannst du oder willst du das nicht begreifen?»

Irgendetwas stimmt hier nicht, dachte Jork, der Junge braucht doch dringend Geld, warum sträubt er sich so? Die Auskünfte der Wirtschaftsauskunftei über Adams finanzielle Lage waren eindeutig. Überraschenderweise war bei der Überprüfung herausgekommen, dass Adam bei seiner Bank tief in der Kreide stand und ihm alle Kreditkarten entzogen worden waren. Vermögenswerte – Fehlanzeige. Kein Haus, keine Eigentumswohnung, kein Aktiendepot. Was hatte der bloß mit den vielen schönen Scheinen gemacht?

«Jetzt lass uns mal Klartext reden.» Jork fixierte seinen Freund. «Du steckst bis zum Hals im Sumpf. Ich will dir helfen und du gehst lieber unter vor lauter Stolz, das ist doch verrückt.»

Adams Verwandlung vom unnahbaren, selbstsicheren Juristen in ein fahriges Nervenbündel war Mitleid erregend. Stockend begann er zu sprechen. Von seiner Spielsucht, die ihn in den Ruin trieb. Von seiner gescheiterten Ehe, von seinen Ängsten, als Informant enttarnt zu werden, seinen Posten zu verlieren und wegen Bestechlichkeit vor Gericht zu kommen.

Es kostete Jork viel Geduld, den Freund wieder zu beruhigen.

Als das Hauptgericht aufgetragen wurde, hatte er ihn wieder so weit, dass er selbständiger Rechtsanwalt werden wollte. Beim Nachtisch lenkte er das Gespräch auf Vulpius und dessen Alleingang in Bonn. Er freute sich, dass Adam darauf einging und genussvoll erzählte, dass Vulpius stärker denn je unter Beschuss stand.

«Seit dem Pressewirbel hat sogar unser Herr Präsident ihm seine schützende Hand entzogen», sagte Adam. «Ich sehe das mal so, der Bosch konnte es einfach nicht ertragen, dass Vulpius in zwei Wochen mehr Schlagzeilen machte – und zwar positive – als unser Größter in drei Jahren.» Er lachte das erste Mal an diesem Abend.

«Und dann ist er nicht gekippt worden?», fragte Jork erstaunt.

«Das ist ja der Witz», antwortete Adam, «du wirst es nicht glauben. Plötzlich hat der Schwindt sein Herz für Vulpius entdeckt. Ich glaube ja nicht an die große Liebe, aber immerhin hat er sich erfolgreich dagegen gewehrt, dass unser Rebell die nächste Abmahnung bekommen hat.»

«Schwindt als Gut-Mensch – das wäre ja ganz neu», sagte Jork.

«Ne, der ist dem Vulpius nur überaus dankbar, weil er ihn vor einem Herzinfarkt gerettet hat. Stell dir vor, auf dem Flug nach Bonn, im Flugzeug.»

«Die Wege des Herrn sind wunderbar», erwiderte Jork. «Lass uns den Kaffee im Wintergarten nehmen.» Jork bestellte zum Kaffee Cognac und ließ sich dann den Humidor mit der Zigarrenauswahl zeigen. «Zur Feier des Tages heute mal eine ‹Montecristo›», sagte er, zog die lange Zigarre genüsslich unter der Nase durch und zündete sie dann fachkundig an.

Als er die ersten Rauchwolken an die Decke geblasen hatte, beugte er sich zu Adam vor und sagte: «Ich weiß ja nicht, wie du die Sache mit Vulpius siehst. Aber wenn du ein bisschen Argumentationshilfe brauchst, die könnte ich dir liefern. Ich hätte ein paar Informationen, die in den strahlenden Lack des Helden ein paar hässliche Kratzer machen.»

«Ich höre», sagte Adam und drehte den Stil seines Cognacglases zwischen Daumen und Zeigefinger hin und her. Die Geschichte, die Jork erzählte, hatte sich vor fünfzehn Jahren abgespielt. Sein Detektiv hatte ihm wortreich beschrieben, wie schwierig es gewesen war, bei der Kassenärztlichen Vereinigung an die vertraulichen Daten heranzukommen und später bei der Haftpflichtversicherung die Gerichtsakten auszugraben. Aber nun kannte Jork alle Details:

Dr. Hartmut Vulpius war damals ein schwerer Kunstfehler unterlaufen. Eine achtundzwanzigjährige Patientin war mit einer schweren Akne zu ihm in die Praxis gekommen. Die Frau litt darunter, vor allem weil ihr Mann sie wegen der Pickel und Pusteln hänselte und betrog. Vulpius hatte sie, wie es seine Art war, ausführlich befragt.

Dann hatte er ihr ein neues Medikament verschrieben. Ohne allerdings zu klären, ob sie schwanger war, und obwohl bekannt war, dass das Mittel bei Föten schwere Schäden hervorrufen konnte. Drei Monate war die Patientin zu Kontrolluntersuchungen gekommen. Erst als nicht mehr zu übersehen war, dass sie ein Kind bekam, hatte Vulpius sie auf dieses Risiko hingewiesen.

Die völlig verzweifelte Frau hatte versucht, sich mit Schlaftabletten umzubringen. Nur weil der Ehemann von einer mehrtägigen Dienstreise früher als geplant zurückgekommen war, schlug der Selbstmordversuch fehl. Die Frau wurde auf der Intensivstation ins Leben zurückgeholt, brachte dann aber einen Jungen zur Welt, der schwer behindert war und nie ohne Hilfe und Pflege würde leben können.

Von Selbstvorwürfen gemartert, hatte Vulpius seine Haftpflichtversicherung gebeten, die Eltern in ihrem Leid wenigstens finanziell zu unterstützen. Das wurde abgelehnt. Und als die Mutter gegen Vulpius und seine Versicherung klagte, verlor sie in zwei Instanzen. Die Richter machten sich die Argumentation der Gegenseite zu Eigen, wonach laut Gutachten der Sachverständigen nicht mit hinreichender Sicherheit nachgewiesen worden sei, dass die Hirnschädigung auf das von Vulpius verschriebene Medikament zurückzuführen sei. Eine starke Vergiftung mit Schlaftabletten könne ähnliche Behinderungen hervorrufen. Vulpius, so das Gericht, habe zwar schuldhaft seine ärztliche Pflicht versäumt, aber das allein reiche für einen Anspruch auf Schadenersatz nicht aus.

Jorks Detektiv hatte weiter herausgefunden, dass Vulpius von sich aus Geld angeboten hatte, das die Eltern aber als Almosen zurückwiesen. Inzwischen war deren Ehe zerbrochen, der Vater des Kindes hatte das Elend nicht mehr ertragen können.

«Das Wichtigste – Daten, Namen, Fakten und Adressen – steht hier drin», sagte Jork und hielt Adam ein dreiseitiges Papier hin, das der zusammenfaltete und in die Tasche steckte. «Du brauchst ihn ja nur mal zu fragen, ob er weiß, wie es Lola Krager geht.» Jork grinste und griff nach seinem Weinglas.

Einen so heißen Sommer hatte es in Hamburg schon lange nicht mehr gegeben. Die ganze Stadt strahlte südliches Flair aus. Seit Wochen standen überall vor den Lokalen Tische und Sonnenschirme und die Leute saßen bis spät in die Nacht im Freien. Cornelia Conrad hatte Vulpius angerufen und ihn und Eva Berninghaus zum Wochenende eingeladen. So schön würden sie die Stadt selten erleben und außerdem gebe es eine Menge zu erzählen. Eva war begeistert von dem Vorschlag, sie kannte Hamburg nur oberflächlich und freute sich, die Stadt mit Freunden erleben und vielleicht am Abend in die Oper gehen zu können. Es lief eine gefeierte Inszenierung von Jacques Offenbachs «Hoffmanns Erzählungen».

Bei strahlendem Wetter waren sie also mit dem Auto losgefahren und Cornelia hatte sie in Lunds Wohnung gleich mit einem Frühstück erwartet. Später absolvierten sie dann ein touristisches Großprogramm und saßen schließlich ziemlich erschöpft auf dem luftigen Heck eines

Alsterdampfers, der sie nach Binnen- und Außenalster durch ein Gewirr von Kanälen schipperte.

Cornelia erzählte von ihren Hochzeitsvorbereitungen und bat Vulpius, sich schon einmal den Termin zu notieren.

«Wenn ich eines nicht vermisse, dann ist es das Amt», sagte sie, «das ist für mich wie ein weit zurückliegender Alptraum.»

«Da könnten Sie jetzt wieder ein paar Episoden dranhängen», bemerkte Vulpius trocken.

Cornelia sah ihn skeptisch an.

«Na, es könnte ja sein, dass Sie jetzt gegen Ihren eigenen Verlobten recherchieren müssten.»

Lund, der sich bislang nur spärlich an der Unterhaltung beteiligt hatte, richtete sich ruckartig auf und fragte: «Können Sie ein bisschen konkreter werden?»

Vulpius schmunzelte. «So richtig noch nicht. Bislang habe ich, bei Licht besehen, nur Gerüchte. Aber häufig ist ja etwas dran. Haben Sie Schwierigkeiten mit Contra? Ich meine in Rostock.»

«Findest du, dass jetzt der richtige Moment ist, darüber zu sprechen?», mischte sich Eva ein.

«Lassen Sie nur», antwortete Lund, der sich wieder gefasst hatte. «Für manche Sachen gibt es nie den richtigen Zeitpunkt. Wenn Sie wollen, unterbrechen wir unsere Lustreise kurz und reden?» Damit stand er auf und ging ins Innere des Schiffes. Vulpius folgte ihm. Lund stellte sich neben die Tür zum Maschinenraum, die Motorgeräusche waren so laut, dass man hier vor ungebetenen Zuhörern sicher sein konnte.

«Ich spreche mit Ihnen über dieses Thema, weil Cornelia Sie außerordentlich schätzt und Ihnen voll vertraut», begann Lund. «Sie können nicht von mir erwarten, dass ich Ihnen Einzelheiten erzähle, aber ich sage Ihnen, Sie werden etwas erfahren, wenn Sie es wissen müssen.»

Vulpius fand diese Mitteilung ziemlich wolkig. «Bislang habe ich mit Park Pharma nur die Erfahrung gemacht, dass dort verschleiert und verschwiegen wird.»

«Sie haben mein Wort, das sollte Ihnen genügen.»

«Aber wenn es um die Gesundheit und das Leben von Menschen geht ...», antwortete Vulpius.

«Ich weiß, worum es geht», unterbrach ihn Lund.

«Ich auch. Und Ihr Konzern hat mein Vertrauen in die Pharma-Zunft nicht gestärkt, im Gegenteil. Aber lassen wir das jetzt. Es hat ja wohl keinen Zweck, zu reden», sagte Vulpius deprimiert.

«Sie dürfen sicher sein, dass Sie mit mir bessere Erfahrungen machen.» Lund sah ihn offen an. «Jetzt sollten wir die Frauen nicht länger allein lassen.»

Vulpius wusste nicht so recht, wie er ihn einzuschätzen hatte. Dass er ein guter Wissenschaftler war, stand für ihn fest. Aber wieweit er sich in seinem Job für seine Karriere schon verbogen hatte, das war die entscheidende Frage. Ich selbst werde jedenfalls nicht lockerlassen, dachte Vulpius. Draußen zogen majestätisch zwei Schwäne vorbei. Die Sonne war fast untergegangen und verwandelte die Wasseroberfläche in einen goldenen Teppich.

Zum Schluss mussten sie sich mächtig beeilen, um rechtzeitig in die Oper zu kommen. Vulpius schwitzte in seinem anthrazitfarbenen Anzug, den ihm Eva für diesen Anlass ausgesucht hatte. Sie hatte ihn auch dazu überredet, sich eine Fliege umzubinden, was dazu führte, dass er nun auf seinem gepolsterten Klappstuhl saß und das Gefühl hatte, von unsichtbarer Hand gewürgt zu werden. Als der Vorhang aufging, wurde er allerdings von der Szenerie, dem Gesang und der Musik so mitgerissen, dass er seine Mühsal vergaß.

In der Pause waren sie sich einig, eine ganz besonders gelungene Aufführung zu sehen. Eva Berninghaus lobte gerade die strahlende Tenorstimme des Hoffmann-Darstellers, als Vulpius in der Menge Professor Bosch und dessen Ehefrau Renate entdeckte. Den Mann, der offenbar als Dritter zu der Runde gehörte, kannte er nicht. Cornelia, die in dieselbe Richtung wie Vulpius sah, sagte halblaut: «Das ist ja eine interessante Mischung. Unser Präsident und Rupprecht Jork von Park Pharma vereint in der Liebe zur Musik. Dieser Abend bietet auf und vor der Bühne wirklich nur Höhepunkte.»

Jetzt hatten die drei sie auch erkannt. Und Vulpius wusste, dass eine jener gesellschaftlichen Inszenierungen folgen würde, die er zum Kotzen fand. Bosch strebte mit erhobenen Händen auf Cornelia zu und hielt sie an den Armen fest. «Frau Dr. Conrad, wie schön, Sie zu treffen! Sie sieht strahlend aus, nicht wahr, Renate?» Er stellte seine Frau vor. Seine Bassstimme übertönte das Pausengemurmel. Die Umstehenden blickten indigniert auf den Lauttöner.

Vulpius verspürte körperliches Unbehagen, als Bosch begann, leutselig die Vorzüge der Aufführung zu preisen. Das fand er genauso peinlich wie die abschätzigen Blicke des Park-Pharma-Mannes. Er hatte das unangenehme Gefühl, dass dieser Jork ihn genau kannte. Na ja, immerhin war er derjenige, der Park Pharma erhebliche Probleme machte. Doch Jork schien auch Sebastian Lund scharf zu beobachten. Es war offensichtlich eine Überraschung für ihn, dass Lund ihn kannte. Vulpius sehnte das Ende der

Pause herbei. Bosch überschüttete Cornelia immer noch mit Komplimenten und sie erzählte ihm, dass sie sich rundherum wohl fühle und demnächst heiraten werde.

Die Pausenklingel kündigte den Beginn des zweiten Aktes an, was Vulpius wie eine Erlösung empfand.

Dass an dem Gerücht aus Rostock etwas dran war, stand außer Frage. Vulpius aber hätte gern gewusst, was dort wirklich vorgefallen war. Telefonisch hatte er nichts erreicht. Der Chefarzt hatte ihn mit dem Hinweis auf die ärztliche Schweigepflicht abgewimmelt. Und Park Pharma würde sich nur bewegen, wenn die Amtsleitung oder zumindest der Justitiar einen geharnischten Brief schriebe und Aufklärung verlangte. Also wählte Vulpius die Nummer von Adam. Die Sekretärin stellte ihn sofort durch und Adam war merkwürdigerweise bereit, ihn gleich zu empfangen.

Als Vulpius im ersten Stock ankam, begrüßte ihn Adam in bester Stimmung und bot ihm gleich einen Sessel an seinem Besprechungstisch an.

«Was ist das für ein Wunsch, den ausgerechnet ich erfüllen kann, Herr Vulpius?», fragte Adam im Plauderton.

«Durch Zufall habe ich erfahren, dass es im Universitätsklinikum Rostock einen Zwischenfall mit Contra gegeben hat. Ein neues Magenmedikament von Park Pharma, das im klinischen Test ist», antwortete Vulpius und sah, wie sich Adams Miene verdüsterte.

«Wir müssen genaue Einzelheiten wissen. Deshalb

wäre es gut, wenn Sie dem Konzern einen gepfefferten Brief schrieben, sonst reagieren die nicht.»

Adam stand auf und begann, in seinem Büro auf und ab zu gehen. «Was gut wäre, verehrter Herr Dr. Vulpius, das weiß ich wohl am besten», sagte er und machte abrupt Halt. «In diesem Fall empfehle ich einen Briefentwurf von Ihnen für Herrn Schwindt. Den wird er prüfen und abschicken oder nicht. Das ist der normale Weg. Für die Rechtsabteilung ist das noch lange nichts. Keine Kanonen auf Spatzen.»

Warum muss ich die Leute nur immer zwingen, was Vernünftiges zu tun, fragte sich Vulpius. «Herr Adam, es kann sein, dass Leib und Leben von Patienten bedroht sind, und wir erfahren nichts davon. Können Sie da ruhig bleiben?»

«Ich an Ihrer Stelle», begann Adam, «würde nicht schon wieder gegen Park Pharma wühlen. Sie machen sich lächerlich mit Ihrem Verfolgungswahn. Der Vorwurf, dass Sie nicht objektiv ermitteln und untersuchen, ist kaum abzuwehren.» Adam machte eine Pause und redete dann mit sanfter Stimme weiter. «Sie sind ein erfahrener Mann. Setzen Sie Ihr Rennomee nicht aufs Spiel. Wenn man so bekannt ist, wie Sie es inzwischen sind, gibt es Neider, die nur auf Fehler warten und gern böse Geschichten verbreiten.»

Vulpius' Wut war auf einmal verraucht, er spürte die Attacke kommen. «Böse Geschichten?», fragte er.

«Wie böse, weiß ich nicht», sagte Adam und rückte seine Brille mit einer fahrigen Bewegung zurecht. «Ich gebe normalerweise nichts auf anonyme Anrufer, aber der war sehr konkret: ‹Ihr sauberer Herr Vulpius soll sich man an die eigene Nase fassen. Fragen Sie ihn mal nach seinen eigenen Kunstfehlern und grüßen Sie ihn von Lola Krager.› Das war's, dann hat er aufgelegt, ohne dass ich nachfragen konnte.»

Vulpius fasste nach der Sessellehne und sackte auf den Sitz nieder.

«Mensch, Vulpius, machen Sie keinen Quatsch, Sie sehen ja aus wie ein Gespenst», sagte Adam. Er nahm ein Glas, schüttete es voll Mineralwasser und hielt es ihm hin. «Trinken Sie wenigstens einen Schluck. Da kriegt man es ja mit der Angst zu tun.»

Mit unsicherem Griff nahm Vulpius das Glas und trank es aus. Er musste hier sofort raus, er musste allein sein. Er musste sich vor allem zusammenreißen, sonst würde er hier noch losheulen. Diesen Triumph durfte er Adam auf keinen Fall gönnen. Das wäre binnen Stunden im Amt herum. Er atmete tief durch und räusperte sich. «Es ist richtig, Herr Adam, nicht auf Leute zu hören, die ihren Namen nicht nennen. Ich habe keine Lust, mich gegen diese anonymen Angriffe zur Wehr zu setzen. Mit meiner Aufgabe hier hat das ohnehin nichts zu tun.» Mühsam stand er auf und verließ Adams Büro.

Wie in Trance lief er durch Flur und Treppenhaus. Er war froh, auf dem Weg in sein Büro niemandem zu begegnen. Erleichtert schloss er die Tür seines Zimmers hinter sich, lehnte sich dagegen und atmete tief durch.

Als das Telefon klingelte, nahm er nicht ab. Er setzte sich an seinen Schreibtisch, stützte den Kopf in die Hände und dachte nach. Es gab niemanden auf der Welt, der sich über ein Versagen mehr schämte als er. Aber jetzt wühlte jemand in seiner Vergangenheit herum. Sollte er unter Druck gesetzt oder erpresst werden? Die Idee machte ihn rebellisch. Niemand hatte das Recht, seine Lebensleistung an diesem einen Fehler zu messen. Aber was war das eigentlich, seine Lebensleistung?

Er nahm ein paar Notizzettel und begann, Pfeile, Bäume, Häuser und Vogelköpfe darauf zu malen. Lebensleistung? Eine gescheiterte Ehe; ein Sohn, der nichts mehr von ihm wissen wollte, mit dem ihn derzeit nur die monatliche Überweisung verband; eine abgewirtschaftete Praxis, deren Verkauf gerade eben seine Schulden gedeckt hatte. Kein einziges Symbol bürgerlichen Erfolgs. Eine geerbte Datscha, na, wenigstens das.

Es war schon verrückt, dass er sich trotzdem nicht unglücklich fühlte. Seit er mit Eva zusammenlebte, hatte er wieder Spaß am Leben. Sie war so wunderbar realistisch. Und sie liebte ihn. Wenn er ehrlich zu sich war, musste er zugeben, dass er noch nie so glücklich gewesen war wie jetzt.

Wer immer ihn da treiben und vernichten wollte, er würde ihm nicht den Gefallen tun und aufgeben. Als Erstes würde er jetzt seinen Urlaubszettel ausfüllen, sieben Tage im September. Eva würde daraus eine zauberhafte Woche in England machen, er musste einfach nur mitfahren und sich überraschen lassen. Noch vor kurzem wäre ihm die Idee, eine Woche nicht zu arbeiten, absurd vorgekommen. Arbeiten war wie eine Sucht für ihn, der Balken, an dem er sich wie ein Ertrinkender festhielt. Jetzt war er gleichermaßen entsetzt bei der Vorstellung, seinen jetzigen Posten zu verlieren, wie bei dem Gedanken, bis zu seiner Pensionierung ein normales Amtsleben führen zu müssen und sich nicht mehr mit den Mächtigen anlegen zu können.

Mit einem Knistern wurde der Bildschirm seines Computers hell, Vulpius klickte sein Schreibprogramm an. Mit viel zu kräftigen Anschlägen trommelte er den Textentwurf für den Brief an Park Pharma in die Maschine und war gespannt, wie Schwindt auf seine neue Attacke reagieren würde. Das war der Lackmustest für ihre neuerdings entspannten Beziehungen.

Im Vorzimmer von Markus Schwindt musste er warten. «Er telefoniert schon seit zwanzig Minuten und will nicht gestört werden», sagte Gerda Schommlitz und bot ihm eine Tasse Kaffee an. «So wie Sie ausschauen, haben Sie bestimmt neuen Sprengstoff im Gepäck, Herr Vulpius.»

Er lachte und trank den Kaffee. «Ohne ein bisschen zu zündeln, ist das Leben nur halb so schön.»

«Jetzt hat er aufgelegt, freie Bahn für Sie», antwortete die Sekretärin.

Das Telefonat konnte nicht sehr erfreulich gewesen sein, jedenfalls sah Schwindt ihn ziemlich griesgrämlich an. «Bloß nicht schon wieder Trouble. Es reicht gerade.» Als er das Kuvert in Vulpius' Hand entdeckte, sagte er: «Also, geben Sie schon her.» Er las den Brief und murmelte: «Schon wieder Park Pharma … Na, guten Tag, ausgerechnet Contra … Uni Rostock, wer weiß, was da los war … Wollen Sie wissen, was ich von dem Brief halte?»

Vulpius nickte.

«Nichts, absolut gar nichts. Wann begreifen Sie endlich, dass wir nicht die Staatsanwaltschaft sind? Geht das nicht in Ihren Schädel rein?», fragte Schwindt und schob dabei den Briefbogen über die Schreibtischplatte.

«Ich finde, dass wir ein Anrecht auf aktuelle Information haben. Wenn alles nur ein dummes Gerücht ist, können die uns das ja mitteilen», antwortete Vulpius.

Mit seinem spitzen Bleistift begann Schwindt, den Brief zu korrigieren. Er strich einzelne Worte und ganze Sätze und schrieb mit seiner kleinen Schrift neue Passagen an den Rand. «Ich sage Ihnen, das gibt nur Zoff. Aber wenn Sie darauf bestehen, dann Gott befohlen. Diesen Unsinn können Sie selbst unterschreiben, schicken Sie mir eine Kopie. Sonst noch etwas?» Er hielt Vulpius das Blatt hin.

«Danke, nein. Damit bin ich für heute zufrieden.»

Als er wieder an seinem Computer saß und den geänderten Text ausdrucken ließ, musste er plötzlich an Lund denken. Dem würde sein Brief sicherlich auch nicht schmecken, aber darauf konnte er keine Rücksicht nehmen.

Vor drei Stunden hatten die Möbelpacker die letzten Umzugskartons im Flur abgestellt. Lund hatte angesichts des Schlachtfeldes laut losgelacht und war Cornelia in die Arme gefallen. Aus zwei Junggeselleneinrichtungen sollte ein ordentlicher Haushalt werden. Inzwischen räumte Lund im großen Zimmer die Bücher in die Regale. Es war abenteuerlich, wie viel Staub er dabei aufwirbelte. Er musste immer wieder husten und verspürte schließlich stechenden Durst. Also ging er in die Küche, wo Cornelia Gläser in den Schrank räumte. Mit den Worten: «Ich finde, wir haben eine kurze Pause verdient», öffnete er den Kühlschrank, nahm die eine der zwei Flaschen Weißwein heraus, die er heute Morgen hier deponiert hatte, und fand nach einigem Suchen sogar den Korkenzieher.

«Auf unseren Anfang!», sagte er und stieß an ihr Glas.

«Auf unsere Liebe!», antwortete sie und küsste ihn. «Hast du dir eigentlich die Gästeliste schon angesehen? Es wird jetzt langsam dringend.»

Ihn gruselte bei dem Gedanken, ein Fest organisieren zu müssen. «Ich weiß, dass du das perfekt machst.»

«Ne, mein Lieber, du musst mit in das Boot. Nachher lade ich jemanden ein, den du überhaupt nicht magst, oder ich vergesse deine liebste Freundin. Und dann ist das ganze Fest verhagelt.»

Lund gab sich geschlagen. «Hast du die Adressen griffbereit? Dann lese ich das jetzt sofort. Wer weiß, wann ich sonst dazu komme.»

Sie holte aus ihrer Handtasche die zusammengehefteten Blätter, er setzte sich damit auf eine Kiste mit der Aufschrift «Tischwäsche» ans Fenster. «Das wird ja eine Monsterparty. Wie viele Menschen laden wir denn ein?»

«Wenn alle kommen», sagte sie, «sind wir 142, mit uns beiden sogar 144.»

Er las weiter. Bei der dritten Seite hielt er wieder inne. «Drostenberg und Herbst – also meinetwegen ist das nicht nötig. Den Chef schätze ich zwar, habe aber kaum mit ihm zu tun. Na, und Drostenberg? Den sehe ich doch schon im Laden zu oft.»

Cornelia sah ihn amüsiert an. «Das klingt so, als wäre er dein Folterknecht.»

«Also, mein Freund wird er auf keinen Fall», erwiderte Lund.

«Ich dachte, es wäre vernünftig, ihm zumindest eine Einladung zu schicken. Schließlich waren wir zu Gast bei seinem Fünfzigsten. Außerdem ist er schon lange mit Vater befreundet, genauso wie Herbst, die gehören einfach dazu.»

Lund zog seine Unterlippe unter den oberen Schneidezähnen durch – das tat er immer, wenn ihm etwas unangenehm war. «Ich frage mich gerade, was sagt Claudia dazu, wenn Drostenberg bei uns auftaucht? Ich kann mir nicht vorstellen, dass sie dem gern begegnet.»

Cornelia setzte sich neben ihn. «Mit Claudia habe ich natürlich gesprochen. Sie hat damit keine Probleme. Drostenberg findet sie zwar widerlich, aber völlig unwichtig. Sie hat sich ja von Papa einreden lassen, auf den Prozess gegen ihn zu verzichten.»

Lund spürte, wie traurig Cornelia plötzlich wurde. Während er sie in den Arm nahm, atmete sie tief durch.

«Und aus deinem Amt willst du niemanden sehen?», fragte er nach einer Weile.

«Vulpius natürlich. Aber wen sonst? Außer ihm gibt es dort niemanden, der mir wichtig ist. Ihn und seine Eva müssen wir nur weit weg von Drostenberg und Herbst platzieren. Dieses heikle Problem löse ich mit meiner berühmten Tischordnung.»

Lund nickte beruhigt und beide begannen weiterzuräumen.

Als Lund nach zwei Tagen Umzugsurlaub wieder an seinem Schreibtisch saß, türmten sich neben ihm die Postmappen. Auf die oberste hatte Katrin Engel einen gelben Zettel gepappt und «Wichtig!» darauf geschrieben. Er klappte die erste Seite auf und sah die Kopie eines Briefes des Berliner Amtes. Sie war auch an Jork gegangen und Drostenberg hatte dazu vermerkt: «Sofort Rücksprache! Dro.»

Beim Lesen des Textes stockte Lund der Atem. Dieser Vulpius war ein Überzeugungstäter und tatsächlich nicht zu bremsen. An Absprachen schien er sich nicht zu halten. Egal, jetzt war Drostenberg in einer Stimmungslage, in der man ihn eigentlich meiden musste. Aber «sofort» hieß in diesem Fall auch für ihn sofort.

Am Telefon sagte Doro Flügger, ihr Chef sei da und erwarte ihn sehnsüchtig. Zum x-ten Mal machte sich Lund auf die lange Reise von seinem siebten Stock via Parterre in die Vorstandsetage im 18. Stock. Das übliche Klingelprozedere an der Panzerglastür. Doro Flügger, heute im dezenten schwarzen Kostüm, begrüßte ihn mit einem spöttischen: «Willkommen im Circus Maximus. Caesar wartet», und hielt ihm die schallschluckende Bürotür auf. Drostenberg sah von seinen Unterlagen auf und raunzte ihn an: «Sie haben doch garantiert, dass dieser Rostocker Doktor die Klappe hält. Tut er nun offenbar gar nicht.»

Er würde sich nicht aus dem Konzept bringen lassen, hatte Lund schon während der Liftfahrten beschlossen, selbst wenn Drostenberg brüllen würde. «Es gibt keinen Anlass dafür, anzunehmen, dass Professor Spill das Amt informiert hat. Dr. Vulpius hat mich bei einem privaten Treffen auf Gerüchte aus dem Rostocker Universitätsklinikum im Zusammenhang mit Contra angesprochen.»

Drostenberg war jetzt richtig aufgebracht. «Einen schönen Umgang haben Sie. Sind Sie verrückt geworden?»

«Ich kann nicht glauben, dass Sie mir vorschreiben wollen, ob ich Freunde meiner zukünftigen Frau sehe oder nicht», sagte Lund ganz ruhig.

Die Stimmung von Drostenberg änderte sich schlagartig. «Sie heiraten? Wieso erfahre ich das nicht? Herzlichen Glückwunsch. Das ist ja großartig!» Er unterbrach seinen Begeisterungsausbruch und schien nachzudenken. «Sie werden Ehemann, Vater – da haben Sie ja noch mehr Motivation, sich ein Denkmal zu setzen. Stellen Sie sich vor, Sie wiegen in zwanzig Jahren Ihr Enkelkind auf den Knien und erzählen ihm die Story von Opas Welterfolg mit Contra. Mensch, Lund, diesen Vulpius, den putzen wir doch weg.»

Er griff nach rechts zu einem Papierstapel und zog ihn zu sich. «Hier, das können Sie mal lesen. Wir haben eine Presse, die ist fabelhaft. Lauter Serien über unsere Pille. Und Schmolke ist der gefeierte Magenpapst in allen Blättern. Wir kommen ganz nach vorn. Wir dürfen uns jetzt auf keinen Fall von einigen Spökenkiekern irremachen lassen.»

«Aber kritisch weiterprüfen müssen wir, wie bisher», sagte Lund in diese Woge der Euphorie hinein.

«Prüfen Sie, Lund, prüfen Sie. Wir wollen ja Qualität. Aber ich sage Ihnen, das ist alles Quatsch mit den Nebenwirkungen, das werden Sie sehen. Schreiben Sie dem Vulpius, dass wir uns strikt an das Gesetz halten und derzeit nichts zu melden ist.»

«Da sind wir völlig d'accord. Ich übernehme das», erwiderte Lund.

Auf dem Weg zur Tür wurde er von Drostenberg aufgehalten. «Sie feiern Hochzeit», sagte er strahlend. «Da kann ich Ihnen verraten, dass ich auch etwas zu feiern habe. Das Gesundheitsministerium in Tokio wird mir in der kommenden Woche den höchsten Orden wegen meiner Verdienste um die japanische Volksgesundheit verleihen. Ich bin der erste Ausländer, der diese Auszeichnung erhält.»

Lund konnte die Mitteilung gar nicht fassen. Wie automatisch sagte er: «Meine Glückwünsche, Herr Drostenberg.»

Als er mit dem Fahrstuhl nach unten fuhr, überlegte er, wie dieser Mistkerl eine solche Schmierenkomödie wohl eingefädelt hatte.

Die Kolonne der Limousinen, die an der St.-Johannis-Kirche in Hamburg-Eppendorf vorfuhr, war imponierend. Ein Mercedes reihte sich an den anderen, BMWs, Bentleys, Porsches, sogar ein Rolls-Royce. Und aus allen stiegen festlich gekleidete Paare. Viele Frauen trugen große Hüte, die meisten Männer Cutaway.

Vulpius fühlte sich unwohl inmitten dieser Leute, die einander offenbar alle kannten, sich mit Küsschen rechts und Küsschen links begrüßten und ganz offensichtlich nach Geld rochen. Und dieser Duft ist, verdammt nochmal, gar nicht so übel, dachte er. Vermutlich konnte man sich schnell daran gewöhnen.

Er sah Eva an, die neben ihm stand. Sie schien völlig unbeeindruckt von dem geballten Luxus; in ihrem schlichten schwarzen Kleid, den hohen Pumps und der Perlenkette war sie selbstbewusst und gut gelaunt wie immer. Wieso er plötzlich so anfällig für diese Inszenierung war, konnte er sich nicht erklären.

Die Glocken läuteten von dem alten Kirchturm. Der Backsteinbau aus dem 17. Jahrhundert mit dem weiß lackierten Vordach über dem Eingangsportal und den weißen Rahmen der gotischen Fenster strahlte ruhige Heiterkeit aus. Vulpius konnte verstehen, dass diese Kirche bei den Hamburgern einfach «die Hochzeitskirche» genannt wurde.

Es war jetzt fünf vor vier. Ein paar junge Herren in schwarzen Anzügen drängten die Hochzeitsgesellschaft dezent, aber beharrlich in Richtung Haupteingang. Kurz darauf bog ein alter amerikanischer Straßenkreuzer, ein cremefarbener Buick, in die Auffahrt ein. Auf dem Beifahrersitz der Brautvater. Auf der Rückbank Cornelia Conrad, links und rechts eingerahmt von zwei kleinen Mädchen mit Blumenkränzen in den blonden Haaren und Blumenkörbchen in den Händen. Der Wagen stoppte, die jungen Herren öffneten die Autotüren und halfen den Blumenkindern beim Aussteigen, die sich gleich am Ende des roten Kokosteppichs aufstellten.

Als Cornelia in ihrer blass pfirsichfarbenen Seidenrobe den Wagen verließ, klatschten einige Schaulustige. Vulpius, der nahe am Eingang stand, war ganz sicher, dass sie die hübscheste Braut war, die er je gesehen hatte. Als sie am Arm ihres Vaters an ihm vorüberging, lächelte sie ihn an und Vulpius merkte, dass er rote Ohren bekam.

Die Seitenwände der Kirchenbänke waren mit kleinen Sommersträußen geschmückt, vor dem Altar standen die gleichen Blumen. In der Barockkirche herrschte eine satte sommerliche Stimmung. Als Predigttext und Hochzeitsspruch hatte sich das Paar aus dem Hohen Lied Salomos Kapitel 8, Vers 6 ausgesucht: «Setze mich wie ein Siegel auf dein Herz und wie ein Siegel auf deinen Arm. Denn die Liebe ist stark wie der Tod und ihr Eifer ist fest wie die Hölle. Ihre Glut ist feurig und eine Flamme des Herrn.»

Der Pfarrer, ein fülliger Mann in den Fünfzigern, sprach von den guten und schlechten Tagen, in denen sie in Liebe und Fürsorge zusammenstehen müssten.

Cornelia Conrad und Sebastian Lund gaben sich das Jawort, die Ringe wurden getauscht, sie küssten sich und wieder wurde die Orgel gespielt und die Glocken läuteten. Draußen dann, auf dem Vorplatz, versammelte sich die Hochzeitsgemeinde und das frisch gebackene Paar musste sich dem Glückwunschdefilee stellen. Vor Eva und Vulpius stand in der langen Reihe ein großer, wuchtiger Mann mit kantigem Kopf. Seine dunklen Haare wurden von ein paar weißen Strähnen durchzogen. Vulpius meinte, dieses Gesicht schon in irgendeiner Zeitung gesehen zu haben, sicher war er sich aber nicht.

Zu dem großen Mann trat jetzt ein kleiner, drahtiger, der ihm mit feixender Miene etwas zuraunte, worauf der große dröhnend lachte, sich zu Vulpius umwandte und sagte: «Das ist also der berühmte Hartmut Vulpius, der Hüter des Pharma-Grals und Schrecken der Arzneimittelindustrie. Ich heiße Drostenberg, erfreut, Sie kennen zu lernen.» Damit streckte er Vulpius seine große Hand hin, die der übersah.

Drostenberg schien auf solch eine Begegnung gewartet zu haben. Er baute sich direkt vor Vulpius auf, der, obgleich keineswegs schmächtig, zu schrumpfen schien. Nur halblaut, aber mit schneidender Schärfe sagte Drostenberg: «Sie werden es nicht überleben, wenn Sie sich den modernen Entwicklungen in den Weg stellen, nur weil die nicht zu Ihrer verquasten Ideologie passen.»

«Seien Sie da nicht so sicher», sagte Vulpius und hatte Mühe, seine Wut im Zaum zu halten. Aber wie so häufig, wenn er sehr erregt war, hatte er auch diesmal Ladehemmung. Mehr als die matte Drohung «Sie stehen nicht über dem Gesetz!» bekam er nicht heraus. Drostenberg quittierte diesen Satz mit Gelächter. «Sie sind ein Fanatiker, Vulpius. Die rennen immer in ihr Unglück. Die sehen die Gefahren einfach nicht», sagte er und drehte sich wieder ab, um wenig später die Braut zu umarmen und Lund lautstark zu beglückwünschen.

Vulpius war wütend und fühlte sich ohnmächtig zugleich. Eva legte ihre Hand auf seinen Arm und sagte: «Lass dich von diesem Menschen nicht provozieren, ohne Geld und Macht ist das ein Hanswurst. Aber gefährlich ist er. Der spricht völlig selbstverständlich von ‹nicht überleben› und ‹ins Unglück rennen›. Das bedeutet bei solchen Leuten etwas. Aber heute sollten wir uns die Festlaune nicht verderben lassen.»

Sie hakte sich bei ihm unter. Vulpius spürte, wie ihn diese Geste beruhigte.

Es war keine Wolke am Himmel. Tief unter sich sah Vulpius die ostfriesischen Inseln. Das Flugzeug nach London war nur halb voll. Eva hatte ihren Kopf an seine Schulter gelegt. «Ich kann es immer noch nicht richtig glauben, dass wir beide wirklich im Flieger sitzen», sagte sie, «bis zuletzt habe ich befürchtet, dass irgendein neuer Pillenskandal auf den Tisch kommt und dich mehr fasziniert als unsere Urlaubspläne.»

Er gab ihr einen Kuss auf die Nase. «Du hast doch gute Verbündete. Cornelia zum Beispiel hat mir beim Walzertanzen noch Tipps fürs Leben gegeben. Ich solle mich nicht ärgern und mich immer fragen, ob ich kostbare Lebenszeit zu verschenken hätte.»

«Das ist wirklich eine besondere Freundin, die sogar

bei ihrer Hochzeitsfeier an dein Wohlergehen denkt», spottete Eva.

«Das Fest fand ich übrigens überwältigend, man könnte Lust aufs Heiraten bekommen.»

Sie stieß ihn mit der Faust in die Seite. «Du sollst keine allein stehenden Frauen in Versuchung führen. Lass dich erst mal scheiden, du Bigamist.»

Das war mal wieder Evas untrüglicher Realitätssinn. Natürlich musste er sich langsam mal scheiden lassen. Bisher hatte er den Gedanken an Schwierigkeiten mit Sabine aber immer wieder erfolgreich verdrängt. «Wenn du mich quälen willst», sagte er, «musst du mich an Sabine erinnern. Ich hatte sie gerade so schön vergessen.»

«Ohne schmerzlichen Abschied, mein Lieber, gibt es keinen Neuanfang», sagte sie.

Die Stewardess schob den Getränkewagen neben sie und sie stießen auf ihren ersten gemeinsamen Urlaub an.

Als die Maschine zur Landung in Heathrow ansetzte, gab Eva ihm sein Jackett. Dabei fiel aus der Innentasche ein verschlossener Briefumschlag. Sie sah den Absender und fragte: «Von deinem Amt, was ist das denn?»

Vulpius streckte die Hand aus und wollte den Brief greifen. «Was das bedeutet, weiß ich nicht. Das Ding lag heute Morgen im Briefkasten. Ich habe nur einfach keine Lust, ihn aufzumachen.»

«Du bist ein richtiger Kindskopf», antwortete sie. «Das kann doch wichtig sein. Wenn das wieder eine Abmahnung ist, musst du Fristen einhalten, um dich wehren zu können. Da steht doch viel auf dem Spiel.»

«Im Flugzeug nach Berlin werde ich ihn lesen, jetzt sind Ferien.» Kopfschüttelnd gab sie ihm den Brief.

In den folgenden Tagen fuhren sie kreuz und quer durch Kent, besichtigten Gärten, Schlösser und Landsitze. Das Haus und der liebevoll angelegte Garten von Winston Churchill gefiel ihnen besonders. Die Wasserburg von Leeds Castle, die von einem riesigen Park umgeben ist, beeindruckte Vulpius, vielleicht wegen Sir Thomas More, der siebzehn Jahre lang ein treuer Diener seines Königs Heinrichs VIII., dann in Ungnade gefallen war, weil er sich weigerte, den Eid auf Heinrich als Oberhaupt der anglikanischen Kirche zu leisten. Er wurde als Hochverräter einen Kopf kürzer gemacht.

Vulpius hatte an dieser Stelle der Schlossführung darüber nachgedacht, welche Fortschritte die Menschheit in den vergangenen 400 Jahren gemacht hat. Ein bisschen zivilisierter war es inzwischen geworden. Es kostete nicht gleich den Kopf, seine eigene Meinung zu haben. Aber die Existenz konnte man schon ruinieren, wenn man zu eigenständig dachte. Und wenn man ehrlich war, musste man sich eingestehen, dass Neid und Eitelkeit nach wie vor die Hauptantriebskräfte der Menschen waren.

Auf ihrem Rückweg nach Heathrow hatten sie freie Fahrt, die Maschine flog pünktlich, selbst das Frühstück in der Touristenklasse war bemerkenswert. Vulpius zog aus der Innentasche seines Jacketts den inzwischen reichlich knittrigen Umschlag hervor. Der Brief war nicht lang. Nachdem er ihn gelesen hatte, gab er ihn Eva. Es war seine Kündigung.

«Sehr geehrter Herr Vulpius, wir kündigen das bestehende Arbeitsverhältnis nach § 53 Absatz 2 des Bundesangestelltentarifvertrages (BAT) fristgemäß. Die Kündigung erfolgt aus verhaltensbedingten Gründen. Trotz mehrerer Abmahnungen und wiederholter Aufforderungen durch

Ihren Dienstvorgesetzten haben Sie weder Rückstände abgebaut noch gesetzte Prioritäten beachtet. Außerdem haben Sie ohne Absprache mit der Amtsleitung Kontakte zur Öffentlichkeit gesucht und Dienstgeheimnisse preisgegeben. Ihre Weiterbeschäftigung ist nicht mehr zumutbar. Hochachtungsvoll Prof. Dr. Raimund Bosch.»

Eva faltete den Brief zusammen und steckte ihn in das Kuvert zurück. «Und was willst du jetzt machen?», fragte sie.

«Kämpfen», sagte er. «Ich werde wohl um meinen Job kämpfen müssen. Was die mir vorwerfen, ist absurd.» Während er sprach, fühlte er sich immer müder, trauriger und seltsam schlaff.

Eva legte den Arm um ihn. «Du musst das richtig wollen, sonst wirst du scheitern. Nimm dir den besten Arbeitsrechtler, den du bekommen kannst, und dann wehr dich.»

«Manchmal frage ich mich, ob ich das überhaupt will – ständig gegen Wände laufen in der irren Hoffnung, dass sie irgendwann einmal einstürzen.» Er legte seinen Kopf gegen den ihren und fand es tröstlich, dass sie seine Hand streichelte. Es war ihm, als laufe alle Energie aus ihm hinaus. So trist hatte er die Welt noch nie gesehen. Von Kampfgeist spürte er gar nichts.

«Nun bade nicht in Trübsal. Erst lebst du wie ein Kamikazepilot und jetzt versinkst du im anderen Extrem. Du weißt, wie wichtig deine Arbeit ist, das kannst du dir doch nicht aus der Hand nehmen lassen.»

Sie hatte ihren Kopf weggezogen, sich aufrecht gesetzt und blickte ihn ernst an. Vulpius wusste sofort, dass sie seine Batterien wieder aufladen würde. Sie fand immer die richtigen Worte und ahnte instinktiv, was in ihm vorging.

Kurz bevor das Flugzeug in Berlin-Tegel landete, hatte er Eva schon seinen Schlachtplan gegen den Rausschmiss erläutert. Schließlich hatte auch der Personalrat des Amtes der Kündigung widersprochen, er stand also nicht allein da.

Sie sammelten Unterschriften. Sie beriefen eine Personalversammlung ein, bei der sie dem Präsidenten und Abteilungsleiter Schwindt peinliche Fragen stellten. Dessen dramatische Schilderung des angeblichen Geheimnisverrats durch Vulpius und seine Folgen ging im Hohngelächter der Kollegen unter.

Zur Überraschung aller hatte Vulpius mit seiner Klage vor dem Arbeitsgericht keinen Erfolg, die Kündigung wurde bestätigt, weil ausreichend Abmahnungen vorlagen, gegen die er nie schriftlich vorgegangen war. Vulpius musste seinen Schreibtisch zwei Tage später räumen.

Seine Kollegen gaben ihm ein Abschiedsfest mit Brötchen, Bier und Wein. Vulpius war gerührt und sehr froh über die vielen guten Wünsche für die Zukunft und die Bereitschaft, in der zweiten Instanz für ihn auszusagen. Sie alle wollten bezeugen, wie chaotisch das Amt organisiert war.

Nach gut einer Stunde klopfte Vulpius an sein Glas und bedankte sich für den Zuspruch und alle Freundlichkeiten. «Sie dürfen sicher sein, dass ich auch außerhalb des Amtes weiter am Ball bleiben werde.» Es freute ihn, dass gerade in diesem Augenblick Markus Schwindt auf dem Flur erschien, offenbar auf der Suche nach seiner Sekretärin. Gerda Schommlitz hatte es sich nämlich nicht nehmen lassen, Vulpius persönlich Lebewohl zu sagen.

«Es ist unerträglich, mit welchen Tricks und Finessen in diesem Amt die geltenden Regeln der Wissenschaft auf den Kopf gestellt werden. Und wie alle diejenigen, die verantwortungsvoll arbeiten, hier diffamiert, ausgegrenzt und mundtot gemacht werden. Die Führungsriege dieses Hauses hat ersichtlich keine Phantasie, um sich das Leid der Opfer vorzustellen.»

Während er sprach, hatte er Schwindt angesehen. Es wurde geklatscht. Frau Schommlitz drückte ihm mit Tränen in den Augen die Hand. Diese Szene konnte Schwindt offenbar nicht ertragen, er trollte sich.

Am späten Abend klingelte bei Jork das Telefon. Adam war am Apparat und erzählte ihm, dass heute der letzte Arbeitstag von Vulpius gewesen sei. Jork kommentierte die Mitteilung mit der Bemerkung, er würde am nächsten Sonntag in der Kirche eine Kerze stiften.

«Zünde lieber zwei an. Denn unser Freund will offenbar seinen Kreuzzug fortsetzen. Wenn er jetzt in die Medien geht, kann das ziemlich brenzlig werden», sagte Adam. «Die Geschichte mit dem Kunstfehler war zwar ein Volltreffer, das hat ihn lahm gelegt, aber eben nur kurzfristig. Ich glaube, der ist jetzt gefährlicher als je zuvor.»

«Danke jedenfalls für die Information. Mir wird schon was einfallen, um den Herrn ruhig zu stellen», sagte Jork. «Was hältst du von einer Segelpartie am nächsten Wochenende? Da können wir gemütlich die letzten Einzelheiten deines Kanzleivertrages besprechen. Und dann geht's los, Herr Rechtsanwalt Adam.»

Als das Gespräch beendet war, wählte Jork die Privatnummer von Drostenberg. Es war nun kurz vor Mitternacht.

Das Wochenende hatten sie im Haus an der Havel verbracht. Sie hatten viel geschlafen, gefaulenzt und endlose Gespräche geführt. Er fühle sich wie von einem Mühlstein befreit, hatte Vulpius gesagt.

Am Sonntagabend hatte er seinen üblichen Spaziergang allein gemacht. Eine Stunde später war er zurück, bleich im Gesicht und überzeugt, nur knapp einer lebensbedrohlichen Gefahr entgangen zu sein.

Wie immer war er vom Breitehornweg in den kleinen Wald abgebogen, um später am Campingplatz vorbei wieder nach Hause zu kommen. Plötzlich, so berichtete er Eva, seien aus einem Seitenpfad zwei Männer auf ihn zugelaufen und hätten ihm den Weg verstellt. Groß, kräftig, mit Jogginganzügen, die Kapuzen tief ins Gesicht gezogen. Kein Wort sei gesprochen worden, alles sei unwirklich ruhig gewesen. Einer der beiden habe in die Hosentasche gegriffen und ein großes Klappmesser herausgeholt. Die Klinge habe er dann mit der stumpfen Seite an seinem Hals entlanggezogen und dabei gelacht. So überraschend sie aufgetaucht seien, so seien sie auch wieder verschwunden.

Während Vulpius erzählte, hatten seine Hände zu zittern begonnen. Erst nach und nach hatte er sich wieder beruhigt. Zuerst war er überzeugt gewesen, dass diese Drohung ganz speziell ihm gegolten habe. Im Gespräch mit Eva hatte er dann angefangen, an dieser Version zu zweifeln. Wer würde sein Leben derart ausspionieren, dass er seine Lieblingsspazierstrecke kannte? Waren das nicht einfach nur ein paar durchgeknallte Typen gewesen, wie man sie immer häufiger in Großstädten traf, und er eben ihr zufälliges Opfer?

Warum dachte Eva ausgerechnet jetzt an diese Alptraumgeschichte? Sie war gerade von einer Kurzreise nach Hause gekommen, es war Donnerstagnachmittag gegen drei Uhr. Am Morgen hatte sie von Leipzig aus mit Vulpius telefoniert. Er war ganz vergnügt gewesen. Ein Internist aus Potsdam hatte sich bei ihm gemeldet, der seit längerem dringend einen Praxisvertreter suchte. Mindestens für einen Monat, wahrscheinlich für länger. Sie hatten sich für fünf verabredet. Vulpius hatte ihr gesagt, er werde schon am Mittag losfahren, um sich anzusehen, wie sehr sich die alte Residenzstadt seit dem Fall der Mauer verändert habe.

Vielleicht lag es an der ungewöhnlichen Stille in der Wohnung. Vielleicht daran, dass sie sich um ihn sorgte. Der Gedanke, wie wichtig dieser Termin für ihn war, machte sie nervöser, als sie es sich eingestehen wollte. Um sich abzulenken, holte sie sich Wäsche, Brett und Bügeleisen an die geöffnete Balkontür und begann Oberhemden zu plätten.

Im Radio wurde die Oldie-Sendung für eine wichtige Verkehrsdurchsage unterbrochen. Kilometerlanger Verkehrsstau auf der Avus nach einem schweren Unfall. In der Gegenrichtung gab es ebenfalls Behinderungen – wegen der motorisierten Gaffer. «Blöde Raser», empörte sich Eva, obwohl in der leeren Wohnung niemand ihren Zorn teilen konnte.

Der Wäschekorb wurde leerer, die Stapel gebügelter Hemden, Unterwäsche und Handtücher immer höher. Als sie schließlich fertig war und auf die Uhr sah, war es kurz vor sieben. Kein Anruf von Vulpius, obwohl er fest versprochen hatte, sich gleich nach dem Gespräch bei ihr zu melden. Sie hatte sich die Nummer des Arztes in Potsdam notiert. Am anderen Ende meldete sich der Anrufbeantworter und verkündete, dass die Praxis für heute geschlossen und am Freitag ab 8.30 Uhr Patienten wieder willkommen seien.

Als Vulpius um neun noch nicht zu Hause war und auch das Telefon nicht geklingelt hatte, geriet sie in Panik. Sie griff ihre Schlüssel, vergaß, die Balkontür zu schließen, obwohl es inzwischen wie aus Kübeln regnete, und lief aus der Wohnung. Das Polizeirevier lag drei Straßenecken entfernt. Als sie dort ankam, war sie nicht nur außer Atem, sondern auch bis auf die Haut nass. Die Haare hingen strähnig herunter. Sie sah ihr Spiegelbild in der Scheibe der Eingangstür und fand, dass sie so erbärmlich aussah, wie ihr zumute war.

In der Wache roch es nach kaltem Rauch, die Luft war abgestanden, der Raum leer. Durch die offene Tür im Hintergrund hörte sie Stimmen und Gelächter. Sie hustete laut, um auf sich aufmerksam zu machen. Als das nichts half, haute sie mit der flachen Hand auf den Tresen und rief: «Ist denn hier niemand im Dienst?» Die Gespräche verstummten und ein massiger, glatzköpfiger Polizist schob sich langsam durch die Türöffnung. Der Mann war ihr auf den ersten Blick unsympathisch.

«Muss man hier Stammkunde sein, um bedient zu werden?», raunzte sie ihn an.

Der Beamte machte sich keine Mühe, sein Missfallen über diese Störung zu verbergen. In breitem Berliner Dialekt fragte er: «Madame, wat ham Se denn so Eilijes?»

«Ich will eine Vermisstenanzeige aufgeben.»

Der Beamte seufzte. «Seit wann issern wech?»

«Seit heute Mittag.»

«Heiliges Kanonenrohr», lachte er, «Sie wollen mich wohl veräppeln. Isser volljährig?»

Wenn der Kerl so weitermacht, bringe ich ihn um,

dachte sie. «Er ist ein absolut zuverlässiger Mann. Er wollte sich melden, das hat er nicht getan. Es ist etwas passiert, das weiß ich. Vielleicht hat er sich etwas angetan.»

Mit müdem Blick fragte der Polizist: «Selbstmord? Warum det denn?»

«Er hat seinen Arbeitsplatz verloren.»

«Na, wenn's weiter nischt is, det passiert doch alle naselang. Det sagen übrigens janz viele, Madame, weil se denken, wir drehen uns dann schneller.» Er setzte sich an den Schreibtisch, auf dem ein Computer stand. «Na, meinetwegen, Name, Vorname, Geburtstag?» Er tippte bedächtig alles ein, was Eva ihm sagte. «Also habn habn wern nich. Aber wenn wern haben, melden wer uns.»

Sie sagte ihm ihre Telefonnummer und Adresse.

Zu Hause setzte sie sich ans Telefon und rief ein paar Freunde an, in der Hoffnung, dass er sich möglicherweise dort gemeldet hatte. Überall Fehlanzeige. Als sie ins Bett ging, das Telefon und ihr Handy eingeschaltet neben sich, kam die Angst zurück. Schließlich übermannte sie die Müdigkeit. Sie träumte in dieser Nacht nicht. Um sechs wachte sie auf. Das Halogenlicht der Lampe neben dem Bett stand genau auf ihrem Gesicht.

Kurz nach acht rief sie wieder in Potsdam an. Diesmal hatte sie Glück, es meldete sich die Sprechstundenhilfe. Vulpius sei nicht zum vereinbarten Termin erschienen. Ihr Chef sei deswegen sehr sauer gewesen, denn nun müsste die Praxis wahrscheinlich erst einmal geschlossen werden, sie selbst würde sich arbeitslos melden müssen. Die beiden Frauen versprachen, sich gegenseitig zu informieren, wenn es etwas Neues gäbe.

Während sie sich in der Küche einen Kaffee kochte, klingelte plötzlich das Telefon. Endlich. Das Herz schlug ihr bis zum Hals. Am Apparat war Hugo Baer, der pensionierte Pharmakollege aus dem Amt. Als er hörte, dass Vulpius verschwunden war, bot er an, am Abend auf eine Stunde vorbeizukommen. Dann könne man gemeinsam weitere Suchstrategien diskutieren. Eva war einverstanden. Möglicherweise hatten sie gemeinsam wirklich die zündende Idee und außerdem entginge sie so der quälenden Einsamkeit.

An konzentrierte Arbeit war heute nicht zu denken. Ganz mechanisch räumte sie die Küche auf und machte die Betten.

Plötzlich fiel ihr ein, dass sie an eine Möglichkeit überhaupt nicht gedacht hatte – an das Wochenendhaus an der Havel. Wenn er sich nun einfach alles anders überlegt hatte und ein paar Tage in völliger Ruhe verbringen wollte? Rudern, angeln, lesen? Sie wusste, wie sehr er sein Refugium liebte.

Das kleine grüne Holzhaus lag im morgendlichen Sonnenschein. Gegen die Pfeiler des Bootsstegs schwappte schmatzend das Wasser. Auf der Havel kreuzten ein paar Segelboote. Die Eingangstür war verschlossen, unerschrocken betrat Eva das Haus, blickte in die Zimmer. Als Letztes ging sie ins Bad, die Dusche war mit einem undurchsichtigen Plastikvorhang verdeckt. Sie nahm ihren ganzen Mut zusammen und zog den Vorhang zur Seite. An der Befestigungsstange für die Brause baumelte eine Flasche mit Haarwaschmittel, ansonsten war die Dusche leer. Im Haus war es völlig ruhig.

Erleichtert ging sie nach draußen, setzte sich auf die Bank und dachte nach. Freunde hatte sie haben wollen, natürlich, auch mal eine Affäre, aber keine feste Bindung mehr. Das hatte sie sich damals geschworen. Sie war froh gewesen, den unendlichen Schmerz, der ihr von dem Mann zugefügt worden war, dem sie so sehr vertraut hatte, endlich überwunden zu haben. Und dann war ihr das mit Vulpius passiert, eine zufällige Begegnung im Speisewagen. Er war überhaupt nicht ihr Typ, trotzdem wusste sie sofort, dass sie sich in diesen Menschen mit der merkwürdigen Mischung aus Kantigkeit, Zähigkeit, Witz und Lebenslust verlieben würde. Und jetzt wollte sie ihn nicht wieder verlieren.

Eva fuhr zurück in die Stadt und hielt beim Polizeirevier. Diesmal waren die Beamten schon freundlicher. Nein, es täte ihnen Leid, keine neuen Nachrichten. Sie kaufte Brot, Aufschnitt und Käse für das Abendessen ein. Zu Hause setzte sie sich vor ihren Computer. Tatsächlich gelang es ihr, sich auf ihr Manuskript zu konzentrieren und ihr Elend für zwei Stunden zu verdrängen. Dann klingelte es und Hugo Baer stand vor der Tür, er hatte Benjamin Hildemann mitgebracht.

Während sie das Abendbrot vorbereitete, erzählte Hildemann, dass es im Amt wegen Vulpius weiter rumore. Der Personalrat hatte in einem Gespräch mit dem Präsidenten verlangt, die Kündigung zurückzunehmen. Man werde Vulpius durch alle Instanzen hindurch unterstützen und für die Gewerkschaft sei es ein Leichtes, daraus eine unangenehme Pressekampagne zu machen. Professor Bosch hatte sich nach dieser Attacke bedeckt gehalten und lediglich zugesagt, den Fall im zuständigen Gremium noch einmal anzusprechen.

Von Schwindt wusste er zu berichten, dass er alle Leute seiner Abteilung einzeln zu sich bestellt habe, die den Protestbrief zugunsten des Gefeuerten unterschrieben hatten. Jedem Einzelnen habe er den Kontakt mit Vulpius verboten und gedroht: «Sie fliegen auch, wenn Sie Stimmung gegen die Amtsleitung machen.» Der Personalrat habe gegen diese Einschüchterung protestiert, das grenze an Nötigung.

Baer leckte sich den Bierschaum von der Lippe und sagte: «Wissen Sie, Frau Berninghaus, bei der gesamten Inszenierung ging es ausschließlich darum, einen gefährlichen Kritiker mundtot zu machen. Und ich werde das blöde Gefühl nicht los, dass auch noch jetzt jemand an der Sache gedreht hat.»

Eva sah ihn skeptisch an. «Sie meinen, dass Hartmut Opfer eines Verbrechens geworden ist? Das halte ich für absolut undenkbar. Wir sind doch keine Bananenrepublik.»

Baer biss von seinem Schinkenbrot ab, kaute und sagte: «Glauben Sie einem alten Mann, Vulpius hat Park Pharma bis zur Weißglut gereizt. Da ging es nicht um Peanuts, sondern um Megamärkte, um Umsätze von Hunderten von Millionen. Dem stellt man sich nicht in den Weg, wenn einem sein Leben lieb ist. Und was macht Ihr Mann? Der verkündet vor versammelter Mannschaft, dass er als Einzelkämpfer weitermachen will.»

«Komm, Hugo, jetzt hör auf mit deinen Verschwörungsstorys, du hast doch keinen Beweis dafür», sagte Hildemann, «du musst Frau Berninghaus nicht noch weiter ängstigen.»

Eva sah nachdenklich auf das Rotweinglas vor sich auf dem Tisch und schüttelte den Kopf. «Nein, lassen Sie ihn nur, Herr Hildemann. Solche Ideen sind mir schon längst gekommen. Ich bin ziemlich sicher, dass er sich nicht selbst …» Sie schluckte. «Dafür war Hartmut viel zu überzeugt von seiner Mission, außerdem hat er sich auf seinen neuen Job gefreut. Die Anflüge von Schwermut hatte er längst überwunden.»

Die Blitzlichter der Fotografen flammten auf, Fernsehkameras liefen. Im Festsaal des Hamburger Rathauses bekam Andreas Drostenberg das Große Bundesverdienstkreuz von der Gesundheitssenatorin um den Hals gelegt. Gut fünfzig Prominente aus Wirtschaft und Wissenschaft waren zu dieser Zeremonie erschienen. Andächtig lauschte Drostenberg der Laudatio.

Die Senatorin lobte ihn unter anderem als einen verdienten Sohn der Stadt, der entscheidende Anstöße für die Pharmaforschung gegeben und dazu beigetragen habe, dass Deutschland weiterhin ein führender Standort der Wissenschaft sei.

Beifall, Rathausdiener servierten Sektgläser auf Silbertabletts und kleine Häppchen. Die Gratulanten drängelten sich um den Geehrten, der genüsslich Hände schüttelte. Jork hatte ihm am Vormittag die Nachfolgerin von Hartmut Vulpius in der Berliner Behörde angekündigt. Sie sei Apothekerin und habe mehrere Jahre für die Christdemokraten im Bundestag gesessen, ehe sie nun auf sanften Druck der Partei ins Amt wechseln würde.

Nun stellte er sie Drostenberg vor, der ihr seine ganze Aufmerksamkeit widmete.

«Sie dürfen sicher sein», sagte die Apothekerin und stieß mit ihm an, «dass ich es als meine Aufgabe ansehe, die Belange der Wirtschaft zu fördern. Die forschende Arzneimittelindustrie in Deutschland muss in jeder Weise unterstützt werden.»

Es war Drostenberg anzusehen, dass diese Worte wie Balsam für ihn waren. «Da sind wir uns völlig einig. Geld ist wichtig, aber viel wichtiger sind uneingeschränkte Forschung und genügend Freiheit bei der Einführung neuer, zukunftsweisender Medikamente. Da brauchen wir Ihre Unterstützung.»

Die Apothekerin nickte zu jedem seiner Sätze. Als Drostenberg sich mit einem Handkuss und einem langen, tiefen Blick von ihr verabschiedet hatte, lud Jork sie noch zu einem kleinen Essen in den Ratskeller ein. Inzwischen stand Drostenberg oben im Festsaal mit Sebastian Lund zusammen. Drostenberg hatte sich eine Zigarre bringen lassen, die er nun genüsslich rauchte, das Sektglas in der anderen Hand. «Sehen Sie, Lund, wenn man etwas erreichen will, muss man an eine Sache glauben. Ich sage Ihnen, unser Contra wird innerhalb kürzester Zeit zugelassen werden. Die Signale aus Berlin sind eindeutig.»

Er setzte sein Glas auf einem Beistelltisch ab und winkte nach einem Aschenbecher. «Was mich bei all Ihren Qualitäten zunehmend stört, ist Ihre Zögerlichkeit. Sie sind der Macher von Contra. Aber anstatt zu pushen, suchen Sie nach Nebenwirkungen, die es nicht gibt. Wenn Sie hier im Laden aufgewachsen wären, dann wüssten Sie automatisch, was gut ist für die Firma.»

Lund wusste, dass er nichts Gutes zu erwarten habe, wenn Drostenberg ihm mangelnden Stallgeruch vorwarf. Und Drostenberg fuhr schon fort, er wolle ganz ehrlich sein, was Lund unbestreitbar fehle, sei Auslandserfahrung im Business. Und die besten Erfahrungen sammele man selbstverständlich in einem komplizierten Markt. Deshalb habe er vor, Lund in sechs Monaten die Leitung der Afrika-Niederlassung in Kairo zu übertragen. Dort könne er sein Talent und Durchsetzungsvermögen beweisen.

Im ersten Augenblick hatte Lund geglaubt, Drostenberg habe einen schlechten Witz machen wollen. Auf dem Weg nach Hause aber war ihm schnell klar geworden, dass er auf den schlimmsten Posten abgeschoben werden sollte, der im Konzern zu vergeben war. Das war fast eine Kündigung. Seine sicher geglaubte Existenz wurde bedroht. Und das ausgerechnet jetzt. Vor zwei Tagen hatte Cornelia ihm gesagt, dass sie schwanger sei. Also erwähnte er ihr gegenüber nichts von dem Gespräch mit Drostenberg. Und sie war so sehr mit dem Gedanken an das Baby beschäftigt, dass sie seine Nervosität nicht bemerkte.

Als er am nächsten Morgen ins Büro kam, konnte er seine Enttäuschung und seinen Ärger nicht länger verbergen. «Sie können sich langsam darauf einrichten, dass Sie einen neuen Chef bekommen, Frau Engel», sagte er und setzte sich an seinen Schreibtisch. Katrin Engel brachte ihm das Tablett mit dem Teegeschirr, schenkte ihm die Tasse voll und setzte sich ihm gegenüber auf den Stuhl.

«Herr Doktor Lund, ich möchte Sie bitten, keine Scherze mit mir zu machen», sagte sie bestimmt.

Lund sah sie bitter an: «Ich mache keine Witze, es ist ganz ernst. Der Vorstand plant, mich in einem halben Jahr nach Kairo zu versetzen.»

«Da haben Sie den ersten Preis gewonnen», erwiderte Katrin Engel trocken. «Der ganze Vorstand plant das? Oder ist das die Idee eines Mannes?»

«Das weiß ich nicht. Auf jeden Fall will Drostenberg, dass ich hier verschwinde», sagte er und trank von seinem Tee. Mit einer Entschlossenheit, die er seiner Mitarbeiterin nicht zugetraut hatte, sprang diese auf und verkündete: «Jetzt ist es genug. Das werde ich nicht zulassen.»

Und ehe er fragen konnte, was sie vorhabe, sagte sie: «Sie brauchen sich um nichts zu kümmern. Warten Sie einfach ab. Ich werde verhindern, dass er noch weitere Familien zerstört.»

Vulpius war seit fünf Tagen verschwunden und Eva hatte nicht die Spur einer Spur von ihm. Sie nahm abends Tabletten, um überhaupt ein paar Stunden schlafen zu können. Morgens wachte sie wie gerädert auf. Sie hatte keine Lust, sich etwas zu kochen oder essen zu gehen. Stattdessen stopfte sie verzweifelt Schokoriegel in sich hinein, bis ihr schlecht wurde.

Heute Morgen hatte sie sich mühsam einen Kaffee aufgegossen, war dann zum Zeitungskiosk gegangen und hatte alle Lokalblätter gekauft, in der vagen Hoffnung, irgendeine Notiz zu finden, die ein Hinweis auf Vulpius hätte sein können. Eine halbe Stunde später lag ein Haufen zerlesenen Papiers neben ihr, sie hatte nichts gefunden.

Entschlossen stand sie auf, ging in die Diele und nahm ihren Mantel. Bevor sie die Wohnungstür abschloss, drückte sie die Taste ihres Anrufbeantworters. Sie hoffte noch immer, dass Vulpius sich meldete und diesen Alptraum beendete.

Ziellos lief sie durch die Straßen. Es war ein Wegrennen vor ihrer Angst. Als sie nach zwanzig Minuten den Botanischen Garten erreichte, wurde ihr bewusst, dass sie unwillkürlich den Weg eingeschlagen hatte, den sie schon häufig mit Vulpius gegangen war. Mit aller Kraft wehrte sie sich dagegen, darüber nachzudenken, wie ihr Leben weitergehen sollte, wenn ihm etwas zugestoßen, wenn er tot wäre.

Sie überlegte, ob sie alle Krankenhäuser abtelefonieren sollte oder ob eine Suchmeldung in den Zeitungen vielleicht helfen könnte. Warum war die Polizei nicht schon längst auf diese Idee gekommen? Sie machte kehrt.

Die Kontrolllampe des Anrufbeantworters blinkte. Zwei Anrufe, zwei Nachrichten. Die erste war von ihrer Mutter, die sich darüber beklagte, dass Eva sich so lange nicht gemeldet habe und dass sie dringend ein Telefonat erwarte. Die zweite stammte von der Polizei. Ein ziemlich zerknirscht klingender Beamter bat sie, so schnell wie möglich auf der Revierwache zu erscheinen. Sie warf die Wohnungstür zu und rannte, als ginge es um ihr Leben.

Außer Atem stürmte sie in den Wachraum. Es roch wieder nach dem kalten, abgestandenen Rauch. Hinter dem Tresen stand derselbe Beamte wie bei ihrem ersten Besuch. Doch diesmal erwartete er sie.

«Es tut mir sehr Leid, Frau Berninghaus, Ihnen sagen zu müssen, dass Ihr Freund einen schweren Verkehrsunfall hatte. Er liegt seit fünf Tagen auf der Intensivstation.» Der Beamte stockte.

«Und warum sagen Sie mir das erst heute?», fuhr Eva ihn an.

Der Mann zuckte verlegen mit den Schultern. «Es war eine Panne. Ein Fehler, der nicht passieren darf. Die Kollegen haben es schlicht versäumt, den Namen des Verletzten an die Fahndung durchzugeben.»

Nach dem Unfall hätten die Beamten seinen Personalausweis gefunden und versucht, Angehörige ausfindig zu machen. Unter der angegebenen Adresse hätten sie keinen Erfolg gehabt. Denn Vulpius sei längst ausgezogen, ohne sich umzumelden. Im Amt sei nur diese offizielle Adresse bekannt. Von Evas Existenz wusste in der Personalabteilung niemand.

«Und wo ist er jetzt? Wo kann ich ihn sehen?», fragte sie und kämpfte mit den Tränen.

«Im Urban-Krankenhaus», antwortete der Beamte. «Wenn Sie wollen, bringe ich Sie hin.»

«Danke, ich nehme ein Taxi», sagte sie und wollte gehen.

«Da ist noch etwas», sagte der Beamte. Sie blieb stehen und drehte sich zu ihm. «Hier ist der Autoschlüssel, das Wrack steht auf dem Hof des Polizeipräsidiums. Es ist untersucht worden, ohne Ergebnis, keine Hinweise auf Fremdverschulden. Ein völlig unerklärlicher Unfall. Ihr Freund hatte auch keinen Alkohol getrunken, null Komma null Promille.»

Eva hasste Krankenhäuser, die Vorstellung, dort hilflos zu liegen und der Fürsorge fremder Menschen ausgeliefert zu sein, machte ihr Angst. Intensivstationen waren der schiere Horror für sie. Wie lange sie schon neben dem Bett von Vulpius saß, wusste sie nicht. Angeschlossen an Kanülen und Schläuche, an das Rohr für die künstliche Beatmung und die Nasensonde, lag Vulpius in seinem Bett, die Augen hatte er geschlossen.

Eva hielt seine Hand. Sie erzählte ihm, dass sie das

Autowrack von einem Sachverständigen genau untersuchen lassen werde, dass sie nicht lockerlassen werde, ehe sie wüsste, ob jemand etwas an dem Audi manipuliert hätte. Man müsse nur den richtigen Leuten die richtigen Fragen stellen. Den Experten werde sie fragen, was er täte, wenn er einen schweren Unfall provozieren wolle, ohne dass hinterher jemand etwas beweisen könne oder zumindest nur absolute Insider auf die Spur kämen.

Sie sagte ihm, wie schrecklich die Ungewissheit gewesen und wie glücklich sie nun sei, ihn endlich gefunden zu haben. Bestimmt würde alles wieder gut werden.

«Du darfst dich nur nicht aufgeben, Hartmut, du musst wollen, du musst kämpfen.»

Der Stationsarzt hatte ihr wenig Hoffnung gemacht. Gegen das Koma seien sie bislang machtlos. Und wenn er jemals wieder zu Bewusstsein komme, so sei völlig offen, ob er reden und lesen könne oder in einem Rollstuhl vor sich hin dämmern würde.

Die fünf Autos, die an diesem Dienstagmorgen kurz vor sieben Uhr von der Elbchaussee durch das offen stehende Tor auf Drostenbergs Grundstück einbogen, waren alle in einem hässlichen Beige lackiert. Die Männer trugen große Aktentaschen, einer hatte ein Bündel faltbarer Umzugskartons unterm Arm. Die Frau, die den Trupp führte und an der Eingangstür läutete, war Staatsanwältin. Vier der Männer kamen von der Steuerfahndung, die restlichen zehn waren Kriminalbeamte vom Wirtschaftsdezernat.

Als Alexandra Drostenberg im Morgenmantel die Tür öffnete, stürmten zwei der Beamten durch das Haus bis zum Garten, um zu verhindern, dass sich ein Beschuldigter in letzter Minute an der Rückseite seines Grundstücks absetzte.

Andreas Drostenberg erschien an der Treppe im ersten Stock, er hatte Rasierschaum im Gesicht und hielt in der Linken ein Handtuch. «Kann mir mal jemand sagen, was dieser Irrsinn soll?», schnauzte er angesichts der Männer in den Lederjacken, die sein Entree bevölkerten.

«Sind Sie Andreas Drostenberg?», fragte die Staatsanwältin, die unterhalb der Empore gestanden hatte und für ihn unsichtbar gewesen war.

«Ja, warum fragen Sie mich das?» Sein Ton war jetzt ein paar Grade aggressiver. Die Staatsanwältin blieb gelassen.

«Herr Drostenberg, ich habe einen Haftbefehl gegen Sie wegen des Verdachts der aktiven Bestechung und Beihilfe zur Steuerhinterziehung, außerdem Durchsuchungsbefehle für Ihr Haus, Ihr Büro und Ihre Autos. Sie haben das Recht, die Aussage zu verweigern, dasselbe gilt für Ihre Frau.»

Alexandra Drostenberg hatte die ganze Zeit stumm vor Entsetzen an der Eingangstür gestanden und sich die linke Hand vor den Mund gehalten. Sie sah ihren Mann an. «Andreas, sag, dass das alles nicht wahr ist.»

«Halt dich da raus, Alexandra, und halt die Klappe.» Er nahm das Handtuch und wischte den Rasierschaum weg, der zu trocknen begann. «Fertig rasieren darf ich mich ja wohl, oder, Frau Staatsanwältin?» Ohne die Antwort abzuwarten, ging er in sein Badezimmer zurück. Eine Viertelstunde später kam er die Treppe herunter – dunkelgrauer Nadelstreifen, weißes Hemd, hellblaue Krawatte und Einstecktuch im selben Muster.

Die Eingangshalle war inzwischen leer bis auf die Staatsanwältin, die ihn auf einem Sessel sitzend erwartete. Aus seinem Arbeitszimmer hörte er, wie Schranktüren geöffnet und Schubladen aufgezogen wurden.

«Ah, die Herren sind schon bei der Arbeit, ich wollte ihnen so gern dabei zusehen.»

«Die Herren sind sehr sorgsam, Sie dürfen sicher sein, dass nichts abhanden kommt», antwortete die Staatsanwältin. «Wir haben zwei Möglichkeiten. Entweder mein Kollege von der Kriminalpolizei und ich vernehmen Sie hier, an Ort und Stelle, oder wir bringen Sie ins Präsidium. Sie dürfen wählen.»

«Darf ich rauchen?», fragte Drostenberg und holte aus seinem Jackett ein ledernes Zigarrenetui. Die Staatsanwältin nickte. Er zündete sich eine mittelgroße Havanna an. «Da ich ohnehin die Aussage verweigern werde, können Sie mich auch hier vernehmen. Das Haus ist einfach angenehmer, für mich jedenfalls. Vielleicht finden Sie das ja auch.»

«Einverstanden. Gehen wir ins Wohnzimmer.» Der Vizechef des Wirtschaftskommissariats folgte ihnen. Sie setzten sich in die Ledersessel vor dem großen Fenster mit dem Panoramablick auf den Fluss. Zwei Schlepper zogen ein mächtiges Containerschiff in den Hafen.

«Belehrt habe ich Sie, fangen wir an», sagte die Staatsanwältin. «Ist Ihnen eine Firma Pharma Consult GmbH in Berlin bekannt?»

«Ich verweigere die Aussage», antwortete Drostenberg und sah dabei aus dem Fenster. «Ich habe das angekündigt.»

«Ist Ihnen bekannt, dass diese Firma seit Gründung nur einen Gesellschafter hat, nämlich Dr. Markus Schwindt?» Drostenberg hob die Schultern und ließ sie wieder fallen.

«Ist Ihnen bekannt, dass Dr. Schwindt Beamter im Dienst des Bundes ist?» Keine Reaktion.

«Ist Ihnen bekannt, dass Pharma Consult nur einen Kunden hatte, und das über Jahre hinweg? Nämlich Ihre Firma, Herr Drostenberg. Sie haben weit überhöhte Honorare an Dr. Schwindt gezahlt, und zwar aus zwei Gründen: Zum einen lieferte Ihnen Schwindt absolut fehlerfreie Prüfunterlagen, die im Berliner Amt quasi nur noch durchgewinkt werden mussten. Zum anderen hat Herr Schwindt Ihnen als Referatsleiter garantiert, dass Ihre Medikamente auf jeden Fall zugelassen werden. Durch Ihre Bestechungszahlungen haben Sie das Amt als Kontrollorgan ausgeschaltet.»

«Wollen Sie auch einen Kaffee oder einen Tee?» Drostenberg blickte fragend in die Runde. Er drückte einen Messingknopf auf der Fensterbank. Kurz darauf erschien ein junges Mädchen im hochgeschlossenen schwarzen Kleid und fragte nach ihren Wünschen. Drostenberg sagte: «Bringen Sie dreimal Kaffee und richtige Milch, keine Sahne.» So schnell das Mädchen gekommen war, so schnell verschwand es auch wieder.

Nach kurzer Pause fuhr die Staatsanwältin fort: «Wir wissen, dass Sie persönlich, Herr Drostenberg, aus einer schwarzen Kasse zusätzlich zu den Honoraren weitere sechsstellige Sonderzahlungen geleistet haben, und zwar auf ein Konto bei der Züricher Nobel-Bank, Kontoinhaber ist Dr. Markus Schwindt.»

Lautlos ging die Tür auf, der Kaffee wurde gebracht.

Drostenberg bediente sich, der Polizist nahm Milch, die Staatsanwältin ließ den Kaffee schwarz und ließ sich in ihrer Rede kaum unterbrechen.

«Sie haben bewusst und gewollt einen Beamten durch Millionenzahlungen dazu gebracht, gegen seine Amtspflichten zu verstoßen. Dieser Vorgang ist deshalb zusätzlich gravierend, weil die Gesundheit zahlreicher Patienten gefährdet oder gar geschädigt worden ist. Ob es in diesem Zusammenhang auch Todesfälle gegeben hat, ist mir noch nicht bekannt. Wir überprüfen das aber.»

Drostenberg schlürfte vernehmlich seinen Kaffee, setzte die Tasse ab und sagte: «Hört sich gut an, Ihre Geschichte. Hätte man durchaus so machen können. Eine Menge wertvoller Anregungen. Meine Hochachtung, Sie haben eine gut entwickelte kriminelle Phantasie.»

Es klopfte, die Tür wurde geöffnet, einer der Steuerfahnder erschien. «Wir haben die Hausdurchsuchung beendet. Wir brauchen von Ihnen nur noch die Autoschlüssel und den Zahlenkode für den Safe im Schlafzimmer, Herr Drostenberg.»

Drostenberg griff in seine Hosentasche, holte den Schlüssel heraus und warf ihn dem Fahnder zu. «Aber vergessen Sie es wieder: 071 235.»

Die Staatsanwältin war aufgestanden. «Das Beste wird sein, Sie begleiten uns, Herr Drostenberg. Den Haftbefehl haben Sie gesehen. Die Haftgründe sind eindeutig – Fluchtgefahr wegen der Höhe der zu erwartenden Strafe und Verdunklungsgefahr.»

Als sie durch die Halle gingen, kam Alexandra Drostenberg die Treppe herunter. Sie hatte jetzt ein dunkelblaues Seidenkostüm an, trug hochhackige Schuhe und war dezent geschminkt. «Was ist los, Liebling, wo gehst du hin?»

«Nichts Besonderes, ich habe einen Termin in der Stadt. Wenn es länger als bis heute Abend dauern sollte, dann reg dich nicht auf, es kann dir nichts passieren.»

Die Staatsanwältin öffnete die Eingangstür. Draußen wuchteten die Beamten fünf Umzugskartons in ihre Autos. Alexandra Drostenberg sah, wie ihr Mann in einen der Wagen stieg und weggefahren wurde. Tränen liefen ihr übers Gesicht.

In der Vorstandsetage von Park Pharma im 18. Stock der Konzernzentrale herrschte an diesem Morgen ungewohnte Hektik. Kriminalpolizei und Steuerfahndung hatten zwei Stunden das Büro von Drostenberg sorgfältig durchforstet, ohne fündig zu werden. Doro Flügger hatte danach weinend an ihrem Schreibtisch gesessen.

Seit halb elf konferierte Tobias Herbst mit Rupprecht Jork. «Ich habe den Vorstand über die Lage informiert. Keiner der Kollegen wusste von den Geldzahlungen, nicht einer hätte dieses Vorgehen gebilligt. Ich bin tief enttäuscht von Drostenberg, das können Sie mir glauben.» Er trank von seinem Mineralwasser und fragte dann: «Haben Sie etwas Neues erfahren können?»

Jork fand, dass sich die Konzernchefs die Sache etwas zu leicht machten. Dass sie von Drostenbergs krummen Touren nichts wussten, nahm er ihnen ab. Es hatte sich aber auch niemand dafür interessiert, weshalb die Geschäfte so überdurchschnittlich gut liefen und weshalb es überhaupt keinen Ärger mehr mit dem Amt gab. Und er konnte nicht glauben, dass der Finanzvorstand nichts von der schwarzen Kasse gewusst haben sollte, aus der Drostenberg sich bedient hatte.

Jork sog an seiner Pfeife und drückte mit dem Stopfer die Asche zusammen. «Ich habe vorhin mit dem Amt in Berlin telefoniert. Wir müssen davon ausgehen, dass alle Vorwürfe stimmen. Die Steuerfahndung muss einen absoluten Insider als Informanten haben. Schwindt ist verhaftet worden und soll eine Generalbeichte abgelegt haben. Wenn wir Glück haben, haben wir zwei Tage Zeit, um zu reagieren, ehe der Skandal an die Öffentlichkeit kommt.»

Mit entschlossener Miene griff Herbst zu einem großen Notizblock und seinem Füllhalter. «Die Situation ist klar, wir müssen uns sofort von Drostenberg trennen, und zwar deutlich und öffentlich. Ein verdienstvoller Mann hat einen unverzeihlichen Fehler gemacht. Sein Vorgehen wird verurteilt. Es ist zum einen eine schwere Straftat, zum anderen aber ebenso dumm wie unnötig. Denn die Produkte unseres Konzerns sind von unbestritten hoher Qualität und bedürfen keiner kriminellen Tricks, um am Markt erfolgreich zu sein.»

«So in etwa», sagte Jork und stieß eine Rauchwolke aus. «Ein harter Schnitt nach außen ist sicherlich notwendig. Ich empfehle allerdings, dass wir es intern mit der Distanz zu Drostenberg nicht übertreiben sollten.»

Herbst sah ihn skeptisch an. «Manchmal sind Sie für mich ein Rätsel, Jork. Was empfehlen Sie?»

«Wir sollten in Kooperation mit Herrn Drostenberg einen hoch qualifizierten Strafverteidiger beschäftigen und den auch bezahlen. Wir sollten Herrn Drostenberg wie ein rohes Ei behandeln. Wie Sie wissen, ist der Prozess in Japan gerade mit einem sehr günstigen Vergleich beendet worden. Es kann nicht in unserem Interesse sein, dass darüber ausgerechnet jetzt in der Presse berichtet wird.»

«Wir sollen also viel Geld ausgeben für einen Anwalt, der Drostenberg herauspaukt?»

Jork begriff, dass diese Vorstellung Herbst nicht behagte. «Ich meine, dass wir so Einfluss auf die Strategie der Verteidigung bekommen. Wenn wir Drostenberg signalisieren, dass er auch nach einer Verurteilung nicht im Regen stehen wird, dann fällt es ihm sicherlich leichter, die Schuld auf sich zu nehmen. Andernfalls könnte vor Gericht eine Menge schmutziger Wäsche gewaschen werden. Vergessen Sie nicht, was Drostenberg alles weiß. Er hat ein Gedächtnis wie ein Elefant.»

Herbst lehnte sich in seinem Sessel zurück, hielt seine Fingerspitzen vor den Lippen zusammen und nickte fast unmerklich mit dem Kopf. «Das geht mir zwar alles gegen den Strich, aber Sie haben wahrscheinlich Recht. Wir müssen Drostenberg bei Laune halten, ob wir wollen oder nicht. Also suchen Sie den besten Strafverteidiger. Wie ich Sie kenne, haben Sie ihn längst gefunden.» Jork lächelte.

«Was halten Sie von Sebastian Lund?», fragte Herbst unvermittelt.

Jork hob die Augenbrauen. Hier sollte offensichtlich ein Nachwuchstalent zum Ritter geschlagen werden.

«Meine Erfahrungen mit ihm sind rundherum positiv. Er ist ein hervorragender Mediziner mit bestem Ruf in der Wissenschaft. Seine Veröffentlichungen haben viel Aufmerksamkeit gefunden. Für mich ist er ein dynamischer Mann mit guten Ideen, klarem Blick und dem richtigen Maß an Skepsis gegenüber allzu großer Euphorie. Er hat seine ethischen Maßstäbe, weiß aber, dass ein Konzern keine karitative Veranstaltung ist, sondern viel Geld verdienen muss, um aufwendige Forschung zu bezahlen. Seine kaufmännischen Fähigkeiten haben sich nach meinem Eindruck sehr gut entwickelt.»

Herbst saß inzwischen wieder aufrecht. «Sie hielten es also für eine vernünftige Idee, wenn ich dem Aufsichtsrat Sebastian Lund als Nachfolger von Andreas Drostenberg vorschlüge?»

«Damit machen Sie bestimmt keinen Fehler», antwortete Jork.

Seit kurz nach acht saß Lund schon an seinem Schreibtisch. Er hatte sich vorgenommen, die Contra-Papiere noch einmal durchzugehen. Beim Frühstück hatte er mit Cornelia ausführlich über seine Probleme gesprochen.

«Mein Job ist es, aus Contra einen Millionenerfolg zu machen, meine Karriere im Konzern ist untrennbar damit verknüpft. Ich bin der Verantwortliche für die klinischen Tests. Wenn ich dieses Ding umsäge, habe ich einen Todfeind. Denn dann kann Drostenberg seinen Traum vom Vorstandsvorsitz aufgeben. Der hat nämlich dem Aufsichtsrat weltweite Umsätze von vielen hundert Millionen Mark versprochen. Die PR-Kampagnen laufen schon seit Wochen. Die Lawine ist kaum noch zu stoppen. Wenn das überhaupt geht, dann nur mit einem Riesenknall. Und das würde dann auch in den Zeitungen rauschen, nach der Propaganda, die Drostenberg für sich gemacht hat. Und der Kurs der Park-Pharma-Aktie dürfte noch schneller fallen, als er nach oben geschossen ist.»

Cornelia hatte ihm Kaffee nachgeschenkt und ihn ganz ruhig gefragt: «Wie würdest du dich denn verhalten, wenn es dieses Horrorszenario nicht gäbe?»

Lund hatte versucht auszuweichen: «Das ist mir zu theoretisch. Ich kann das nicht im luftleeren Raum entscheiden.»

Aber Cornelia hatte ihm das nicht durchgehen lassen. «Du wirst dir aber selbst die Frage beantworten müssen, ob du es verantworten kannst, dein Mittel an menschlichen Versuchskaninchen auszuprobieren. Warum hat dich der Kranführer in Rostock so erschüttert? Weil du spürst, du könntest verantwortlich sein für sein Schicksal.» Sie hatte ihren Arm um seine Schulter gelegt und ihn angesehen: «Du bist nicht der eiskalte Managertyp, und das liebe ich an dir. Denk daran, dass es in deinem Geschäft immer auch um Menschen geht, nicht nur um Geld.»

Er griff zum Telefon und wählte Drostenbergs Nummer. Niemand meldete sich, auch nicht Doro Flügger. Als Katrin Engel in ihr Büro kam und ihm kurz darauf den morgendlichen Tee servierte, fiel ihm auf, dass sie ungewöhnlich heiter, geradezu beschwingt war. Er stutzte und fragte sie, ohne auf ihre Stimmung einzugehen, ob sie zufällig wisse, wo Drostenberg sei und wann er wiederkomme. Katrin Engel antwortete mit einem Lächeln: «Wenn er da ist, wo ich wünsche, dass er ist, dann kann es sehr lange dauern. Dann richtet er keinen Schaden mehr an.»

Lund erinnerte sich schlagartig an die dunkle Andeutung seiner Sekretärin, als er ihr von seiner Abschiebung durch Drostenberg nach Kairo berichtet hatte. Aber gerade als er sie fragen wollte, was sie konkret wisse, läutete das Telefon. Vorstandschef Herbst bat ihn zum Gespräch in den 18. Stock. Ihm war mulmig, als er in dem verspiegelten Lift nach oben fuhr.

Herbst empfing ihn mit ernster Miene. Nachdem er ihm einen Platz an dem runden Konferenztisch angeboten hatte und eine Tasse Tee serviert worden war, weihte der Chef ihn in den Fall Drostenberg ein. Er erklärte ihm, dass der Park-Pharma-Aufsichtsrat Drostenberg fristlos gekündigt habe und sich von dessen Methoden unmissverständlich distanziere. Sein Verhalten sei unerklärlich, weil er ja in der Vergangenheit ein verdienstvoller Mann gewesen sei. Eine entsprechende Konzernerklärung für die Medien sei vorbereitet.

An dieser Stelle machte Herbst eine Pause, atmete tief durch und sagte: «Der Aufsichtsrat hat mich beauftragt, Sie zu fragen, ob Sie bereit sind, als ordentliches Mitglied in den Vorstand unserer Gesellschaft einzutreten. Ich würde dies sehr begrüßen. Vertraulich kann ich Ihnen sagen, dass neun von zehn Aufsichtsräten für Sie gestimmt haben.»

Lund hatte Mühe, seine Freude im Zaum zu halten. Gerade noch hatte die Abschiebung nach Kairo gedroht und nun sollte er der Forschungschef des Konzerns werden. Er überlegte nur kurz. Es gab nichts, was dagegen sprach, das Angebot anzunehmen. «Gratulation, Herr Lund, auf eine gedeihliche, erfolgreiche Zusammenarbeit.» Herbst schüttelte ihm die Hand und verpflichtete ihn, vorerst über Drostenbergs Verhaftung und seine eigene Berufung Stillschweigen zu bewahren.

Es dauerte noch gut vier Stunden, bis kurz vor 15 Uhr die erste Agenturmeldung über die Affäre Drostenberg rausging. Jork ließ die vorbereitete Erklärung an die Deutsche Presseagentur faxen. Zehn Minuten später verbreitete dpa, dass Park Pharma seinen Vorstand Drostenberg gefeuert habe. Auch die Nachfolgeregelung durch Dr. Sebastian Lund wurde gemeldet.

Von nun an klingelte bei Lund ununterbrochen das Telefon. Die meisten Anrufer waren Journalisten, die ihn interviewen wollten. Er hatte Mühe, zwischendurch mit Cornelia zu sprechen. Als Erste hatte ihn Katrin Engel beglückwünscht. Und ihm war klar, wer die Steuerfahndung mit den brisanten Informationen beliefert hatte.

Am Donnerstag beherrschte der Skandal die Titelseiten der Zeitungen. Lund sah, dass Jorks Strategie aufgegangen war. In den meisten Blättern wurde Drostenberg als Einzeltäter geschildert, als schwarzes Schaf, das aus unerfindlichen Gründen vom Pfad der Tugend abgewichen war.

Viel breiteren Raum nahm die Berichterstattung über Schwindt und die Zustände im Amt ein. Der Konflikt mit Vulpius und sein Kampf für die Gesundheit der Frauen wurden noch einmal aufgerollt. Empörte Stimmen über seine Kündigung wurden zitiert und es wurde berichtet, dass er nach einem schweren Unfall im Koma liege. Ein Journalist spekulierte darüber, ob Vulpius letztlich ein Opfer des Psychoterrors im Amt geworden sei.

In dem Artikel einer Boulevardzeitung stand, dass es in der Universitätsklinik Rostock bei Tests mit der neuen Magenarznei Contra möglicherweise zu schweren Nebenwirkungen gekommen sei. Überschrift: «Blind durch Wundermittel?» Von zwei Fällen war die Rede.

Diese Meldung wurde von mehreren Agenturen und Rundfunksendern aufgegriffen. Jork allein beantwortete alle Presseanfragen und verwies immer wieder auf Professor Schmolke, der als Experte der Magenheilkunde etwas zu dem Thema sagen könne. Lund sollte keinesfalls mit dem Skandal in Verbindung gebracht werden.

Nachdem dieser Ansturm vorbei war, bekam Lund einen umfänglichen Vermerk, den Jork für Herbst und ihn diktiert hatte. Darin bat er unter anderem so schnell wie möglich um ein Gespräch. Das fand drei Stunden später statt. Auch Schmolke, der mit dem Firmenjet eingeflogen worden war, erschien pünktlich zu Beginn der Krisensitzung. Lund registrierte, dass ihn die Anwesenheit des Professors merkwürdig sicher machte.

Schmolke erklärte, dass die Kritik an Contra völlig ungerechtfertigt sei. Die bislang gemeldeten Fälle seien unzureichend dokumentiert und stünden gegen eine Reihe von Studien, nach denen das Medikament uneingeschränkt positiv beurteilt werde.

Das klang zwar wunderbar, reichte Lund aber nicht aus, alle seine Zweifel zu beruhigen. «Nach meiner Meinung», meldete er sich deshalb zu Wort, «kann uns in der jetzigen Lage nur das Urteil internationaler Experten helfen. Dieser Kreis bekommt alle Unterlagen, setzt sich zusammen, prüft, dokumentiert in aller Ausführlichkeit. Das Ergebnis aller Beratungen müsste dann so schnell wie möglich veröffentlicht werden.»

«Und wenn das negativ ausfällt?», fragte Jork, dem die Idee mit der Gipfelkonferenz gleichwohl sehr gefiel.

«Dann haben wir ein Problem. Dann müssen wir neu entscheiden», antwortete Lund. «Aber wir haben gar keine Alternative, wenn wir Contra retten wollen.»

«Ist es denn überhaupt realistisch, dass wir ein so hochrangiges Expertengremium zum Wochenende zusammentrommeln können? Es ist jetzt Donnerstagnachmittag», sagte Herbst.

Lund wusste, dass Schmolke sich nun bei der Ehre gepackt fühlte.

«Wenn Sie mir vertrauen, schaffe ich das», antwortete der Professor, «ich kenne die Kollegen ja alle sehr gut. Das sind die absoluten Bigshots, nur die erste Wahl. Was ich brauche, ist ein zentraler Treffpunkt und ein anständiges Budget. Da müssen Sie mir freie Hand geben.»

Lund beobachtete Herbst, dem man deutlich ansah, dass er sich unwohl fühlte in seiner Haut. Er atmete tief durch und sagte: «Machen Sie, was Sie für richtig halten. Wichtig ist der Erfolg.»

«Über ein Thema müssen wir noch reden», warf Lund ein. Er hatte in diesem Moment das Bild des erblindeten, hilflosen Holger Struwe vor Augen. «Wie können wir unsere Prüfärzte umgehend informieren? Die Kollegen sind beunruhigt und müssen die Fragen der verunsicherten Patienten beantworten.»

«Das ist kein Problem», sagte Schmolke, «ich habe prophylaktisch schon mal den Redaktionsschluss des Ärzteblattes geprüft. Der ist kommenden Montag, zwölf Uhr. Eineinhalb Seiten hat mir die Redaktion reserviert. Sonntagnachmittag muss ich anrufen und Bescheid geben, ob ich liefere.»

Schmolke ist wirklich zu Hochform aufgelaufen, dachte Lund.

Die Aktion Big Lift begann am Samstagmorgen. Zwischen zehn und zwölf Uhr landeten am Flughafen Frankfurt Maschinen aus London, Washington, Hongkong, Kapstadt, Stockholm, Paris, Rom und Amsterdam. Lund verfolgte, wie Jork die Professoren bei der Ankunft begrüßte. Die von seinem Stab engagierten Hostessen führten die Experten zu einem nahen Hotel, wo Schmolke die Kollegen willkommen hieß.

Im kleinen Speisesaal traf sich die Runde kurz darauf zum Lunch. Lund hatte mit Jork abgesprochen, dass sie mit an der Tafel sitzen würden, die Regie aber ganz und gar Schmolke überlassen wollten. Und der begann die Aufgabe schon während des kleinen Essens mit der erwarteten Souveränität zu erledigen.

«Die Firma Park Pharma hat mich gebeten, ein unabhängiges Gutachtergremium zusammenzurufen, das sich eine Meinung zu dem neuen Medikament Contra bilden soll, das derzeit Ziel einer Negativkampagne ist. Ich bin glücklich, verehrte Kollegen, dass Sie sich so kurzfristig zu dieser Reise entschließen konnten. Der Konzern hat uns alle Unterlagen und Studien zur Verfügung gestellt. Wir können uns umfassend informieren, Fakten prüfen und diskutieren. Falls weitere Recherchen nötig sind, können wir auf Telefon, Fax, Computer und Internet zurückgreifen.»

Schmolke trank einen Schluck Mineralwasser und fuhr fort: «Die hier anwesenden Herren von Park Pharma, das soeben berufene Vorstandsmitglied Sebastian Lund und der langjährige Chef der Rechtsabteilung Rupprecht Jork, werden unsere Beratungen verfolgen und dafür sorgen, dass alles, was uns notwendig erscheint, umgehend in die Tat umgesetzt wird. Auf eine erfolgreiche Zusammenarbeit. Genießen Sie Ihr Essen, verehrte Kollegen.» Er prostete in die Runde und setzte sich wieder.

In heiter gelassener Stimmung begann das Symposium kurz vor halb drei im benachbarten Konferenzraum. Unter Schmolkes Vorsitz sichteten die achtzehn Experten die Akten, fragten nach, der Professor aus Hongkong ließ sich Material aus seinem Institut faxen, die Aussagekraft der Schadensmeldungen wurde debattiert.

Lund war die Veranstaltung zunehmend unheimlich. Er fragte sich, warum keiner der Professoren auch nur den Hauch von Skepsis formulierte. Die achtzehn wirkten auf ihn wie die verschworenen Mitglieder eines Geheimbundes. Er dachte daran, ob er sich nicht mit kritischen Fragen an der Debatte beteiligen sollte, verwarf die Idee aber als absurd. Jork und Schmolke hätten ihn für verrückt erklärt.

Nach knapp drei Stunden war sich die Runde einig. Alle Vorwürfe und Verdächtigungen gegen Contra entbehrten jeglicher Grundlage. Die gemeldeten Nebenwirkungen seien auf andere Einflüsse und Faktoren zurückzuführen, ein Zusammenhang mit Contra sei mit an Sicherheit grenzender Wahrscheinlichkeit auszuschließen.

Im Tagungssekretariat wurde das von Schmolke diktierte Ergebnisprotokoll des Symposiums geschrieben und ausgedruckt. Alle Teilnehmer unterzeichneten es. Lund hatte sich derweil mit Jork in eine Ecke zurückgezogen, eine Pressemitteilung zu Papier gebracht und längere Zeit an dem Text herumgefeilt. Mitgefangen, mitgehangen, dachte er. Es war keine Überraschung für ihn, dass Schmolke die Erfolgsmeldung mit Freuden absegnete. Sie wurde sofort an die Agenturen herausgegeben. Überschrift: «Internationales Ärztesymposium: Keine Gefahr durch neues Magenmittel Contra.»

Anschließend gaben Schmolke und seine Kollegen einem Fernsehteam der ARD ein Interview. Auch mehrere private Radiosender und Zeitungsreporter, die Jork von einer PR-Agentur hatte einladen lassen, waren erschienen und bekamen Informationen aus erster Hand.

Zuerst hatte er sie gar nicht wahrgenommen, aber dann plötzlich entdeckte Lund im Getümmel der Journalisten Eva Berninghaus. Sie hatte sich gerade die Protokolle besorgt und er sah, dass sie die Papiere mit wachsendem Missmut las. Er ging auf sie zu, obwohl er inzwischen zweifelte, ob sie sich freute, ihn zu treffen.

«Hallo, Eva, das ist ja eine schöne Überraschung!» Lund streckte ihr die Hand hin. Sie schien das zu übersehen.

«Guten Tag, Sebastian. Für mich ist das eine bittere Überraschung, dass du dieses Schmierentheater hier mitmachst. Diese Blitzprüfung ist ein Witz. Wenn du nicht schon total vernagelt bist, weißt du das selbst.»

Er war unfähig, ihre Attacke zu parieren. Hilflos ließ er ihre Angriffe über sich ergehen. Und sie schien dadurch immer mehr in Rage zu geraten. «Ihr seid überzeugt, dass ihr alles kaufen könnt, natürlich auch wissenschaftlichen Sachverstand. Aber du täuschst dich, wenn du glaubst, dass ich die Sache auf sich beruhen lasse. Ich weiß, dass Hartmut auf der richtigen Spur war. Und solange er es nicht kann, werde ich sie weiter verfolgen. Auf solche Freunde wie dich kann ich im Übrigen verzichten.» Damit drehte sie sich um und Lund fühlte sich wie ein abgekanzelter Schuljunge.

Schmolke hatte sich in seine Suite zurückgezogen, um den Artikel für die Ärztezeitung zu formulieren, als Lund das Tagungsbüro betrat. Dort liefen die ersten Agenturmeldungen ein, positiv und früh genug, um noch die Sonntagszeitungen zu erreichen. Jork kam strahlend auf ihn zu. «Ich gratuliere, Herr Lund», sagte er, «Ihre Idee mit dem Symposium war genial.»

Zum ersten Mal fragte sich Lund, ob er sich über dieses Lob wirklich freuen konnte.

Von dem silbergrauen Audi war nur ein Schrotthaufen übrig geblieben. Scheinwerfer, Kühlergrill und Kotflügel waren abgerissen, die Vorderräder bizarr verrenkt und genauso wie der Motorblock und die Motorhaube nach hinten gedrückt. Der Gutachter, der das Wrack im Auftrag der Polizei untersucht hatte, war zu dem Ergebnis gekommen, dass der Zusammenstoß auf der Avus ein ganz normaler Unfall gewesen wäre. Anhaltspunkte dafür, dass an dem Wagen manipuliert worden war, hatte er nicht gefunden. Die Polizei hielt es für wahrscheinlich, dass der Unfallfahrer Vulpius unachtsam, abgelenkt oder sogar übermüdet war und deshalb die Kehrmaschine nicht wahrgenommen habe. Die Ermittlungen waren daraufhin eingestellt worden.

Für Eva Berninghaus stand fest, dass ihre Arbeit jetzt beginnen musste. Ihr war die Sache viel zu glatt gelaufen. Die Erklärung, das Opfer sei schuld, empfand sie als reichlich simpel. Dafür gab es zu viele Merkwürdigkeiten. Angefangen bei den Schnüffeleien im Leben von Vulpius über die Drohungen von Drostenberg bei der Hochzeit bis zu den seltsamen Kapuzenmännern im Wald. Die Warnungen waren immer deutlicher geworden, aber Vulpius hatte sich nie beeindrucken oder gar von seinen

Nachforschungen abbringen lassen. War es da nicht konsequent, ihn als lästige Laus aus dem Weg zu räumen?

Als Erstes traf sie sich mit dem Polizisten, der in dem Fall ermittelt hatte. Der hörte sich ihre Geschichte an, bedauerte aber, nichts für sie tun zu können. Die Sache sei mit guten Gründen offiziell abgeschlossen. Immerhin konnte sie den Beamten dazu bewegen, ihr die wichtigen Teile der Akte zu kopieren, insbesondere das technische Gutachten.

Den nächsten Tag verbrachte sie damit, den besten Autosachverständigen ausfindig zu machen. Schließlich bekam sie den Namen eines Experten, der für das Bundeskriminalamt gearbeitet hatte und ständig für Versicherungen knifflige Fälle löste. Der Mann nahm ihren Auftrag an.

Auf dem Parkplatz am Polizeipräsidium beobachtete Eva, wie Vulpius' zertrümmerter Audi von einem Kran auf einen Abschleppwagen gehievt wurde. Wie ein großer gerupfter Vogel hing der Wagen in der Luft. Aus dem Motorraum hingen Schnüre und Schläuche heraus. Aus der linken Vordertür baumelte eine schwarze Gummidichtung.

«Toll sieht das nicht aus», sagte der Ingenieur, der wenig später unter dem Wrack in einem Untersuchungsgraben stand und mit einer transportablen Neonröhre in der Hand den Unterboden des Audi inspizierte. Er schob seine karierte Mütze in den Nacken: «Das wird schwerer, als ich dachte. An den entscheidenden Stellen sind die Zerstörungen so stark, dass ich bezweifle, ob ich Ihnen je eine klare Antwort geben kann. Eins ist sicher: Wenn es ein Mordanschlag war, dann sind hier echte Profis am Werk gewesen.»

Am frühen Abend saß Eva Berninghaus wieder neben Vulpius am Bett und hielt seine Hand. Sein Zustand war unverändert, er zeigte keinerlei Reaktionen. Sie erzählte ihm von ihrem Besuch bei dem Unfallexperten und dass der schon mal mehr als der Polizeigutachter entdeckt hatte. Sie grüßte ihn von Cornelia und las ihm dann aus der Zeitung den Artikel über das Medizinertreffen am Frankfurter Flughafen vor. Die Überschrift des längeren Berichtes lautete: «Persilschein für Park Pharma.»

«Wie sagst du immer? Wer die Musik bezahlt, kann bestimmen, was gespielt wird», sagte Eva und strich ihm mit dem Handrücken über die Wange. «Ich glaube, du hast die richtigen Fragen gestellt und warst immer auf der richtigen Spur. Weißt du, was passiert ist? Der Drostenberg sitzt hinter Gittern, der soll im großen Stil bestochen haben, ausgerechnet deinen speziellen Freund Markus Schwindt. Den haben sie auch verhaftet.»

Minutenlang beobachtete sie sein Gesicht. Sie wünschte sich so sehr, dass sie wenigstens eine kleine Regung entdecken würde. Sie hatte gelesen, dass Komapatienten, wenn sie wieder aufwachen, davon berichten, dass sie sehr wohl die Gespräche am Krankenbett verfolgen konnten. Wenn das so ist, dachte sie, wird er sich über diese Nachrichten bestimmt freuen.

Das Gespräch mit dem Chefarzt war wenig ermutigend.

«Ich will Ihnen keine falschen Hoffnungen machen, Frau Berninghaus», sagte der Professor, «der Zustand von Herrn Vulpius ist stabil, solange wir die Körperfunktionen unterstützen. Vielleicht gelingt es uns demnächst, ihn ohne Maschinen am Leben zu erhalten. Was nicht heißt, dass er dann aus dem Koma erwacht.» Der Professor hatte ihr aus seiner Thermoskanne einen Kaffee angeboten, den sie gierig ausgetrunken hatte, um gegen die aufsteigende Müdigkeit anzukämpfen.

«Es muss doch irgendetwas geben, was man tun kann, um ihm zu helfen», sagte sie fast flehend.

Der Professor wiegte seinen Kopf. «Es gibt immer wieder Wunder, deshalb machen wir ja weiter. Ihr Freund bekommt die besten Medikamente. Aber ob sie wirken werden, wissen nur die Götter. Und Sie, Frau Berninghaus, sind für den Erfolg sicherlich genauso wichtig. Liebe, Zuwendung und persönliche Fürsorge bringen manchmal mehr als ärztliche Kunst und die Fortschritte der Pharmazie. Beim Kollegen Vulpius hilft vor allem Hoffen und Beten.»

Vier Tage später fand Eva Berninghaus abends im Postkasten den Brief des Ingenieurs, der das Autowrack begutachtet hatte. Der Mann hat sich wirklich beeilt, dachte sie und beschloss, den Umschlag nicht gleich zu öffnen. Sie setzte sich in ihr Auto und fuhr ins Krankenhaus.

Die Stimmung auf der Intensivstation schien seltsam gedrückt. Das Bett neben Vulpius war leer. Er lag wie immer mit geschlossenen Augen und ausdruckslosem Gesicht da. Sie setzte sich auf den weißen Stuhl neben ihn, holte aus ihrer Handtasche den Brief, schlitzte den Umschlag auf und las den Text vor:

«Untersucht haben wir, ob 1. die vorderen Bremsschläuche, 2. die Vorderräder und 3. die Lenkanlage manipuliert wurden.

Zu 1.: Eine Prüfung der beiden vorderen Bremsschläuche hat ergeben, dass die zweikreisige hydraulische Bremsanlage zum Zeitpunkt der Kollision funktionstüchtig war. Es konnten keine Schnitte oder ähnliche Manipulationen an den Schläuchen festgestellt werden.

Zu 2.: Es gibt keine Anhaltspunkte, dass die Radbolzen gelöst worden sind.

Zu 3.: Eine Erklärung für das Unfallgeschehen könnte eine Manipulation der Lenkanlage bieten. Ein deutlicher Hinweis ist eine fehlende Mutter am rechten Spurstangenkopf. Werden diese Muttern gelöst, so kann sich die Spurstange schwingungsbedingt vom Spurhebel trennen. Dadurch würde das betroffene Rad nicht mehr der Lenkbewegung folgen und zu einem Ausbrechen des Fahrzeugs führen. Die Frage, ob das Fahrzeug in dieser Weise manipuliert worden ist, lässt sich nicht beantworten. Die Vorderfront des Wagens wurde kollisionsbedingt so verformt, dass die entsprechenden Bauteile wegen Beschädigungen und Brüchen nicht mehr zu begutachten sind.

Fazit: Verschiedene Indizien sprechen für eine Manipulation der Lenkanlage, nachzuweisen ist sie allerdings nicht.»

Die ganze Zeit über hatte sie Vulpius die Hand gehalten. Plötzlich meinte sie etwas zu spüren. Hatte sie jetzt Halluzinationen oder war das tatsächlich ein leichter Druck? Sie hielt seine Linke fest und streichelte mit ihrer Rechten seinen Handrücken. Da, wieder, sie hatte sich nicht getäuscht. Sie wurde von einer Woge von Glücksgefühlen geschüttelt. Mit Tränen in den Augen küsste sie seine Hand, beugte sich über ihn und presste ihren Mund gegen seine Stirn. «Ich will, dass du lebst, ich will, dass du zurückkommst», sagte sie schluchzend. Sie hörte, wie die Tür geöffnet wurde und wieder zuklappte. Die Stationsschwester erschien mit einer Tropfflasche.

«Er hat mir die Hand gedrückt, Schwester. Ist das nicht wunderbar?», sagte Eva Berninghaus. Über ihr Gesicht liefen Tränen und sie lächelte.

Die Schwester nahm sie in den Arm. «Das ist wirklich schön, wirklich schön. Wir dürfen die Hoffnung nie aufgeben», sagte die Schwester und ließ sie wieder los. «Ich muss jetzt den Tropf wechseln. Ein neues Medikament, vielleicht hilft es ja noch besser.»

«Neues Medikament?», fragte Eva Berninghaus. «Wie meinen Sie das?»

Die Schwester stach mit der Infusionsnadel in die Plastikhaut des Behälters und stellte dann mit dem Hahn die Tropfgeschwindigkeit ein. «Eine völlig neue Arznei, speziell entwickelt gegen komatöse Zustände. Sehr teuer. Wird jetzt erprobt. Unser Professor schwört Stein und Bein darauf.»

Ohne ein Wort zu sagen, stand Eva Berninghaus auf und ging auf den Tropf zu. Sie wollte sich den Namen des Medikaments aufschreiben, um Cornelia danach zu fragen. Sie drehte die Flasche, um das Etikett lesen zu können. Als Erstes sah sie das Firmenlogo – den Schattenriss einer Buche. Daneben der Herstellername: «Park Pharma AG, Hamburg.»

Epilog

Der Blick vom Balkon ihres Hotelzimmers ging über ein Kiefernwäldchen und den Strand auf das Wasser der Ostsee. Geschützt von den Glasscheiben beobachtete Eva Berninghaus von ihrem Liegestuhl aus, wie sich die vom Wind aufgepeitschten Wellen am Ufer brachen. Die hochspritzende Gischt stand für Sekundenbruchteile in der Luft.

Ein Jahr war der Unfall jetzt her. Immer wieder hatte sie auf eine Wende zum Guten gehofft, aber jedem Fortschritt waren Rückschläge gefolgt.

Im März hatte sie Vulpius zum ersten Mal im Rollstuhl durch den Park neben dem Krankenhaus geschoben. Er hatte wieder sprechen gelernt, einzelne Worte, manchmal sagte er schon ganze Sätze, komischerweise mit englischen Brocken durchsetzt. Wenn sie ihm vorlas, lächelte er und gab Kommentare wie «schön» oder «gut so». Er freute sich an den Tulpenbeeten im Park und dem Frühlingsgezwitscher der Vögel.

In solchen Stunden hatte sie Zukunftspläne gemacht, mit ihm darüber gesprochen, wie sie für ihn die Wohnung umbauen lassen würde. Umso geschockter war sie, als er plötzlich wieder apathisch im Bett lag und nicht ansprechbar war. Vor drei Monaten hatten die Ärzte entschieden,

Vulpius in ein Pflegeheim zu überweisen. Eva hatte lange mit sich gekämpft, aber dann eingesehen, dass sie mit der Aufgabe, ihn zu pflegen, überfordert wäre. Dennoch wurde sie das Gefühl nicht los, ihn abgeschoben zu haben.

Mit ihrer Strafanzeige wegen Mordversuchs gegen unbekannt hatte sie keinen Erfolg gehabt. Das neue Gutachten des Unfallsachverständigen reichte dem Staatsanwalt nicht aus. Er hatte das Ermittlungsverfahren nach kurzer Zeit eingestellt.

Der Prozess gegen Drostenberg und Schwindt hatte wochenlang Schlagzeilen gemacht. Von Wirtschaftskrimi, Pharma-Mafia, Behörden-Tollhaus und Bananenrepublik war viel die Rede gewesen. Der Staatsanwalt hatte für Drostenberg vier Jahre Haft wegen Bestechung gefordert und fünf Jahre für Schwindt wegen Bestechlichkeit, Verrat von Dienstgeheimnissen und Amtspflichtverletzung.

Dank seiner geschickten Verteidiger, die ihn zu einem Geständnis bewegt hatten, war Drostenberg mit zwei Jahren auf Bewährung und 500 000 Mark Geldbuße davongekommen. Schwindt war zu drei Jahren Haft verurteilt worden.

Als Drostenberg aus dem Untersuchungsgefängnis ausgezogen und in seine Villa an der Elbchaussee zurückgekehrt war, gab es erneut Presseberichte und er wurde mit dem Satz zitiert: «Ich bin zu jung für den Ruhestand. Ich werde eine Beratungsgesellschaft für die Pharmaindustrie gründen.»

Sebastian Lund hat durchgesetzt, dass Contra vorläufig nicht auf den Markt kommt, und stattdessen neue Testreihen angeordnet. Dabei ist er von Jork unterstützt worden, der ebenfalls in den Vorstand aufgerückt ist.

Cornelia hat einen kleinen Jungen zur Welt gebracht.

Überraschend hat sich kurz danach ihr alter Chef, Professor Bosch, bei ihr gemeldet, ihr zur Geburt des Kindes gratuliert und gefragt, ob sie nicht Lust habe, wieder für das Amt zu arbeiten. Das könne sie sogar überwiegend von Hamburg aus tun. Sie finde das Angebot verlockend, hatte sie Eva gestanden, im Amt geschähen offenbar noch Zeichen und Wunder.

Justitiar Adam hat seinen sicheren Posten und Pensionsanspruch aufgegeben und sich in einem noblen Büro am Kurfürstendamm als Anwalt niedergelassen. Im Amt wurde darüber gerätselt, wie er das finanzieren konnte.

Eva Berninghaus war von ihrem Arzt ein Kurzurlaub verordnet worden. Sie sollte sich nach dem vielen Stress erst mal erholen. Also war sie auf den Darß nach Dierhagen-Strand gefahren. Aber sie wollte hier nicht nur viel schlafen und sich verwöhnen lassen, sie wollte auch über die Serie nachdenken, die sie für ein großes Magazin über die Pharma-Branche schreiben sollte. Sie würde noch umfangreich recherchieren müssen, um hinter das ganze Ausmaß des Skandals zu kommen. Das alles würde viel Kraft und Geld kosten. Aber Eva Berninghaus wusste auch, dass Öffentlichkeit ihre einzige Waffe war.

Danksagung

Dieses Buch ist ein Roman, Handlung und Personen sind genau so meine Erfindung wie die «Park Pharma Aktiengesellschaft». Gleichwohl ist das Buch «Die Pillendreher» kein reines Phantasieprodukt. Viele der geschilderten Fälle haben sich in ähnlicher Form in verschiedenen Pharmakonzernen ereignet. Um die Geheimnisse des Marktes kennen zu lernen, bin ich in zahlreichen Interviews mit aktiven und ehemaligen Angestellten, Managern und Beamten dem Alltag und den Skandalen der Branche und der Behörde nachgegangen. All denen, die mich mit Informationen und Dokumenten versorgt haben, bin ich zu großem Dank verpflichtet. Mehrere Informanten haben mich gebeten, mit Rücksicht auf ihre Tätigkeit ihre Namen hier nicht zu erwähnen. Ausdrücklich nennen möchte ich aber Monika Hoffmann, Dr. Karl H. Kimbel, Dr. Ulrich M. Moebius, Dr. Heinz Palla, der dankenswerterweise auch das Manuskript kritisch durchgesehen hat, Prof. Dr. Peter S. Schönhöfer und Dr. Heinz-Volkmar Volkhardt sowie den Unfallexperten Wolfgang Merhof von der «Dekra» in Hamburg.

Besonderer Dank gilt meiner Lektorin Ingrid Grimm für ihre Anregungen, ihre Kritik und ihren humorvollen Zuspruch, der mir über manche Hürde half.

Oliver Bottini

Mord im Zeichen des Zen

Kriminalroman

Band 16545

»So stark, so bildmächtig
hat lange keiner mehr angefangen ...«
DIE ZEIT

In einem kleinen Ort östlich von Freiburg taucht im dichten Schneetreiben ein asiatischer Mönch auf, der nur Sandalen und Robe trägt. Niemand kennt ihn, niemand hat ihn je gesehen. Woher kommt er? Was hat er vor? Klar scheint nur: Er ist verwundet und auf der Flucht. Hauptkommissarin Louise Bonì von der Freiburger Kripo soll herausfinden, was geschehen ist – und kommt einem furchtbaren Verbrechen auf die Spur ...

Fischer Taschenbuch Verlag

fi 16545 / 1

Felix Huby

Der Heckenschütze

Peter Heilands erster Fall

Roman

Band 16373

Felix Hubys neuer Kommissar: Peter Heiland

Kriminalhauptkommissar Peter Heiland, Anfang dreißig, hat es aus Stuttgart zu einer der acht Mordkommissionen nach Berlin verschlagen. Hier ist alles um einiges rauer und hektischer als im heimischen Schwabenland. Man könnte meinen, der schwäbische Fahnder sei völlig überfordert, als er den Auftrag bekommt, den Sniper von Berlin zu finden und zu überführen, einen Mann, der wild und skrupellos Jagd auf Menschen macht. Doch mit Phantasie und der Gabe, »um die Ecke denken zu können«, gelingt es dem sympathischen Schwaben, dem Heckenschützen auf die Spur zu kommen und ihn zu stoppen.

Fischer Taschenbuch Verlag

fi 16373 / 1